€ 2,50
W 12

Barbara Krause

Camille Claudel

Camilla Braunschweig

von Frau Gärtner
zum Geburtstag
11. 10. 2001

HERDER spektrum

Band 4908

Das Buch

Camille Claudel – eine geniale Frau, deren tragisches Schicksal zur Legende wurde. Eine große Künstlerin, die an der Ignoranz ihrer Umgebung zerbrach, interniert in einer geschlossenen Anstalt. Ihr, der Schwester des erfolgreichen Dichters und Diplomaten Paul Claudel, der Gefährtin und Geliebten des anerkannten Bildhauers Rodin, wurde der Weg versperrt, künstlerisch erfolgreich zu sein. Barbara Krause erzählt das psychische Drama von Abhängigkeit und Familienräson, von Eifersucht und dem Kampf um Eigenständigkeit. Leidenschaftlich, selbstbewußt und temperamentvoll kämpft Camille für ihre Berufung als Bildhauerin. Schon als Kind entdeckte sie: ihr Leben war es, den Stein zu gestalten und lebendig zu machen. Unterstützt vom Vater, allein gelassen von einer verständnislosen Mutter, im Stich gelassen vom ängstlich-konventionellen Bruder und vom eifersüchtigen Rodin, wurde sie immer mehr in die Einsamkeit getrieben. Die Umgebung wußte nur eine Antwort auf das freie und unkonventionelle Leben, das sich so gar nicht „schickte“: Internierung. Lange Zeit wurde Camille Claudel vergessen – Barbara Krause zeichnet ein tragisches Leben voller Liebe, Kunst und Leidenschaft mitreißend und sensibel nach.

Die Autorin

Barbara Krause, geboren 1930, lebt als freie Schriftstellerin in Berin; zahlreiche Romane und Jugendbücher. Bei Herder Spektrum: Gefesselte Rebellin – Brigitte Reimann. Biographischer Roman (Band 4445); Der verbrannte Schmetterling. Das abenteuerliche Leben der Fotografin Tina Modotti (Band 4382); Das Glück ist eine Insel. Irische Reise (Band 4524); Der blaue Vogel auf meiner Hand. Marianne Werefkin und Alexej Jawlensky – Romanbiographie (Band 4922).

Barbara Krause

Camille Claudel

Ein Leben in Stein

Roman

Herder
Freiburg · Basel · Wien

Gedruckt auf umweltfreundlichem,
chlorfrei gebleichtem Papier

11. Auflage

Herstellung: Freiburger Graphische Betriebe 2000
Umschlaggestaltung und Konzeption:
R·M·E München/Roland Eschlbeck, Liana Tuchel
Umschlagmotiv: Camille Claudel
ISBN 3-451-04908-2

Das Genie, wo es auftaucht, wird
entweder von der Umgebung erdrosselt
oder tyrannisiert sie …

Hesse

Ich weiß nicht, wie es kommt,
doch stets ist die Armut die
Schwester des Genies.

Petron

1982 lese ich in einer französischen Frauenzeitschrift die Rezension über das Buch von Anne Delbée «Eine Frau. Camille Claudel.»

Damit beginnt der lange Weg der Annäherung. Genie ist niemals leicht zu ertragen, um so weniger, wenn man eine Frau ist, noch weniger, wenn man den Schriftsteller Paul Claudel zum Bruder hat und ein Genie zum Liebhaber, den Bildhauer Auguste Rodin.

Der Rezension beigefügt ist ein Foto von der jungen Bildhauerin. Unerklärliche Faszination. Ich fühle mich angezogen von dem ernsten, schönen Gesicht. Ein Blick, der Stolz, Aufbegehren und Anspruch verrät.

Das Buch von Anne Delbée gleicht in Frankreich einem Aufschrei. Endlich ein Aufmerken, nachdem der Name Camille Claudel über Jahrzehnte totgeschwiegen wurde. 1984 findet eine große Retrospektive der Werke Camille Claudels im Rodin-Museum statt. Die Öffentlichkeit bezeugt lebhaftes Interesse und Anteilnahme. Im selben Jahr erscheint das Buch von Reine-Marie Paris, der Enkeltochter Paul Claudels, über Leben und Werk ihrer Großtante. 1985 halte ich das Buch von Anne Delbée in den Händen. 1987 wird das Dossier von Jacques Cassar veröffentlicht, der mit Sorgfalt und innerem Engagement alle Fakten und Zeugnisse ihres Lebens zusammentrug. 1988 reise ich nach Frankreich.

Heute ist die letzte Seite geschrieben. Die Erschütterung ist größer geworden. Die Nähe unmittelbarer. Ich habe versucht, ihren Anspruch anzunehmen. Ihr Leid ging durch mich. Den Worten Anne Delbées – wer kann behaupten, daß schon alles über Camille Claudel gesagt worden ist –, ich schließe mich ihnen an.

8. Juni 1989 Barbara Krause

1.

Dezemberstürme fegen über den Tardenois — eigenwillige Landschaft in der Champagne. Am Horizont stehen in tintigem Grün die Kiefernwälder. Im Sommer heben sie sich von der weiten Ebene der Felder ab, wo im warmen Goldton das Getreide reift.

Der Himmel hängt tief über der Ebene. Im fahlen Gelb ergießt sich das Sonnenlicht über die Wiesen und Weiden bis hin zur Anhöhe von Villeneuve.

Die Frau spürt heftigen Schmerz im Kreuz. Es ist soweit. Sie verharrt in der Bewegung. Sie kostet den Schmerz aus. Er kommt alle zehn Minuten. So verbleibt ihr noch Zeit. Noch sagt sie niemandem, daß die Stunde ihrer Niederkunft naht.

Es ist Donnerstag. Der Mann ist in der Kanzlei. Victoire, die alte Haushälterin, macht sich in der Küche zu schaffen. In wenigen Stunden wird der Vater da sein. Der Arzt, zum zweitenmal Witwer geworden, hat es sich zur Angewohnheit gemacht, gegen Mittag bei der Tochter zu erscheinen. Fünf Kilometer sind es von Villeneuve nach Fère, er legt sie im Einspänner zurück. Die Frau greift nach dem schweren wollenen Umschlagtuch und verläßt das Haus. Sie verharrt zögernd. Der Sturm verschlägt ihr den Atem. Schwerfällig, doch entschlossen, geht sie die vier Stufen der kleinen Treppe hinunter. In trostloser Verlassenheit weitet sich der Marktplatz. Die kleine Stadt — fast menschenleer. Die Frau zieht es auf den Friedhof.

Hinter grauer Mauer am Rande der Stadt — der steinerne Totenacker. Der Sturm kommt in Böen. Die Frau muß den Kopf wenden, um Luft zu holen. Es ist ein junges Gesicht mit strengen Zügen. Das Haar ist in der Mitte gescheitelt, zum Zopf geflochten und aufgesteckt. Starke Augenbrauen verleihen dem Gesicht zusätzlichen Ernst. Eine ausgeprägte Nase. Ein zu großer Mund. Ihren Blick wird sie nur im Zorn heben. Später — auf Familienfotos — schaut sie den Betrachter nicht an. Stolz, unnahbar, in aufrechter Haltung, heuchelt sie keine Freundlichkeit. Erst im Alter, wo sich das Leben endlich nach ihrem Willen fügt, wird ihr Blick frei. In Selbstzufriedenheit ruhend, wird sie sich so dem Fotografen stellen.

Die Vorfahren mütterlicherseits waren durch die Revolution von 1789 von fast Leibeigenen zu freien Grundeigentümern geworden. Eine Verehrung für Napoleon I. ist Familientradition. Sie gilt weniger dem eroberungswütigen Kaiser als dem Konsul, der jene Umverteilung des Eigentums beschützte, die sich in den Jahren der Revolution vollzogen hatte, als die Ländereien der Kirche und der adligen Emigranten in die Hände der Bourgeoisie und der Bauernschaft übergingen. So hatte der Großvater der jungen Frau das der Kirche enteignete und der Gemeinde zum Kauf angebotene Pfarrhaus von Villeneuve erworben.

Der Wind hat die Wolken zu drohendem Dunkel zusammengeschoben. Es riecht nach Schnee.

Unter ihren Füßen knirscht der in diesem Sommer angefahrene Kies — Muschel-, Stein- und Kreideschutt aus den Flüssen der Champagne. Vor dem kleinen Grab bleibt die Frau stehen.

Hier weilt sie oft. Die einzige Tanne des Friedhofs steht in unmittelbarer Nähe. Von hier kann sie nach Villeneuve hinüberschauen, dem kleinen Dreihundertseelendorf. Es liegt auf der Anhöhe. Die Kirche ragt zwischen den Baumgruppen hervor. An die Kirche von Villeneuve gepreßt — von hier aus nicht sichtbar — liegt das ehemalige

Pfarrhaus, in dem sie geboren wurde. Eines Tages wird sie das Haus erben und das Land. Jeden Tag schaut die Frau von der Friedhofsmauer von Fère hinüber nach Villeneuve.

Doch dann senkt sich ihr Blick.

Das Grab des Erstgeborenen, Henri. Kaum vierzehn Tage alt. Im August vorigen Jahres wurde er beerdigt. Noch immer geht sie in Schwarz. Der Stolz, daß der Erstgeborene ein Sohn war, schlug in tiefen Schmerz um.

Die Frau streicht über ihren vorgewölbten Leib. Sie wünscht, der Sohn möge auferstehen in diesem Kind. Der Schmerz im Kreuz wird heftiger. Wie hat sie gewartet auf diesen Tag, diese Stunde. Sie will den verlorenen Sohn zurück. Henri. Gleißend bricht die helle Wintersonne unter dem blauschwarzen Wolkenrand hervor.

2.

Am Donnerstag, dem 8. Dezember 1864, wird dem Staatsbeamten Louis-Prosper Claudel und seiner Frau Louise-Athenaise, geborene Cerveaux, ein Mädchen geboren. Der Onkel der Frau, Pfarrer von Villeneuve, tauft das Kind im Januar 1865 auf den Namen Camille.

So der Wunsch des Vaters.

Nomen est omen.

Camilla – Name der Königin der Volksker, eine der Heldinnen aus Vergils «Äneis». Camilla ist berühmt wegen der unvergleichlichen Leichtigkeit ihres Ganges. Der Dichter sagt von ihr, daß sie über ein Ährenfeld zu laufen vermochte, ohne daß die Halme sich bogen, und über die Meeresflut, ohne die Sohlen zu benetzen.

Camille Rosalie Claudel.

Wohl wird Camille als Kind mühelos laufen und klettern können und als junges Mädchen tanzen – doch es bleibt ein leichtes Hinken. Ein Grund mehr für den Vater, dieses

Kind zu lieben, zumal die Mutter sich abwendet – in maßloser Enttäuschung –, als sie das Mädchen erblickt. Dieses Kind betrog sie um die Hoffnung, so töricht die Hoffnung war. Befangen in ländlichem Aberglauben, sieht die Frau in dem mißgebildeten Fuß des Mädchens ein Zeichen des Teufels. Man sagt den Bewohnern der Champagne nach, zwar Realisten, aber auch Mystiker zu sein.

Mag das Kind dem Vater gehören, der es mit Stolz herumzeigt. Der Krieger Metabus, Vater jener Camilla, machte das Kind zu seiner Gefährtin auf der Flucht. Er weihte es der Göttin Diana, als er das Mädchen an seinen Wurfspieß band, um es über den reißenden Strom zu schießen – aus der Gefahr in die Sicherheit. Er lehrte sie die Kunst von Pfeil und Bogen. Er legte ihr statt Gewänder ein Tigerfell um. Freiheit für die Volksker. Tod den Latinern. Camilla – Amazone – Heldin im Kampf für die Freiheit.

Louis-Prosper Claudel liebt und verehrt diese Tochter über alles.

3.

Mit Unverständnis betrachtet die Frau die Zärtlichkeit des Mannes für das Kind. Sie vermag keine Zärtlichkeit zu verschenken und kein Gefühl zu zeigen. Als Louise-Athenaise vier Jahre alt war, verlor sie die Mutter, eine Thierry, Tochter eines Holzhändlers. Unter den ständigen Auseinandersetzungen des Vaters, der einen unnachgiebigen Charakter hatte, mit dem Bruder hatte das Kind gelitten. Es war an den Zustand familiärer Zwietracht gewöhnt. Von der Stiefmutter übernahm sie die Pflicht, Kinder großzuziehen, für sie zu kochen und zu nähen. Haushalt, Garten, Hof, Kaninchen- und Hühnerställe – in dieser Welt war sie groß geworden. Hier bewies sie ihre Tüchtigkeit, die sich in Geld aufrechnen ließ. Zu Kirche und Glauben hatte Louise-Athenaise kein besonderes

Verhältnis. Die Religion vermochte ihr weder Hilfe noch Trost zu spenden. Was ihr Selbstwertgefühl ausmachte, war das Wissen, daß ihr mütterlicherseits ein beträchtliches Erbe zustand, vom Vater sorgsam für die Kinder verwaltet und vor einem Notar 1864 peinlichst aufgeteilt zwischen dem Bruder und ihr, einschließlich der vom Vater erworbenen Güter.

Louise-Athenaise war wohlhabend. Häuser, Wiesen, Land, Weinberge, Wald. Das meiste verpachtet.

Der Steuereinnehmer Louis-Prosper Claudel, der als Staatsbeamter in die Kleinstadt Fère-en-Tardenois berufen wird, lernt bei seiner Tätigkeit den Arzt und Bürgermeister von Villeneuve kennen – Athenaise Cerveaux.

Louis-Prosper bezieht ein ausreichendes Gehalt. Er besitzt einige Wertpapiere an der Börse, einige Kreditbriefe und was das kleine Haus in Gerardmer abwirft. Es läßt sich nicht mit dem vergleichen, was die junge Louise-Athenaise erben wird. Doch was den Beamten Claudel auszeichnet, ist seine Bildung, hat er doch in Strasbourg auf der Jesuitenschule seine Ausbildung mit Auszeichnung beendet, verfügt er über eine umfangreiche Bibliothek, die ihn als gebildeten Humanisten ausweist. Die Werke von Sallust, Tacitus und Cäsar stehen neben Horaz und Ovid, die griechischen Tragödien neben Plutarch, Homer und Demostenes.

Der Arzt und Bürgermeister von Villeneuve, zum zweitenmal verwitwet, ist angetan von dem Beamten, der mit seinen sechsunddreißig Jahren für die Tochter eine würdige Verbindung zu sein scheint. Die beiden Männer kommen überein, noch bevor das junge Mädchen etwas von dieser geplanten Verbindung ahnt. Erzogen in absolutem Gehorsam und Unmündigkeit, geht sie die Ehe mit dem Mann ein, den ihr Vater für sie bestimmte.

Dennoch schürt die Ehe mit dem Staatsbeamten Claudel ihren Dünkel, stammt er doch aus einer traditionsreichen Beamtenfamilie.

Die Wahrscheinlichkeit ist groß, daß Louis-Prosper Claudel nach seinem Studium einer Freimaurerloge beitrat, die Enge dogmatischen und konservativen Denkens hinter sich lassend und sich den philanthropischen Zielen des Geheimbundes verschreibend.

Seine Ausbildung in der Jesuitenschule ließ in Louis-Prosper Claudel einen tiefen Haß entstehen gegen das bildungsfeindliche Schulwesen, das Pfaffen und Nonnen überantwortet war. Auch die Universitäten unterstanden engstirniger klerikaler Kontrolle, er schwor sich, für seine Kinder die Enge solcher Gedankenwelt zu überwinden und das in seinen Kräften Stehende zu tun, ihnen eine umfassende Bildung zukommen zu lassen.

4.

Am 3. Februar 1862 ehelichte Louis-Prosper Claudel die um vierzehn Jahre jüngere Louise-Athenaise Cerveaux. Durch diesen Ehekontrakt werden gewaltsam zwei Welten vereinigt, die sich wie Feuer und Wasser gegenüberstehen. Ein gebildeter Humanist und eine von Konformismus geprägte junge Frau ohne intellektuelle Neugier und künstlerische Sensibilität, befriedigt durch Besitztum, bestrebt, es zu wahren und zu mehren.

Nach dem mysteriösen Selbstmord des Schwagers 1866 geht an die Claudels dessen Erbe. Louis-Prosper verfügt jetzt über genügend Mittel, von den Nachfahren des Grafen Coigny vierzehn Hektar Wald abzukaufen. Der Onkel, Pfarrer von Villeneuve, hinterläßt nach seinem Tode ebenfalls Besitz und Haus den Claudels. Somit zählen sie — neben dem Grafen — zu den wohlhabendsten Einwohnern dieser relativ armen Gegend. Sie haben Hausangestellte, was im Dorf unüblich ist und die große Ausnahme. Die Claudels ..., das sind die Privilegierten des kleinen Dorfes von Villeneuve. Ihre Grabstätte, unmittelbar an der Friedhofsmauer, zeugt als imposanteste des kleinen Totenackers von der achtbaren Rolle, die sie einst innehatten.

Die Ehe der Claudels verlief in Haß, Unfrieden und Streitsucht. Darin erstarrte sie.

Eines Abends – das Ehepaar hat seinen jungen Hausstand in Fère eingerichtet, fragt Louis-Prosper seine Frau, ob sie ihm nicht auf dem Klavier vorspielen wolle. Ihre klösterliche Ausbildung hat auch Klavierstunden beinhaltet. Die Frau entschuldigt sich mit Arbeit in der Küche und gesteht ihre Absicht, nie wieder einen Ton auf diesem Instrument anzuschlagen. Den Nutzen dieses Zeitvertreibs habe sie nie eingesehen. Das seien Allüren, die kostbare Zeit verschwenden.

Irgendwann sucht der Mann seiner Frau ein Buch aus seiner umfangreichen Bibliothek heraus. Er empfiehlt es ihr. Sie dreht das Buch unschlüssig in den Händen. Flaubert. Emma Bovary. Lust hat sie, dem Mann zu sagen, daß ein Buch nicht satt mache. Doch will sie sich die leichte Verachtung, die sie für die Bücher ihres Mannes hegt, nicht anmerken lassen. Verhehlt sie schon schlecht ihr Ungehaltensein über seine Passivität, wenn sie über zu kaufende Pflaumenbäume spricht, über Weinpreise oder das zu verpachtende Weideland. Man muß schlau zu kalkulieren verstehen.

Der Mann wartet, daß die Frau ein Gespräch über das gelesene Buch beginnen möge. Eines Tages entdeckt er es im Bücherschrank, kommentarlos zurückgestellt.

Enttäuschung. Desillusionierung auf beiden Seiten.

Meist verläßt Louise-Athenaise das Zimmer, wenn sich der Mann über die Wiege der kleinen Camille beugt und seine einseitigen Gespräche mit ihr führt. Sie findet, daß ein solches Verhalten einem Mann nicht zustehe. In seinem Tonfall liegt eine vor ihr verborgen gehaltene Weichheit. Es scheinen Träumereien, die sich in der Zukunft verlieren. Versprechungen, Erwartungen. Louise beginnt ihren Mann zu hassen, der sich eine Tochter wünscht, die das Gegenteil von ihr werden möge. Vielleicht so eine wie jene Emma Bovary?

Louise-Athenaise kann in der Bovary keine Heldin sehen, die aus ihrem Gefängnis von der Ehe und stickiger Kleinstadtatmosphäre auszubrechen versucht, die mehr wollte als die Mittelmäßigkeit, die sie umgab.

Unvermittelt platzt sie heraus, als der Mann leise die Tür zum Kinderzimmer schließt: «Es wäre die Pflicht der Bovary gewesen, ihr Innerstes zu verbergen. Aus Stolz. Sie hätte sich anpassen sollen. Ihrem Mann eine gute Frau sein, ihrem Kind eine gute Mutter!»

Eine gute Frau sein? Kinder gebären, großziehen. Treu sein. Dem Mann gehorchen. Das eigene Ich hinter Pflicht verstecken. Niemandem zeigen, wie einsam und leergebrannt man ist.

Nicht daß Louis-Prosper den Lebenswandel der Bovary billigt. Ihr selbstgewollter Tod gibt ihr eine nachträgliche Weihe.

«Sie hat das Wagnis probiert, lieben zu wollen.»

Da schaut Louise ihren Mann an. Nichtverstehen gepaart mit Verachtung und Mitleid.

Ihr bäuerlicher Instinkt warnt sie. Sich ein Gefühl leisten in dieser Zeit? Ist der Mann größenwahnsinnig? An solch einem Gefühl zugrunde gehen?

Nein. Sich totstellen. In strenger Pflichterfüllung Befriedigung suchen. Ihr Selbstwertgefühl erschöpft sich in ihrem Besitz. Das kann Liebe nie und nimmer aufwiegen.

Soviel hat sie von jener Emma begriffen, daß man sein Herz zu töten hat, ein rebellisches, aufbegehrendes Herz.

Ihr Herz ist tot.

An einem Traum von Liebe geht man zugrunde. In dieser Zeit ist alles käuflich. Jedes Ding und jede Beziehung haben ihren Preis.

Da ist etwas im Wesen ihres Mannes, was Louise angst macht, von dem sie sich bedroht fühlt, was ihr das Gefühl von Halt nimmt.

Man entwickelt keine solchen Ideen wie der Mann, der

sich nach einer Tochter sehnt, die sich anders als eine Emma Bovary über Konventionen hinwegsetzen und sich engagiert zu ihrem Ich bekennen soll. Der Vater will ihr einen Fundus an humanistischer Bildung mit auf den Weg geben und sie in einem solchen Anspruch bestärken. Seine Tochter soll sich durch Wissen und Fähigkeiten ihren Weg bahnen.

Louise-Athenaise fürchtet um dieses Kind. Doch der Mann ist besessen, eine Mission zu erfüllen.

Zugleich lodert Haß auf im Herzen der Frau. Zu offenkundig zeigt der Mann seine Nichtachtung für sie. Seine Forderungen an eine Frau sind nicht zeitgemäß. Nein, sie selbst ist nicht gebildet, aber ihr gehört Land in Villeneuve, so weit das Auge reicht.

Die ausschließliche Zuwendung des Mannes zu der Tochter verstärkt ihr Gefühl von Einsamkeit.

Die Frau verschließt sich in Schmerz und Trauer, daß ihr erstgeborener Sohn der von dem Mann vergötterten Tochter den Platz räumen mußte. Der Sohn hätte Grund und Boden zu schätzen gewußt. Mit ihm wäre sie nicht so einsam geworden.

5.

Camilles Geburtsjahr, das Jahr 1864, fällt in die Glanzzeit des Zweiten Kaiserreichs, dem Louis-Prosper seine Sympathie versagt. Er ist Republikaner. Um so aufmerksamer verfolgt er die Tendenzen, die sich vor allem in Kunst und Literatur zeigen, um in ihnen Zeichen des Neuen zu entdecken.

Mit großer Genugtuung las er das Buch des Philosophen Ernest Renan «Das Leben Jesu», dessen antiklerikale Haltung dem Verfasser zunächst den Lehrstuhl kostet. Louis-Prosper hält es für bedeutungsvoll, daß das Erscheinen dieses Buches mit dem Geburtsjahr seiner Tochter zusammenfiel.

Dennoch ist die Salonkunst des Zweiten Kaiserreichs vorherrschend. Sie gibt den Ton an. Sie prägt den Geschmack. Alljährlich werden großartige Kunstausstellungen durchgeführt. Der Salon stellt eine eigenartige Börse der Kunst dar. Unternehmer, die ihr Kapital in Kunstwerken anlegen wollen, erwerben sie hier. Ihr trivialer bürgerlicher Geschmack und die Auffassung der stockkonservativen Jurymitglieder prägen das künstlerische Niveau der «Salonkunst». Mythologische Themen werden bis zum Überdruß traktiert. Man ist auf äußerliche Reize bedacht. Die Salonkunst verflacht und trivialisiert den Geschmack des Publikums, paßt sich dem mittelmäßigen Niveau des Bürgers an, verarmt in geistiger Beziehung. Doch neben dieser Kunst besteht, entfaltet und entwickelt sich in den sechziger Jahren ein Realismus, der sich mit den Namen Monet, Pisarro, Cézanne und Renoir verbindet. In den Werken Monets bereitet sich in der Malerei der Impressionismus vor. Transparenz. Atmosphäre. Licht.

Louis-Prosper registriert, daß der Historiker und Philosoph Taine den Positivismus auf Kunst- und Literaturwissenschaft überträgt, seine Milieutheorie entwickelt, was auf Zola und den übrigen Naturalismus großen Einfluß haben wird. Umwelteinflüsse, Erbfaktoren und konkrete Zeitbedingtheit — mechanisches Erfassen und Festhalten dieser Faktoren werden die neue Sicht des Künstlers prägen.

Erst im Alter erschließt sich dem Vater die Bedeutung eines Ereignisses, das in das Geburtsjahr seiner Tochter fiel. Ein Ereignis, das nicht ohne Folgen für den Lebensweg Camilles bleiben sollte. 1864 sucht der unbekannte Bildhauer Auguste Rodin erstmals die Öffentlichkeit und stellt sein erstes Meisterwerk — «Der Mann mit der gebrochenen Nase» — der Salonjury vor. Der junge Bildhauer, Mitte Zwanzig, der Armut und Hunger kennengelernt hat, wurde von den akademischen Herren übersehen. Sein Werk zurückgewiesen. Wortlos. Man war schockiert.

Doch in dieser Büste, in diesem Gesicht ist alles enthalten – in voller Reife und mit voller Bewußtheit –, was den Künstler Rodin ausmacht. Es vergehen dreizehn Jahre, in denen Rodin weiterhin als anonymer Kunsthandwerker sein Leben fristet, ehe er wieder dem «Salon» anbietet. Zeitgenosse der Impressionisten und selbst Maler, studiert er die Spiele von Schatten und Licht. Auf dem Gesicht des Mannes mit der gebrochenen Nase gibt es keine symmetrischen Flächen. Dieses Gesicht entspricht nicht den Anforderungen akademischer Schönheit, nicht denen der Plastik von Posen und Allegorien, nicht der Wiederholung einiger sanktionierter Gebärden.

«Es ist der Kopf eines alternden häßlichen Mannes, dessen gebrochene Nase den gequälten Ausdruck des Gesichts noch verstärken half; es war die Fülle des Lebens» – schreibt Rilke.

6.

Camille ist noch nicht ein Jahr und drei Monate, da wird der Familie Claudel ein zweites Mädchen geboren. Es erhält den Namen seiner Mutter. Louise.

Das Kind ist gesund. Wieder kein Sohn. Aber diesmal will die Frau ein Kind für sich. Louise wird ihr Liebling. Sie wird die häuslichste der Geschwister. Sie wächst heran im großen Einverständnis mit der Mutter, in dem köstlichen Wissen, den Geschwistern vorgezogen zu werden.

Anderthalb Jahre nach Louises Geburt erblickt am 6. August 1868 das dritte Kind der Claudels das Licht der Welt – Paul.

In den Ferien des Mannes lebt die Familie in Villeneuve. Dort wird der Sohn geboren. Des Vaters Zuneigung erschöpft sich in Camille, die der Mutter in Louise. Paul wird im Großvater seinen Schutzpatron finden. Doch im engeren Familienkreis strecken sich ihm vertrauensvoll und hungrig nach Zärtlichkeit die Arme Camilles entgegen. Er wirft sich hinein. Von ihr will er getragen werden. Ihr folgt er wie ein Hündchen, denn ihre Welt ist voller Wunder. Wie Märchen mutet an, was sie ihm von Felsen und Bäumen erzählt, auf die sie bei ihren Erkundungen stoßen.

Sie weiht ihn in Dinge ein, deren Geheimnisse sich nur ihnen beiden erschließen. Nicht gewohnt, von der Mutter liebkost zu werden, genießt er die stürmische Zuneigung Camilles.

Dennoch kann sich der kleine Paul nicht den Einflüssen von Mutter und Großvater entziehen, nicht den Reden Louises, die eifrig nachplappert, was sie von der Mutter aufgeschnappt hat. Ermunterungen des Großvaters bestärken ihn, daß ihm als einzigem Stammhalter ein größeres Recht zusteht als den Mädchen.

Als jüngstes Kind, von den Schwestern mitunter tyrannisiert, sehnt er sich nach Überlegenheit. Leidenschaftlich bejaht er Bestrafungen Camilles durch die Mutter, wenn die Schwester, wild, ungebunden, selbstherrlich, sich über alle Regeln hinwegsetzt, die für ein Mädchen gelten. Vom Vater wird sie selten getadelt. Paul leidet unter Camille, sosehr er sie braucht, sosehr er sie liebt. Sie ist ein Mädchen und stellt Ansprüche wie ein Junge. Noch in seinem ersten Drama klingt dieser Zorn auf. Da läßt er seinen Helden Goldhaupt sagen: »Das fluchbeladene Weib, es ist da, um daheim zu bleiben und sich einer starken, verständigen Hand zu fügen. Ihr jedoch habt das Weib zu Eurer Herrin gemacht!»

7.

Eines Tages macht Camille eine Entdeckung.

Auf dem Hof des Onkels wird eine Grube ausgehoben. Häßliche Klumpen rot und grau gemaserter Erde liegen auf dem Gras, sein frisches Grün erstickend. Camille starrt in die Grube und kniet sich vor die herausgeschaufelte Erde. Sie untersucht ihr seltsames Aussehen. Da rinnt nichts fort zwischen den Händen. Sie bleibt kompakt, diese Erde, die nichts gemein hat mit Sand. Jenen feinen, weißen Sand, den Camille über alles liebt, weil er sie an das Meer erinnert, das sie sich unendlich groß und blau wie den Himmel vorstellt.

In der Nacht zuvor hatte es geregnet. Die vom Regen benetzte Schicht ist formbar. Ungläubig drückt Camille mit den Fingern Löcher hinein. Nichts rutscht zusammen. Nichts füllt sich auf. Diese marmorierte Erde bewahrt sogar den Abdruck ihrer Haut, die wie zartes Netzgewebe anmutet. Ihre Hände nehmen eine rote Farbe an. Sie drückt und knetet in dieser seltsamen Masse herum. Schließlich hebt sie einen handgroßen Klumpen auf und läuft mit ihm unter die Pumpe, um ihn mit Wasser formbarer zu machen. Sie knetet einen Würfel. Ein heiserer Laut entfährt ihr, ein ungläubiges Lachen. Sie rollt eine Kugel. Und plötzlich hat sie das Bedürfnis, etwas ganz anderes, Wunderschönes zu formen. Erregung überfällt sie. Eine unbekannte Aufregung, die ihr bis in den Hals klopft. Die rotgraue Maserung erinnert sie an die Bunte, die gestern fortgebracht wurde in die Stadt.

Camilles Gesicht beginnt zu glühen. Sie kniet im Gras und formt und verwirft und gestaltet neu ..., und plötzlich ist die Katze wieder da. Sie, Camille, hat die Katze wieder entstehen lassen, um die der kleine Paul Tränen vergossen hatte.

Camille läuft ins Haus. Sie kann nicht fassen, daß das, was sie in den Händen hält, ihr eigenes Werk ist.

«Paul, Mama, Louise! Ich habe eine Katze gemacht. Eine Katze wie unsere Bunte! Ich kann zaubern! Kommt schnell her!»

Verzaubert ist nur der kleine Paul.

Die Mutter ist erbost.

«Habe ich nicht verboten, an die Grube zu gehen! Wie

sieht dein Kleid aus! Schaut sie euch an, wie schmutzig sie ist und wie ungezogen! Was soll deine Katze? Haben wir nicht genug Ärger mit den vielen Katzenjungen. Ich mag keine Katze mehr sehen! Gib das Zeug her!»

Die Mutter will Camille das aus Ton Geformte aus der Hand nehmen. Camille schreit: «Mach das nicht kaputt!»

Etwas ist in dem Schrei – mehr als Ungehorsam und Unwille über verbotene Spiellust –, was die Mutter innehalten läßt.

Sie rührt es nicht an.

«Trag es auf dein Zimmer! Geh dich waschen und laß dich für heute nicht wieder hier unten blicken!»

Camille muß noch einmal an die Grube. Sie braucht mehr von dieser Wundererde.

So begegnet sie der Mutter, als sie in der Schürze die schwere klebrige Masse in die Scheune tragen will, um sie dort zu verstecken.

Die Mutter befiehlt ihr, den Ton sofort an die Grube zurückzutragen. Camille schüttelt wortlos den Kopf. Der Ungehorsam ihrer ältesten Tochter regt die junge Frau auf. Sie will ihr den Ton aus der Schürze reißen, aber Camille krümmt sich zusammen und schützt mit ihrem Körper das Erbeutete.

Der Vater erscheint im Hof.

Die Frau erwartet von dem Mann, daß er den Ungehorsam des Kindes bricht. Camille vertraut seinem Schutz und Verständnis.

Paul erscheint verschüchtert in der Haustür. In den Händen hält er die Katze aus Ton. Er hält sie dem Vater zur Begutachtung entgegen. Camille hatte den ganzen Nachmittag an ihr herumgeformt. Jetzt liegt sie zusammengerollt und schlafend in Pauls Händen.

«Das hast du gemacht?» fragt der Vater.

Camille nickt triumphierend.

Louis-Prosper betrachtet das Gebilde eingehender. Etwas ist da von dem Vertrauen und dem Frieden, der von jeder Katze ausgeht, wenn sie zusammengerollt schläft.

Camilles Protest, daß die Bunte gestern aus dem Schlaf fortgegeben wurde? Was ihn anrührt, ist der seltsame Glanz, der in ihrem Blick liegt. Aufgefallen war ihm Camilles zeichnerische Begabung längst.

«Behalte den Ton. Trag ihn vorläufig in den Schuppen!»

Die Mutter dreht sich schweigend um und geht ins Haus. Sie wird am Abend kein Wort mehr mit dem Mann reden.

Als der Vater die Besessenheit wahrnimmt, mit der sie modelliert – mit großem Geschick, verblüffend und originell in ihrer Themenwahl –, sorgt er dafür, daß sie in der Scheune einen Platz erhält, wo sie Tonerde lagern kann, wo ein Tisch aufgestellt wird, unter dem Fenster, der ihr als Arbeitsplatz dient. Auch für den Vater ist es kein leichtes, diesen Platz für sie zu erkämpfen.

Die Scheune wird gebraucht. Lange Diskussionen. Absolutes Unverständnis, einem Kind, einem Mädchen dazu, einen so notwendigen, zweckgebundenen Platz zu opfern.

Die Scheune ist ein solider Bau. Spitzer Giebel. Fenster, die sogar mit Läden zu verschließen sind. Ein Spalier aus schmalen Holzlatten, an denen Wein rankt.

Die Geschwister sind empört ob solcher Bevorzugung. Paul möchte ebenfalls einen Winkel, in den er sich ungestört und ebenso akzeptiert zurückziehen kann. Doch ihn nimmt man nicht für voll. Eifersucht. Später, als gestandener Diplomat, wenn er seinen Urlaub in Villeneuve verbringt, wird ihm die Scheune gehören. Hier erledigt er seine Korrespondenz und überarbeitet er sein dramatisches Werk. «Ich schreibe aus einer Scheune, in die ich mich flüchten mußte, um dem Spektakel in unserem kleinen Haus zu entgehen, das voll von Menschen ist. Jeden Morgen brüten hier die Hennen und ich gemeinsam im Stroh.»

Paul sitzt vor der verschlossenen Scheune. Seit Camille den Ton entdeckt hat, knetet sie nur noch herum und macht sich schmutzig. Er langweilt sich. Wütend beginnt er, mit Händen und Füßen an das Tor zu schlagen. «Du sollst mit mir spielen. Ich will zu dir!». Wenn er genügend Ausdauer aufbringt, öffnet Camille, resigniert und gerührt. Paul schlüpft in die Scheune. «Mach mir wieder die Tür auf!» Seltsames Spiel, das Camille für ihn erfunden hat. Ein Kompromiß, den sie ihm zugesteht. Sie haucht an das Fensterglas der Scheune. Ein schwacher beschlagener Film. Sie malt darauf mit den Fingern einen Türrahmen, eine geöffnete Tür. «Nun geh hindurch. Du kommst in den Regenpalast. Dort findest du mich. Verlier mich nie aus den Augen und paß auf, wann ich dich anlächle!» Ein imaginäres Spiel. Paul folgt ihrer Phantasie und läßt die seine entzünden. Camille modelliert weiter. Paul hockt mit geschlossenen Augen vor dem Scheunenfenster. Der Trick funktioniert. Bedingung, Camille muß ihr imaginäres Ich jedesmal an einen anderen Ort zaubern, und Paul erzählt ihr am Abend, was er mit ihr erlebte. «Geh durch diese Tür – ich stehe auf der Großen Mauer. Schau dich nie um, sonst werde ich stürzen ... Geh durch diese Tür ...»

Camille möchte der Mutter eine Freude machen. Sie weiß um die Verehrung der Familie Cerveaux für die Errungenschaften der Großen Französischen Revolution, als deren Verkörperung sie Napoleon Bonaparte ansah, der als Konsul ihr gerade erworbenes Land schützte. Eine Büste von Napoleon I. – ein Geschenk für die Mutter. Das Angebot einer Versöhnung, unausgesprochene Bitte um Tolerierung ihrer neuen beglückenden Beschäftigung mit Tonerde.

Der Vater ist verblüfft von der Ähnlichkeit, die Camilles Büste mit den Bildern Napoleons aufweist. Begeistert ist er nicht, daß diesem Mann in der Büste seines Kindes eine Würdigung widerfährt. Er hält es mit dem Dichter Victor Hugo, der sowohl von dem einen wie von dem anderen bonapartischen Machthaber sagte: «Sie meuchelten das Recht, verstopften der Freiheit den Mund, entehrten die Fahne, traten das Volk mit den Füßen und waren sehr glücklich dabei!»

Er nimmt Camilles Büste zum Anlaß, um über den «Wunderglauben» der französischen Bauern zu spotten, der durch geschichtliche Tradition entstanden ist, daß ein Mann namens Napoleon ihnen alle Herrlichkeit geben wird. Seine Rede gipfelte in dem Satz: «Die Bauern, die mit Napoleon dem Dritten sympathisieren, sind konservativ!»

Der Vater fällt bei solchen Reden in den unpersönlichen, sehr akkuraten Versammlungston, der das Kind langweilt. Die Losung «Freiheit, Gleichheit, Brüderlichkeit» ist ihm näher als die Prunksucht des Kaisers. Dessen Expansionsgelüste geißelt er mit heftigen Worten. Camille leidet unter diesen Ausfällen des Vaters, auch wenn sie sich gegen den Kaiser richten und nicht an die Mutter oder irgendein anderes Familienmitglied. Doch spricht er so laut, daß es wohl für die Ohren der Mutter bestimmt ist, die sich im Nebenzimmer aufhält. Hatte der neue Napoleon nicht proklamiert, sein Kaiserreich sei der Friede? Und nun stürzt er das Land außenpolitisch in eine Kette von Kriegen – Krim, Italien, Mexiko, Senegal, Indochina, Syrien ...

Hatte dieser Napoleon III. nicht auch verkündet, er wolle die Massenarmut beseitigen?

Mußten nicht zehnjährige Kinder in Pas-de-Calais unter Tage arbeiten fünfzehn bis sechzehn Stunden, ohne ausreichend Geld für ihr Essen zu verdienen. Starben nicht junge Mädchen, Spitzenklöpplerinnen, reihenweise an Tuberkulose? Kleinbürgerliche Kreise machten Bankrott. Dafür schossen Kapitalverbände und Dachorganisationen empor.

Camilles Büste läßt Familienzwist auflodern.

Es gibt Tage, an denen in der Familie vom Morgen bis zum Abend nur gestritten wird.

Die Mutter möchte das Geschenk annehmen und die Büste Napoleons dem Mann zum Trotz auf das Büfett stellen.

Andererseits möchte sie der Tochter nicht diesen Achtungsbeweis ihrer Arbeit geben und meint, keinen Platz dafür zu finden.

Der Großvater beansprucht begeistert diese Büste für sich. Das Werk wird später mit anderen von einem schon anerkannten Bildhauer begutachtet, der sich beeindruckt zeigt.

8.

Dreißig Kilometer entfernt von dem kleinen Villeneuve liegt Reims – Kreisstadt des Departements Marne.

Als der Merowinger Chlodwig im Jahre 496 in Reims getauft wurde, erhielt die Stadt das Privileg verliehen, französische Könige zu salben. In ihrer Bedeutung als Krönungsstadt kann sie sich entfalten und entwickeln. Von 1211 bis 1311 wird die Kathedrale in Reims gebaut. Nicht nur erzbischöfliche Kirche, auch königliche Basilika, bestimmt für die Zeremonie der Salbung.

Die Stadt läßt sich mit der Eisenbahn bequem von Fère erreichen. Im Sommer diese Reise zu unternehmen, lehnt die Frau strikt ab. Das Obst reift heran. Das Heu muß eingefahren werden. Viel zu selten sind sie in Villeneuve. Nur der ältesten Tochter wegen will der Mann nach Reims. Soll er allein fahren mit ihr. Ihr will er zeigen, wie aus totem Stein Leben wird, wenn eine Künstlerhand ihn berührt. Wie im Stein aus einer Idee, aus einem Gefühl – ein Kunstwerk entsteht.

Die kleine Louise ist unzufrieden. Sie möchte auch in eine größere Stadt. Sie würde mit Hartnäckigkeit so lange vor einem Schaufenster stehenbleiben, bis ihr eine Herrlichkeit gekauft würde.

Auch Paul ist betroffen, daß der Vater nur mit Camille fährt. Sein Murren ist nicht zu überhören! Der Vater verspricht, wenn Paul größer ist, mit ihm nach Paris zu reisen und dort ein richtiges Theater zu besuchen.

Einst war Reims Hauptstadt des keltischen Stammes

der Belgier. Der längsovale Grundriß der Stadt geht auf die Römerzeit zurück. Am Markt kreuzen sich zwei Achsen, die die Stadt durchziehen, sie gleichsam in zwei Zentren teilend. Das eine – der Rathausplatz mit dem Stadthaus und der Reiterstatue Ludwigs XIII. Das andere – das sakrale Zentrum um die Kathedrale und das Erzbischöfliche Palais.

Es ist Louis-Prosper ein Bedürfnis, seinem Kind eines der bedeutendsten Werke der französischen Hochgotik zu zeigen – die Kathedrale von Reims. Er will nicht, daß Camille in dörflicher Beschränktheit aufwächst wie die Mutter.

«Das Frankreich des Mittelalters hat in der Baukunst seine tiefsten und intimsten Gedanken ausgesprochen. Der Stein belebt und vergeistigt sich unter der brennenden und strengen Hand des Künstlers. Der Künstler läßt Leben daraus hervorspringen. Mit vollem Recht heißt er ‹Magister de vivis lapidubus› – Meister der lebendigen Steine.» Camille liest das zu Hause in einem großen Buch nach, das ihr der Vater aus seinem Bücherschrank sucht.

Karl VIII. nennt die Kathedrale von Reims «die vornehmste unter allen Kirchen des königlichen Frankreichs».

Viele Baumeister und Bildhauer haben daran mitgewirkt. Trotz ihrer Vielzahl und trotz der langen Bauzeit war es gelungen, eine «steinerne Symphonie» zu schaffen.

In angemessener Entfernung bleibt der Vater, mit der Tochter an der Hand, vor der Westfront Unsrer Lieben Frau stehen. Sie wird beherrscht von den drei Portalen, über denen sich die Zone der Rose aufbaut.

Der Mann versenkt sich in den gewaltigen Anblick einer der vollkommensten Schöpfungen, die aus Menschenhand hervorgegangen sind. Camille zerrt an seiner Hand. Sie will näher. Zu den Skulpturen. Verzauberung und Unglauben.

Maria und Elisabeth.

Das Mädchen vermag nicht in Worte zu fassen, warum es hier verharrt. Welch erlösendes Wort muß sie finden, damit die beiden Frauen zu ihr hinuntersteigen? Ist diese Lebendigkeit aus Stein? Wie sie sich einander zukehren – die junge Maria und die Ältere, die Weise –, kann es nur ein Zauber sein, der über sie geworfen wurde. Immer wieder vergewissert sich das Kind, daß ein Bildhauer sie aus einem Steinblock herausgelöst hat.

Camille schaut Maria ins Gesicht, so wie sie es gewohnt ist, den Nachbarn, den Passanten, dem Fremden ins Gesicht zu schauen, weil die Augen ihr verraten, wie der Mensch ist – böse, streng, freundlich, offen, heuchelnd. Mädchenhafte Verwirrung liegt über Maria und eine große Freude auf die Zukunft. Und doch ist es die Ältere, von der Camilles Blick immer wieder angezogen wird. Die bitteren Falten um ihren Mund sind ihr vertraut. Der Vater muß ihr erklären, wer Elisabeth ist. Die so lang versagt gebliebene Hoffnung auf ein Kind, die Enttäuschung eines gelebten Lebens, das bisher kein Mutterglück kannte, liegen eingegraben um Elisabeths Mund. Doch die Augen sind voller Güte. Ihr war geweissagt worden, daß sie trotz des Alters noch einen Sohn gebären wird. Johannes, den Täufer.

Camille glaubt Elisabeth zu kennen. Vielleicht hat sie Ähnlichkeit mit der alten Victoire, zu der sich Camille stärker hingezogen fühlt als zur Mutter. Wenn Camille sich an Victoires warmen Schoß drängt, wird sie nicht fortgeschoben.

Das in Stein gealterte Gesicht fasziniert Camille.

Des Vaters Erklärungen über den «griechischen Augenblick der gotischen Skulptur», der in Reims nur von kurzer Dauer war, lassen Camille ahnen, daß eine Fülle von Geheimnissen darauf wartet, von ihr erkannt und durchdacht zu werden.

Neben Maria und Elisabeth steht die Verkündigungsgruppe. Es ist eine andere Maria. Schmalschultrig, im einfachen Gewand, wirkt sie wie eine Fremde vom Land. Ihre Verwirrung über die gute Nachricht verbirgt sie hinter unbeholfener Gebärde. Sie rührt an durch ihr Vertrauen. Es ist nicht das schöne Gesicht, voll Harmonie, Ebenmaß und Feinheit, wie es Michelangelo in seiner «Pietà» schuf. Ihre Züge sind herb und einfach. Camille fühlt sich von diesem Gesicht angezogen, fühlt sich jener Maria nah. Auch in ihrem Inneren ist eine gewaltige Freude auf die Zukunft. Hier – vor diesen Figuren – droht diese Freude sie zu überwältigen. Die stummen Figuren reden mit ihr. Sie versteht die Sprache ihrer Gesten und Blicke. Der lachende Engel prophezeit auch ihr unermeßliches Glück. Sie läßt sich anstecken von seiner Fröhlichkeit. Sie greift nach des Vaters Hand und lacht ihn an.

Großes Einverständnis der beiden.

«Ich werde Bildhauer.»

Sie braucht Ton. Viel Ton.

Sie wird Paul modellieren. Die hohe, klare Stirn. Die verträumten Augen, die sich manchmal verschließen können, um nichts von seinem Gefühl preiszugeben. Das Zurückbiegen seines Kopfes, wenn er sich gegen etwas auflehnt. Das scheue Lächeln, wenn er sich der Schwester vertrauensvoll nähert.

Oder Victoire zuerst? Mit ihren Runzeln im Gesicht und dem spitzbübischen Lachen in den Augen.

Jetzt kennt sie einen Ort, wo sie mühelos Ton bergen kann.

Ich werde Bildhauer

Es gibt Tage, wo sie nicht am Mittagstisch erscheint.

Um nicht gestört zu werden, liegt von innen der schwere Riegel vor dem Scheunentor, erst recht, wenn die Familie einen Verwandtenbesuch plant. Ihr skandalöses Verhalten schürt den Zorn der Mutter.

Bestrafungen werden vom Vater wieder aufgehoben.

Morgens, wenn es noch dämmert, verläßt Camille das Haus, um an die Tongrube zu laufen.

9.

Im August 1870 wird der Staatsbeamte Louis-Prosper Claudel nach Bar-le-Duc berufen – ins Hypothekenwesen.

Die Familie zieht um in diese nüchterne, schmucklose Kleinstadt. Strumpfwirkereien. Marmeladenfabriken. Im unteren, unschönen Teil der Stadt liegt die vom Staat zur Verfügung gestellte Wohnung.

Noch ist die Stadt erschüttert von den Kriegswirren.

Juli 1870, der Streit um die Thronkandidatur in Spanien und jene berüchtigte Emser Depesche haben den letzten Anstoß zum Deutsch-Französischen Krieg gegeben. Kaiser Napoleon legt es leichtfertig auf einen Konflikt mit Preußen an. Er möchte die Frankreich bedrohende Herstellung der deutschen Einheit verhindern.

Dabei verkennt er nicht nur das Kräfteverhältnis – er geht auch in die von Bismarck gelegte diplomatische Falle.

Damit läutet die Totenglocke des Zweiten Kaiserreichs.

Der Krieg war über Bar-le-Duc mehrfach hin- und hergewogt. Der Sohn des neuen Nachbarn war in der Nähe, auf einem kleinen Weinberg, erschossen worden, als sie die Deutschen verfolgten. Mit den Claudelschen Kindern geht der alte Mann bis an die niedrige Mauer aus Feldsteinen, die den Weinberg begrenzt. Immer wieder und immer ausführlicher muß er ihnen erzählen von den Kämpfen und dem Sterben. Diese Schmach, auf eigenem Boden geschlagen zu werden! Haß auf den Kaiser, der dieses Blutvergießen angefangen hat. Und dann am 2. September 1870 die Nachricht – mit der Niederlage von Sedan wurde der Kaiser Napoleon gefangengenommen! Am 4. September spendiert der Vater Sekt – die Dritte Republik ist proklamiert worden. Die Kinder dürfen am Sekt nippen. Ein unvergeßliches Erlebnis. Die Mutter verzichtet.

Die Umstellung auf das Leben in der Kleinstadt trifft

am stärksten Louise-Athenaise. Gleichsam entwurzelt, lebt sie hier in totaler Bedeutungslosigkeit. Hier ist sie eine von vielen. In Villeneuve war sie privilegiert. Ihr verletzter Dünkel macht sie unnahbar. Auch im Charakter ihres Mannes liegt der Grund, daß die Familie Claudel in den Kleinstädten, in die Louis-Prosper berufen wird, keinen gesellschaftlichen Kontakt pflegt. Die Familie muß sich selbst genügen. Die Frau ist kontaktscheu. Unter Fremden fehlt ihr jegliches Selbstbewußtsein. Und Louis-Prosper als Lothringer wird später von seinem Sohn folgendermaßen beschrieben: «Mit mürrischem Gesicht steht er bei Gesellschaften herum, um sich plötzlich mit groben Ausfällen oder hintergründigen Bemerkungen am Gespräch zu beteiligen.»

So konzentriert sich die Aufmerksamkeit der Familie auf sich selbst und bedeutet «Hölle für jeden». Jeder in der Familie ist Opfer und Henker zugleich.

Streitpunkte neuer Art entstehen in Bar-le-Duc. Das Geld. Die Frau, gewohnt, gut zu kochen, aus dem vollen zu schöpfen in Villeneuve, muß hier für teures Geld Fleisch und Gemüse kaufen. Ständiger Vorwurf des Mannes – Verschwendungssucht. Verschwendung aller Laster Anfang. «Er ist geizig wie Judas.» Er gibt ihr nicht so viel Wirtschaftsgeld, wie sie bräuchte. «Soundso viel monatlich. Mehr nicht.» In den späteren Dramen von Paul so aufgearbeitet.

Verbitterung schnürt Louise-Athenaise die Kehle zu. Ihre Verbitterung wird allumfassend. Ihr Los ist es, nicht geliebt zu werden, denn der Mann liebt sie nicht.

Zufrieden in Bar-le-Duc scheint der Vater zu sein. Seine Tätigkeit zieht ihn in die äußere Welt. Er lebt in einer Atmosphäre, der die Frau fernbleibt, die er nach Hause mitbringt, die ihn umschließt wie eine undurchdringliche Hülle. Die Frau bleibt allein – «aus der Vernachlässigung wächst dumpfe Unzufriedenheit.« So Pauls Erinnerungen.

Louis-Prosper, der sich der Schönheit, der Sensibilität

und der Aufgeschlossenheit seiner Kinder erfreut, wünscht ein Familienfoto. Was in ihrem Ermessen steht zu verhindern, was der Mann wünscht, wird Louise-Athenaise tun. Sie will kein Familienfoto, das die Familie Claudel in Eintracht und Stolz auf die Kinder darstellt. Sie will nicht heucheln. So geht der Vater allein mit den Kindern zum Fotografen. Rechts neben ihm steht Camille, links Louise, auf dem Schoß hält Louis-Prosper den vierjährigen Paul in Mädchenkleidern – wie es damals üblich war. Am freundlichsten schaut der Vater, am aufmerksamsten und von dem Wunder des Fotografierens fasziniert Camille, trotzig und verschlossen Louise, die Mutter vertretend, Paul scheu und anrührend. Ein paar Jahre später geht der Vater nur noch mit Camille zum Fotografen. Mit seinem Arm umschließt er ihre Schulter – seine kleine Gefährtin, sein selbstbewußtes, kluges Kind.

Am unbekümmertsten stellen sich die Kinder auf die Kleinstadt um. Voll kindlichem Optimismus und Zuversicht nehmen sie das Leben, wie es sich ihnen bietet. Es zieht sie nach draußen. Vor allem wenn Markttag ist.

«Ein Markt ist eine Art Pfingstfest. Eine tägliche Darbringung der guten Dinge unserer Erde. Und der heilkräftige Duft aus der Apotheke, den ich ganz vergessen habe. Ein Markttag wäre nicht vollständig ohne einen bittersüßen Abstecher zum Arzneihändler …

Wie hübsch ist es in einer kleinen Stadt, wenn man aus der Messe kommt und kommuniziert hat und dann die Kaufleute sieht, die ihre Läden öffnen, und überall die taumelnden Schreie der Schwalben inmitten der österlichen Freude hört. Die Luft ist ein wenig grau, aber es ist ein unwirkliches Grau; gleich erscheint die Sonne, sie blickt in alle Scheiben und schüttelt sich vor Lachen.» Die Jahre in den Kleinstädten – sie liegen verklärt in Pauls Erinnerungen.

Hier in Bar-le-Duc besucht Camille die Schule der Schwestern der kirchlichen Lehre. Zugleich öffnet ihr der Vater seinen Bücherschrank, um diese kirchliche Wissensvermittlung aufzubrechen und zu erweitern. Feierlich überreicht er ihr das Buch «Das Leben Jesu» von Ernest Renan, dessen antiklerikale Haltung ihn so befriedigte. Jetzt sollen es die Kinder lesen. Camille verschlingt es. Es ist ihr eine Lust, den kirchlichen Hokuspokus zu verspotten. Bei ihren Reden ist sie sich der Billigung ihres Vaters sicher. Sein Stolz auf sie lassen ihre Worte kühner werden.

Von der Art, wie Renan Jesus beschreibt, ist sie begeistert. Sohn eines Zimmermanns und seiner Frau Maria, ohne unbefleckte Empfängnis. Ein Jesus, dem auch kein Gott erscheint als ein außerhalb seines Bewußtseins stehendes Wesen, der Gott aus seinem Herzen schöpft. Ein Jesus, der sich in seiner herrischen Willenskraft für allmächtig hält. Dem der Ruf des Wundertäters aufgezwungen wird. Der eine ungeheure soziale Umwälzung fordert, wo Rang und Stand umgekehrt werden, wo nicht Reiche, Gelehrte oder Priester das Sagen haben, sondern das Volk. Demütige, Niedrige. Ein Jesus, der das Reich Gottes als die Herrschaft der Armen auffaßt. Der die Frömmler verurteilt, ihren äußerlichen Rigorismus, die ihr Heil von bloßen Zeremonien erwarten. Das Buch ist eine Offenbarung für Camille.

Sie steckt alle mit ihrem Atheismus an – sogar die Mutter. Nur Paul schweigt zu Camilles Reden. Stets geht er aus dem Zimmer, wenn Camille ein Kapitel zu Ende gelesen hat und mit ihren öffentlichen Interpretationen beginnt. Seine kindliche Seele dürstet nach einem Mystizismus, der nichts erklärt haben, sondern sich im Geheimnisvollen verlieren will.

Bar-le-Duc hat ein Museum. Mit römischen Skulpturen. Befremdet steht das Mädchen vor ihnen. Sie gefallen ihr nicht. Sie reden nicht. Man weiß nicht, was sie fühlen. Man sieht – sie sind nur aus Stein. Glatt und leer, Imitationen von Kopien. Die Lebensnähe und Lebensgewalt der griechischen Kunst fehlt ihnen. Das Mädchen urteilt intuitiv. Es weiß noch nicht um den Unterschied zwischen römischer und griechischer Kunst. Aber es steht in seinem Urteil im Gegensatz zum Zeitgeschmack, der die römische Antike als Ideal empfindet, dem nachzuahmen gilt.

In das Museum geht sie nur einmal.

10.

Die Zeit in Bar-le-Duc ist geprägt von Gesprächen über die Ereignisse in Paris. Die Kommune. Pro und Kontra innerhalb der Familie.

Der aufgeschlossene Louis-Prosper steht einigen ihrer Ideen wohlwollend gegenüber. Louise-Athenaise fürchtet um ihren Besitz. Im Streit der Eltern bilden sich die Kinder ihre eigene Meinung. Worte aus Paul Claudels erstem Drama «Goldhaupt», die ein Fahnenflüchtiger an die Prinzessin richtet: «Ihr tut rein gar nichts! Ihr seid bloß Luxusvieh! Warum sind manche Leute mehr als die anderen? Warum haben sie alles, was sie nur wollen, soviel sie essen und trinken wollen, und wir haben nichts. Vielleicht soll ich Ziegel fressen, was? ... Kann man vom Hunger leben? ... Wer läßt denn das Korn und den Roggen wachsen? Wer erntet? Wer drischt? Wer mahlt? Wer macht es – das Brot? ... Und der Erzeuger des Brotes – ist der nicht soviel wert wie das Brot selbst? Nicht einmal das Recht hat er, einen Brocken davon für sich zurückzubehalten ...!»

In dieser Zeit modelliert Camille eine Büste von Bismarck. Sie ist nicht erhalten. Nie fotografiert. Zu Staub zerfallen. Was bewog das Kind, was wollte es ausdrükken? Abscheu? Haß auf den fremden Eroberer?

Hatte nicht Bismark wesentlichen Anteil an der Zerschlagung der Pariser Kommune? Als er von den Ereignissen des 18. März erfuhr, bot er der Regierung Thiers, die nach Versailles geflüchtet war, zur Niederschlagung der Revolution die Hilfe der deutschen Okkupationstruppen an. Eine Büste für den Vater?

Bei allem patriotischen Gefühl bewahrt sich Louis-Prosper dennoch Objektivität. Er zollt Bismarck als Kanzler Hochachtung, weil er innenpolitisch die katholisch-klerikale Opposition bekämpfte. Er hatte in Preußen ein neues Gesetz erlassen, nach dem die Schulaufsicht den staatlichen Instanzen übergeben und katholische Ordensangehörige vom öffentlichen Schuldienst ausgeschlossen wurden. Es wurde ein Gesetz angenommen, das die Tätigkeit des Jesuitenordens und seiner Kongregationen verbot. Der Staat übernahm in den folgenden Jahren die Aufsicht über die Ausbildung der Geistlichen und behielt sich das Recht zu ihrer Ernennung selbst vor. Damit wurde die Gewalt der höheren kirchlichen Würdenträger über den niederen Klerus und über die Gläubigen eingeschränkt.

Maßnahmen, die in Frankreich erst nach der Jahrhundertwende eingeführt wurden.

Mit dem französischen Schulwesen ist der Vater unzufrieden. Ab 1876 verpflichtet er für seine Kinder einen Hauslehrer, ein Freidenker wie er.

Eine Erinnerung nimmt Camille aus der Kindheit mit — Trauma der Kleinstadt —, Frauen, die sensationslüstern die Köpfe zusammenstecken. Eine Skandalgeschichte, ungeheuerlich, brennend neu, tuschelnd weitergegeben. Belastend für das Kind die Worte der Mutter: «Was die über uns zu reden haben!» Geschürt wird Heimweh. Heimweh nach ihrem Haus in Villeneuve. Von Paul später kritisch resümiert: «Das Haus, das im Schutze seines großen Daches jenen Leuten gleicht, deren Ehrgeiz im Leben darin besteht, nicht aufzufallen. Es ist wie ein Obdach für Leute, die sich nur bei sich selbst wohl fühlen, von Familien, die sich mit einer wilden Anhänglichkeit gegen das Außen zur Wehr setzen, die die öffentliche Meinung zugleich fürchten und verachten, die sie herausfordern und zugleich zu besänftigen suchen durch ein Gemisch aus peinlicher Höflichkeit und sichtbarer großer Nachlässigkeit.»

An solchen Tagen gibt es in der Dämmerung Stunden, in denen sich Camille und die Mutter Erinnerungen an Villeneuve heraufbeschwören.

Der herbe Duft der schweren Erde.

Die kleine Kirchhofmauer mit den überhängenden Bäumen.

Die Häuser mit ihren weiß gekalkten Giebeln und in den Gärten die hingebreitete Wäsche zum Bleichen.

Das Geräusch, wenn der tauende Schnee auf dem Kirchdach zu rutschen beginnt.

Die bunte Katze, die der Großvater heiliggesprochen hat, weil sie innerhalb von sechs Wochen den weiten Weg von Soissons zurückfand und plötzlich wieder in der Küche stand.

Die Linde vor dem Haus. Schlafraum der Vögel, Betäubendes Geschrei in der Zeit, in der sich Hund und Wolf begegnen.

Der Himmel, der sich in den Wasserlachen spiegelt und in den offenen Tonnen, die in den Gemüsegärten stehen.

«Bar-le-Duc hat keinen Himmel!» stellt Camille eines Tages fest. Durch die Häuserzeilen verkürzt, erscheint er abgeschnitten in eintönigem Grau. Der Himmel von Villeneuve ist weit und wild. Von Violett bis Orange. Von Dunkelgrau bis hin zu einem unglaublich getufften Weiß.

Das sind Stunden, in denen Mutter und Tochter sich nahe sind. Stunden, aus denen Camille das Vertrauen schöpft und die Zuversicht, daß die Mutter auch sie liebt. Stunden, die für die Frau ohne Erinnerung bleiben, die nur das Heimweh des Augenblicks schüren oder lindern.

Mit dem Vater kann keine der beiden über Villeneuve reden. Er kennt die Geheimnisse nicht der einsamen Felsen, die die Mutter zu benennen weiß – jene versteinerten Riesen, die die unheimliche Steppe bevölkern. Die Geschwister sind zu klein. Sie haben Villeneuve in seiner Einmaligkeit noch nicht entdeckt.

Die Frau, die sich einsam und verloren fühlt in der fremden Stadt, schließt sie sich in den Stunden großer Verzagtheit der älteren Tochter an? In Camille wächst das erhebende Gefühl, mit der Mutter eng verbunden zu sein.

11.

Ferien in Villeneuve.

Kühle Frische des Morgens. Der beginnende Tag ist voller Verheißung. Camille will zu den Felsen. Dort, wo die Bäume vereinzelt stehen, groß und einsam, wo in den Senken sich niedrig das Tannendickicht duckt. Wenn Paul in der fremden Stadt bat, erzähl mir etwas, verwob Camille gerade Gelesenes mit ihren Erinnerungen an Villeneuve. Sie machte Paul weis, daß die Felsen von Chinchy zu Stein gewordene Lebewesen seien. Das Ungeheuer Medusa hielt sich in einer der Grotten versteckt. Riesen hatten den Kampf aufgenommen. Der Riese Géyn. Höchster Felsen. Weiblein kamen ahnungslos und ohne Arg. Sobald Medusa ihr schlangenumwobenes Haupt zeigte, versteinerten Mensch und Tier. Camille will sich überzeugen, daß ihre phantastische Geschichte nicht abwegig ist.

Aus der Ferne dringt ein Schrei zu ihr. Hell und spitz. Ihr Name wurde gerufen — in Not. Paul.

Camille rennt ins Dorf zurück. Die ersten Gehöfte von Villeneuve. Sie sieht die Jungen des Dorfes, die einen Kreis gebildet haben. Eingeschlossen in diesen Kreis — Paul, der kleine Bruder. Zart, hilflos, versponnen wie er ist, weiß er sich nicht zu wehren. Er läßt sich von einem zum anderen stoßen. Von weitem noch schreit Camille: «Laßt ihn in Ruhe!» Ihre Augen sprühen vor Zorn und Verachtung.

«Feiglinge, ihr Feiglinge! Sich an einem Kleineren zu vergreifen!» Sie stürzt auf den Kreis zu, der sich widerstandslos öffnet. Bevor sie Pauls Hand ergreift, stößt sie den größten der Jungen mit solcher Kraft, daß er zu Boden fällt.

Man wehrt sich nicht.

Ganz Villeneuve spricht von Camilles Augen. Blau, geschmolzener Stahl – empfinden es die einen. Für die anderen sind es zwei schöne blaue Augen, aus lauterem, fast schwarzem Blau, wie die Trauben zur Zeit der Lese. Scheu und wild zugleich. Ihr Haar ist von dem dunklen Glanz aufgesprungener Kastanien. Wenn sie es nur mit einem Band hält, fällt es in natürlichen Locken auf die Schulter. Doch die Mutter achtet darauf, daß es streng zu einem Zopf geflochten wird. Ihr kindlicher Körper, ebenmäßig und zart, leugnet das bäuerliche Blut der Thierrys. Auch Louise ist ein hübsches Mädchen. Doch früh liegt auf ihrem Gesicht ein Zug von Hochmut.

In jeden Ferien gibt es die gleichen Kontaktschwierigkeiten mit den Kindern des Dorfes, unter denen Louise und Paul zu leiden haben. Nicht weil sie die Jüngeren waren. Keiner der Jungen im Dorf trägt an einem gewöhnlichen Sommertag eine gebundene Schleife – wie Paul heute. Ihre Hemden sind offen, mitunter schmutzig, manchmal zerrissen. Auch Camilles Aufzug wirkt abenteuerlich. Ferien in Villeneuve bedeuten für sie ein Ausmaß an Freiheit und Ungebundensein. Aus dem Versteck in der Scheune hat sie ihre Schätze geholt – die einem Cousin entwendeten Überziehschuhe, den vom anderen Cousin abgeschwatzten Sweater und die von Victoire, der Haushälterin, erbettelte Kleiderschürze – ausgeblichen, gestopft, herrlich weit. Ihre Arbeitskleidung, wenn sie modelliert.

Die Kinder des Dorfes lachen über Pauls Schleife und über Louises Rüschenkleid.

«Du hast gesagt, du nimmst mich mit!» In Pauls Stimme zittert der Vorwurf.

«Nun gehen wir ja zusammen!»

An manchen Tagen möchte Camille allein sein – so wie an diesem ersten Ferienmorgen. Ungestört und unbeobachtet will sie begrüßen, was ihr vertraut ist. Nun rührt sie die Anhänglichkeit des Bruders. Sie bleibt stehen, bindet ihm die lächerliche Schleife ab und steckt sie in die Schürzentasche. Paul protestiert schwach. Die Mutter möchte, daß er die Schleife trägt, damit der Standesunterschied im Dorf gewahrt bleibt.

«Du gehst doch nicht zur Schule!»

«Nimmst du mich mit in die Grotte?» fragt Paul mit banger Neugier. Camille nickt.

«Dort ist mein Baum!» sagt sie und seufzt. In diesem Moment ist ihr Pauls Anwesenheit leid.

«Unser Baum!» verbessert Paul. Auch seine Hand fährt liebkosend am Stamm entlang. Die Wurzeln umgeben den Baum wie eine Krone. Ein Erdrutsch hat sie freigelegt. Jetzt vermag man auf ihnen wie auf einer Bank zu sitzen. Paul weiß, wenn Camille verschwunden ist — nach einem häßlichen Streit mit Louise oder der Mutter —, dann sucht sie bei diesem Baum Zuflucht. In der Stadt hat sie ihm von dieser Eiche ein trostreiches Märchen erzählt.

«Ein Baum ist mir Vater gewesen und Lehrer. Manchmal als Kind überfiel mich bitterlich finsterer Mißmut — da wurde mir jede Gesellschaft ein Greuel, die gemeinschaftliche Luft zum Ersticken. Und ich mußte in die Einsamkeit, heimlich dort diese Schwermut pflegen und fühlte, wie sie wuchs in mir. Und ich bin diesem Baum begegnet und hab ihn umarmt.» Pauls Worte.

Der weiße Sand beginnt. Camille zieht ihre Galoschen aus und ihre Strümpfe. Sie läßt den Sand unter sich aufwolken. Nur die oberste Schicht ist von der Sonne erwärmt. Darunter fühlt es sich kühl an. Es riecht nach Heidekraut. Zu einem leuchtenden Lila waren die winzigen Glocken erblüht. Bienen summen — angelockt von der Farbe. Paul fürchtet sich vor ihnen. Stumm bittet er um Camilles Zauberspruch, der die Gefahr bannt. Camille macht weitausholende, streichelnde Bewegungen. Mit leichtem Singsang in der Stimme ruft sie: »Schöne, schöne! Liebe, liebe! Fleißige Biene!»

So werden die Kinder nicht gestochen.

Paul folgt ihr.

Vor ihnen liegt ein ganz mit Heidekraut und weißem Sand überdeckter Hügel. Ungetüme Blöcke, fabelhaft gestaltete Felsen heben sich ab. Sie gleichen vorsintflutlichen Tieren, unentwirrbaren Denkmalresten, Götzenbildern mit falsch aufgesetzten Köpfen und Gliedern ...

Paul verliert sich in Betrachtung dieser sagenhaften Welt. Plötzlich wird ihm bewußt, daß Camille verschwunden ist. Noch nie entfernten sich die Kinder allein so weit vom Dorf. Bisher waren sie immer nur bis zum Fünfwegekreuz am Leidenshügel gekommen.

Paul entdeckt Camilles Spur, die zur Grotte führt und darin verschwindet.

«Camille, wo bist du?» Seine Stimme – ein angstvolles Flüstern. Es bleibt still. Nur der Wind in den Birken ist zu hören. «Camiiiille, bist du da? Camiiiille, du sollst antworten!»

Lebt in der Höhle wirklich jenes Ungeheuer?

Camille fürchtet sich vor nichts. Sie wagt Dinge, bei denen andere vergehen vor Angst.

Aus der Grotte dringt ihr erstickter Ruf:

«Ich bin zu Stein geworden. Rette mich!»

Angst lähmt den Jungen. Was er zu tun vermag, ist, sich in den Sand zu werfen, die Füße anzuziehen, sich so klein wie möglich zu machen und den Kopf in den angewinkelten Armen zu vergraben.

Wieder hört er Camilles Ruf. Tiefer preßt er sich in den Sand. Der Ruf wird ein Flehen. Die Medusa wird auch ihn versteinern, wenn er Camille zu Hilfe kommt. Bange Minuten, Totenstille.

Etwas berührt seinen Kopf. Camilles nackter Fuß. Sie lacht ihr rauhes zärtliches Lachen. Sie wirft sich auf ihn und schüttelt ihn. «Du hast mich nicht erlöst! Angsthase, du!» Sie versucht ihn auf die Seite zu drehen.

«Du hast mich einfach allein gelassen. Wir wollten immer füreinander einstehen!»

Paul bleibt stumm und steif.

«Es gibt keine Medusa! Steh auf!»

Paul schämt sich seiner Angst und seiner Feigheit. Immer fällt er in seiner Gutgläubigkeit auf Camille herein.

Da springt er plötzlich auf, greift nach einem Stock, trockener Ast, vom Wind heruntergeschlagen, und pflanzt sich vor dem Riesen Gèyn auf.

«Camille, ich beschütze dich. Hab keine Angst! Der Riese wird dir nichts tun!»

Er steht in Drohhaltung, fixiert das steinerne Ungeheuer und wartet auf dessen Angriff. Camille kneift die Augen zusammen und betrachtet den Bruder, der sich seiner Feigheit schämt und wiedergutmachen will. Er hält den Stock erhoben. Winzig und schmal steht er vor dem Koloß. David. David und Goliath. Das ist es.

Wieder ist diese seltsame Erregung da, die ihr fast die Luft abschnürt. So wird sie es machen. Nicht diese Gewaltstatue des David, wie sie Michelangelo schuf. Zart und zerbrechlich – ihr kleiner David, beseelt von Mut und Entschlossenheit. Vor ihm Goliath – erdrückend in seiner Größe, selbstsicher, voll Spott und Mordlust.

Paul mit dem Stecken in der Hand, nicht nur seine Schwester verteidigend, gewillt, ein ganzes Volk zu retten.

«Komm, wir müssen nach Hause! Du mußt mir Modell stehen – so wie jetzt!»

«Dauert es wieder so lange?"

«Sicher.»

«Ich will aber nicht!»

«Du mußt. Basta. Nun komm. Ich erzähl dir eine Geschichte. Jetzt holen wir Erde ..., und dann mache ich etwas Neues – etwas ganz Großes – wie ein richtiger Bildhauer!»

«Du bist aber keiner! Und du wirst nie einer, sagt Mama, weil du ein Mädchen bist und Kinder kriegst und deinem Mann gehorchen mußt!»

«Mama weiß das nicht. Das bestimme ich allein! Und ich sage dir – ich werde Bildhauer!»

«Wirst du nicht! Du bist ein Mädchen!»

Das Blau in Camilles Augen wird so zwingend, daß Pauls Widerspruch verstummt. Die Schwester soll nicht so etwas Großartiges werden. Er ist der Junge. Ihm steht so etwas zu.

«Und ich werde nach Paris gehen!»

Jetzt hatte sie ihren sehnlichsten Wunsch zum erstenmal ausgesprochen. Aus vagem Wunschtraum hat sie jetzt einen Beschluß gemacht. Paul hat ihn gehört, die Felsen, der Wind – die Welt. Sie geht nach Paris. «Du nicht, du nicht, du nicht!» Paul schreit in verzweifelter Auflehnung. Sie wird ja immer verrückter, immer maßloser in ihren Ansprüchen. Mit ihm wollte der Vater nach Paris.

Dem Großvater gehört in Bellefontaine ein Gut, auf dem er die Ziegelei «Augeat» hatte bauen lassen, die fünfundzwanzigtausend Tonziegel fassen konnte. In der Nähe liegt die Tongrube. Von dort holen jetzt Paul und Camille die rote Erde.

Dort steht ein wilder Rosenstrauch. Um Pauls inneren Widerstand und Groll zu erweichen, fragt sie scheinheilig: «Weißt du, was für ein Strauch das ist?» Paul schüttelt den Kopf. Seine Augen bekommen den erwartungsvollen hungrigen Blick – hungrig nach Wundern.

«Das ist der flammende Dornbusch. Und hier liegt mein Ton ... Und was sagt dir das?»

In Pauls Augen tritt heiliger Schreck. Die Gnade Gottes, der in einem Dornbusch wohnt, als er sich Moses zeigte, ihn aufflammen ließ, ohne ihn zu verbrennen – hat hier für Camille den Ton bereitgelegt?

Nun hat Camille ein wunderbares Mittel in der Hand, den Kleinen immer wieder an den roten Dornbusch zu schicken, um ihr den nötigen Ton herauszuschleppen.

In Villeneuve ist Louise-Athenaise aufgelebt. Das Gefühl von Souveränität kehrt zu ihr zurück. Hier wird sie gebraucht.

Camille hat die Mutter erschöpft gesehen von dieser

Haus- und Gartenarbeit, mit der sich die Frau abrackert, deren Notwendigkeit Camille begreift.

Wenn die Johannisbeeren reifen, werden sie eimerweise gepflückt. Sie werden zu Gelee und Most verarbeitet. Äpfel und Mirabellen müssen ebenfalls gepflückt werden. Sie werden in die Keltereien gebracht, und man erhält dafür Wein.

Manchmal sitzt die Mutter auf einem Stuhl – ganz in sich zusammengesunken, blaß. Die Augen geschlossen. Tiefe Ringe werden plötzlich sichtbar. Sie gönnt sich nicht ausreichend Schlaf. Die Hände liegen müßig im Schoß. Es sind nur wenige Minuten, die die Mutter so verbringt. Camille stürzt in ihr Zimmer, um Papier und Stift zu holen. Sie möchte die Mutter malen. Diese tiefe Enttäuschung um den Mund, die sich in dem Moment großer Erschöpfung preisgibt. Arme Mama!

Beim Malen ist Camille der Mutter nah und von tiefem Mitgefühl für sie erfüllt. Als die Mutter unerwartet die Augen aufschlägt und Camille erblickt, die sie zeichnet, springt sie ungehalten auf und reißt der Tochter das Blatt Papier aus der Hand. Ein für allemal untersagt sie Camille, sie zu zeichnen. Den Moment ihrer Schwäche will sie nicht festgehalten wissen. Obwohl das begonnene Porträt zerknüllt im Feuer des Herdes landet, sind es Augenblicke, in denen sich Camille von der Mutter widerstandslos vor einen Johannisbeerstrauch setzen läßt, den sie bis zum Abend leerzupflücken hat.

Dann geschieht es, daß der Vater Camille in seine Bibliothek ruft, um sie an einen neuen Autor heranzuführen. Goethe. Shakespeare. Wenn die Mutter den vor dem Strauch vereinsamten, fast leeren Eimer findet und Camille zur Pflicht ruft, scheint der Mann auf diese Aufforderung gewartet zu haben, um mit kränkenden und verletzenden Worten für die Frau – daß es zwischen Himmel und Erde noch etwas anderes gäbe als Gelee und Kochtöpfe – Camille in ihrem Recht zu lesen zu bestärken.

Vor den Kindern geschmäht zu werden trifft die Mutter. Es trifft auch Camille, die sich für den Vater schämt, daß er sich an der Würde seiner Frau vergreift. Die Mutter tut ihr leid. Sie nimmt sich vor, am nächsten Morgen den Frühstückstisch zu decken.

Camille empfindet den Vater in manchen Situationen als ungerecht. Nicht immer akzeptiert sie sein Inschutznehmen. Sie spürt, daß er die Mutter kränken möchte – für ihr Desinteresse an seinen Büchern, für ihr amusisches Verhalten.

Eines Tages fordert die Mutter, Louise müsse Klavierunterricht nehmen. Diese Tochter soll Camille nicht nachstehen. Bereitwillig stimmt der Vater zu. Louise soll Pianistin werden. Gegen diesen Anspruch hat er nichts einzuwenden. Louise klimpert nun eifrig auf dem Klavier herum. Sie braucht ebenfalls kein Gemüse zu putzen. Louise darf bei Feierlichkeiten in der Schule der Schwestern vorspielen. Dafür braucht sie ein neues Kleid.

Wenn Louise am Klavier sitzt, ordentlich gekämmt, sauber und adrett angezogen, schaut Camille bewundernd zu, wie die Finger ihrer Schwester über die Tasten gleiten. Dann wird der Unterschied zu ihr augenscheinlich. Sie selbst in schmutziger Kittelschürze, gelöstem Haar, in den Galoschen des Cousins. Mit einem Finger kann Camille ebenfalls ein Lied auf dem Klavier spielen – von dem Mädchen in den Holzpantinen, das von einem Königssohn geliebt wird.

Sowie sie den Finger auf die Tasten setzt, beginnt Louise die Mutter herbeizuschreien.

Es ist Camille untersagt, das Klavier zu berühren.

Der Vater hat Camille die Werke des schottischen Dichters Macpherson herausgestellt – meisterhafte Nachahmungen alter Volkspoesie mit Anklängen an die Bibel, Homer und Milton. Paul bettelt schon am frühen Morgen: Lies mir vor!

«Vater der Helden, o Trenmor!
Hoher Bewohner wirbelnder Winde,

wo der Donner schwarzrot die sich ballenden Wolken durchzuckt,
öffne deine stürmigen Hallen!
Laß kommen die Barden der Vorzeit, laß sie sich nah'n mit Gesängen
und ihren halb unsichtbaren Harfen.»

Paul versenkt diese Worte gleichsam in seinem Inneren. Er nimmt den Rhythmus in sich auf, bewahrt ihn. Er scheint wieder hervorzubrechen, als der Mann selbst zur Feder greift.

«Im Namen des Donnerhalls und bei der Schwefelzunge des rosigen Blitzstrahls!
Bei dem Gespann der Winde und ihrem Rädergeroll über die aufhüpfenden Massen brüllender Wälder!
Beim Winter mit dem Sturm, der die Bäume krümmt und die Welten von Wolken jagt ...»

Louise spürt die Mißbilligung der Mutter den Geschwistern gegenüber. Wenn der Vater nicht da ist, macht sie sich ein Vergnügen daraus, die beiden in ihren Verstecken aufzuspüren und zu verpetzen.

Dann trollt Paul zu seinem anderen Zufluchtsort, wo die Welt für ihn heil ist und voller Aufmerksamkeit. Zum Großvater. Dieser weiß bereits um seine Krankheit. Magenkrebs. Ein qualvoller Tod erwartet ihn. Doch wenn Paul bei ihm ist, er seine Augen sieht, die noch alle Wunder der Welt für möglich halten, dann mag es den alten Mann drängen, in den Enkel zu versenken, was seinem eigenen Leben Wert und Sinn gegeben hat. Wie Märchen erzählt er ihm die Familiengeschichte, die Jahrhunderte zurückreicht. Und plötzlich tauchen Details auf, Bilder, Erinnerungen, die Paul kennt, die nicht nur in früheren Zeiten, die auch heute noch im Dorf, in der Familie eine Rolle spielen. Der Kleine fühlt sich mit einbezogen in die Geschichte. Ein Gefühl von Tradition entsteht. Ein Sendungsbewußtsein, daß er etwas fortzuführen habe. Paul nickt ernsthaft: Ich werde alles aufschreiben. Ich werde Schriftsteller.

Jetzt ist er glücklich. Jetzt weiß er, welches Ziel er anzusteuern hat. Jetzt endlich steht er den Schwestern nicht nach.

12.

Nogent-sur-Seine – Kreisstadt des Departements Aube. 1876 – neue Berufung des Vaters. Die Stadt zählt kaum dreitausend Einwohner. Nah ist der Fluß, und nah ist der Wald – so betreibt man in Nogent Holzflößerei. Man handelt mit Getreide und Vieh.

Nogent besitzt eine Kirche aus dem 15. Jahrhundert. In der Nähe liegt das von dem Scholastiker Abélard gegründete Kloster Paraclet, dem die Héloise später als Äbtissin vorstand.

Die Claudels mieten ein kleines Haus – in der Rue Saint-Epoingt. Es besitzt einen winzigen Garten. Im Schuppen stehen die Büsten von Bismarck und Napoleon, die Versuche von David und Goliath.

Der Vater verpflichtet für die Kinder einen Hauslehrer. Monsieur Colin. Ein intelligenter Mann, Republikaner. Sein Lebensstil erinnert an den eines Bohemien. Colin ist Journalist und gelegentlich Lehrer. Zum letzteren fühlt er durchaus eine innere Berufung. Er vermittelt den Kindern ein solides Grundwissen, verfügt über eine ausgezeichnete Methode, es in ihren Köpfen anwendungsfähig zu verankern. Immer wieder gelingt es ihm, das Interesse der Kinder neu zu wecken und sie zum Studium anzuregen. Er liest mit ihnen Auszüge aus Stücken von Aristophanes, aus dem «Fuchsroman», aus dem «Rolandslied» und, wie Paul schreibt, «auch Texte, die man Kindern gewöhnlich nicht vorlas, die uns begeisterten, meine Schwester und mich».

Monsieur Colin ist aus Nogent-sur-Seine. Eines Tages macht er mit den Kindern einen Spaziergang in das kleine Dorf Bouy-sur-Orvin. Er erzählt ihnen die Geschichte eines kleinen Jungen, dessen Vater, ein Landarbeiter, auf der Suche nach Arbeit war. Er hatte gehört, daß hier in Bouy ein Bildhauer lebte, der einen Gärtner suchte. Ein Kauz, dieser Bildhauer. Die warme, sonnige Provence hatte er eingetauscht gegen die nebligen Ufer der Seine. Was er schuf, war im Stil des 18. Jahrhunderts. Der Vater des kleinen Alfred begann bei ihm als Gärtner. Der Junge saß stundenlang neben dem Bildhauer und schaute zu. Er erbat sich ein Klümpchen Ton und begann ebenfalls zu modellieren. Der alte Bildhauer war überrascht von der Geschicklichkeit des Kindes und begeistert von seinem Talent. Er gab ihm Unterricht, und der kleine Alfred machte große Fortschritte. Alfred Boucher. Er ist der Schulfreund von Monsieur Colin. Er hat eine Büste von Colin angefertigt.

Camille nimmt diese Geschichte mit Genugtuung auf. Es ist gut, daß solche Dinge geschahen. Sie hört es ohne Neid, überzeugt, daß ihr eines Tages Gleiches widerfahren wird, wenn ein Berufener ihre Versuche in Stein sieht.

1878 ist Alfred Boucher ein junger Mann von achtundzwanzig Jahren. Vor vier Jahren debütierte er im Salon mit einem Porträt und der Plastik «Kind am Brunnen» und erhielt einen dritten Preis. Er hatte die Absicht, in Paris bei Paul Dubois seine Studien zu beenden. Paul Dubois, ebenfalls aus Nogent-sur-Seine, ist gerade zum Direktor der Schule der Schönen Künste ernannt worden. Als sein Vater 1868 in Nogent verstarb, meißelte Dubois für dessen Grabmal eine großartige Statue – «der Schmerz».

Der alte Bildhauer Ramus hat Alfred Boucher bis nach Paris weiterempfohlen – zu seinem Freund Paul Dubois, damit sein Schützling bei ihm weiterstudiere.

Camilles Vater stattet dem Bildhauer Boucher einen Besuch ab, als dieser sich in Nogent aufhält. Der talentierte Bildhauer soll einen Blick auf Camilles Versuche werfen. Der Vater möchte sichergehen, daß der Fanatismus seiner Tochter, Bildhauerin zu werden, berechtigt ist.

Er sucht Bestätigung für ihr Talent, zu dem sich Phantasie und Geist gesellten sowie Ausdauer und Beharrlichkeit. Er will Zweifel zerstreuen und den Ausfällen der Frau die Spitze nehmen. Louis-Prosper braucht die Berechtigung für das Opfer, das er der Familie auferlegen will, dieses Kindes wegen nach Paris zu ziehen, damit sich sein Talent entfalte.

Seinen Besuch bei Boucher verschweigt der Vater vor Camille wie auch die Einladung des Bildhauers ins Haus, wenn Monsieur Colin mit den Kindern die Besichtigung des Klosters vornimmt.

Der Vater will nicht Hoffnung wecken oder Enttäuschung bereiten. Er will Camille nicht in dem Glauben bestärken, daß es keine Schwierigkeiten auf ihrem Weg gäbe. Zu selbstverständlich fordert sie, in Paris die notwendige Ausbildung zu erhalten. Er muß Zweifel schüren, Zweifel an ihrem Können, ihren Willen schüren, es sich und den anderen zu beweisen.

Alfred Boucher, der dem Staatsbeamten Claudel Hochachtung entgegenbringt, belächelt insgeheim den Vater, der in seiner Tochter eine Künstlerin sehen möchte. Ehrgeiziger Dünkel, gezüchtet in Kleinstadtatmosphäre. Übersteigerte Vaterliebe. Die Ernsthaftigkeit des vorgetragenen Anliegens und die spürbar gewordene Verantwortung des Zweiundfünfzigjährigen für die Verwirklichung solch innerer Berufung rühren Alfred Boucher. Seine Worte sind im voraus zurechtgelegt, die den Vater nicht kränken, aber den kühlen Verstand des Beamten warnen sollen vor Leichtfertigkeit. Eine mögliche Ausbildung in Paris setzt Vermögen voraus. Es ist ein kostspieliger Beruf. Er selbst fühlt sich zu unbedeutend, um vermitteln zu können. Das Kind ist ein Mädchen. Als Mädchen braucht sie dreimal soviel Talent. Natürlich läßt sich Bildhauerei als Spielerei betreiben – wenn man es sich leisten kann. Dazu ist Neigung ausreichend. Dazu bedarf es keiner Begutachtung des Talents.

Die Frau bietet Kaffee an. Sie reicht auch Likör. Es ist

früher Nachmittag. Sie hofft, in dem jungen Mann einen Verbündeten zu finden, der mit Sachlichkeit und Vernunft der fixen Idee ihres Mannes entgegentreten wird. Während es den Vater drängt, in den Schuppen zu gehen, versteht es Madame Louise, allein durch das Hochziehen ihrer Augenbraue und das winzig mokante Lächeln um die Mundwinkel dem Besucher zu suggerieren, wie lächerlich sie das Ansinnen dieser Begutachtung findet. Alfred Boucher fühlt sich wohl in dem hohen Voltaire-Sessel, ein Prunkstück, das die Familie von Kleinstadt zu Kleinstadt begleitet.

Madame Claudel hat den Gedanken an Villeneuve als ständigen Wohnsitz der Familie nicht aufgegeben. Bei jeder neuen Berufung ihres Mannes hofft sie, in die Nähe ihres Heimatdorfes zu kommen, so daß sie mit den Kindern in Villeneuve leben könnte und der Mann zu den Wochenenden nach Hause kommt. Wenn Paul eine höhere Schule besuchen und es unbedingt in Paris sein soll, gibt es für ihn die Lösung des Internats. Die Frau möchte nach Villeneuve zurück. Unter allen Umständen. Nur in Villeneuve ist sie bereit, allein mit den Kindern zu leben. Auf keinen Fall in Paris. Dort hat sie nichts verloren. Sie hat nicht Lust, in Paris ein Zuhause einzurichten für die Tochter, die sie nicht sonderlich liebt.

Louis-Prosper drängt zur Besichtigung. Der Besuch muß fort sein, wenn der Hauslehrer mit den Kindern zurückkehrt.

Der Schuppen steht am Ende des kleinen Gartens. Vom Wind schief gedrückt. Die Luke, durch die einst das Licht fiel, war früher mit Brettern vernagelt. Jetzt befindet sich dort ein Glasfenster. Eine Geldausgabe, die die Mutter Camille nicht verzeiht.

Der Bildhauer erwartet Puttenköpfe mit pausbäckigen Gesichtern. Elfen, im Versuch, graziös zu sein. Tiere — kindlich und plump.

Voll ergießt sich das Sonnenlicht über die Figurenensemble Antigone und Ödipus. Dem jungen Mann entfährt ein überraschter Ausruf. Fast hastig tritt er an den David heran und betrachtet ihn mit einer Mischung aus Unglauben und Bewunderung. Ein fragender Blick geht zu dem Beamten. Der nickt. Der junge Bildhauer geht ein paarmal um die biblische Gruppe herum, auf der die Nachmittagssonne liegt. Er dreht die Plastik ein wenig, prüft die Spiele von Licht und Schatten auf dem kindlich-jugendlichen Körper des David, dessen auflehnende Haltung Trotz und Begeisterung verrät. Der zusammengekrümmte Goliath. Alles verrät eine überraschende Energie. Knotig und robust. Der Rücken des David – klüftig wie ein Gebirgsmassiv.

Ein biblisches Thema gewiß. Aber Boucher kennt seinen Freund Colin und dessen politische Gesinnung. Boucher ist überzeugt, daß hier zugleich ein höchst aktuelles Thema angeschlagen wurde, daß hier ein Engagement zum Ausdruck kommt, das Colins Schülerin zur Ehre gereicht.

Der Vater läßt keinen Blick vom Bildhauer – genau wie Louise-Athenaise, die zum erstenmal den Schuppen betritt. Obwohl Boucher sich noch nicht äußerte, weiß sie, daß sie verloren hat. Was die Tochter fabrizierte, war ihr unwichtig. Nur auf den Ausdruck im Gesicht des jungen Mannes, der ihr sympathisch ist, achtet sie. Die innere Bewegung, Verblüffung und Hochachtung zugleich, als er die Werke ihrer Tochter betrachtet, löst, trotz des Gefühls der Niederlage, in Louise-Athenaise einen verbitterten Knoten. Ein fremder Mann, der etwas von Kunst versteht, zeigt sich – unleugbar – beeindruckt. Sie geht ins Haus zurück. Natürlich ist Zorn in ihr, daß ihr Mann bestärkt wird. Auch leidenschaftliches Bedauern, die Skulpturen nicht vorher zerschlagen zu haben – dennoch hat sich ein Funke Bereitschaft entzündet, von nun an das Tun dieser Tochter zu tolerieren. Die Bewunderung Bouchers hat ihr Genugtuung bereitet.

Keiner der zurechtgelegten Sätze paßt. Boucher, so überrascht, daß ihm für die Notwendigkeit, Camilles Talent auszubilden, kein Wort zwingend genug erscheint, gerät ins Stottern. Er fängt sich und faßt es in einem Satz zusammen: «Sie muß nach Paris!»

Eingedenk der eigenen Förderung fühlt sich Alfred Boucher auch in seinem späteren Leben berufen, Talente zu entdecken und zu fördern. Er hat von der Grande Chaumière gehört – der großen Scheune, wo freie Studenten in der Bildhauerei Unterricht erhalten. Diese empfiehlt er Louis-Prosper Claudel. Er wird sich anbieten, soweit es seine Zeit in Nogent erlaubt, Camille Unterweisungen zu geben.

Boucher erwartet Camille in den nächsten Tagen in seinem Atelier.

Betroffen von dem leidenschaftlichen Engagement des vierzehnjährigen Mädchens, ahnt er in dem zarten Kindergesicht mit dem beseelten Blick die künftige Frau, die begehrt werden wird, die ihre Jugend und Schönheit nicht in staubigen, kalten Werkstätten verstecken sollte, bei einer Arbeit, die hart und schwer ist und wie sie nur Männern zusteht.

Camille ist es leid, die gleichen Reden zu hören, die sie von ihrer Mutter kennt. Sie begutachtet interessiert und so eingehend seine Meißel und Schaber, daß Boucher sie auffordert, sich auszusuchen, was sie braucht. Ein solches Gerüst hätte sie benötigt für ihren Goliath, dann hätte sie ihn stehend modellieren können. Boucher rät ihr, sich in kleinen Dingen zu üben. Empfehlungen. Ein wenig Anschauungsunterricht. Michelangelo. Viel Zeit hat er nicht.

Angeliefert in großem Block – weißer Marmor. Camilles Hände streichen unruhig darüber, als wollten sie die Figur erfühlen, die in ihm ruht. Sie entdeckt die Büste einer alten Frau. Sympathie für Boucher. Auch er scheut sich nicht, Alter und Falten zu gestalten. Ein in Demut und Einfachheit gelebtes Leben liegt auf dem Gesicht. Später auf einer Ausstellung entdeckt sie es wieder – das Gesicht seiner Mutter.

Ich schaffe es. Ich schaffe es. In ihrem Inneren klingen

diese Worte wie ein Lied. Zuversicht und unerschütterlicher Glaube an sich selbst.

Als sich Boucher von Camille verabschiedet, weil ihn die Pflicht wieder nach Paris ruft – ein Moment seltsamer Verwirrung. Boucher beugt sich zu Camille herunter. Er zieht ihre gebräunte schmale Kinderhand an seine Lippen. Verlegenheit unter ihrem forschenden Blick. Leises Herzklopfen bei Camille, als Boucher hastig sagt: «Auf Wiedersehen, Camille, in Paris!»

Ahnung von etwas Großartigem. Paris. Boucher.

13.

Camilles Tage in Nogent sind nicht nur von der Begegnung mit Alfred Boucher geprägt. Sie sind auch erfüllt von der dramatischen Liebesgeschichte des Abélard und der Héloise.

Monsieur Colin war mit den Kindern an den kleinen Bach Arduzon gewandert. Dort hatten sie Picknick gehalten. Das war der Ort, wo Abélard einst seine Hüttensiedlung gegründet hatte – als Einsiedelei gedacht. Hier hatte er mit seinen Schülern Zuflucht gesucht. Er hatte sie dem Tröster, dem Heiligen Geist geweiht. So trägt sie noch heute den Namen Paraclet.

Monsieur Colin hatte den Kindern aus der «Leidensgeschichte und dem Briefwechsel mit Héloise» vorgelesen.

Camille bittet sich dieses Buch von Monsieur Colin aus, um es vollständig lesen und durchdenken zu können. Zu verwirrend ist ihr die Ideen- und Gefühlswelt der Héloise.

Der fast vierzigjährige Abélard, der durch den Universalienstreit berühmt gewordene Scholastiker und Domprediger, wird vom Kanonikus Fulbert als Hauslehrer geworben, um dessen Nichte, gerade achtzehnjährig, philosophisch weiterzubilden. Héloise besitzt große Kenntnisse, nicht nur in Griechisch und Hebräisch, auch in der lateinischen und weltlichen Literatur. Camille fühlt sich mit Héloise verwandt.

Zwischen Abélard und Héloise entflammt eine leidenschaftliche Liebe. Abélard wird des Hauses verwiesen. Als Héloise ihrer Schwangerschaft gewahr wird, bringt Abélard sie zu einer Schwester in der Bretagne. Dort kommt ihr Kind zur Welt. Ein Sohn. Um sich mit dem rachsüchtigen Fulbert auszusöhnen, bietet Abélard das Eheversprechen an, gegen das Héloise heftige Einwände äußert.

Eine jener Stellen, die Camille nicht begreift, die sie selbst nachlesen muß.

Kanonikus Fulbert ist in seinem Haß auf Abélard durch die geschlossene Ehe nicht zu besänftigen. Er läßt Héloise mißhandeln und Abélard entmannen.

Zur körperlichen Liebe unfähig gemacht, überredet Abélard Héloise, den Schleier zu nehmen. Später schenkt Abélard der Priorin Héloise und ihren Nonnen das Kloster Paraclet, in dem er nach seinem Tod bestattet werden möchte.

Warum läßt sich Héloise in ein Kloster sperren?

Monsieur Colin versucht, es Camille zu erläutern, daß sie es aus Liebe zu Abélard tut.

Camille drängt es in ihre Kammer. Sie möchte allein sein. Die Ahnung einer großen Leidenschaft hat sie gestreift.

Bisher war es einfach. Die ständigen Anforderungen der Mutter, die Spielerei in Ton zu lassen und statt dessen zu lernen, einen Haushalt zu führen, hatten Camilles Trotz geschürt, der in dem Beschluß gipfelte – ich werde nie heiraten.

Meist mischt sich Louise in diese Gespräche mit ein: «Ein Bildhauer braucht ein Atelier – wie Monsieur Boucher. Wer soll dir das einrichten? Vielleicht Papa? Dann muß er mir genausoviel Geld geben. Du bist nichts Besseres! Du wirst doch heiraten müssen! Vielleicht einen Grafen, der dir das kaufen kann!»

Momente, in denen Camille ohnmächtig mit dem Fuß stampft.

«Ich verkauf mich doch nicht!» schreit sie dann. «Ich arbeite doch. Für meine Werke werde ich Käufer finden – dann habe ich Geld. Dazu brauche ich keinen Mann!»

Louise verzieht schnippisch-verächtlich das Gesicht: «Mit so einem Spleen wird dich auch keiner nehmen. Schmutzig und unmöglich angezogen, wie du herumläufst!»

Auch Paul verhält sich ablehnend. Camille will Geld verdienen? Das steht nur einem Mann zu.

Was Camille aus dem Buch von Abélard und Héloise anweht – die Ahnung von Liebe, ein starkes Gefühl, das nicht identisch und nicht gleichzusetzen ist mit der Ehe der Eltern.

«Die freischenkende Liebe soll mich an dich binden, nicht die drückende Ehefessel!»

Vor diesem Satz der Héloise, gesprochen im 12. Jahrhundert, empfindet Camille große Achtung. Sie beneidet Héloise um die Kühnheit dieses Gedankens. Doch immer wieder Zweifel, ob Héloise ihn zu leben vermocht hätte.

Auf die Ehe verzichten, um sich die Liebe zu bewahren.

Die Ehe der Eltern unterstreicht diesen Gedanken. Ein Vorbild ist sie nicht.

Doch man ist ausgestoßen, wenn man nicht die Achtung der anderen spürt. Und die anderen werden einem die Achtung versagen, wenn man in freier Liebe mit einem Mann lebt, der das arme Mädchen nicht zu heiraten gedenkt.

Man darf sich vor der Ehe nicht mit einem Mann einlassen ... und vielleicht noch ein Kind bekommen ..., dann geht es einem wie Desirée, die in den Fluß gegangen ist mit ihrem dicken Bauch. Desirée – wenn man ihr wunderbares Lachen hörte, wurde man an ein Glockenspiel erinnert. Damals herrschte große Aufregung in Villeneuve, als ihre Leiche gefunden wurde. Den Kindern war es verboten, sie noch einmal zu sehen. Desirée war an abgelegener Stelle des Friedhofs beerdigt worden. Camille hat die Worte der Mutter noch im Ohr: «Für sie ist es besser so! Wer hätte so eine genommen!»

Héloise sagt zu Abélard: «Mir ist das Liebste und für mich das Anständigste, wenn ich Geliebte heiße statt Gattin ... Theologie und Philosophie verlangen einen ganzen Menschen ... Die Natur schuf dich, um allen zu dienen, und du willst dich nur noch einem Menschen widmen, obendrein einem Weib, und dich in so eine schimpfliche Knechtschaft verkaufen.»

Dieser Gedanke empört Camille.

Sie denkt an Monsieur Boucher.

Die kleine Frau in ihr spürte, daß sein Handkuß mehr bedeutete als freundliche Galanterie. Sie ist dem Manne ebenbürtig. Sie wird den Widerspruch aufheben zwischen Liebe und Ehe. In ihrem Leben wird die Liebe das Synonym für Ehe sein.

Sie muß mit Monsieur Colin reden. Er ist Freidenker, bestärkt sie. Als Republikaner entwickelt er ihr seine politischen Erwartungen. Die neue Verfassung von 1875 – ein Skandal. Soldaten und Frauen wird das Wahlrecht vorenthalten. Aber eines Tages wird sich das ändern. Die Dritte Republik blieb mit ihren Gesetzen einen erheblichen Schritt hinter der von 1793 und der von 1848 zurück. Für die Propagierung sozialistischer Ideen droht ein Gesetz Gefängnisstrafen von zwei bis fünf Jahren an.

Monsieur Colin ist dankbar für dieses Gespräch. Er kann seinen Ärger abreagieren. Der Präsident hat weitgehende Befugnisse erhalten. Er ist berechtigt, die Abgeordnetenkammer aufzulösen. «Eine Republik ohne Republikaner!» Doch die Zeiten sind unruhig und drängen zur Veränderung. Die Reaktion muß auf der Hut sein. Die Republikaner sind auf dem Vormarsch. Eines Tages wird auch die Entmündigung der Frau aufgehoben sein. Eines Tages werden auch die Frauen an den Hochschulen studieren dürfen.

Paul, Zeuge dieser Gespräche, hält an seiner Skepsis und Voreingenommenheit fest. «Schimpfliche Knechtschaft des Weibes!» – das gefällt ihm. Wenn niemand anderes aus der Familie, so wird ihm der Großvater beipflichten.

Monsieur Colin ist überrascht und beglückt von dem Interesse Camilles an dieser Liebesgeschichte, die zur Weltliteratur zählt. Er hat es sich zur Aufgabe gestellt, die Claudelschen Kinder an die besten Werke nicht nur der französischen, sondern der Weltliteratur heranzuführen. So wird Camille nicht zu jung sein, die «Sakuntala» zu verstehen, die 1789 ihren Siegeszug durch Europa antrat. Ihr Autor – der Brahmane Kalidasa. Um 500 bedeutet er mit diesem Werk den Höhepunkt der klassischen Kunstdichtung.

Als das aufstrebende Bürgertum zur Zeit der Französischen Revolution geistig die engen nationalen Grenzen sprengte, begrüßte es die zarte Schicksalsfabel der Sakuntala mit Staunen und Entzücken.

14.

Eines Morgens verkündet der Vater beim Frühstück: «Wir werden zur Weltausstellung fahren!» Diese Mitteilung schlägt ein – wie eine Bombe. Nur in Camilles Augen leuchtet Freude. Die Reise nach Paris zur Weltausstellung war seit langem geplant. Doch jeder in der Familie weiß – die Weltausstellung ist Vorwand. Der Vater will die Umsiedlung nach Paris vorbereiten. Camille hat es geschafft. Sie wird in Paris ihre Ausbildung als Bildhauerin aufnehmen.

Monsieur Colin begleitet die Familie auf ihrer Reise.

Paris ist seit je der Ort politischer Machtkämpfe. Auch jetzt.

Nach der Niederwerfung der Pariser Kommune gingen

die Bestrebungen einflußreicher reaktionärer Kreise dahin, die Monarchie wiederherzustellen.

Die Reaktion wollte die fortschrittliche Bewegung zum Stillstand bringen.

Weltausstellung 1878 in Paris.

1855 hatte eine ebensolche internationale Ausstellung in Paris stattgefunden. Die letzte war 1876 in Philadelphia ausgerichtet worden.

Monsieur Colin redet viel während der Fahrt. Er überspielt seine Vorfreude und merkt nicht, daß er sich wiederholt. Er fühlt sich bemüßigt, die Kinder auf die genialen, aber auch verbrecherischen Veränderungen hinzuweisen, denen Paris unter der Amtszeit des Präfekten Haussmann ausgesetzt war.

Zum Ruhme seines Monarchen, Napoleon III., hatte Haussmann die Hauptstadt gründlich umgewandelt. Monsieur Colin hat für den Kaiser nur abfällige Bemerkungen. Ebenso für die städtebaulichen Veränderungen des Baron Haussmann, der Paris «zur Hauptstadt der Welt» machen wollte – pompös und elegant. Alle Maßnahmen auf dem Gebiet des Kunstlebens standen im Zeichen einer hemmungslosen Sucht nach immer größerem Prunk.

Im Zuge dieser Veränderungen hat Haussmann ganze Viertel eingeebnet und «riesige Alleen und Boulevards durch die Stadt geschossen». Mehrmals mußte Monsieur Colin seine Wirtinnen wechseln, die evakuiert wurden. Kost und Logis hatte er in den anspruchslosen alten Häusern gesucht und gefunden, die Haussmann schleifen ließ. Häuschen, die aus dem Mittelalter stammten. Zeugen der Vergangenheit. Colins schlimmstes Schimpfwort – «Kulturbarbar». Zum anderen waren dadurch die Winkel und Gassen verschwunden, die für den Barrikadenbau und die Straßenkämpfe besonders geeignet waren.

Paul kauerte in der Ecke des Coupés. Mit skeptisch-gleichgültiger Miene hörte er den Ausführungen von Monsieur Colin zu. Er will niemandem eingestehen, daß er sich vor der großen Stadt fürchtet.

Auch Camille interessiert sich nicht für den Baron Haussmann oder den Kaiser. Sie kann ihre Neugier auf Paris kaum bändigen. Sie wird Monsieur Boucher treffen. Er wird ihr die Académie Colarossi zeigen, wo sie als freie Studentin Unterricht nehmen wird. Sie werden sich erkundigen, wie teuer ein Atelier ist.

Die Mutter gähnt verstohlen hinter der Hand. Sie wird die erste Frau in Villeneuve sein, die in Paris war.

Jetzt beginnt auch der Vater seine Kenntnisse zu vermitteln. Haussmann habe mit Konsequenz die von Ludwig XIV. erlassene Reglementierung durchgesetzt, daß die Höhe der Häuserfronten sich im Verhältnis zur Breite der Straßen zu halten habe. Monsieur Colin fällt beipflichtend, doch mit Grimm in der Stimme, dem Vater ins Wort, daß Haussmann die sechs- bis achtgeschossigen Reihenmietshäuser eingeführt habe — mit ihren gußeisernen Balkongalerien und dem hohen gewölbten Blechdach mit den Mansarden.

Die Kinder amüsieren sich bei dem Gedanken, daß ganz Villeneuve mit seinen Einwohnern in zehn solcher Mietshäuser passen würde.

In Paris wohnen die Claudels für die Tage ihres Aufenthaltes bei Verwandten. Beengt, unfrei und bemüßigt, sowenig Umstände wie möglich zu machen. Bei Louise-Athenaise verstärkt das den Eindruck, daß man in Paris nicht leben kann.

Louise ist von den Pariser Schaufenstern begeistert, Paul verängstigt, in dieser Millionenstadt unterzugehen und sich selbst zu verlieren, Camille glücklich, im Louvre vor einem Michelangelo zu stehen. Auch Madame Claudel steht davor. Wortlos. Empört. Sie starrt auf dessen Genitalien. Sie sieht nichts anderes. Will ihre Tochter ebenfalls nackte Männer kneten?

Die Stadt, durch die Besucher der Weltausstellung übervölkert, macht ihr angst. Nach Paris wird der Mann keine Berufung erhalten. Wegen Camille soll sie hier allein mit den drei Kindern leben? Niemals. Damit Camille aus Stein nackte Brüste und einen Penis formen lernt?! Verderbt! So eine bist du! Das findet die Billigung deines Vaters? Gerade vierzehn und schon solche Unanständigkeiten im Kopf! Schweig still – du bist durchschaut. Ich werde es nicht dulden.

Louis-Prosper hat in der Académie Colarossi vorgesprochen. Wenn Camille ihr sechzehntes Lebensjahr vollendet hat, könnte sie diese Schule besuchen. Die Wohnung der Familie müßte in der Nähe liegen. Am Montparnasse. Die Verwandten werden beauftragt. Einigen Komfort muß die Wohnung bieten. In der Nähe liegt auch das Gymnasium Louis-le-Grand. Das ist für Paul wichtig. Für Louise würde sich zu gegebener Zeit eine Klavierschule finden. Doch eines schreckt den Vater. Die Kosten. Es ist nicht allein die Ausbildung. Es ist der Beruf selbst. An Marmor wagt er nicht zu denken. Der Bronzeabguß für die Büste kostet fünfhundert Franc.

Die Vorabsprachen hatte Louise-Athenaise nicht verhindern können. Es bleibt eine Frist, die absurden Pläne des Mannes zu vereiteln.

Der versprochene Theaterbesuch.

Es ist Monsieur Colins große Stunde. Man spielt Victor Hugos «Hernani». Nicht nur Colin, auch der Vater hegt große Verehrung für Hugo, der sich schon 1848 als Haupt der romantischen Schule entschieden zu einem Vertreter der politischen Linken entwickelt hatte.

Als sich Napoleon III. 1851 durch einen Staatsstreich an die Macht brachte, mußte Victor Hugo Frankreich verlassen. In wortgewaltigen, politisch-satirischen Streitschriften bekämpfte der Dichter den Usurpator, der die Rechte des französischen Volkes unterdrückte. 1870 konnte Hugo nach Frankreich zurückkehren. Während des Kommune-Aufstandes reiste er nach Belgien, wo er am 31. März ausgewiesen wurde – geflüchteten Kommunarden hatte er Asyl in seinem Haus angeboten. Zurückgekehrt, wird er in der Dritten Republik Parlamentsabgeordneter, und seit 1876 ist er Senator.

Sein Stück «Hernani» wurde 1830 das erstemal aufgeführt.

Überall drängt sich Camille in den Vordergrund – so empfindet es Paul. Wenigstens ins Theater hätte sie nicht mitgehen dürfen. Den Theaterbesuch hatte der Vater ausschließlich ihm versprochen. Camille hatte ihre Museen. Monsieur Colin widmet sich mit seinen Erläuterungen nur Camille. Was interessiert sie an Hugo? Paul – er will Dichter werden! Hugo stellt das Alltägliche in seinen Dramen neben das Heroische. Einfache Menschen sollen das Recht haben, im Mittelpunkt einer Tragödie zu stehen – nicht nur Könige. Camille ist ein Egoist. Alles eignet sie sich an.

Reicht die Zeit für einen Besuch auf dem Friedhof Père-Lachaise? Das Grab von Abélard und Héloise.

Im Jahre 1497 wurden deren Gebeine aus dem Kloster Paraclet in den Chor der Kirche von Nogent-sur-Seine überführt. In der Zeit der Großen Französischen Revolution war diese Grabstätte zerstört und die uralte Statue der Dreifaltigkeit zerschlagen worden. 1817 wurde das berühmt gewordene Liebespaar endgültig nach Paris überführt und auf dem Friedhof Père-Lachaise beigesetzt.

Der Friedhof liegt auf einem kleinen Hügel. Eine steinerne Oase der Stille im Getriebe der Großstadt.

Hier errichteten die Jesuiten im 17. Jahrhundert ein Altersheim für ihre Ordensbrüder. Der Beichtvater Ludwigs XIV., Pater La Chaise, hatte in diesem Heim des öfteren übernachtet. Zum Friedhof war es 1803 auf Geheiß Napoleons umgestaltet worden.

Die Gräber von Molière, La Fontaine, Beaumarchais, Balzac, die von Chopin und Bizet, von Géricault und Delacroix. Abélard und Héloise. Erst der Tod achtet ihre Liebe. Das Grab vereint das Paar.

Durch das eiserne Gitter wirft Camille eine Blume auf die Grabplatte der Héloise.

Und Monsieur Colin geht mit den Kindern an die Umfassungsmauer. Auf diesem Friedhof hatten sich im Mai 1871 die Kommunarden verbarrikadiert. Die Kommune war zerschlagen. Einhundertsiebenundvierzig ihrer Verteidiger wurden an dieser Mauer am 28. Mai 1871 erschossen.

In Camilles Kopf überlagern sich die Pariser Eindrücke. Die Weltausstellung mit ihrem Hauch von Exotik, der Tod der Kommunarden, die für eine gerechtere Welt ihr Leben opferten, die Forderung Victor Hugos, den einfachen Menschen zu beachten, zu gestalten, in den Mittelpunkt zu stellen — als Vertreter einer neuen Klasse —, und all dies aufgesogen von ihrem Bedürfnis, es in Stein umzusetzen, mit einzugehen in den großen Fluß der Zeitgeschichte.

Ein froher Zukunftsglaube beseelt Camille. Daseinsfreude und das Bewußtsein, Wesentliches begriffen zu haben.

15.

Die Frau ist mit den Kindern nach Villeneuve gereist. Am 10. September 1879 hat Louis-Prosper seine Berufung nach Wassy-sur-Blaise erhalten. Er wird die Familie nachkommen lassen, wenn der geeignete Wohnraum gefunden ist. Solange bleibt man in Villeneuve. Auch Monsieur Colin ist dabei. Der Unterricht für die Kinder soll nicht vorzeitig beendet werden.

Monsieur zeigt sich beeindruckt von dem Haus. Zum erstenmal findet Louise-Athenaise den Lehrer sympathisch. Stolz führt sie ihn herum. Das große Vestibül, an das sich links das Eßzimmer und der Salon anschließen, rechts die Küche nebst der Waschküche. Daran gebaut der Pferdestall und zwei Scheunen. Eine davon gehört jedoch dem Nachbarn. Die erste Etage ist den Zimmern vorbehalten. In der Mitte darüber liegt der Heuboden. Von hier oben hat man einen herrlichen Ausblick auf den

Garten, das Taubenhaus von Bellefontaine und den schwerfälligen Bau des Pachthofes von Combernon. Vom Vestibül führt eine Treppe aus Holz in die obere Etage und endet an einem langen Korridor, von dem die einzelnen Zimmer abgehen.

Monsieur Colin bestätigt der Frau, daß dieses Anwesen sich wahrlich nicht mit den staatlichen Mietwohnungen vergleichen läßt, die Louis-Prosper in den Kleinstädten zugewiesen bekam.

Der erste Tag ist zum Eingewöhnen. Es findet kein Unterricht statt. Es ist kalt im Haus, und ein wütender Wind wirft den Regen wie Brunnenwasser an die Scheiben.

Camille hat ihrem Bruder Zeichenpapier in die Hand gedrückt und einen Bleistift. Sie wollen den Regen malen. Paul setzt unendlich viele Pünktchen auf das Papier. Der Bleistift verursacht ein hartes, spitzes Geräusch. Camille schaut ungehalten auf.

«Paul, gib dir mehr Mühe! Schau aus dem Fenster – wie sieht der Regen aus?» Genau hinsehen, um die winzigen Alltäglichkeiten zu erfassen, Regungen wahrzunehmen, die ein Gefühl, eine Stimmung enthüllen.

Der Kleine schaut auf den Hof. Über die gekalkte Mauer ragt schwarz glänzend das Geäst der Apfelbäume. Die Wolken hängen tief und dunkelgrau. Pfützen stehen auf dem Hof. Der Wind peitscht das Wasser. Im Pfarrhaus sitzt der Priester. Er ist nahe an das Fenster gerückt und liest.

«Traurig», sagt Paul schließlich.

«Sind deine Pünktchen traurig? ... Was empfindest du bei diesem Regen?» bohrt Camille.

Paul stützt den Kopf in seine Hände und versenkt sich in den Anblick des Regentages. Aus dem Waschhaus tritt die alte Victoire mit einem Waschtrog. Sie stellt ihn unter der Pumpe ab, läuft eilig unter das schützende Dach zurück. Von der Wäsche steigt Dampf auf.

«Kälte ..., der Regen ist kalt ..., und ich kann nicht malen!»

«Du kannst malen, wenn du genau hinschaust. Ich radiere die albernen Punkte wieder aus.»

Paul nickt. Er rutscht vom Stuhl und verläßt das Zimmer.

Dieser Regentag prägt sich tief in sein Gedächtnis ein. Viele Jahre später wird er ihn in einem seiner Bücher wieder heraufbeschwören.

Camille sieht ihn unentschlossen an der Pumpe stehen. Frierend, mit hochgezogenen Schultern. Er nagt an einem Apfel. Immer wieder schaut er zum Pfarrhaus hinüber. Es gibt Camille einen leisen Stich, als sie seinen hellen Schopf neben dem Priester auftauchen sieht. Camille weiß, die Bibel ist in Latein geschrieben. Sie hat Paul überrascht, als er im Dunkeln unter der Kellertreppe saß und leise vor sich hin deklamierte: Domine, quia imminuti sumus plus quam omnes gentes, sumus que humilis in universa terra propter peccata nostra ...

Es war nach einem Streit der Eltern gewesen.

Paul hat recht. Der Tag ist traurig und kalt. Paul hat drüben Zuflucht gefunden. Er versenkt sich mit seinen zehn Jahren in das Latein, lernt es seitenlang auswendig, um es dann zum eigenen Trost vor sich hin zu deklamieren, wenn er bedürftig ist. Sie versteht seine Sehnsucht nach Liebe und Güte, nach sanften, freundlichen Worten — doch soll er nicht in die Bibel flüchten, nicht zu einem Gott, den es nicht gibt. Paul soll seine Sehnsucht nicht Gott nennen! Sie hat Lust, ebenfalls ins Pfarrhaus zu laufen und Paul, ihren Paul, von dort fortzuziehen, ihn mit all ihrem Spott zu überhäufen, daß er begreift, seine Flucht endet in einem Märchen.

Camille betrachtet das Bild, das sie gemalt hat — in Farbe. Der Regen ähnelt einem Schneeschauer und das Wasser in den Pfützen einer Eisschicht. Plötzlich begreift sie, daß der Pfarrer mit der Bibel am Fenster unbedingt zu ihrem Bild gehört, daß es das Trostsuchen an einem solchen Tag unterstreicht.

Obwohl ihre Finger erstarrt sind, und sie die Hände abwechselnd vor den Mund führt, um sie anzuhauchen, glühen ihre Wangen. Im Inneren ist sie erfüllt von Fröhlichkeit. Sie hat die Traurigkeit des Tages gebannt, die Kälte bezwungen. Sie hat ein Bild gemalt.

Die Mutter kommt herein. Sie stellt den Eimer mit dem Holz ab und kniet sich vor den Ofen. Mit der Hand tastet Camille nach dem Bleistift, und mit schnellen Strichen versucht sie die Haltung der Mutter festzuhalten. Etwas sehr Einsames geht von ihr aus. Ganz in sich verloren, ringt sie in diesem eiskalten Haus, mit dem peitschenden Regen vor dem Fenster, um ein bißchen Wärme.

Den ganzen Tag schon war zu spüren, wie glücklich die Mutter in Villeneuve war. Nicht einmal hat sie bisher mit den Kindern gescholten. Sie nahm sie kaum wahr. Sie liebt ihr Haus, den Hof, den Garten, wohl auch den Regen in Villeneuve. Jetzt bläst sie auf die kleine Flamme, die erlischt. Sie entzündet den Kienspan neu. Ein kratzendes Geräusch läßt sie den Kopf drehen. Sie sieht Camille. Louise-Athenaise holt tief Luft. Ihr Blick füllt sich mit Unwillen. Ihre Gesichtszüge verhärten sich. Wie aus einem Traum erwacht, springt sie auf, wirft das Holzscheit, das sie auf die Flamme legen wollte, zu Boden und stößt hervor: «Fort! Scher dich fort! Bist du von allen guten Geistern verlassen, deine Mutter zu malen, wenn sie vor dem Ofen kniet, und du, du thronst auf dem Stuhl! Schau mich nicht mit deinem Basiliskenblick an! Fort!»

Camille blickt verstört von ihrem Blatt auf. Sie weiß nicht, was sie der Mutter getan hat. Die glückliche Stimmung beider ist zerstoben. Camille spürt Gefahr und rafft ihr Malzeug zusammen. Der Stift fällt herunter. Die Mutter schleudert ihn mit dem Fuß unter den Schrank. Schrill klingt die Stimme der Mutter. Camille sucht nach dem Stift. Warum können sie sich dieser Tage in Villeneuve nicht erfreuen? Weil Camille durch ihre Spielerei in Ton der Mutter immer wieder ins Bewußtsein bringt, daß sie eines Tages dieses köstliche, armselige Villeneuve gegen Paris eintauschen werden.

Camille hat den Stift gefunden und erhebt sich vom Fußboden. Sie schaut ihre Mutter an. Die steht wartend und drohend. Unsägliches Mitgefühl steigt in Camille auf.

«Mama!» sagt sie leise. Vorwurf, Mitgefühl, Verständnis, Bitte um Zuwendung. Camille legt die Holzscheite auf den noch brennenden Span und schließt die obere Ofentür. Sie verläßt das Zimmer. Louise-Athenaise sinkt auf den Stuhl und starrt verloren in den Regen. Warum muß sie dieser ein solches Opfer bringen?

Jemand klopft heftig an die Scheibe. Camille erkennt Charles, den Cousin. Er hat sich einen Sack um Kopf und Schultern gehängt. Er hält seine Hände hoch. Sie sind schmutzig. Rot verschmiert. Er hat ihr Tonerde geholt. Vom flammenden Dornbusch. Als er Camilles Augen aufleuchten sieht, ist er zufrieden.

In den letzten Ferien hatte Camille mit den Kindern des Dorfes Räuber und Prinzessin gespielt. Sie liebt diese wilden Spiele. Ihr Ehrgeiz bestand darin, als einzige Prinzessin nie gefangen zu werden. Ihr Erfolg lag weniger in der Schnelligkeit als in geschickten Täuschungsmanövern.

Der größte der Cousins, Charles, versuchte mehrmals, Camille einzufangen. An diesem Tag drängte er sie an die Kirchmauer. Ein dort abgestellter Pferdewagen schnitt ihr den Fluchtweg ab. Als er sie packte, war Seltsames geschehen.

Camille spürte den zwingenden Druck seiner Hände an ihrem Unterarm. Als sie ihn mit der freien Hand abwehren, schlagen oder kneifen wollte, fing er auch diese Hand. Ihre Gesichter waren sich sehr nahe.

«Camille, wehr dich doch nicht!»

Da war es nicht mehr das Spiel von Räuber und Prinzessin. Die Erregung in seiner Stimme rührte nicht vom Rennen. Einen seltsam süßen Schauer spürte Camille im Rücken. Es war ein ungemein aufregender Augenblick, den sie nicht begreifen und nicht erklären konnte, in dem sie das Bedürfnis spürte, daß mehr geschehen möge, daß er sie näher an sich heranzöge, daß sie seine Nähe intensiver spüre.

Daran muß sie jetzt denken. Charles ist schüchtern, als er ihr gegenübersteht. Camilles dankbare Herzlichkeit läßt ihn rot werden und stumm. Als sie ihn in die Küche ziehen will, damit Victoire ihm ein Brot mache, läuft er fort. Die Tonerde hat er vor der Scheune abgestellt.

«Monsieur Colin – was ist ein Basiliskenblick?»

16.

Wassy-sur-Blaise. Am 18. November 1879 reist Louise-Athenaise mit den Kindern ab. Die Claudels bewohnen ein schönes Haus. Staatseigentum. In der ersten Etage ein Balkon. Eine Freitreppe mit einem großen Eingangsportal. Anderthalb Jahre wird die Familie hier wohnen. Zum erstenmal ist Louise-Athenaise etwas ausgesöhnt.

Mit Wassy-sur-Blaise schließt sich der Reigen der Kleinstädte, in denen Camille, Louise und Paul ihre Kindheit und Jugend verbringen. So weit östlich wie in Wassy war die Familie noch nie von Villeneuve entfernt. So nah war sie noch nie den Vogesen, wo der Vater sein Zuhause hat. Jetzt sind sie oft bei diesen Großeltern zu Besuch. Wassy ist so klein, daß man es auf der großen Karte Frankreichs nicht findet. Eingegangen in die Geschichte ist die Stadt durch das unter den Hugenotten angerichtete Blutbad. 1562 war von hier das Signal für die Religionskriege ausgegangen, als der Herzog von Guise unter den Protestanten das Massaker anrichten ließ.

Monsieur Colin ist in Nogent geblieben. So schnell findet Louis-Prosper keinen neuen Hauslehrer, der vor seinen Augen besteht. Paul wird in das Gymnasium von Wassy aufgenommen. Er ist jetzt elf Jahre alt. Ihm gefällt das Leben in den Kleinstädten.

Camille arbeitet in Wassy mit ungeheurer Energie. Ödipus und Antigone. Doch wer steht ihr Modell?

Eines Nachmittags sitzt sie mit Louise auf der Parkbank. Jede hat vor sich eine Tüte mit Mandelgebäck. Eine Spezialität, die das kleine Städtchen Wassy-sur-Blaise berühmt gemacht hat. Zu Hause ist Besuch aus Gérardmer. Man hat den Kindern ein paar Sous geschenkt, um sie aus dem Haus zu haben.

Da humpelt er vorbei, ihr Goliath. Ein Koloß. Ein Riese. Das eine Bein zieht er etwas nach. Camille starrt auf seinen breiten Rücken, auf die mächtigen Arme, auf seine übergroßen Hände. Sie legt Louise ihre Tüte mit den Makronen in den Schoß. Fasziniert von seiner mächtigen Gestalt, läuft sie hinterher. Vor einer Schmiede, einem kleinen roten Backsteinbau, bleibt er stehen. Erregt, ihren Goliath gefunden zu haben, hemmt sie Schüchternheit. Einen Fremden ansprechen? Kopfschüttelnd hebt dieser ein Metallstück auf und nimmt Camille wahr. Der Schmied hat eine niedrige Stirn, von Falten zerfurcht. In ihnen hat sich Ruß abgelagert. Die Mutter würde die Nase rümpfen und sagen, daß er schmutzig sei. Camille forscht mit intensivem Blick in seinem Gesicht, und der Mann schaut sie in fragender Verwunderung an.

Stotternd trägt sie ihr Anliegen vor, Modell möge er stehen, für einige Tage nur, der Vater wird ihn für diese Stunden bezahlen. So habe sie sich Goliath vorgestellt. Mehrmals wird sie ihm die Adresse wiederholen, wo er bitte erscheinen möge.

In der Ferne steht beobachtend Louise und macht ihrer Schwester unmißverständliche Zeichen Richtung Stirn. Der Mann lacht gutmütig und verspricht, eines Tages vorbeizukommen.

«Unter keinen Umständen kommt ein Fremder ins Haus. Ich werde es nicht dulden. So weit kommt es, daß ein Mädchen Männer, Fremde in das Haus holt, daß sie entscheidet, wer zu uns kommt ... Wenn Paul Modell sitzt oder Victoire – meinetwegen. Das ist deren Sache!

Ein Fremder in unserer Küche! Und zusätzlich Geld ausgeben – nein. Louis, wenn du das zuläßt und Geld für so etwas verschleudert wird! Ich begreife dich nicht! Das Wirtschaftsgeld hat nicht gereicht, um genügend Holz zu bestellen.»

Der Mutter brennen rote Flecken im Gesicht. Louis-Prosper winkt begütigend ab. Er verspricht, die Sache aus der Welt zu schaffen. Camille soll ihn von der Kanzlei abholen. Sie werden bei Monsieur Brumard vorbeigehen.

Aufatmende Zufriedenheit bei Louise-Athenaise. Sie nimmt das winzige Augenzwinkern des Mannes, das Camille gilt, nicht wahr.

Louis-Prosper Claudel, der an Camille glaubt, an ihre Berufung, Bildhauerin zu werden, unterstützt sie heimlich, müde des Familienstreites. Er handelt in der Schmiede die Stunden aus, an denen Camille den Mann bei seiner Arbeit malen darf. Der Schmied versteht nicht, warum man ihn dafür bezahlen will. Eines Tages findet die Mutter eines dieser Zeichenblätter von Camille. Für Tage ist die Familienatmosphäre vergiftet.

Eugène Brumard ist ein schweigsamer Mann.

Früher lebte er in Paris – mit Frau und Kind. Seine Verwundung zog er sich beim Kommune-Aufstand zu. Die Tochter, lebte sie noch, wäre so alt wie Camille. Die Versailler Truppen erschossen beide, Frau und Kind, zusammen mit achtzig anderen Geiseln. Er war nach Wassy zurückgekehrt, als sein Großvater verstarb und die Schmiede leerstand.

Wenn das Bein des Schmiedes zu schmerzen beginnt, setzt er sich auf den Schemel. Dann ruht er aus, stützt seinen Kopf in die Hand und versinkt in Nachdenken.

Camille versucht, ihn so zu zeichnen. Da schwindet die Lust, diesen Mann als Goliath darzustellen. Je tiefer sie in das Gesicht des Schmiedes dringt, das sich preisgibt in Trauer und Niederlage, in Groll und Nachdenken – wird sie seiner Kraft bewußt, einer ungeheuren Kraft, die sich in seinem Kopf, diesem grübelnden Nachdenken zu sammeln scheint. Ein unerklärlicher Optimismus geht von ihm aus, weil sich dieses Nachdenken in Tätigsein umsetzen wird. In Camille sträubt es sich, diesen Mann an den Krieger, den Schlächter Goliath zu verraten. Sie teilt dem Vater mit, daß sie solche Themen nicht mehr gestalten wolle — einer Erklärung dazu nicht fähig.

Die innere Wahrheit des Eugène Brumard war eine andere. Sie kann sich seinen Körper, seine Muskelkraft nicht von ihm ausborgen. Seine Wahrheit ist aufregender — zeitnah. Sie will nicht mehr Geschichte oder Literatur illustrieren. Künftig will sie das Leben gestalten, das sie umgibt.

Meist steht Camille schon um sechs Uhr auf. Unruhe treibt sie, sich wieder an die Arbeit zu setzen. Unruhe, die sie auch abends nicht einschlafen läßt. Neue Erkenntnisse. Erfahrungen, die sie sammelt. Ausprobieren, wann der Eindruck von Lebendigkeit entsteht und wann er erlischt. Sie geizt mit allen Stunden, die voller Tageslicht sind. Ihr Kopf quillt über von Ideen und Plänen. Aber bevor sie diese umzusetzen vermag, quält sie sich mit dem Material ab, kämpft mit ihm, kämpft mit dem menschlichen Körper, den Muskelpartien, den Anspannungen — sie sind Ausdruck einer Gefühlserregung.

Ständig drängt die Mutter, Camille in der Hauswirtschaftsschule anzumelden. Sie spürt die Verunsicherung des Mannes, Camille in Paris als Bildhauerin ausbilden zu lassen. Sie spürt seine Zweifel. Wenn er diesen ersten Schritt tut, wird er sich bis an sein Lebensende dieser Verantwortung zu stellen haben. Hat er jenen ersten Schritt nicht längst getan?

Der Vater reagiert mit Ausflüchten, was die Anmeldung in der Hauswirtschaftsschule betrifft. Andererseits beginnt er Camille die Kosten vorzurechnen. Hoffnungen werden bei der Frau genährt. Sie will nach Villeneuve.

Im Dezember wird Camille sechzehn. Sie ist unzufrieden. Sie spürt nichts von kommenden Veränderungen. Eines Abends stellt sie ihren Vater zur Rede. Wo der sparsame und ökonomisch denkende Mann Schwierigkeiten sieht, hält ihm die Tochter ihre Argumentation entgegen. Verfügen die Eltern nicht über genug Land und Grundeigentum? Was bringt es ein? Die Pacht. Nun gut. Wenn sie etwas davon verkauften?

Diese Forderung ist eine Ungeheuerlichkeit. Das läßt der Vater Camille spüren. Nicht, daß Louise-Athenaise das Gespräch belauschen wollte zwischen Vater und Tochter – sie hatte Tücher in den Wäscheschrank legen wollen. Die Reaktion ihres Mannes befriedigte sie in höchstem Maße.

Sie verläßt lautlos das Zimmer.

Was den Vater mitunter verblüfft, ist der jähe Wechsel auf Camilles Gesicht. Wenn sie Paul neckt und der Vater ihre Späße hört, ist sie ganz Kind, von natürlicher Fröhlichkeit und innerer Bereitschaft, über diese Dinge zu lachen. Jetzt glüht sie vor Ernst und Leidenschaft.

17.

April. Frühling in Paris. Ein stürmischer Wind. Wieder einmal steht der Umzugswagen vor einem fremden Haus. Jeder neue Transport bedeutet Schaden. Diesmal ist der Spiegel des Vertikos zerbrochen, als er die Treppe hinaufgetragen wurde.

Die Mutter steht mit zusammengepreßten Lippen vor den kahlen Wänden der Wohnung. Sie hält die Arme vor der Brust gekreuzt, als gehe sie alles nichts an. Kein Wort hat sie bisher gesprochen, seit sie in die fremde laute Stadt eingefahren sind. Es versöhnt sie nicht, daß die Wohnung an der Allee liegt, die zum Jardin du Luxembourg führt. Gegenüber dem vor wenigen Jahren fertiggestellten Brunnen Carpeaux. Vier junge Frauen, die Erdteile verkörpern, tragen graziös, fast schwebend, die Erdkugel.

Der Vater hat seinen Arm um Camille gelegt und ist mit ihr auf den Balkon getreten, als wollte er ihr die Metropole zu Füßen legen. Gleich hinter dem Boulevard Montparnasse liegt die Rue Notre-Dame-des-Champs. Dort haben sie das Atelier gemietet. In der nächsten Querstraße links, in der Rue de la Grande Chaumiere, befindet sich die Académie Colarossi. Ein Fußweg von knapp zehn Minuten. Alles so bedacht und gewählt, daß es sich günstig für Camille fügt.

Akademie – ein hochgestochenes Wort. Frauen dürfen die Hochschule nicht besuchen. Eine solche Ausbildung bleibt ihnen verschlossen. Auch zu den Ateliers haben sie keinen Zugang. Und sie sind nicht berechtigt, den «Preis von Rom» verliehen zu bekommen.

Wer Geld hat, kann in der Académie Colarossi Stunden nehmen. Vom Aktzeichnen sind die Frauen jedoch aus «Sittlichkeitsgründen» ausgeschlossen. Weibliche Modelle für den Künstler, mit denen er häufig auch schläft, sind selbstverständlich. Ein männliches Modell für eine Künstlerin wirkt anstößig und ist untersagt. Private Ateliers, nach Geschlechtern getrennt, sind die einzige Ausbildungsmöglichkeit für Frauen. Boucher hatte vorgeschlagen, Camille im Atelier von drei Engländerinnen mit einzumieten. Diese hatten nichts dagegen. Er selbst wird an zwei Tagen in der Woche in diesem Atelier unterrichten. Bildhauerei ist ein kostspieliger Beruf. Für Boucher eine Möglichkeit, zusätzlich Geld zu verdienen.

Louise-Athenaise weiß nicht, wie sie Herr werden soll über Zorn und Wut und Ohnmacht. Sie zwingt diese Gefühle in ein hartnäckiges Schweigen. Sie schweigt schon seit Tagen. Um diese teure Wohnung in Paris mieten zu können und das Atelier für Camille, wird der Mann den Wald verkaufen. Er hat es ihr mitgeteilt – die vierzehn Hektar Wald, die sie vor fünfzehn Jahren dem Herzog von Coigny abkauften. Louis-Prosper rechnet damit, fünfunddreißigtausend Francs zu bekommen. Ferdinand Moreau hatte sich interessiert gezeigt. Der Mann hat sie nicht um ihre Meinung gefragt, nicht um ihre Zustimmung gebeten. Er hat sie über seine Absicht informiert. Unmündigkeit, die schmerzt. Land gehört zu den Dingen, die man nie verkaufen soll.

Wenn das Mädchen wenigstens dankbar wäre! Aber nein – mit stiller Selbstverständlichkeit nimmt sie diesen Umzug hin. Auch jetzt liegt ein leichtes Desinteresse auf ihrem Gesicht, als sie zum Jardin du Luxembourg hinüberschauen soll. Die Mutter kennt diesen in sich gekehrten Blick, der ganz andere Dinge sieht, als der Vater ihr zeigt.

Louis-Prosper hat die alte Hélène aus seinem Heimatdorf geholt. Sie soll der Frau in Paris zur Hand gehen. Victoire wird ihm in Wassy das Haus führen. Er bringt das größte Opfer. Er wird versuchen, in der Nähe von Paris eine neue Berufung zu erwirken. Realisieren wird sich das erst in ein oder zwei Jahren. Grundsätzliches hatte der Mann dagegen, als Louise-Athenaise mit den Kindern nach Villeneuve wollte. Die Familie gehöre zusammen. Die Frau zu dem Mann. Jetzt kann er ein paar hundert Kilometer von der Familie und der Frau entfernt leben! Und sie allein mit den Kindern in Paris!

Hélène hantiert bereits in der Küche herum. Sie fragt, ob sie das Essen zubereiten soll. Louise vermag nicht zu antworten. Ihre Gesichtsmuskeln haben sich verkrampft. Sie kann sie nicht lösen, folgt Hélène in die Küche und beginnt, mit verbissener Geschäftigkeit Töpfe und Teller auszupacken.

Paul tritt ebenfalls auf den Balkon. Nicht Neugier, nicht Freude, sondern Angst. In Wassy hatte ihm Camille, um seinen Mißmut zu zerstreuen, ausgemalt, wie sie Konzerte, Opern, Theatervorstellungen besuchten. Wagner, Beethoven, Racine, Hugo. Davon träumt der Junge – von der Verzauberung durch Musik und Sprache. Er fühlt in sich selbst den ungeheuren Drang, zum Stift zu greifen und zu dichten. Ein ungestörter Winkel – und auf das Papier fließen Wortschöpfungen, gewaltig, dunkel berauschend, für ihn selbst geheimnisvoll. Ahnungen, Visionen, die ihn bedrücken, von denen er sich schreibend befreit. Geblieben ist angstvolles Unbehagen, sich in der großen Stadt zu verlieren, unterzugehen mit seinen Ansprüchen. Ahnungen, sich nicht behaupten zu können. Wenn er vierzehn Jahre alt ist, soll er das Gymnasium besuchen.

Die beiden auf dem Balkon beachten ihn nicht. Der Vater hat zu dem verschlossenen und, wie er findet, mürrischen Jungen keine Beziehung. Seine Liebe und sein Verständnis erschöpfen sich in dem Gefühl, das er für Camille hegt. Er schätzt ihre Offenheit und Zielstrebigkeit. Immer wird sie sich zu ihrer Meinung bekennen, auch wenn sie sich uneins weiß mit den Familienmitgliedern. Bei dem Jungen muß man raten. Er öffnet sich nicht. Seine Geheimnisse teilt er höchstens mit Camille. Sie macht sich zu seinem Sprachrohr, was den Vater ärgert. Der Junge soll sich zu sich selbst bekennen. Um so verwunderter ist der Vater, als Paul plötzlich sagt: «Du sollst nicht nach Wassy gehen, Papa!»

Nicht daß er am Vater hängt. Das nicht. Er hat die Beobachtung gemacht, daß der Streit der Mutter mit den Kindern zügelloser und verletzender ist, wenn der Vater nicht im Hause ist. Davor fürchtet sich das zwölfjährige Kind. Des Vaters Anwesenheit blockt ab vor der Unzufriedenheit der Mutter. Unbetroffener und unbemerkter kann man sich nicht zurückziehen.

18.

In den ersten Maitagen betritt Camille mit geflochtenem Zopf, gebürstetem Kleid, blaß vor Erregung und mit brennenden Augen das Atelier. Die drei jungen Mädchen in ihren weiten Arbeitskitteln verstummen bei ihrem Erscheinen. Sie hatten sich die Neue anders vorgestellt, die aus einem kleinen Dorf aus der Champagne kommt. Noch nicht einmal siebzehn! Monsieur Boucher hat den Arm um sie gelegt. Er führt die Neue ein, als unterstände ihr das Atelier. Sie ist seine erste Entdeckung. Zwei fertige Arbeiten bringt das junge Mädchen mit. Die eine trägt sie selbst, die andere der Junge, den sie als ihren Bruder vorstellt. Eine leise, etwas rauhe Stimme. Sie spricht einen ländlichen Akzent. Das hören sogar die drei Engländerinnen heraus.

Herzliches Willkommen. Aufgeschlossenheit.

Neugier auf beiden Seiten, was sich unter den feuchten Tüchern verbirgt. Gegenseitige Begutachtung der Arbeiten.

Camilles Büste – eine alte Frau mit Runzeln. «Die alte Hélène». Das einfache Gesicht einer Bäuerin. Das hochgereckte Kinn spricht von Niederlagen und Schicksalsschlägen, mit denen sie fertig geworden ist. Im aufschauenden Blick nichts Verbindliches, sondern Fragen. Ein Blick voll Skepsis und Gelassenheit. Hier schaut ein Mensch den Betrachter an, der in sich selbst ruht, mit seinen guten und schlechten Erfahrungen, der sowohl Glück wie Unbill zu nehmen wußte. In dem fest geschlossenen Mund, zahnlos schon, liegt die Fähigkeit, herbe Zärtlichkeiten zu sagen. Ein aufgesteckter, dünner Haarknoten. Ist das Gesicht der alten Haushälterin schön? Ein gelebtes Leben voller Höhen und Tiefen spiegelt sich in ihm. Da ist nichts hinzugeschminkt. So hat das Leben die alte Frau gezeichnet. Erster Versuch Camilles, ihre Erfahrung mit der inneren Wahrheit des Schmiedes in einer neuen Arbeit umzusetzen.

Nur eine der drei Engländerinnen ist begeistert. Jessie Lipscomb, die das Gesicht eines Mannes hat und die «Seele eines Engels». Ihre Versuche in Ton verraten starke Gefühlsbewegungen. Die anderen beiden haben Liebreiz in ihre Büsten hineinstilisiert, die sie gegenseitig von sich angefertigt haben. Spiegelgesichter mit gefälligem Lächeln. Eine will die andere nicht verletzen. Schönheit ist ein Freundschaftsdienst, den sie sich gegenseitig leisten.

Jessie, die Camille später die liebste wird, erkennt überrascht den Bruder der Neuen in der anderen Büste. Das klare Kindergesicht. Auflehnende Haltung des Kopfes. Seine Züge sind nicht zerbeutelt wie die der Alten. Sie sind glatt und rein und voll Ebenmaß.

«Junger Römer» – hatte Boucher vorgeschlagen, die Büste zu benennen. Einer, der seinen Anspruch bereits angemeldet hat, in dessen Blick die Forderung liegt, wissen zu wollen und zu erkennen.

Monsieur Boucher sieht die «Alte Hélène» an diesem Tag ebenfalls das erstemal. Er ist begeistert und murmelt Worte, die sich wie «unglaublich, ausstellungsreif» anhören. Einmal mehr fühlt er sich in dem Glauben bestärkt, in diesem Mädchen eine Begabung entdeckt zu haben. Befriedigung, daß er recht getan hatte, mit Paul Dubois, dem Direktor der Nationalen Schule der Schönen Künste, über Camille zu sprechen. Der junge Boucher ist der Meinung, daß ein Talent, gleich ob es in einem Mann oder einem Mädchen ruht, gefördert werden muß. Er hat Dubois' Bereitschaft eingeholt, die Versuche der jungen Camille Claudel zu begutachten.

Die drei Engländerinnen bemerken das besondere Interesse Bouchers an Camille und ziehen ihn mit gespielter Eifersucht auf. Man hört Necksucht heraus. Mit Ausnahme von Jessie sind sie nicht ehrgeizig. Ihnen ist die Bildhauerei ein Spaß. Vergnügen. Ein etwas ausgefallener Zeitvertreib. Sie genießen Paris, umgeben sich mit einem Hauch von Künstlertum, gehen zu den Soireen der Madame Adam. Dort geben sich Literaten und Kritiker ein Stelldichein, Politiker und Künstler – junge Männer, mit denen sie flirten.

Paul sitzt verloren und vergessen auf dem ihm angebotenen Lehnstuhl. Das kleine übersichtliche und hübsche Wassy mußten sie verlassen, damit Camille in dieses ungemütliche, staubige Atelier ziehen konnte, wo Tonerde herumliegt und Gerüstböcke den Raum verstellen. Um den Eindruck von Behaglichkeit zu gewinnen, hat man eine Wand mit einem Velourteppich bespannt, die häßliche, abblätternde Ölfarbe verdeckend. Wo sich in der Ecke das Wasserrohr von oben nach unten zieht, steht ein kleiner Tisch mit feinem Teegeschirr und einem Aschenbecher, in dem eine Vielzahl ausgedrückter Zigaretten liegt. Die Engländerinnen rauchen!

Jetzt, wo er die Arbeit seiner Schwester mit den anderen vergleichen kann, ist Paul beeindruckt. Sie dünkt ihm ehrlicher und wahrer als die Büsten der anderen. Es beeindruckt ihn das Lob des Bildhauers Boucher. Eifersucht flackert auf. Und Neid. Seine Schwester wird umworben. Die fremden Mädchen laden sie für heute abend zum Essen ein. Eine sogar für morgen in ein Café. Camille wehrt erschrocken ab. Das würde Mama nie erlauben. Camille ist froh, daß Paul da ist, um sich mit gegebenen Versprechen herauszureden. Gemeinsame Besichtigungen.

Als Paul allein nach Hause geht, bohrt Camilles Erfolg in der zwölfjährigen Knabenseele. Sie ist ein Mädchen. Sie wird eine Frau – wie Mutter. Monsieur Boucher hat Camille mit seltsamen Blicken angeschaut. Vielleicht heiratet er sie. Einer Frau steht es nicht zu, Künstler zu sein. Er möchte einer werden. Ein Dichter. Ein Tragödiendichter vielleicht.

Die Begegnung zwischen Paul Dubois, dem Direktor der Hochschule, und Camille. Unter welchen Umständen? Ein arrangierter Zufall. Boucher will dem Direktor seinen Schützling vorstellen. Seit Wochen findet er beredte Worte für ihr Talent.

Was der zweiundfünfzigjährige Dubois zunächst wahrnimmt, ist die auffallende und anrührende Schönheit jener Camille Claudel. Darin glaubt er den wahren Grund der Begeisterung seines Meisterschülers entdeckt zu haben. Schmal und zart. Ein blaues Feuer in ihren ungewöhnlichen Augen. Die dunklen Bögen ihrer Brauen stehen im Kontrast zu der durchschimmernden Blässe ihrer Haut. Eine gerade Nase. Ein ausdrucksstarker Mund mit leicht aufgeworfener Oberlippe. Dubois fühlt sich von dem Mädchen angezogen, bei dem sich Kindlichkeit, Geist und Wille auf anziehende Weise paaren mit Stolz.

Paul Dubois, bereits 1867 zum Ritter der Ehrenlegion geschlagen, stellt seit 1880 nicht nur als Bildhauer, sondern auch als Maler aus. Vom Vater bestimmt, die Rechte zu studieren, wechselt er nach zwei Jahren in die Schule der Schönen Künste über, um nach dem Studium und einem längeren Italienaufenthalt 1863 im Salon zu debütieren. Mehrfache Auszeichnungen und Medaillen erster Klasse bringen ihm den Ruf eines begabten Künstlers ein, so daß er am Anfang der achtziger Jahre zum Direktor der Nationalen Schule der Schönen Künste ernannt wird.

Der angesehene Mann erklärt sich bereit, die Werke Camilles zu begutachten. Boucher sorgt dafür, daß die «Alte Hélène» und der «David» in die Hochschule gebracht werden. Dubois' erste Frage, voll Verblüffung: «Haben Sie Stunden bei Rodin genommen?»

«Rodin?»

Camille kennt diesen Namen vom Hörensagen. Ein fragender, hilfloser Blick zu Boucher. Der reagiert abwehrend. Dubois erklärt wortreich und sich entschuldigend, daß er Monsieur Rodin durchaus für einen bemerkenswerten Künstler halte. Er hebt hervor, daß er sich vor ein paar Jahren öffentlich für Rodins Ehrenhaftigkeit eingesetzt habe, als der Salon ihm frechen Betrug vorwarf. Habe Camille nicht von diesem Skandal gehört? Man war der Meinung, daß Rodins «Ehernes Zeitalter» der Abguß von einem lebenden Modell sei. Rodin habe sich mit Teilabgüssen und Fotografien während seines Arbeitsprozesses gerechtfertigt. Dubois unterstreicht die künstlerische Bedeutung des «Ehernen Zeitalters». Leider habe Rodin dafür keine Medaille erhalten. Keine lobende Erwähnung.

Monsieur Dubois ist von seiner plötzlichen Erkenntnis, in Camilles Arbeiten eine frappierende Ähnlichkeit zu Rodins Stil zu sehen, so angetan, daß er Bouchers Zustimmung erheischt.

Nein — Boucher teilt diese Meinung nicht. Er schätzt den Kollegen Rodin, der zehn Jahre älter ist als er selbst, der viele Jahre Handwerker in Belgien war und immer noch in der Manufaktur von Sèvres einer Halbtagsbeschäftigung nachgeht. Boucher ist nicht überzeugt, daß Rodin ein Künstler ist, dem man Einflußnahme zuschreiben könnte. In den letzten Wochen bemüht er sich selbst, Camille an die Ideen der Florentiner Schule des 15. Jahrhunderts heranzuführen, die auch sein Lehrer Dubois vertritt. Er spricht von seinem Bemühen, diese Ideen mit Volksverbundenheit und republikanischem Gedankengut zu verbinden. Camille hört mit Stirnrunzeln zu. Als Boucher versucht, eine Beziehung herzustellen zwischen der «Alten Hélène» und der Büste seiner Mutter, die Camille in Nogent gesehen hatte, steigt Zorn in ihr auf. «Ich habe die innere Wahrheit dieser alten Bäuerin gesucht. Sie haben Ihrer Mutter gehuldigt!» Camille weiß, daß sie einen Schritt weiter gegangen ist als Boucher.

Monsieur Dubois zeigt sich beeindruckt — von den Werken wie von der Persönlichkeit Camilles. Er bittet sie, ihn in der kommenden Woche noch einmal in der Hochschule aufzusuchen. Dann beglückwünscht er seinen jungen Landsmann aus Nogent zu dem Preis des Salons — ein einjähriger Aufenthalt in Rom.

Die jungen Engländerinnen erheben ein empörtes Klagegeschrei bei dem Gedanken, daß ihr junger Lehrer sie verlassen wird. Monsieur Boucher verspricht, Ersatz zu finden. Er denkt an Monsieur Rodin. Nein, nein — protestieren die Engländerinnen. «He is an old man!»

19.

Ein seltener Fall, daß Paul Camille nicht begleitet. Er hat einen geröteten Hals und darf das Haus nicht verlassen. Es ist Herbst. Camille durchquert auf ihrem Weg den Luxembourg-Park. Es schickt sich nicht, daß ein junges Mädchen allein geht. Der Himmel ist sehr blau und so fern gerückt, daß Camille etwas wie Hoffnungslosigkeit befällt. Wird ihr dieser Tag Glück bringen? Ahornblätter segeln zu Boden. Camille ist blaß vor Aufregung. Sie geht mit seltsam unfreien Schritten. Ihr Vater und Monsieur Boucher halten es für möglich, daß Dubois sie an seiner Hochschule als Studentin aufnimmt. Warum sonst hätte er sie in die Schule bestellt? Sie, Camille Claudel, wird als erste Frau ihre Bildhauerausbildung in der Akademie der Schönen Künste aufnehmen!

Dieser Tag wird es entscheiden.

Wenn nur die Angst nicht wäre und das seltsame Gefühl, aus Glas zu sein. Noch nie war dieses Gefühl so stark wie an diesem Morgen. Noch nie hat sie eigene Ohnmacht und ihre Abhängigkeit von der Meinung der anderen so stark gefühlt. Ihre Stirn ist von Schweiß benetzt, als Camille vor der Schule steht. Der Wind läßt sie plötzlich frösteln. Viel zu früh ist sie hier. Viel zu früh ist sie von zu Hause weggegangen.

Zaghaft schiebt sie sich durch die Flügeltür. Zweimal spricht man sie an. Sie wird für ein Modell gehalten. Der eine läßt sie kaum los, so erfreut ist er von dem unerwartet «aparten» Mädchen. Er will Camille in ein helles, hohes Atelier schieben.

«Ich bin Bildhauerin und kein Modell!» Die Siebzehnjährige reißt sich empört los. «Ich werde vom Direktor erwartet!»

Der verblüffte junge Mann geleitet sie in das Büro. Für Sekunden geht Camille mit gleicher Selbstverständlichkeit wie der junge Mann durch dieses Gebäude.

«Claudel – ach ja, die Kleine möchte hereinkommen!»

Da zerspringt die gläserne Haut. Alle Hoffnungen. Diese väterliche Überlegenheit, in die Dubois sich jetzt flüchtet und die «Kleine» zu sich hereinbittet, braucht er, um ihr kindliche Torheit auszureden. Sie hat nicht Lust anzuhören, was sie kennt, auswendig kennt, weil man es ihr jeden Tag vorhält. Er braucht sich nicht mit Wohlwollen zu umgeben, das Lüge ist.

Den Sessel, den er ihr anbietet, nimmt sie nur zu einem Viertel ein. Sprungbereit. Nur ihre Erziehung zur Höflichkeit hält sie auf dem Platz fest. Sie ist unfähig zu hören, was er redet.

Froh will sie sein, daß es zersprungen ist, was sie wie ein Panzer umschlossen hatte, unfrei gemacht und abhängig. Froh will sie sein, daß sie sich wieder allein gehört. Nur im Vertrauen zu sich selbst wird sie ihr Ziel erreichen. Dazu braucht sie nicht die anderen. Nein – sie braucht sie nicht. Zeitvergeudung, hier zu sitzen … Froh will sie sein …

In ihr ist Kraft und Selbstvertrauen, Türen aufzustoßen, die sich nicht von allein öffnen.

«Mademoiselle Claudel, Sie werden Ihren Weg gehen. Davon bin ich überzeugt. Ich rate Ihnen – stellen Sie im Salon aus – nächsten Mai. Stellen Sie die Büste der alten Bäuerin aus. Man wird aufmerksam werden. Besuchen Sie weiter das Atelier von Colarossi. Es gibt Künstler, die ihren Weg ebenfalls nicht über diese Schule genommen haben. Ich denke an Monsieur Rodin. Ich glaube an sein Talent. Eines Tages wird er uns noch mit Ungewöhnlichem überraschen. Unsere Schule lehnte ihn ab. Jetzt hat er einen Staatsauftrag erhalten. Stellen Sie aus, stellen Sie immer wieder aus, Mademoiselle Claudel. Bleiben Sie auf der Suche nach der ‹inneren Wahrheit›, wie Sie es formulierten. Ich persönlich hätte Sie an dieser Schule aufgenommen. Ich entscheide nicht allein. Eine Frau an dieser Akademie – ich will keine Revolution. Man hat mir klargemacht, daß Ihre Zulassung einer Revolution gleichkäme … Gehen Sie den anderen Weg – er ist nicht weniger ehrenvoll. Ich teile die Meinung meines jungen Freundes Boucher – Sie haben Talent. Wenn Monsieur Rodin anstelle von Boucher die Stunden in Ihrem Atelier übernimmt, werden Sie die Verwandtschaft fühlen, die Sie mit ihm haben ... Aber vergessen Sie nicht, was Boucher Ihnen vermitteln wollte – die Größe der Florentiner!»

Als sie die Hochschule verlassen hat, spürt Camille schalen Geschmack im Mund. Die Schwärmerei Dubois' für glatte Kompositionen, sein mehr als deutlicher Hinweis auf traditionelle Themen – man paßt sich an! Man habe dem Zeitgeschmack zu dienen. Man habe sich einzufügen in das Große und Ganze. Nur so gehe etwas von der Größe des Ganzen in einen selber ein. Auf eigenen Pfaden verliere man sich. Seine Fragen, warum sie beharre, die eine Büste «Mein Bruder» zu nennen, warum nicht «Junger Römer»? Das sei Enge eines Familienthemas. «Die alte Hélène» – ließe sich nicht ein Bezug zur Antike finden – Baucis vielleicht?

Zwiespältig empfindet Camille Dubois' Bezugnahme auf Rodin. In der ausführlichen Erwähnung der Tatsache, daß Rodin sich dreimal an dieser Schule beworben habe und dreimal abgelehnt worden sei, liegt ein Hinweis auf seinen Nonkonformismus. Der «Mann mit der gebrochenen Nase» sei ein Schock gewesen. Bei aller Achtung des Talents habe Nonkonformismus seine Konsequenzen. Er hatte die Schule nicht von seinen vorgelegten Arbeiten überzeugen können. Weniger dogmatische und dem Neuen aufgeschlossene Kräfte jedoch haben bewirkt, daß Rodin einen Staatsauftrag erhält. Der Staat stellt ihm ein Atelier zur Verfügung, versorgt ihn mit Marmor und Tonerde, bezahlt seine Handwerker und Modelle. Er hat den Auftrag erhalten, Dantes «Göttliche Komödie» zu gestalten.

Hat Dubois bei allem Lob für sie nicht auch Kritik geübt an ihrer Art, mit Ton umzugehen, indem er auf die Ähnlichkeit mit Rodin verwies?

Als Camille den Park wieder erreicht, wird ihr Schritt

langsamer. Sie hat keine Lust, nach Hause zu gehen. Sie will nicht Schadenfreude aus Louises Gesicht sehen, sie will nicht die Genugtuung der Mutter hören, auch nicht das Mitleid Hélènes. Sie will in Ruhe gelassen werden.

Doch einer macht — in diesen Jahren noch immer — absoluten Besitzanspruch auf sie geltend — Paul.

Wo die Hagebutten am Ende des Weges rot aufleuchten, steht er. Seltsam steif und bewegungslos verharrt er am Strauch. Camille winkt. Der Junge scheint verwunschen. Die plötzliche Stummheit, Taubheit, Regungslosigkeit — sie kennt es zur Genüge.

Keine Kraft ist jetzt in ihr, seinen Kummer abzufangen, aufzulösen. Keine Geduld und Muße, ihn zum Reden zu bringen. Keine Lust, Visionen zu erdenken, die schön und heiter in der Zukunft liegen — im Märchenland des Fernen Ostens, in China, wohin sie beide eines Tages auswandern werden.

Kleiner Egoist. Da steht er und verlangt nach Trost. Blind und eingeschlossen in eigenes Verletztsein, nimmt er Camilles Traurigkeit nicht wahr. Da bleibt auch sie stehen. Die eigene Niederlage brennt. Paul soll sie in Ruhe lassen. Zeit vergeht. Minuten fallen zu Minuten. Paul macht einen winzigen Schritt auf sie zu. Es braucht viel Zeit, bis auch Camille sich ihm einen Schritt nähert. Seltsames Spiel des Aufeinanderzugehens. Paul einen Schritt, dann wieder Camille. Als sie nur noch drei Meter trennen, stürzt Paul auf sie zu: «Meine Camille!»

Sie setzen sich beide auf eine Bank, von dunkelgrünen Eiben umschlossen. Niemand spricht. Paul hat seinen Kopf auf Camilles Schoß gelegt. Louise hat sein Heft mit den Gedichten gefunden. Mit schrecklich verzerrender Betonung hat sie die Verse vorgelesen — und gelacht. Sie hat sie auch der Mutter vorgetragen, deren einziger Kommentar war: «Noch ein Verrückter in der Familie!» Paul zittert.

«Camille, wir wollen nicht zurückgehen. Ich bin nicht verrückt. Sie sind es, weil sie nichts verstehen!»

«Ach, Paul!» sagt Camille nur.

Sie retten sich. Sie fliehen. Sie tauchen ein in ihre Welt voll Erinnerungen und Phantasie. Sie laufen über die Ebene in Villeneuve. Der würzige Duft verbrennenden Kartoffelkrautes weht herüber. Sie lassen den Wald von Tournelle hinter sich und laufen in der Dämmerung zu den Verzauberten. Hierhin emigrieren sie oft. Fluchtversuche, bei denen Camille Pauls Beobachtungen fordert. Heraufbeschwören der Einzelheiten. Der Himmel, der sich in den Wassertonnen der Gärten spiegelt. Das Klagen, wenn der Wind der Ebene die Felsen berührt. Seltsame Lieder, fremde Melodien. Ihr Spiel — sie versteinern in eigenem Leid. Werden zu bizarren Felsen. Wie ihr Leid jeden Tag eine andere Ursache hat, hat es auch eine andere Melodie. Camille muß den trostreichen Vers finden für Pauls Kummer und umgekehrt, er den ihren. Erkennt sich der andere im Vers wieder, fällt die Versteinerung ab. Sie erhöhen den Reiz des Spiels. Schicken Verfolger aus — Mutter, Louise, den Vater, Tanten und Cousins. Die wollen sie einfangen, zurückbringen, folgen ihnen bis in die steinerne Wüste. Zu Stein geworden, bleiben Camille und Paul unerkannt. Und die anderen sagen Verse auf von Gehorsam und Pflicht, von Dankbarkeit und Anpassung, unter denen die beiden noch mehr verhärten. Suchend und rufend verschwinden die anderen.

«Ich bin die Wahrheit — mit dem Antlitz des Irrtums!» Camilles erster Vers hat getroffen. Seine Dichtungen sind seine Wahrheit — so empfindet es Paul. Die anderen erkennen ihn nicht in seinem Werk. Er wiederholt den Satz und streichelt die Hände Camilles.

Für Camilles Ablehnung an der Hochschule flüstert er den Satz: «Ich bin das Versprechen, das man nicht zu halten vermag!» Da fühlt Camille einen Schauer, bis tief in den Rücken. Sie schüttelt heftig verneinend den Kopf. Nein. Nein. Sie wird ihr Versprechen einlösen. Was meint Paul?

Paul versucht einen anderen Vers.

«Wer mich hört, ist für alle Zeit geheilt von dem Verlangen nach Ruhe, geheilt von dem Wahn, sie gefunden zu haben.» Ein Studium an der Hochschule wäre Beruhigung gewesen. Sie nimmt die Herausforderung an. Ja, das mag ihr Vers für heute sein.

Als die beiden nachmittags die elterliche Wohnung betreten, hungrig, voller neuer Zuversicht, Sinnbild geschwisterlicher Eintracht und Zusammengehörigkeit, werden sie in ihre Zimmer gewiesen und wegen Unpünktlichkeit mit Essenentzug für diesen Tag bestraft. Vorhaltungen an Paul, heimlich die Wohnung verlassen zu haben. Vorhaltungen an Camille. Der nächste Konzertbesuch ist untersagt.

20.

Ein Telegramm. Der Großvater liegt im Sterben. Es ist soweit. Die Mutter fährt mit Paul nach Villeneuve. Die beiden Mädchen bleiben in Paris bei Hélène. Louise darf ihren Klavierunterricht nicht versäumen, ihre Übungen nicht vernachlässigen. Camille hat ihre Stunden im Atelier. Es ist September. Paul liebte den Großvater, der sich ihm stets voller Aufmerksamkeit zugewandt hatte. Er brachte Zeit für den Jungen auf und war beseelt von dem Gedanken und der Pflicht, Tradition und Familiengeschichte dem Enkelkind weiterzugeben. Paul, den er als männlichen Erbfolger bevorzugte, hatte er in seine Krankheit eingeweiht, die heimtückische, mörderische, die eines Tages in seinem Körper Kolonien gebildet haben wird und ihn damit tötet. Er war Arzt. Er wußte, was auf ihn zukam. Er hatte dem Kind in aller Wissenschaftlichkeit den Tod erläutert. Paul vermag nicht, sich den Tod vorzustellen. In kindlicher Vorfreude fährt er nach Villeneuve.

Es fällt auf, daß Camilles treuer Schatten nicht mehr vor der Tür des Ateliers auf sie wartet. Jetzt gilt keine Ausrede. Die Engländerinnen nehmen sie in den Salon der Madame Adam mit.

Madame Adam ist eine Frau von Mitte Vierzig. In zweiter Ehe hat sie den Senator geheiratet, dessen Namen sie nun trägt. Mit ihm war sie nach Paris gekommen. Doch 1877 ist sie bereits verwitwet.

Als Freundin des Präsidenten der Republik, Gambetta, bildet sie in ihrem gastlichen Haus den ersten einflußreichen Salon der Dritten Republik. Sie hat einige Romane geschrieben. Hinter vorgehaltener Hand raunt man sich das Wort «affektiert» zu. Ab 1879 gibt sie die Zeitschrift «La nouvelle Revue» heraus. Mitunter erscheinen von ihr geschichtliche und sozialpolitische Abhandlungen.

Charmant, herzlich, geistreich ist Madame Juliette Adam, gebürtige Lamber, darauf bedacht, daß ihr Salon den Traditionen treu bleibt, die auf den gesellschaftlichen Zusammenkünften in Häusern geistreicher Damen seit dem 17. Jahrhundert gepflegt werden. Obwohl die Salons zur Zeit der Aufklärung ihren Höhepunkt erlebten und im 19. Jahrhundert ihren Einfluß zu verlieren begannen, ist Madame Adam bemüht, Künstlern in ihrem Haus Gelegenheit zu geben, mit Ministern zusammenzukommen, Arrangements zu treffen. Kunst und Literatur sollen in ihrem Haus staatliche Förderung und Unterstützung finden, Kritiker persönliche Kontakte mit Literaten knüpfen, junge Talente entdeckt und an die Öffentlichkeit gebracht werden. Nicht nur der Ministerpräsident Gambetta besucht ihren Salon, auch sein Innenminister Waldeck-Rousseau und sein Minister für Schöne Künste, Eugène Spuller.

Alfred Boucher erwähnt im Atelier, daß auch Rodin hin und wieder in diesem Salon erscheint. Hier hatte er die Bekanntschaft Gambettas gemacht, der sich nach seinen künstlerischen Plänen erkundigte. Rodins Traum war ein Monumentalwerk über die Gestaltenwelt von Dantes Divina Commedia. Unterstaatssekretär Turquet vom Ministerium der Bildenden Künste hatte daraufhin mit Rodin einen Vertrag ausgehandelt: ein bronzenes Portal für den Eingang eines Kunstgewerbemuseums.

Jessie besitzt Festkleider – selten oder nie getragen. Camille, in fremdem dunklem Samtkleid, verziert mit kostbarer Silberstickerei, mit gepufftem Ärmel und fast schulterfrei, steht mit verlorenem Gesicht vor dem Spiegel und kann die Begeisterung der anderen nicht teilen. Wie ein verirrter Schmetterling mutet sie an, der sich in den Winter verflogen hat. Und eine andere Frisur soll es sein! Kunstvoll aufgesteckt. Fort mit dem Band, das die Fülle ihrer Locken nur notdürftig bändigt. Die drei begeistern sich an Glanz und Fülle und verzweifeln an der Widerspenstigkeit ihres Haars.

Und einen Hut für Camille! Da bricht ihr Übermut hervor. Alle möglichen Hüte werden auf die verschiedenste Art und Weise auf den Kopf gesetzt und mit allen möglichen Grimassen kommentiert. Die Frisur gerät in Unordnung. Sie bekommen keine Luft vor Lachen. Virginia rollt sich bereits auf dem Teppich. Sie entscheiden sich für eine Kappe mit Schleier. Camilles Verwandlung ist perfekt.

«Du siehst umwerfend aus!»

Camille hat sich zu dem Besuch bei Madame Adam überreden lassen, weil sie Rodin sehen möchte. Sie will sich ein Bild von ihm machen, überprüfen, ob sie diesen Bildhauer annimmt oder ablehnt, dessen Art, mit Ton umzugehen, der ihrer ähnlich sein soll. Zuviel Zwiespältiges ist über ihn in Umlauf.

Jene Feststellung Dubois' bohrt noch immer wie ein Stachel. Eine Kränkung ihres Selbstbewußtseins, für die sie keinen Schuldigen zu benennen weiß. Sie möchte Rodin sehen – und prüfen, ob sie ihm verzeihen kann. Ein alternder Mann soll er sein, rothaarig, mit langem Bart, untersetzter Figur. Unbeholfen und linkisch und von Damen der Gesellschaft leicht in Verwirrung zu setzen, so daß er zu stottern beginnt.

Als Boucher die Mädchen abholen will, zeigt er sich von der Verwandlung Camilles überrascht, daß die Engländerinnen zufrieden sind. Camille spöttelt über Bouchers Verblüffung. Cendrillon – das Aschenputtel. Mit ihrer leisen, etwas rauhen Stimme singt sie: «Bäumchen rüttel dich und schüttel dich – wirf Gold und Silber über mich!»

Und sie prophezeit, nicht nur einen der ausgeborgten Schuhe zu verlieren, sondern beide. In letzter Minute stürzt sie hinter den Wandschirm.

Das Verwandlungsspiel im Kreis von Virginia, Elisabeth und Jessie war ein Spaß. Die Verwandlung kann sie nicht annehmen. Sie kommt aus Villeneuve. Das ist die Wahrheit. Einem Dreihundertseelendorf. Sie kommt aus einer Familie, die sich selbst genügt und keinen gesellschaftlichen Umgang pflegt. Sie wird Bildhauerin. Sie wird in ihrem eigenen schwarzen Kleid bei Madame Adam erscheinen.

Diese gibt sich entzückt. Camille sieht ihr Lächeln in den Mundwinkeln bereits erstarrt. Boucher stellt sie Madame Adam als vielversprechende Bildhauerin vor.

O Gott, das Kind hat den Akzent der Champagne!

Musik, Lachen, Geplauder.

Camille ist erschrocken, wieviel Menschen dieser Salon faßt. Vorstellungen, Verbeugungen. Unverbindliche Freundlichkeiten. Anzügliches Zwinkern auch. Ein bekannter Name und Enttäuschung über das nichtssagende Gesicht. Dandys drängen sich an Boucher, daß er ihnen seine Begleiterin vorstelle. Bohemiens. Aufforderungen zum Tanz. Camille lehnt ab. Das ist nicht der Kreis, in dem sie sich wohl fühlt. Hier ist nichts vertraut.

Übergroße Spiegel. Gemälde. Terrakotten mit niedlichen Gesichtern. Vor den Fenstern dunkelgrüne Vorhänge, golddurchwirkt. Eine Vielzahl von Kerzen lassen in den pompösen Kronleuchtern die Kristallketten, die Zapfen und Tropfen aufleuchten und brillieren.

Monsieur Boucher legt seinen Arm um Camille, wie um einen Besitzanspruch zu dokumentieren. Annäherungsversuche eines finsteren jungen Mannes. Undeutlich gemurmelte Vorstellung. Eine Leidensmiene und tödlicher Ernst. Die an Camille mit Eindringlichkeit gestellte Frage: «Lieben Sie Baudelaire?», um ihre Würdigkeit zu prüfen.

Virginia erinnert Boucher an den versprochenen Tanz. Ungern überläßt der Bildhauer seinen Schützling dem finsteren Fanatiker, der von der Bürde der Zeit redet, die man nicht ertragen könne, ohne sich zu betrinken. Er winkt einen Diener heran, der auf großen silbernen Tabletts Champagner in Gläsern anbietet. Mit gierigem Zug leert der junge Mann sein Glas.

«Und wenn man wieder aus seinem Rausch erwacht und nach der Stunde fragt, werden Wind und Wege und Sterne und Vögel antworten – es ist die Stunde, sich zu berauschen. Berauschen an Wein und Versen, an Jugend ..., an den unwahrscheinlichsten Augen, die ich je gesehen habe!

Tanzen Sie mit mir!»

Ein Versuch, Camille an sich zu reißen, ohne aufzuhören, Verse von Baudelaire oder seine eigenen zu deklamieren.

«Lassen Sie mich!»

Mit Vehemenz befreit sich Camille und läßt ihn stehen. Eine Gruppe älterer Damen beobachtet sie mit distanzierten Blicken. Sie stecken die Köpfe zusammen. Camille flieht. Nur ... wohin? Was hat sie hier verloren?

Strenger Schweißgeruch mischt sich mit dem Duft der verschiedenen Parfüms. Überpuderte Nasen und Wangen geben den Gesichern Maskenhaftes. Colliers. Perlen, Rubine, Diamanten. Koketterie in den Augen. Selbstgefälligkeit beim Reden. Devote Aufmerksamkeit bei anderen. Es ist heiß. Camille droht zu ersticken. Buhlen um Freundschaft. Beipflichtende Zustimmung, die nichts als Lüge ist. Wohlverhalten. Sich anpassen, anbiedern, sich verkaufen. Klatschsucht. Billiges Einigsein im Urteil über andere. Nackte Schultern, die Sinnlichkeit wecken. Gurrendes Lachen, Zigarren in ringgeschmückten Männerhänden.

Kommt Camille an einem Spiegel vorbei, versucht sie,

sich in dem Menschengedränge zu entdecken. Sie ist erschrocken über den hochmütigen Glanz in ihren Augen. Ihre Fremdheit, ihr Stolz verraten sie als Außenseiter. Sehnsucht überkommt sie nach Hélène. Sie möchte bei ihr sein – in der Küche. Hélène auf dem Holzstuhl, sie auf dem Schemel sitzend. Modellierend.

Plötzlich entdeckt Camille ihn an der Tür – Rodin. Sie weiß sofort – dieser ist es. Und alles schreit in ihr: Ja, ja, ja!

Er steht da in einfachem, grauem Anzug. Die Hosen an den Knien zerbeult, eine Krawatte von undefinierbarer Farbe und wohl die einzige, die er besitzt. Der schwarze Überrock, abgeschabt und unmodern.

Was reden die anderen – abgebrochener Zwerg, rotbärtiger Faun –, haben sie seine Augen nicht gesehen? Blaue, suchende Augen. Augen, die fähig sind, an Wunder zu glauben und Wunder zu entdecken. Was sucht er hier? Was treibt ihn in diese sich selbst genügende Gesellschaft?

Camille verspürt ein seltsames Ziehen in der Brust. Er hatte nichts gemein mit dieser Welt des Salons. Um ihn ist die Wahrheit des Schmiedes aus Wassy. Plötzlich empfindet sie den Satz Dubois' – Rodin habe sich dreimal vergeblich an der Akademie beworben und sei abgelehnt worden – als eine Ehre für ihn. Eine Welle von Sympathie und Solidarität durchflutet sie. Tiefer drückt sie sich in den schweren Plüsch der Vorhänge.

«Camille, kommen Sie, ich möchte Sie Monsieur Rodin vorstellen.»

Bouchers Stimme.

Als er sie durch die Schwatzenden und miteinander Anstoßenden hindurch geleitet, flüstert er kaum hörbar: «Wunderschöne Cendrillon, gewähren Sie mir einen Tanz!»

Boucher ist kein Prinz. Camille überhört seine Worte.

Nicht erklärbare Verunsicherung. Das ist nicht Schüchternheit. Röte schießt in ihre Wangen, als Rodin sie mit seinem Blick erfaßt. Sie macht ein abweisendes Gesicht. In kühler Verbindlichkeit reicht sie Rodin die Hand. Gespielte Gleichgültigkeit. Sie spürt seine kräftigen Finger. An seinen Manschetten entdeckt sie Staub von Gips. Er kommt von der Arbeit. Er hält ihre Hand mit erfreuter Aufrichtigkeit, verwundert zu hören, daß sie Bildhauerin sei. Boucher will auf Camilles Ambitionen zu sprechen kommen, da unterbricht ihn Camille und entschuldigt sich. Fort ..., nur fort. Sie stürzt hinaus. In der Toilette schließt sie sich ein. Unnatürlich groß sind ihre Augen. Sie weiß nicht, warum die Begegnung mit Rodin sie so aus der Bahn geworfen hat. Sie zieht die Nadeln und Klemmen aus dem Haar und flicht sich in Eile einen Zopf. Nie wieder wird sie diesen Salon besuchen.

Es wird Zeit, daß Paul aus Villeneuve zurückkommt. Paul, der ihr am vertrautesten ist.

An der Garderobe stopft sie die lächerliche Kappe mit dem Schleier in die Tasche. Rodin erscheint im Foyer – jemand suchend. Sein Blick gleitet über sie hinweg, um neugierig zurückzukehren. Liegt Herausforderung in ihrem Blick, daß er sich ihr zögernd nähert? Hat er die Vorstellung Bouchers vergessen?

«Dürfte ich Sie bitten, mir eines Tages Modell zu stehen?» Eine leise Stimme, die ihr eine Gänsehaut über den Rücken jagt.

Der Bildhauer hat sein Modell erkannt.

Befremdet schaut sie ihn an. Sie antwortet nicht, greift nach ihrer Tasche und geht. Als ihr die Tür geöffnet wird, dreht sie sich kurz zu ihm um und fragt zurück: «Würden Sie mir ebenfalls Modell stehen?» Die Tür schließt sich hinter ihr. Rodin steht wie geohrfeigt. Wer war diese Frau?

21.

Ein weiteres Telegramm ruft auch die beiden Mädchen nach Villeneuve – zur Beerdigung des Großvaters. Der Großvater starb, und Camille wird ihren siebzehnten Geburtstag feiern. Vor ihr liegt das Leben wie ein wunderbarer Traum, und dem Leben des Großvaters setzte der Tod ein Ende. Sein Tod vermag nicht ihre Zuversicht zu erschüttern.

Es ist ein frischer Oktobertag, an dem sie nach Villeneuve reisen. Die Laubbäume stehen in flammendem Rot und Gelb. Die Felder sind abgeerntet. Auf den Fluren Schafherden. Es erschreckt Camille, daß so gar keine Trauer in ihr ist. Die Freude, die sich einstellte, wenn sie nach Villeneuve fuhren, war immer gekoppelt an die Freude auf den Großvater.

Alles, was der Großvater den Kindern ins Bewußtsein gebracht hatte, wird lebendig. Lebendiger denn je.

«Das Feldkreuz, errichtet an der Querung der beiden Heerstraßen von Reims und Soissons ..., und wiederum haben die Republikaner es ausgerissen und sprengten den ganzen Kalvarienberg mit einem einzigen Schlag – und das Kreuz und die vier alten Linden, die es beschatteten, einziges Obdach der Schnitter im freien Feld. Und sie haben den dünnen Freiheitsbaum gepflanzt an die Stelle, den ein einziger Sommer vertrocknen ließ wie einen Stecken!»

Es waren tendenziös gefärbte Erinnerungen eines Königstreuen. Von Camille durch die republikanischen Ansichten des Vaters aufgenommen als Besonderheit des Großvaters. Geschichte aus dem Blickwinkel seiner Lebenserfahrung.

Noch kann sie sich nicht vorstellen, daß der Großvater nicht da sein wird. Sie hätte ihm gern von ihrem Erfolg berichtet. Sie stellt die «Alte Hélène» im Mai-Salon aus. Die Büste ist angenommen – als ausstellungswert empfunden und bestätigt. Immer hat sie den Großvater nur grüßen lassen, wenn Paul seine Briefe schrieb.

Tod ist Gleichmut. Nun ist das Interesse des Großvaters an ihr erloschen.

Es drängt Camille, einen Satz zu sagen. Nicht zu Louise. Für sich. Einmal vor sich hin murmeln. Sie schaut aus dem Zugfenster und denkt ihn unaufhörlich – er wird nicht recht haben ... «Großvater, du wirst nicht recht haben.» Nun kann er es nie mehr erfahren, daß er im Unrecht blieb. In den leisen Worten liegt Triumph. Sie will nicht über den Großvater triumphieren, der oft zu ihr in die Scheune kam und ihr beim Modellieren zuschaute. Als Arzt versuchte er, ihr die Anatomie des menschlichen Körpers zu erklären. Gemeinsam hatten sie Tiere seziert, um ihr das Zusammenspiel der Muskeln und Bewegungen zu verdeutlichen. Er sah, wie verbissen sie sich bei ihrer Wiedergabe in Ton darum bemühte. Doch immer, wenn er die Scheune verließ, sagte er den gleichen Satz: «Schade, daß du ein Mädchen bist. Aus dir wäre ein Künstler geworden!»

Was Camille getroffen hatte, war das Bedauern, in dem nichts Kränkendes für sie persönlich lag.

Du wirst nicht recht haben.

Wanderungen fallen ihr ins Gedächtnis, die er mit den Kindern unternahm.

«Hier stößt die Kreide der Champagne an die großen Äcker von Soissons. Und so hatten die alten Mönche den Gips und den Stein zur Hand und die Eichen des Waldes, um sich diese tiefe, mühsame Erde. Da bauten sie machtvolle Scheunen wie Kirchen, um dem ganzen Volk die Nahrung zu sichern. Ans Kornhaus drängte sich das Dorf, wie die Vögel im Winter um die Heuschober.»

Der Großvater wird sie nicht mehr empfangen, nicht mehr seine geheimnisvolle Büchse öffnen mit den stets ranzigen Schokoladenplätzchen und den herrlich bunten Streuseln. Er wird sie auch nicht mehr in seiner Kammer verstecken, wenn sie allen Trubels überdrüssig war und die Mutter mit ihr wegen Kleinigkeiten schalt.

Je näher die beiden Mädchen Villeneuve kommen, um

so lebhafter werden die Erinnerungen. Auf dem Weg nach Chinchy steht eine Bank – seit eh und je. Camille entdeckte darauf eines Tages einen riesigen Haufen Truthahnmist. Sie war mit ihrer Freundin Marie spazierengegangen. Zwei kleine Mädchen mit Rattenschwänzen und spindeldürren Beinen. Camille ritt der Teufel. Sie wollte, daß sich die Freundin ahnungslos in diesen Haufen setzte. Mit Ernst und Würde spielten sie das Spiel von Damen aus großem Haus, wobei Camille die leichtgläubige Marie so dirigierte, daß sie des Haufens nicht ansichtig wurde und sich hoheitsvoll auf dem Mist niederließ. Camille war vor Lachen den Berg hinuntergekullert, und Marie stand in nichts nach, über dieses Mißgeschick der arroganten Dame in Lachkrämpfe verfallend. Camille erzählte es Louise. Diese rümpfte die Nase. «Typisch du! Und Marie hat gelacht? – Ich hätte mit dir eine Woche lang nicht gesprochen!»

«Auch typisch!»

Sie werden in Villeneuve begrüßt. Der Großvater liegt in der Kapelle aufgebahrt. Paul benimmt sich äußerst fremd.

Was ist mit ihm passiert? Unnahbar und verschlossen. Zwischen den Augenbrauen furcht sich eine steile Falte. Nur Trauer? Mit keiner Geste verrät er, daß er die große Schwester erwartet, daß er sie vermißt oder gar gebraucht hätte.

Stummheit und Taubheit dauern und dauern.

«Er hat einen Schock!» sagt die Mutter.

Paul hat den Tod des Großvaters miterlebt. In seinem Beisein war der Großvater verschieden. Paul hatte erlebt, wie dessen Seele plötzlich entwich. Er hat die Schreie des Großvaters gehört, wenn das Morphium aufhörte zu wirken. Schreie – unvorstellbar und unvergeßlich. Der Großvater, der nie Emotionen äußerte, der alle Dinge mit nüchterner Sachlichkeit erklären konnte, der wenig von seinem Innersten preisgab, der keine Erschütterung zeigte, als sein Sohn sich im Fluß das Leben genommen hatte. Seine Krankheit nahm er mit Würde an — als Schlußakzent für sein gelebtes Leben. Dieser Großvater, eine Festung, ein Fels — wie er den Kindern erschienen war —, hatte den Schmerz aus seinem gepeinigten Körper herausgeschrieen. Diese Schreie verfolgten Paul, als der Großvater bereits für immer gegangen war. Paul hörte sie des Nachts und fuhr selbst schreiend hoch. Angst lähmte ihn, eines Tages unter gleichen Schmerzen sterben zu müssen.

Der Vater kommt aus Wassy angereist. Mit Bestürzung nimmt er wahr, wie die Kinder sich verändert haben. Camille scheint das Kindhafte abgestreift. Paul zeigt sich verschlossener denn je. Nur Louise ist nach wie vor der Meinung ihrer Mutter.

Louis-Prosper beschließt, auf seine Versetzung zu drängen. Das Fremdwerden innerhalb der Familie ist nicht zu übersehen. Wenigstens an den Wochenenden möchte er regelmäßig bei der Familie sein. In dieser für die Kinder so entscheidenden Zeit will er die Kontrolle über sie nicht verlieren, spürt er doch, wie die Verhärtung und die Isolierung des einzelnen zugenommen haben.

Am Tage nach der Beerdigung macht Camille eine Beobachtung, die sie nie für möglich gehalten hätte — ein geheimes Einverständnis zwischen Paul und der Mutter. Camille sieht die geheime Aufforderung der Mutter, an Paul gerichtet — ein energisches Nicken des Kopfes als Ermunterung. Eine Stunde später weiß Camille den Grund.

Sie hockt auf dem Boden, im Schein des Öllämpchens, und sammelt die gedörrten Pflaumen von dem Weidenrost in ein Leinensäckchen. Paul, der mit Camille seit ihrer Ankunft kein Wort wechselte, erscheint plötzlich auf dem Boden. Nicht, um ihr zu helfen. Er schaut eine Weile schweigend zu, lehnt an einem Dachbalken und kämpft mit unsichtbaren Spinnweben. Kategorisch und ohne Einleitung sagt er: «Wir fahren nicht zurück nach Paris. Wir bleiben in Villeneuve.»

«Wer wir?» fragt Camille überrascht.

«Wir alle. Mama. Louise, du und ich.»
«Ich mit Sicherheit nicht. Und warum das?»
«Weil ich Paris hasse. Und Mama haßt Paris. Papa hat mich im Louis-le-Grand angemeldet. Ich will nicht aufs Gymnasium. Hier ist es schöner, unendlich schöner. Es geht nicht nur nach deinem Kopf, deinem entsetzlich dikken Kopf, mit dem du die ganze Familie tyrannisierst. Wir bleiben hier. Und du auch. Du auch! Hast du verstanden? ... Ich frage, ob du verstanden hast?»
Er schreit wie die Mutter – im gleichen Tonfall. Im gleichen Wortlaut. «Mein Kleiner! ... Von mir aus könnt ihr alle hierbleiben. Ich werde allein nach Paris zurückfahren. Hélène bleibt bei mir ... Obwohl ich dich vermissen werde!»
Für diesen letzten Satz hat Paul keine Antennen.
«Das erlaubt Papa nie!» schreit er sie an. «Alles hängt bloß an dir. Du mußt sagen – du willst nicht wieder nach Paris. Er hört ja bloß auf dich. Du willst nie wieder nach Paris – mußt du sagen!»
«Das werde ich nicht sagen. Ich muß nach Paris.»
«Du ...» Paul ist vor Zorn und Ohnmacht außer sich. Er stampft mit den Füßen auf und versetzt der hockenden Camille einen Stoß, daß sie auf den Rost fällt.
Spät am Abend drückt Camille den Türgriff zu Pauls Kammer herunter. Er hat das Licht bereits gelöscht. Sein angehaltener Atem verrät, daß er noch nicht schläft. Camille setzt sich auf die Bettkante. Sie wartet, bis sie sein Gesicht im Dunkeln erkennen kann.
«Paul – du willst dich in unserem kleinen Dorf verstekken. Du willst dich vor dem Leben verstecken. Doch eines Tages holt es dich ein. Dann stehst du ungewappnet. Die Köstlichkeit, die Villeneuve für uns besitzt – für dich wie auch für mich –, ist doch, daß wir es nicht immer haben, daß seine Einmaligkeit nicht angeweht wird von dem Hauch alltäglicher Trostlosigkeit. Wie willst du ein großer Dichter werden, wenn du nicht unter die Menschen gehen willst. Was für dunkle Worte du manchmal

schreibst, und niemand versteht sie. Schreib für die Lebendigen! Deine mächtigen Worte werden sich wie ein Wirbel aufschwingen, werden durch Augen und Ohren in sie dringen. Aber du mußt nach Paris. Du mußt auf dem großen Gymnasium lernen und dir alles aneignen, was das Leben dir mitgibt – auch den Schmerz und die Unlust. Alles, du darfst dich nicht begnügen und dich nicht verstecken! Mein kleiner Paul! Du mußt dich dem Leben stellen. Ich stehe dir bei. Und du wirst mir beistehen. Ich brauche dich ..., ich werde es allen beweisen ...»

Paul tastet mit den Händen nach Camille. Er umschlingt ihren Hals, und sie nimmt ihn in ihre Arme. Fest umschlungen, spüren sie den Herzschlag des anderen.

«Du schaffst es vielleicht – aber ich. Vielleicht bin ich das Versprechen, das man nicht halten kann. Aber darin wird meine Gnade bestehen.»

«Paul, schon wieder so dunkle Worte. Laß mich nachdenken. Auch du wirst dein Versprechen halten – verfalle nicht in Selbstmitleid, sei nicht so kraftlos. Eines Tages werden wir beide nach China gehen. Dorthin kommt man nur von Paris aus. Vertrau dir und mir!»

Der nächste Tag ist ein Sonntag. Des Vaters Freund Massary wohnt noch immer in Fère. Louis-Prosper will ihm einen Besuch abstatten. Camille bittet, mitkommen zu dürfen. Die wenigen Stunden, die sie mit dem Vater zusammen sein kann, möchte sie nicht ungenutzt lassen. Sie beschließen, den Weg nach Fère zu Fuß zu gehen. Fünf Kilometer. Es ist ein stiller Herbsttag. Ohne Wolken, ohne Wind.

Als sie die ersten Häuser von Fère erreichen, ist früher Nachmittag. Luft und Sonne haben Camilles Wangen gerötet. Die Familie Massary bewohnt eine der schönen großen Wohnungen am Markt.

Camille hat sich bei ihrem Vater eingehakt und ihr Gesicht an seine Schulter geschmiegt. Geht die Mutter neben ihm, weicht Louis-Prosper jeder engeren Berührung mit der Frau aus. Nicht daß die Mutter Berührungen gesucht hätte. Es lag am Bürgersteig, der schmaler wurde. Camilles Bedürfnis nach Zärtlichkeit, ihr hartnäckiges Eingehaktgehenwollen sprengen die Kruste des einsamen Mannes.

Es öffnet der Sohn Ferdinand — ebenjener, dem Camille von den Vätern bei ihrer Geburt versprochen wurde. Als die beiden jungen Leute sich plötzlich gegenüberstehen und aus dem wilden stolzen Kind, das sich immer sträubte, den Jungen zu begrüßen oder ihm gar die Hand zu geben, eine bezaubernde junge Dame geworden ist, scheint Ferdinand de Massary bereit, sich für die Idee der Väter zu begeistern. Die ins Haar gesteckten Malven, die über einem Gartenzaun ihre Pracht verschwendeten, erinnern an eine Erscheinung aus dem Märchen. Später, beim Kaffee, stellt Camille fest, daß die Bildhauerei einen zusätzlichen Reiz auszuüben scheint. Sie erhöht den Wert des heiratsfähigen Mädchens. Der junge Massary kann seinen Blick nicht von Camille nehmen. Er nimmt reges Interesse an ihrer ungewöhnlichen Ausbildung. Camille berichtet von der Kalamität ständiger Wechsel der Modelle. Auch der Vater hört heraus, daß Camille sich zur «Bestimmerin» des kleinen Ateliers gemacht hat. Sie sucht Modelle aus, sie schlägt Haltungen vor — sie ist der Inspirator dieser Gruppe.

«Die Kauernde» — an der die vier Mädchen in den letzten Wochen arbeiteten. Nach wenigen Tagen wird das erste Modell krank. Das junge Mädchen, das nun im Atelier erscheint, wird zunehmend schüchterner. Das Lachen bezieht sie auf sich und ist überzeugt, daß man über sie redet, wenn englisch gesprochen wird. Sie kommt einfach nicht mehr. Also eine dritte. Auch sie hat die kauernde Haltung einzunehmen. Die anderen arbeiten an ihrem begonnenen Entwurf weiter. Camille protestierte. Mit jedem neuen Modell hat sie eine neue Arbeit begonnen. Jede der Kauernden zeigte eine völlig unterschiedliche Motivation. Da nutzt ein Zurechtbiegen der Stellung nichts. Jede brachte unverwechselbar Eigenes in die Haltung ein. Die erste fror, schlicht und einfach. Beim zweiten jungen Mädchen war es Scham. Zum erstenmal zog sie sich vor Fremden aus. Sie verkroch sich in sich selbst, um nichts von ihrer Nacktheit preiszugeben. Die dritte schließlich versank zusammengezogen in die Welt ihrer Träume. Sie hatte gerade einen jungen Mann kennengelernt und schien sehr glücklich mit ihm. Die Engländerinnen arbeiteten ungestört an ihrem einmal begonnen Werk weiter, während Camille vor drei angefangenen Versuchen stand. Nichts zu Ende Gebrachtes. Spott ob ihres Anspruchs und keine Bereitschaft, weiterhin ein Modell zu bezahlen, das von den anderen nicht mehr benötigt wird.

Camilles zweiter unvollendeter Versuch lag in der Ecke des Ateliers, wo die Brüche deponiert wurden. Der angedeutete Kopf war bereits abgefallen und es bröckelte am rechten Knie. Als Paul Camille einmal abholte, fing Camille einen bewundernden Blick auf, der dem Schutt galt. Sie verließ ihren Arbeitsplatz, um zu sehen, was den Bruder so faszinierte. Ihre unfertige Arbeit. «Wie ein Torso aus der Renaissance!» sagte Paul, ihr kleiner Bruder, der zum erstenmal ein Werturteil über eine ihrer Arbeiten abgab, intuitiv. Ein Torso aus der Renaissance. Camille sah ihren abgebrochenen Versuch mit neuen Augen. Dieses Zufluchtsuchen in sich selbst, dieser zusammengekrümmte Körper, zusammengezogen vor Scham, jung, kraftvoll, sich durchaus nach Besitznahme sehnend. Camille feuchtete in Eile ein Leinentuch an und warf es über die Arbeit, entschlossen, diesen Torso als eigenständiges Werk bestehen zu lassen.

Der junge Massary fragte verwundert: «Als eigenständiges Werk? Ich dachte, Torsi sind immer nur Werke der Antike mit bedauerlichen Brüchen!»

Camille schüttelte heftig den Kopf. Sie nahm ihrem Werk die Illusion von Bruch durch den scharfen Schnitt am Knie. «Ich werde ihn in Bronze gießen lassen.» Ihr prüfender Blick fliegt zu Louis-Prosper. In dessen Lächeln liegt Zustimmung.

Ferdinand de Massary bittet um die Erlaubnis, Camille in Paris besuchen zu dürfen. Er studiert in Paris. Während des Gesprächs musterte Camille den jungen Mann ungeniert – wie es ihre Art war, wenn sie in Gedanken bereits in Ton modellierte. Massary mißdeutet ihr Interesse. Louis-Prosper blockt ab. Die Frau, die zur Zeit allein in Paris lebt mit den Kindern, sei überlastet.

22.

Zum erstenmal liest Camille ihren Namen in der Zeitung.

«Der Mai-Salon 1882. Die Büste einer alten Frau. Gips. Von Fräulein Camille Claudel. Ein seriöses, durchdachtes Werk.»

Natürlich hoffte sie, daß ihre Büste in der Presse eine Erwähnung finden würde. Daß es so ist, nimmt sie ohne Genugtuung hin. Erwartete Selbstverständlichkeit. Schon vorbei. Sie wundert sich über Paul, den diese Erwähnung in Euphorie versetzt. Ihr Tun erfährt in seinen Augen Berechtigung durch Anerkennung der anderen. Man ist nicht unbedingt gut, wenn man von der Presse gelobt wird. Camille muß an Rodin denken.

Auch Louise zeigt sich für Tage beeindruckt und hält sich in ihrer Zanksucht zurück. Die Mutter überfliegt die kleine Mitteilung. Zu diesem Thema äußert sie keine Meinung. Der Vater beglückwünscht Camille in seinem nächsten Brief. Er ist stolz auf sie.

Camille arbeitet jetzt an einer neuen Büste ihres Bruders. Paul ist der einzige, der sich ohne Murren als Modell hergibt, der auch bereitwillig ihre Büsten aus Ton feucht hält. Die Mutter verwehrt es prinzipiell. Louise liegt mit sich selbst im Widerstreit. Sie möchte im Einverständnis mit der Mutter bleiben und sich ebenfalls nicht für die Laune ihrer Schwester hergeben. Andererseits peinigt sie die Eitelkeit, ihre Büste, ihr schönes, hochmütiges

Gesicht in einer Ausstellung von anderen bewundern zu lassen.

Pauls Ehrgeiz ist angestachelt worden. Der Name Camilles in der Zeitung. Er will nicht hinter der Schwester zurückstehen. Er nimmt sich vor, ein Drama zu schreiben. Seit ihrer Rückkehr aus Villeneuve benimmt er sich unmöglich. Er gibt vor, in der Stadtwohnung zu verkrüppeln. Villeneuve, obwohl das Haus dort klein ist, wird zum Paradies. Seine Lage zwischen Hof und Garten. Die Haupt- und Nebenräume des Hauses, der Salon, das Speisezimmer, die Küche, ja sogar der Speicher, der Keller, der Wäscheraum werden immer größer, je länger und öfter Paul davon spricht. Die Bibliothek, die Waschküche, die Veranda, das Kinderzimmer und das Zimmer für die Hausangestellte – all das habe man hier versuchsweise in eine Etage gepreßt, wie man ein Segelschiff in eine Flasche zwängt. Vom Salon aus könne man mit der Nase alle Vorgänge in der Küche erahnen. Wenn Louise auf dem Klavier spielt und sich plötzlich die Sturzfluten auf der Toilette mitten in die Töne ihres Nocturnos schieben, schreit er auf, hält sich die Ohren zu: «Das ist nicht zum Aushalten – in diesem Käfig!»

Als die Tante mit den Cousins zu Besuch kommt mit Charles, der so alt ist wie Camille, und dem kleinen Dreijährigen, den man auf einen Stuhl setzt, auf den neuen, den kunstgewerblichen, worauf er zufrieden sein soll, vor allem aber leise, und der mit seinen verzweifelten Schreien die Wand zu sprengen versucht, da springt Paul auf. Er muß ausreißen. Er greift nach Mantel und Mütze. Ohne ein Wort der Erklärung stürzt er davon. In den Park. Er muß die Rinde der Bäume fühlen. Er muß auf das Zittern ihrer Blätter im Wind hören. Er muß die Erde riechen und an Villeneuve denken.

Holt er Camille aus dem Atelier ab, belegt er sie mit Vorwürfen, daß alles Lüge war, was sie ihm an jenem Abend in Villeneuve vorgegaukelt habe. Ja, er schreibt. Er schreibt, während Camille ihn modelliert – dieses zornige

Gesicht, voller Trotz und Rechtfertigung, voll verhaltener Befriedigung auch, die er beim Schreiben empfindet. In diesen Minuten ist sie ihrem Bruder sehr nah, ihm und seiner Wahrheit. Es gelingt, diese Wahrheit im Stein festzuhalten. Es ist ihr eigener Protest und der Wille, das Schicksal zu zwingen.

«Liest du mir vor, was du schreibst?»

«Nein.»

«Wie heißt dein Stück?»

«Ich weiß nicht ... Möglich – die Schlafende.»

«Wer ist die Schlafende?»

«Du wirst es früh genug erfahren!»

Da gerät ein junger Dichter durch Zufall oder Absicht in das Reich der Faune und Nymphen. Man treibt seinen Spaß mit ihm. Volpilla, eine junge Faunin, mit Sicherheit Camille, erzählt ihm, in der Höhle schlafe eine wunderschöne Nymphe mit meerblauen Augen und rotgoldenem Haar. Sie läge im Zauberschlaf, aus dem nur ein Dichter sie mit seinen beredtesten und innigsten Worten erwekken könne. Diese Worte würden ihre Liebe zu ihm entfachen. Der naive junge Dichter möchte brennend gern von jener wunderbaren Galaxaura geliebt werden. In Wirklichkeit schläft in der Höhle ein altes, versoffenes Weib mit Affengesicht.

Die herbe Enttäuschung, die die Metropole für Paul bedeutet. Das eigentliche Unglück bricht über Paul herein, als er das Gymnasium «Louis-le-Grand» besucht. Eine Vorstellung dieser Zwänge gibt er später in seinen Memoiren wieder.

«Die ungesunde Atmosphäre des Gymnasiums, die Kaserne von Jugendlichen, die sich in der Brunst befanden, das Quartier Latin, in dem es gärte, das klebrige Fieber der Straßen, die Stadt, die voller Sinnestäuschungen war – all das verursachte mir Übelkeit. Unversöhnlich begann der Kampf um das Leben, der dem kleinen Knirps von vierzehn Jahren aufgezwungen wurde. Keine Stützbalken, um Halt zu finden. Das wenige an Provinzgläubigkeit stürzte zusammen. Die Klassenkameraden spuckten darauf. Selbst die Lehrer (einige, aber nicht wenige) machten sich auf seine Kosten lustig. Ein materialistischer Positivismus – platt und fett – breitete sein ranziges Öl über den Fischteich. Der Kleine fühlte sich ins Wasser geworfen, in ein schmutziges Wasser, das ihn anekelte. Er wagte nicht, trotz Widerwillen, um Hilfe zu rufen. (Wessen Hilfe?) Er schließt den Mund und stirbt ...»

Merkt Camille nicht, was mit ihrem Bruder geschieht? Er wird sich so nah an sie drängen, daß in ihr ein Gefühl von Unfreiheit entsteht. Seine Belagerung beengt sie. Sie wehrt sich. Sie stößt ihn zurück, weil er es lernen soll, sich allein zu behaupten. Kein Stützbalken also. Mitunter hat sie Mitleid.

Im Atelier hat Camille eine Büste von Jessie begonnen und diese eine von ihr. Was Camille in der Büste ihrer Freundin gelingt, ist ein bemerkenswerter Charakterkopf, der sich auf Wesentliches konzentriert. Während Jessie viel Sorgfalt und Mühe auf die getürmte Lockenpracht Camilles verwendet, was die Aufmerksamkeit vom Gesicht abzieht, läßt Camille das Gesicht der Freundin in seiner klugen Herbheit, in seiner fast männlich wirkenden Intelligenz zum Betrachter sprechen. Große Augen, große Nase, großer Mund im schmalen Profil. Um Mund und Nase liegt das freundliche Selbstbewußtsein einer Frau, die ihre fehlenden äußerlichen Reize durch Charme und Geist zu ersetzen weiß. Diese Büste Camilles befindet sich im Familienbesitz der Lipscombs.

Zu Hause in der Küche arbeitet Camille an einer Büste ihrer Tante. «Madame B.» Camille hat die Absicht, diese Arbeit 1893 im Salon auszustellen. Sie versucht Neues. Sichtbarmachen einer inneren Beziehung zwischen Modell und Bildhauer. Das einfache Gesicht einer Frau zwischen vierzig und fünfzig. Das Matronenhafte angekündigt, keine Koketterie mehr im Blick. Mütterliche Güte, dem Kind einen Gefallen zu tun, die Hände in den Schoß zu legen und sich porträtieren zu lassen. In dem winzigen

Lächeln der Unglaube, daß Vernünftiges entsteht. Ein ausdrucksstarkes Porträt. Doch die Mutter sieht die Besuche der Verwandten weniger gern. Daß diese sich von Camille porträtieren läßt, gleicht einer Billigung des opferreichen Umzugs nach Paris. Die Thierrys waren nie wohlhabend, und Louise-Athenaise hat eine leichte Verachtung für jene, die des öfteren um eine Gefälligkeit bitten.

Eines Tages steht Ferdinand de Massary vor der Académie Colarossi. Er schlägt Camille einen Spaziergang vor. Der junge Bruder stört ihn, weil er finster und schweigsam und mit großer Selbstverständlichkeit neben ihnen hergeht und mehr als deutlich sein Mißfallen zeigt, daß ihm die Aufmerksamkeit seiner Schwester entzogen wird.

Der junge Massary überlegt sich anderes. Er wird Camille zwei Karten für die Oper anbieten. Wagner, Walküre. Der Traum von Paul und Camille. Die Musik von Wagner und Beethoven ist ihnen die liebste. Paul beginnt, Camille am Arm zu ziehen, sie zu drücken und zu kneifen, um sein Interesse an dieser Oper und diesen Karten kundzutun.

Mit Charme und Liebenswürdigkeit in Blick und Geste fragt Camille: «Monsieur Massary, wenn Sie mir diese Karten überlassen würden? – Sie würden meinen Bruder und mich hochglücklich machen. Seit unserer Ankunft in Paris träumen wir davon, in diese Oper zu gehen ... Paul haßt Paris ..., die Familie ist nur meinetwegen hier ..., wenn ich Paul in die Oper mitnehmen könnte – als Entschädigung ..., ich wäre Ihnen sehr dankbar.»

Belustigt und verärgert zugleich, tritt der junge Mann seine Karte dem Bruder des jungen Mädchens ab. Nun fühlt sich Louise benachteiligt. Sie wäre mit Massary in die Oper gegangen. Sie schwärmt von ihm. Sie bedrängt die Mutter, ihn einzuladen.

Nach der Vorstellung der «Walküre» sind die Geschwister aufgewühlt. Schon im ersten Akt, als der erschöpfte Siegmund Schutz vor dem Unwetter sucht und bei Sieglinde einkehrt, die unfroh und ungeliebt Hundigs Weib ist, drängt sich eine Assoziation eigener geschwisterlicher Nähe auf. Die hohe Gefühlsintensität der Oper, die schicksalhafte Begegnung Siegmunds mit Sieglinde, in der er nicht sogleich seine Zwillingsschwester erkennt – das alles in dem Strom musikbeseelter Innigkeit –, ist angetan, Paul und Camille aufzuwühlen.

Vor allem Paul ist bereit, dieses Gleichnis geschwisterlicher Liebe leben zu wollen bis in den Tod durch Hundigs Speer.

Dunkle Andeutungen auf dem Nachhauseweg. Hatte nicht Camille Paul zuliebe Massary zurückgewiesen? Camille ist von Pauls Leidenschaftlichkeit erschreckt. Erschreckt von seinen finsteren Prophezeiungen, daß Massary ihn töten werde. Sie ahnt, daß es ein Fluchtversuch Pauls ist. Die Flucht in die Beziehung zu ihr. Ein Zufluchtsuchen in Ausweglosigkeit. Sie will keinen feigen, fliehenden Bruder. Sie wehrt ab. Bewußt oder unbewußt.

Der Kleine fühlt sich ins Wasser geworfen ..., er wagt nicht, um Hilfe zu rufen ..., er schließt den Mund und stirbt ...

23.

Das Atelier in der Rue Notre-Dame-des-Champs scheint verwaist. Es vergehen Wochen, bis Monsieur Rodin sich hier sehen läßt. Zur Zeit ist er auf Reisen. In England.

In gereizter Stimmung erwartet Camille den Tag, an dem Monsieur Rodin in diesem Atelier erscheinen wird. Sie zeigt ihre Ungeduld nicht. Fast teilnahmslos hört sie zu, was die anderen über Monsieur Rodin zu reden haben, aufgeschnappt in den Salons.

Da ist von einer mangelhaften Schulbildung die Rede. Sein Vater diente als Laienbruder im Orden der christlichen Lehre. So brachten Mönche für drei Jahre dem kleinen Auguste die Anfangsgründe der Rechtschreibung und

Syntax bei. Mehr schlecht als recht. Bis an sein Lebensende schreibt er ein fehlerhaftes Französisch. Als er zehn Jahre alt war, schickte ihn der Vater nach Beauvais, wo ein Onkel von Auguste die Mittelschule leitete. Aber der Junge fühlte sich dort als Gefangener. Mit dreizehn Jahren kehrte er nach Hause zurück — einer, der sich nicht einfügen will, einer, der besessen ist von der fixen Idee «zu zeichnen». Er zeichnete alles ab, was ihm unter die Finger kam, selbst Bilder, die er auf dem Einwickelpapier fand, alten Illustrierten, in denen die Mutter Gemüse oder Fisch vom Markt brachte. Da die Familie kein Geld hatte — der Vater arbeitete in einer Pariser Polizeistelle als Schreiber, später mit noch geringerem Gehalt in einem Pariser Gefängnis —, konnte man den Jungen auf keine höhere Schule schicken. Auguste sollte einen Beruf lernen. Musterzeichner werden. So trat er in die staatliche Schule für angewandte Kunst und Dekoration ein. Hier wurden Gebrauchsgrafiker, Steinmetzen und Steinbildhauer ausgebildet. Von seinem vierzehnten bis zu seinem siebzehnten Lebensjahr erhielt Rodin das, was er «als einzige Ausbildung meines Lebens» bezeichnete.

Camille saugt alles ein, was sie hört, hütet sorgsam die Puzzleteile seiner Biographie, zeigt den anderen nicht ihr Interesse an dem widerspruchsvollen Bildhauer, der zurückgezogen in jenem jahrhundertealten Betrieb in Sèvres halbtags arbeitete. Auf Betreiben der Marquise de Pompadour war jene Porzellanmanufaktur errichtet worden. Jetzt gleicht sie eher einer Handwerkerkolonie als einer Fabrik. Carrier-Belleuse hat die künstlerische Leitung. Carrier-Belleuse hat seinem ehemaligen Mitarbeiter Rodin eine Teilzeitbeschäftigung angeboten. Entwerfen von Vasen und Tischdekorationen. Rodins lustvolle Phantasie war für das Unternehmen von Wert. In Sèvres hatte Madame Adam den berüchtigten Rodin ausfindig gemacht, der jenes umstrittene «Eherne Zeitalter» angefertigt hatte und den ihr Freund Gambetta kennenzulernen wünschte.

Tratsch und Klatsch. Camille beteiligt sich nicht an diesen Gesprächen. Was sollte sie beisteuern können? Ein einziges Mal hatte sie ihn gesehen. Sie kennt ihn nicht. Dennoch gibt es Unerklärliches, das sie mit ihm verbindet. Unvergeßlich – wie er in dem abgeschabten Anzug im Salon der Madame Adam stand. Deren Wohlstand hatte er seine Kunst entgegenzusetzen.

Eines Vormittags steht er dann im Atelier der vier. Camille hat sein leises «Bonjour, Mesdemoiselles!» überhört. Erst bei dem lauten Hallo der Engländerinnen wird sie aufmerksam. Ihr Herz schlägt dumpf bis zum Hals. Sie dreht sich zum Fenster und arbeitet mit fliegenden Händen weiter.

Monsieur Rodin beherrscht keineswegs die Situation. Schüchtern reicht er den jungen Mädchen die Hand, ohne ihnen lange ins Gesicht zu schauen. Die sichtbare Freude der Engländerinnen über sein Erscheinen, die lange seine Hand schütteln, läßt das Eis brechen.

Da ist wieder dieses junge Mädchen «mit der stolzen Stirn, die sich über ein Paar wunderbare Augen wölbt, von jenem seltenen Blau, wie man es vielleicht in Romanen liest, ... diesem großen Mund, eher kühn als sinnlich, diese Lockenfülle des kastanienbraunen Haares, das wahre Kastanienbraun, das die Engländer ‹auburn› nennen, das ihr bis zu den Hüften reicht. Ein Ausdruck im Gesicht, der Mut, Offenheit, Überlegenheit, auch Fröhlichkeit bedeutet. Eine, der zuviel in die Wiege gelegt worden war.» Worte des Bruders, als er Erinnerungen heraufbeschwört.

Rodin sucht Camilles Blick. Sie ist befangen.

Entschuldigungen, daß er kein Lehrer sei und sie keine Erwartungen an ihn stellen dürften. Auf keinen Fall könne er sie in irgendwelcher Theorie unterweisen. Er selbst bemüht sich, die Natur wiederzugeben ... nach seinem Temperament, seinen Empfindungen.

Camille brennt darauf, daß Rodin die fertigen oder begonnenen Arbeiten begutachtet. Die Engländerinnen bestehen auf Konversation. Er war in England? Hat es ihm gefallen? Ein Versuch, Englisch mit ihm zu reden. Rodin winkt ab. Er kann kein Englisch. Er habe dort seinen Freund besucht – Legros. Alphonse Legros – ein Kupferstecher, den er auf der Schule kennengelernt hat. Wie auch der andere Klassenkamerad, Jules Dalou, mußte Legros nach der Niederschlagung der Pariser Kommune Frankreich verlassen. Beide waren nach England emigriert.

Die Mädchen spüren, daß Rodin angefüllt ist von seiner Englandreise. Er hat den Dichter Willi Ernest Henley kennengelernt. Dieser stellte ihn Stevenson vor und dem Dichter Browning. Er sei sehr freundlich und sehr begeistert von ihnen aufgenommen worden.

Camille verharrt in der Bewegung, dreht sich um und schaut Rodin ins Gesicht. Diese kindliche Freude Rodins über das Kennenlernen und die Wertschätzung anerkannter Persönlichkeiten. Es schmeichelte ihm. Dafür ist er empfänglich? Unter Camilles spöttischem Blick erlischt die Erinnerung an England und an Erfolg.

Camille nimmt wahr, daß Monsieur Rodin kurzsichtig ist.

Er nähert sich ihr und ihrer Arbeit. Er betrachtet die Büste, die sie von Paul angefangen hat. Seine Neugier, sein Interesse, die Überraschung in seinem Blick entschädigen Camille für das Warten auf ihn. «Wer steht Ihnen Modell für diese Arbeit?»

Als ob das wichtig wäre! Enttäuschend seine erste Frage.

Camille kneift die Augen ein wenig zusammen, wendet sich wieder ihrer Arbeit zu und sagt: «Der Dauphin von Frankreich!»

Auch die Engländerinnen spüren, daß ihr Spott ihn trifft. Sie ziehen Monsieur Rodin am Ärmel, daß er ihre Werke begutachte.

In der Ecke entdeckt er die kleine Gruppe von David und Goliath. Er macht sich von den Armen der anderen frei, geht auf diese Plastik zu, befühlt sie mit seinen Händen, geht der Bewegung des jungen David nach, streicht über seinen zerklüfteten Rücken. Ein amüsiertes Lächeln tritt auf sein Gesicht, als habe man das Werk eigens für ihn hierhergestellt, um ihn zu foppen. Er ist sich selbst noch nie in einem anderen Atelier begegnet. Was ihn an der Fopperei stört, ist die ernsthafte Spannung in den Augen jener Camille Claudel.

«Wo haben Sie die Werke von mir ausgestellt gesehen?»

Camille wird bleich. Die Engländerinnen schauen erschrocken von einem zum anderen. Camille faßt sich. Ihre Augen verengen sich.

«Die Ferien verbringen wir in Villeneuve, einem Dreihundertseelendorf in der Champagne. Ansonsten leben wir in Bar-le-Duc, Nogent und Wassy, wo diese Arbeit entstanden ist. Haben Ausstellungen von Ihnen in diesen Kleinstädten stattgefunden? Ich glaube kaum.»

Sie hat sich um eine ruhige, fast akzentfreie Aussprache bemüht. Sie beherrscht sich nur mühsam. Sie hat Lust, ihm etwas an den Kopf zu werfen. Sie stürzt zur Tür, als wenn die Luft nicht mehr zum Atmen reicht. Rennt noch einmal zurück, um das feuchte Leinen über ihre halbfertige Arbeit zu werfen.

Es lag nicht einmal der Vorwurf von Imitation in Rodins Frage. Es war Verblüffung. Er kam mit anderen Erwartungen hierher. Spielereien in Ton von Töchtern der Hautevolee. Empfunden hatte er beim David – hier lag ein Anspruch vor. Mit seiner vierundvierzigjährigen Erfahrung als Mann und Künstler kann er diesen Anspruch nicht in Zusammenhang bringen mit jenem eigenwilligen, stolzen Kind, einem Mädchen.

Camilles Vorfreude, ihr Bangen, ob sich die innere Verbundenheit wieder einstellen würde, die sie im Salon der Madame Adam so jäh überwältigte, ist verflogen. Seine Frage war ungerecht und arrogant. Er war überrascht von der Art, mit Ton umzugehen, die der seinen nahekam.

Die zweite Begegnung ist enttäuschend. Jessie kommt nachgelaufen.

«Camille, Darling, was soll das? Komm zurück! Monsieur Rodin ist erschrocken. Er will sich entschuldigen.»

Für diesen Tag betritt Camille das Atelier nicht mehr.

Monsieur Rodin hat die Mädchen ins Marmorlager — Rue de l'Université — eingeladen. Endlich Abwechslung im Dasein der jungen Bildhauerinnen. Eine Statue von Rodin soll nach England auf eine Ausstellung geschickt werden. Zuvor möchte er ihnen an Hand dieser Arbeit eine Erkenntnis vermitteln.

Sie gehen am Invalidendom vorbei, Richtung Marsfeld. Die unverhoffte Einladung in sein Atelier schürt Erwartungen. Camille ist nicht nachtragend. Sie möchte wissen, ob sich sein Nonkonformismus auch in seinem Werk widerspiegelt.

Am Anfang der langen Universitätsstraße liegt das staatliche Marmorlager — in fast provinzieller Stille und klösterlicher Abgeschiedenheit. Es ist ein weites Gelände, wie eine Wiese anmutend. Hier ruhen die Marmorblöcke — graues, totes, unbehauenes Gestein. Wind, Regen und Sonne ausgesetzt. An einigen Stellen leuchtet es blendend weiß auf, dort, wo beim Transport die Kanten splitterten und die Ecken brachen. Wie Zellen eines Klosters liegen — fast verträumt — zehn Ateliers nebeneinander. Geräumig und mit dem Luxus großer Fenster.

Hier vom Staat ein Atelier zu erhalten ist Traum jedes Bildhauers. Vergibt der Staat Aufträge, stellt er dem Künstler Raum und Material kostenlos zur Verfügung — und Kohlen. Zwei der Ateliers gehören Rodin.

Ein Frühsommertag. Camille und die Mädchen haben das Lager erreicht. Intensives Schauen. Camille fragt sich, ob sie eines Tages suchend um die Marmorblöcke gehen und sich den Stein aussuchen wird, der in Form und Größe ihrem Vorhaben entspricht. Jetzt das Bemühen, sich nicht beeindrucken zu lassen.

Sie verharrt jäh.

Ein Mann kommt mit langen Schritten auf sie zu. Sehr groß. Er kommt mit geöffnetem Mund und erhobener

Hand. Bohrend brennende Augen. Sie glaubt seine Stimme zu hören. Er verkündet.

«Johannes — mit den redenden erregten Armen, mit dem großen Gehen dessen, der einen anderen hinter sich kommen hört. Der Körper dieses Mannes ist nicht mehr unerprobt, die Wüsten haben ihn durchglüht, der Hunger hat ihm weh getan, und viele Dürste haben ihn geprüft. Er hat bestanden. Er ist hart geworden. Sein hagerer Asketenleib ist wie ein Holzgriff, in dem die weite Gabel seines Schrittes steckt. Er geht. Er geht, als wären alle Weiten der Welt in ihm und als teilte er sie aus mit seinem Gehen. Er geht. Seine Arme sagen von diesem Gang, und seine Finger spreizen sich und scheinen in der Luft das Zeichen des Schreitens zu machen.»

So beschreibt Rilke «Johannes den Täufer».

Camille ist betroffen. Sie fühlt und empfindet mehr, als daß sie es begreift — sie steht einem Kunstwerk gegenüber. Es unterscheidet sich in Form und Ausdruck völlig von dem, was Camille bei Boucher oder Dubois sah oder von Rude oder Carpeaux kennt. Etwas Neues. Ein Meilenstein in der Entwicklung moderner Plastik.

Kein Lammfellhemd, kein prophetisches Kreuz — was man gewöhnlich mit biblischen Gestalten verbindet. Ein nackter Mann, gereift, mit flehendem Ausdruck im Gesicht. Aber es ist nicht das Gesicht. Es ist die Bewegung, dieses unerhörte Schreiten, das Camille ergreift, das sie mit Zuversicht erfüllt. Wer so ausschreitet, kommt an sein Ziel. Das ist die Kraft und die Entschlossenheit, allen Widrigkeiten des Lebens zum Trotz — allen Anfeindungen, allen Verleumdungen — seinen Weg zu gehen.

Verehrung für Rodin. Bewunderung. Nein — diese Worte reichen nicht aus. Hilflosigkeit und Scheu vor diesem Mann.

Rodin, im schmutzigen Kittel, dessen Taschen ausbeulen, war aus dem Atelier getreten. Er wischt seine Hände, die gerade mit Ton modelliert haben, am Kittel ab. Er begrüßt sie. Entschuldigt sich, ihnen nicht die Hand reichen zu können. Eine einladende Bewegung, auf den herumliegenden Marmorblöcken Platz zu nehmen. Camille geht mit ausgestreckter Hand auf ihn zu. Die Engländerinnen meinen — eine Geste der Versöhnung.

Camille hat ihren Meister gefunden.

Elisabeth weist mit lautem Entzücken auf zwei Schnekken und deren silberne Spur auf dem Stein. Virginia setzt sich wie ein Schulmädchen auf den zugewiesenen Block. Jessie klatscht in die Hände. Die Versöhnung dauert zu lange.

Eine Unterrichtsstunde im Freien. Hier herrscht Rodin mit Souveränität. Im Kittel beengen ihn keine gesellschaftlichen Zwänge. Im Beisein seines Johannes fühlt er seine Stärke.

Auch Jessie ist in die Betrachtung der Skulptur versunken. Man sieht ihr die Ehrfurcht an. Wie in der Schule hebt sie die Hand und fragt: «Wie und wo findet man ein solches Modell?»

Rodin lacht. Ein leises, erinnerungsschweres Lachen. Prüfend schaut er von einer zu anderen. Unentschlossenheit, das Geheimnis dieser Begegnung mit dem Modell preiszugeben.

«Eines Morgens klopft jemand an die Ateliertür. Herein kommt ein Italiener. Ein Bauer aus den Abruzzen, der in der Nacht zuvor aus seinem Heimatort in Paris eingetroffen war.»

Und Rodin beschreibt den Mann in seiner Urwüchsigkeit, in seiner Armut, seinem Stolz «mit allen mystischen Wesensmerkmalen seiner Rasse». Ein entsetzliches Geschöpf. Ungeschliffen und rauh. Mit dem Lachen eines Wolfes. Er hatte seine Arbeitskraft zu verkaufen, die niemand wollte. Er bot seinen Körper an — als Modell. In seiner Heimat hatte er gehört, daß in Paris Maler oder Bildhauer Modelle suchen und dafür bezahlen. Er muß leben. Mehr wie eine Drohung klang seine Frage, ob Rodin ihn als Modell nähme.

Rodin gab seine Einwilligung. Da entkleidete sich der

Bauer und stieg auf das Podest. Rauh, beharrt, nackt – nahm der Mann aus den Abruzzen seine Arbeit auf. Arbeit sollte es sein. Im Schweiße seines Angesichts zog er den Pflug über steinigen Acker unter brennender Sonne. Vom Modellstehen besitzt er nicht die geringste Ahnung. Er pflanzte sich auf, hielt den Kopf erhoben und den Rumpf gestreckt und stützte sich dabei auf seine Beine, die wie ein Winkel gespreizt waren. Diese Bewegung war so entschieden, so wahr, daß Rodin augenblicklich beschloß, das zu machen, was der Italiener ihm bot. «Der Bauer aus den Abruzzen also» – sagte Camille nachdenklich. Ihr Vorwurf ist nicht zu überhören. Sie spürt das Unrecht, das Rodin dem anderen angetan hat. Sie kann es nicht in Worte fassen.

«O nein! Dieser religiöse Bezug öffnet ganz andere Dimensionen!» meint Virginia. Jessie und Elisabeth nicken beipflichtend.

«Mademoiselle Claudel – Sie sind eine Kratzbürste! Einigen wir uns! Eine Plastik sollte keine Bezeichnung brauchen. In der Körperbewegung liegt die Aussage – oder die Wahrheit. Sie ist das Entscheidende. Da ist es gleich, ob ich ihn Johannes den Täufer oder Giacomo den Bauer nenne. Aber im Salon legt man Wert auf hehre Bezugnahme. Das sollten Sie sich merken, meine Damen!»

Verwirrte Feststellung der Mädchen: «Monsieur Rodin – so geht kein Mensch!» Beide Füße sind fest aufgesetzt. Notwendigerweise löst sich der Hacken des vorderen oder des hinteren Fußes. Sie lachen, fallen vorn über oder kippen nach hinten. Sie verziehen schmerzhaft das Gesicht, schreien.

«That's impossible!»

Monsieur Rodin fühlt sich wohl im Kreise der jungen Damen. Belustigt schaut er ihren Bemühungen zu. Camille auf dem Marmorblock. Sie streckt ihre Arme mit geöffneten Händen der Sonne entgegen, schließt die Augen und überläßt sich für Sekunden dem Glücksgefühl, das sie erfüllt. Keine Pose. Ein Sichpreisgeben. Verheißung.

Ich gehe. Ich komme an. Rodin fixiert Camille mit konzentriertem Blick. Dieser Blick ist geübt. Das hat er an der Schule lernen müssen. Dort gab es einen Lehrer, aufgeschlossen und geistig unabhängig, der nach seinem eigenen, neu erdachten Lehrsystem die Schüler ausbildete. Übung des grafischen Gedächtnisses. Er trainierte ihre Merkfähigkeit. Lecoq de Boisvaudran – er forderte von seinen Schülern, mit äußerster Sorgfalt die Dinge zu betrachten, um sie aus dem Gedächtnis wiedergeben zu können.

«Camille, Monsieur Rodin modelliert dich!»

So unrecht hat Jessie nicht.

«Nicht bewegen! Bleiben Sie so, einen Moment!»

Camille läßt die Arme sinken und reicht den Freundinnen die Hände, um sie aufzufangen. Mit abwesendem Blick läuft Rodin ins Atelier. Die Mädchen sehen, wie er mit Kohle das eben Gesehene auf Papier festzuhalten versucht. Er zeichnet in fast durchgehender Linie. Die erste Skizze von Camille.

Zurück kommt er mit Fotografien. Er verteilt sie. Tanzstudien von Degas. Bewegung auch hier. Momentaufnahmen. Sie haben etwas Statisches. An diesem Vormittag behandelt Rodin sein Lieblingsthema – Bewegung.

Wann entsteht im Kunstwerk die Illusion einer Bewegung?

Wenn der Betrachter gezwungen wird, die Entwicklung einer Bewegung an den einzelnen Teilen des Körpers nacheinander zu verfolgen. Der Schritt des Johannes, wie Rodin ihn gestaltet hat, offenbart einen Prozeß, eine Abfolge – Beginn des Schrittes und Abschluß.

Als der Holzverschlag und die Gerüstbretter eintreffen, um die große Plastik darin sicher zu verpacken, wird Rodin unabkömmlich. Sein Vorschlag, sich an einem der nächsten Tage vor dem Louvre zu treffen, um an Géricault oder den italienischen Meistern des 15. Jahrhunderts die in einer Figur vereinten Bewegungsmomente zu studieren.

Monsieur Rodin nimmt seine Pflicht den Mädchen gegenüber ernst. Doch immer wieder beteuert er, kein Lehrer zu sein. Was er an Erfahrungen und Erkenntnissen besitzt, ist er bereit weiterzugeben. Lehrend selbst lernend. Erfahrungen vertiefen sich oder erweisen sich als falsch. Fragen werfen neue Probleme auf. Vermutungen bestätigen sich.

24.

Eine Waise ist er. Elend ist dieses Leben unter den Gespenstern der Großstadt. Barbarisches Gelächter Gleichaltriger. Er erstickt am eigenen Scheitern. Im Straßenkot wälzen sich, eingehüllt in ewigen Kohlenrauch, die Verzweifelten. Ist das eine Mutter, die nie im Leben eines ihrer Kinder streichelt? Niemand schützt ihn. Der Vater treibt ihn mit Spott und bösen Worten in die Wissenschaft. Er will nicht. Er will fort. Dorthin, wo der Himmel sich weit und wild über die Ebene wirft, die den Herden gehört. Unendlich in ihren Wanderungen, Zusammenschluß unter blühenden Apfelbäumen, Auseinanderfall wieder, gebremst durch Koppelzäune. Er erfriert hier. Er erstickt. Er stirbt jeden Tag tausend Tode.

Nachmittag, Paul ist niedergeschlagen. Schlechte Zensuren häufen sich. Man hat ihm prophezeit, bei den Abiturprüfungen durchzufallen. Zu Hause ist die Hölle. Versteckt hinter Buchsbäumen steht die Bank im Park, auf der Paul Zuflucht sucht. Er fällt in jenen Zustand der Starre, womit ein Tier sich bei Gefahr schützt, den eigenen Tod vortäuschend. Er ist entschlossen, nicht nach Hause zu gehen und zu warten, bis Camille spät am Abend ihn suchen und hier finden wird.

An diesem Tag ist die Schwester zu einer Dampferpartie auf der Seine eingeladen. Virginia feiert Abschied. In der nächsten Woche kehrt sie nach England zurück. Die Freundinnen hat sie bereits zur Hochzeit eingeladen.

Ein Mann geht vorbei, wendet sich um, weil er den Jungen zu erkennen glaubt, die Arme auf der Banklehne gekreuzt und das Gesicht darauf verborgen.

«Paul?»

Keine Reaktion. Rodin setzt sich zu dem Jungen auf die Bank. Eigentlich hat Paul an dem neuen Lehrer Camilles Gefallen gefunden. Massiv, erinnert er mit seinem gesträubten Bart an einen Metropoliten. Monsieur Rodin respektierte immer das Recht des Bruders. Mit zurückhaltender Anteilnahme hat er die Geschwister manchmal durch den Park begleitet.

Monsieur Rodin ruft Paul erfolglos an. Das Schweigen des Jungen fordert heraus. Sein Unglücklichsein will Beistand.

Auch Rodin hatte eine Schwester, an der er hing. Sie hieß Maria und war zwei Jahre älter. Sie war ein Engel.

Monsieur Rodin kann wohltuend leise sprechen. Erinnerungen an Maria. Der junge Auguste vertraute ihr seine geheimsten Wünsche an. Sie verriet ihn nie. Nur sie wußte, daß er sich an der Hochschule beworben hatte, um dort zu studieren. Sie nahm eine Stelle an, um ihn mit Geld zu unterstützen. Probeweise wurde er in eine Malklasse aufgenommen. Mit ihrem schwer verdienten Geld war sie bereit, seine Ausbildung zu bezahlen. Wie Paul Camille – so holte der junge Auguste Maria oft von der Arbeit ab. Sie schlenderten durch den Park. Eines Tages stellte er Maria einem seiner Studienkollegen vor. Dieser begann ihr den Hof zu machen. Und sie, die arme Maria, verliebte sich in ihn. Sie sah in ihm den wunderbarsten Menschen, würdig, sich an ihn zu verschenken. Aber der gaukelte wie ein Schmetterling bereits zur nächsten Blüte und vergaß Maria. Sie war getroffen und tief verletzt, daß sie beschloß, in ein Kloster einzutreten. Rodin peinigten Gewissensqualen, daß er es war, der sie diesem Windhund vorgestellt hatte, der nur ein untreues Leben führen konnte. Und sie war ein so prächtiges Mädchen. Noch Novizin, wurde sie krank, mußte operiert werden und starb.

Sie starb, weil sie es so wollte. Er, der Bruder, hatte sie in den Tod getrieben ... «Ich weiß nicht, warum ich das erzähle ... Achte auf deine Schwester und beschütze sie. Sie ist ein ungewöhnliches Mädchen mit einem ungewöhnlichen Talent. Und sie ist sehr schön.»

Der Tod Marias hatte Rodin in eine tiefe seelische Krise gestürzt. Maria war der einzige Mensch, der ihm innerlich nahestand. Er gab alles auf und trat als Novize in den Orden der Väter vom Allerheiligsten Sakrament ein. Er erhielt die Messe – doch die Bildhauerei hatte sich als stärker erwiesen.

Monsieur Rodin hält seinen Kopf in die Hände gestützt. Paul hat seine Stellung nicht verändert.

«Camille wird zu dir zurückkommen. Maria nie mehr. Du hast Glück ... Mir bleiben nur Erinnerungen, und sie quälen ... noch immer. Wenn ich euch sehe und beobachte, werde ich um Jahre zurückversetzt. Alles ist aufgewühlt. Paß gut auf sie auf!»

«Aber sie will ja nicht. Sie macht nur, was ihr gefällt. Nie hat sie Zeit für mich. Wozu muß ein Mädchen Bildhauer werden!»

«Weil es das Wunderbarste ist, das es gibt auf der Welt.»

Diese Antwort kann Paul nicht befriedigen.

Monsieur Rodin hat es vermocht, Paul aus seinem Zustand zu erlösen. «Du solltest Gott danken, eine solche Schwester zu haben. Du hast Grund, auf sie stolz zu sein. Und ich weiß, daß sie dich liebt. Jetzt gehen wir ein Glas Rotwein trinken und stoßen an auf Maria und Camille! Einverstanden?»

Paul erhebt sich.

25.

1883. In diesem Jahr wird Louis-Prosper nach Rambouillet berufen. Die Entfernung von Paris ist nicht groß. An den Wochenenden kann er bei der Familie sein. Jeden Tag die Fahrt nach Rambouillet zu machen wäre allerdings aufwendig. Seine Anwesenheit mit den nun wöchentlich erfolgenden Kontrollen von Pauls Heften und Zensuren wirkt sich nachteilig aus. Des Vaters herrische Erklärungen und Zurechtweisungen, seine Intoleranz und harte Strafen schüren die Verstocktheit Pauls. Ja, der Vater empfindet Paul als verstockt. Sie schüren Pauls Unlust und Aufmüpfigkeit, die für die Familie immer offensichtlicher wird, je weniger Camille davon abfängt. Sie arbeitet wie eine Besessene. Es bleibt kaum Zeit für den Bruder.

Als Camille eines Morgens das Atelier betritt, steht auf ihrem Platz etwas, das wie ein Geschenk anmutet, in Papier eingeschlagen, mit einer Schleife verziert. Elisabeth und Jessie ergehen sich in Vermutungen, Camille nähert sich zögernd. Höchst selten in ihrem Leben hat sie Geschenke erhalten. Sie hebt es an, um seinen Inhalt durch Gewicht oder Geräusch zu erraten. Es erweist sich als ungewöhnlich schwer.

«Ein Feldstein!» sagt sie lachend und löst hastig das Band. Neugier auch bei den anderen. Das Papier fällt zur Erde. Ein Bronzeabguß. Eine Büste, die ihr Gesicht trägt.

Natürlich fiel Camille auf, daß Monsieur Rodin sie des öfteren betrachtete. Ein Blick, sehr fern und fremd, der sie nicht wirklich sah, der nicht zwingend ihren Blick einforderte, wie er es mitunter tat. Dann schoß ihr das Blut ins Gesicht, ihr eigener Blick wurde unstet und irrte ab, eine heftige Unruhe entstand in ihr, und sie herrschte ihn an: «Schauen Sie nicht so!»

Rodin entschuldigte sich erschrocken.

Es war nichts Ungewöhnliches, daß Rodin Skizzen von seinen Schülerinnen anfertigte, wenn sie arbeiteten, sich vorbeugten, ihr Werk prüften.

Schweigen, Bestürzung. Den jungen Mädchen verschlägt es die Sprache. Jeder aus anderem Grund. Jessie kraust die Stirn. Wollte Rodin, der ständig unzufrieden war mit ihrer Arbeit an Camilles Büste, ihr eine Lehre erteilen? Sie hatte sich an Äußerlichkeiten orientiert, die mit dem Zirkel nachzumessen waren. Rodins Büste zeigte einen lebensvollen Menschen, gearbeitet in der groben, wenig schmeichelhaften Manier, wie er den Mann mit der zerbrochenen Nase geschaffen hatte. Elisabeth ist überrascht von der anderen Camille. Gewiß, wenn Camille arbeitet, tritt dieser gesammelte Ausdruck in ihr Gesicht, bekommen ihre Augen diese ferne Schwermut, liegt um ihren Mund jene unerklärliche Traurigkeit. Spricht man sie an, verliert sich dieser Ausdruck sofort, und die gewohnte Heiterkeit ist wieder da. Am stärksten betroffen ist Camille von dem Geschenk Rodins. Eine Offenbarung. Erahnt, erfühlt – begriffen. Nein, er hat nicht äußerlicher Schönheit gehuldigt, nicht ihre Jugend, nicht ihre Anmut stilisiert. Er hatte ihr leidenschaftliches Suchen begriffen, an der Schwelle, wo Wahrheit Schmerz wird.

Zugleich hat er das Pendant schaffen wollen zu Pauls Büste. Bruder und Schwester. Die Ähnlichkeit ist gegeben – bis hin zu den in die Stirn fallenden Locken. Trotz und Auflehnung in dem Knabengesicht. Sensibilität und das Wissen um den schweren Weg, auf den sie sich begeben hat – im Gesicht der Schwester.

An diesem Tag erscheint Monsieur Rodin nicht im Atelier der drei. Dafür Paul – nach der Schule. Mit verwunderter Skepsis tritt er an die Bronzeplastik. Fragender Blick. Ein Geschenk von Monsieur Rodin. Ein Geschenk? Camille hat nicht Geburtstag. Was fällt Monsieur Rodin ein? Man macht keine so teuren Geschenke. Ein Bronzeabguß – das sind mindestens fünfhundert Francs oder mehr. Das ist das Wirtschaftsgeld, das die Mutter für einen Monat erhält. Außerdem – Camille ist in Wirklichkeit schöner!

Eifersucht. Wer seine Schwester so zu sehen vermag,

ist von Sorge um sie erfüllt. Auf jeden Fall — ein Zuviel an Gefühl. Mit Nachdruck verlangt Paul, daß Camille das Geschenk zurückgibt. Als Camille nur lächelt und ihm eine Antwort versagt, verläßt er das Atelier — Türen knallend.

Bisher hat Rodin nicht viele Porträtbüsten geschaffen. Kaum einer der Porträtierten war beglückt oder erfreut über das zustande gekommene Werk. Eine der ersten Porträtbüsten, die er schuf, war die des Paters Pierre Julien Eymard, der den Orden gegründet und geleitet hatte, dem Rodin 1863, nach dem Tod seiner Schwester, beitrat — als Bruder Augustin. Pater Eymard, ein kluger und verständnisvoller Mann, der später von Rom seliggesprochen wurde, ermutigte seinen verstörten Novizen, mit der Bildhauerei fortzufahren. Er wies ihm einen kleinen Schuppen auf dem Klostergelände als Atelier zu und ließ sich selbst von Rodin porträtieren. Dann erhob Pater Eymard allerdings Einwände gegen die «geweihartige» Gestaltung seines Haares, und er weigerte sich, bestellte Kopien zu bezahlen. Das eigentliche Ziel, das er mit seiner Ermunterung bezweckte, war erreicht. Rodin tauschte das Ordenshemd wieder gegen den Arbeitskittel ein.

Auch sein Freund Dalou, den Rodin porträtierte, war mit der Realistik der Rodinschen Büste nicht zufrieden. Und Rochefort, Herausgeber einer Zeitschrift, bewahrte die von Rodin angefertigte Büste auf dem Dachboden auf.

Jessie ist voll von bitterem Vorwurf. Rodins Büste von Camille hat gezeigt, was sie lernen könnte, wenn sie dem Meister bei der Arbeit zuschauen dürfte, wenn sie teilhaben könnte am Entstehungsprozeß seiner Werke.

Warum nicht? Rodin greift den im Vorwurf enthaltenen Vorschlag blitzartig auf. Allerdings schaut er dabei Camille an.

Jessie nimmt an. Sie wird im Marmorlager, in Rodins Werkstätten, besuchsweise arbeiten. Sie ist volljährig. Sie will ihre Zeit in Frankreich sinnvoll nutzen.

Camille zeigt das Geschenk den Eltern. Louis-Prosper weiß nicht, wie er sich verhalten soll. Camille ist noch ein Kind, nicht volljährig. Doch was versteht man in der Republik unter der Volljährigkeit einer Frau.

Wie soll er sich verhalten, wenn man seiner Tochter ein teures Geschenk macht? Er faßt einen Besuch bei Rodin ins Auge. Louis-Prosper kennt Monsieur Rodin noch nicht. Er vereinbart über Camille einen Termin. Die Büste soll Anlaß sein, bei dem neuen Lehrer Auskunft über Camilles künstlerische Entwicklung einzuholen. Ein Sonntagvormittag.

Mit Selbstverständlichkeit zieht sich auch Camille ihren Mantel über, um den Vater zu begleiten.

Drängende Bitte, einen Umweg zu machen, um an Monsieur Rodins Geburtshaus vorbeigehen zu können. Das Interesse Camilles an dem Lehrer entspringt ihrer Bewunderung und Verehrung für ihn – nimmt der Vater an. Camille legt sich darüber keine Rechenschaft ab. Die Neugier, die sie für ihn hegt, hat etwas Triebhaftes. Sucht, alles zu wissen, was Rodin betrifft – davon ist sie besessen.

Wenige Straßenzüge hinter der eigenen Wohnung – und schon sind Vater und Tochter in den Gassen, die sich mit Kopfsteinpflaster die Anhöhe hinaufwinden – die Montagne Sainte-Geneviève. Einer der ältesten und buntesten Teile der Stadt – einer der verkommensten. Die engen dumpfen Gassen wirken bedrückend. Hier in der Nähe liegt auch Pauls Gymnasium. Jeden Tag den Weg, der erfüllt ist vom Geläut der Klosterglocken, den Schmiedehämmern, den Händlerrufen. Ganz in der Nähe der Rue Mouffetard, die «Mouffe» genannt – eine Enklave für kleine Ladenbesitzer und Altwarenhändler –, liegt die Rue Arbalète. In der Nummer drei, einer Mietskaserne für Familien mit geringem Einkommen, wurde Rodin geboren – am 12. November 1840.

«Das ist sein Geburtshaus?» Louis-Prosper ist befremdet. Aus einer solchen Gegend stammt der Mann, der seiner Tochter Unterricht erteilt? In dieser tristen Umgebung, inmitten all dieser Verkaufsbuden, dieser Trivialität, ist ein Künstler herangewachsen? Hier — in diesem armseligen Haus, in dem Rodin geboren wurde, liegt die Ursache seines Andersseins. Auf die Montagne Sainte-Geneviève fällt auch der Abglanz der Kirchen, der leuchtenden Renaissancefassade von Saint-Étienne-du-Mont, der prunkvollen Kuppel des Pantheons.

Dem Vater wird klar — wer aus dieser Gegend kommt, gehört nicht zu der oberen Gesellschaft. Die Unbeholfenheit Rodins, sich in der Gesellschaft zu benehmen, von Camille mehrmals erwähnt — was ihn in ihren Augen eher erhöht als herabsetzt —, erfüllt Louis-Prosper mit Zweifel, wie er sich diesem Mann gegenüber verhalten soll.

Vater und Tochter überqueren den großen Boulevard Saint-Germain, lassen die Universität hinter sich und nähern sich dem Fluß. In der Rue des Grands Augustins, nahe der Seine, befindet sich der neue Wohnort von Monsieur Rodin. Ein Haus, das er gerade erworben hat. Ein dunkles, trübseliges Haus.

«Ist Monsieur Rodin verheiratet?» will Louis-Prosper wissen. Verheiratet? ... Nein ... nein, verheiratet ist er nicht. Oder doch? Camille fürchtet, daß diese Frage Vorurteile beim Vater heraufbeschwören könnte. «Monsieur Rodin ist ein Künstler ... Er braucht seine absolute Freiheit ... Er kann sich nicht in Familienpflichten einbinden lassen. Du kannst ihn nicht mit deinen Kollegen vergleichen oder überhaupt mit deinesgleichen. Er ist Bildhauer!»

Der ahnungslose Louis-Prosper hat nichts dagegen einzuwenden, daß ein Künstler nicht verheiratet ist.

Natürlich haben Camille längst die Gerüchte erreicht, daß Monsieur Rodin mit einer Frau zusammen lebt, die er vor zwanzig Jahren kennengelernt hat — eine gewisse Rose. Es ist auch von einem Sohn die Rede. Ein Sohn, der nur den Vornamen des Vaters trägt, ansonsten wie seine Mutter heißt — Beuret. Dieser Sohn soll nicht ganz richtig im Kopf sein. Viel haben die beiden sich nicht um das Kind gekümmert.

Das verschweigt Camille ihrem Vater.

Monsieur Rodin erwartet sie bereits. Er begrüßt seine Gäste mit Herzlichkeit.

Der Vater nimmt die Frau nicht wahr, die in Küchenschürze in der Diele herumsteht. Er hält sie für Rodins Hausangestellte, zumal Rodin ihr mit heftiger Handbewegung bedeutet zu verschwinden. Camille begrüßt diese Frau artig, mit einem Knicks. Ein verblühtes Gesicht, graues, strähniges Haar, ein verbitterter Mund, der zu keifen versteht, in unflätigem Jargon, wenn es sein muß. Camille erinnert sich, daß sie jemand sagen hörte – «eine Waschfrau, die nicht lesen und nicht schreiben kann». Diese Frau, Rose Beuret, macht einen zweiten Versuch, gleichberechtigt im Wohnzimmer mit den Gästen sitzen zu dürfen. Sie hat sich umgezogen und trägt ein Kleid, viel zu bunt, viel zu jugendlich. Der Gegensatz zwischen Haar und Kleid hat etwas Peinliches.

Louis-Prosper bemerkt das neue Erscheinen der Rose Beuret nicht. Er sieht nur Rodins unwirsche Aufforderung, nicht zu stören. Rodin ist der Aufzug Roses peinlich.

Für Augenblicke hat Camille Mitleid mit der Frau. Wie mag sie sich in der Küche in dem bunten Kleid fühlen? Ich würde es mir nicht gefallen lassen, denkt Camille – ich würde gehen.

Monsieur Rodin gelingt es, die inneren Vorbehalte des Vaters abzubauen. Dieser findet in Rodin einen Mann, dem nicht Wohlstand in die Wiege gelegt worden ist, der sich sein Wissen und seine Bildung hartnäckig auf Abendkursen und in Bibliotheken zusammengelesen hat. Louis-Prosper empfindet Rodin als einen Mann, der ausgeglichen, in sich selbst ruhend, seiner Kraft und seinem Können vertraut. Er findet in ihm einen Menschen, der seine Arbeit leidenschaftlich liebt und sich durch sie verwirklicht.

Rodin spricht von Camilles Fähigkeit, beim Modellieren plastisch zu denken. Intuitiv habe sie das Geheimnis der griechischen Kunst erfaßt, daß alles Leben der Figur vom Mittelpunkt der Plastik ausgeht, daß es von innen nach außen drängt. In dem Begriff der Tiefe läge die Kraft. Rodin kommt auf Camilles Anspruch zu sprechen, den sie an ihre eigene Arbeit stelle. Der Vater hört Anerkennung heraus.

Camille schaut aus dem Fenster. Träge fließt die Seine. Schiffe, die Furchen in das Wasser pflügen.

Rodin spricht Camilles Wunsch an, in Marmor zu arbeiten. Louis-Prosper winkt ab. Er kennt die Preise für einen Kubikmeter Marmor. Eintausendfünfhundert Francs. Das kann er seiner Familie nicht zumuten. Das Familienklima würde angeheizt. Haß bei der Mutter. Eifersucht bei der Schwester. Dazu sei Camille zu jung, um in Marmor zu arbeiten.

Monsieur Rodin hat sich auf dieses Gespräch vorbereitet. Ein Vorschlag. Er will Camille in seine Werkstätten aufnehmen. Dort soll sie sich vervollkommnen. Zur Zeit habe er viele Aufträge. Vor allem Büsten. Madame Vicuña, die französische Frau des chilenischen Botschafters, bestellte ein Porträt bei ihm. Das zog eine Kette von Aufträgen nach sich. Seine eigentliche Arbeit in den Werkstätten ist kaum zu schaffen. Er braucht Hilfe. Sachkundige. Er sucht Praktiker, die seine Arbeiten aus Ton in Marmor übertragen. Eine Arbeit, bei der sich Camille vervollkommnen könnte.

Louis-Prosper fühlt sich überfordert. Auf ein solches Angebot ist er nicht eingestellt. Er lehnt ab, bedankt sich in höflichen Worten. Er läßt durchblicken, daß Camille nicht bei Fremden zu arbeiten brauche. Wagt Rodin den Vergleich Rubens – van Dyck? Spricht er von Werken, die man heute nicht eindeutig dem einen oder anderen zuordnen kann? Louis-Prosper hat andere Vorstellungen. Sagt man van Dyck nicht nach, daß er Rubens effektvoll zu imitieren wußte? Camille soll ihr eigenes Talent entfalten, ihre eigenen Ideen und nicht anderer Leute Entwürfe in Marmor übertragen. Sie soll ihren eigenen Intentionen nachgehen.

Monsieur Rodin streicht unablässig seinen roten Bart, durch den sich bereits weiße Fäden ziehen.

«Intentionen gibt es nicht. Es gibt keine. Klugheit und Aufmerksamkeit und Aufrichtigkeit, vor allem Aufrichtigkeit – das sind die einzigen Eigenschaften des Künstlers, die zählen. Das hat Ihre Tochter in hohem Maß. Dazu kommen Wille und die Zähigkeit, sich als guter Arbeiter zu vervollkommnen.» Diese Chance möchte Monsieur Rodin Mademoiselle Claudel bieten.

Obwohl es in dem kleinen Zimmer muffig riecht, der feuchte dumpfe Geruch, den die Nähe des Wassers mit sich bringt, Wasser, das bis an das Mauerwerk gedrungen ist – obwohl der kleine Raum ein Gefühl der Enge erzeugt, weil die zusammengekauften oder vererbten Möbel zu groß und schwer scheinen und nicht zueinander passen, scheint es Camille, als sei um sie herum alles mit Helle und Zuversicht erfüllt. In dieser Helle leuchtet der weiße Marmor aus Carrara.

Die Absage des Vaters berührt sie nicht.

Rodins Angebot zählt. Nur das.

Von der Notwendigkeit, in Rodins Werkstätten zu arbeiten, überzeugt sie ihren Vater bereits auf dem Nachhauseweg – bevor sie den Boulevard Montparnasse erreicht haben.

Zumindest überredet ist er. Mit kleinen Erpressungen. Ein Bildhauer m u ß in Marmor arbeiten können. Und sie kennt Marmor nur vom Anschauen. Wenn sie nicht bei Rodin arbeiten darf, braucht sie ein eigenes Atelier. Den Marmor müßte dann der Vater kaufen.

Mit ihren achtzehn Jahren habe sie kein eigenes Atelier zu beanspruchen.

Aber wenn der Vater ihr in drei Jahren eines einrichtet – könnte sie bereits mit Marmor umgehen. Ein Argument, das der Vater anerkennt.

Natürlich hat dieser Gedanke etwas Bestechendes – diese kostenlose Ausbildung. Der Preis, drei Jahre nach den Entwürfen fremden Geistes zu arbeiten.

Nur die Mittelmäßigen haben Angst zu lernen.

Mit inneren Vorbehalten gibt Louis-Prosper seine Einwilligung.

Ein weiteres Argument Camilles – der Mutter somit weniger Angriffsfläche in leidigen Geldfragen zu liefern.

26.

Biographen Rodins sind der Meinung, das Erbe seines Vaters bestünde vor allem in einer schönen Stirn, einer robusten Konstitution und dem Drang nach Geld. Geld, an dem es in Rodins Elternhaus ständig fehlte. Mutter und Schwester mußten in Heimarbeit nähen oder sich als Dienstmagd verdingen. Obwohl zum Inspektor befördert, wurde der Vater unmittelbar danach vorzeitig und mit halbem Gehalt in den Ruhestand versetzt.

Mit siebzehn Jahren gewann Rodin an der Schule für angewandte Kunst einen ersten Preis im Tonmodellieren. Als er in die Technik des Tonmodellierens eingeführt wurde, beseelte ihn das Gefühl, «er sei im Himmel gelandet». Zu Hause gestaltete er in Ton einfache Ornamente, Figurinen für Kaminsimse, die er in der «Mouffe» verhökerte – bei Silberschmieden und Dekorateuren. Seine Arbeiten, mit denen er sich an der Hochschule der Schönen Künste bewarb, wurden abgelehnt.

Für weniger als fünf Francs je Tag begann Rodin nun für die verschiedensten Unternehmen zu arbeiten. Er fertigte Ohrringe und Gürtelschnallen an für einen Juwelier, er machte Ziermauerwerk für einen Bauunternehmer, Nippes für einen Dekorateur, kokette Nymphen, Cupidos und Göttermasken – alles im Stil des 18. Jahrhunderts. Er führte diese Arbeiten mit überschwenglichem Eifer aus, hatte Freude an der eigenen Kunstfertigkeit, war stolz auf seine Gewandtheit.

Mehr als fünfzehn Jahre widmete er sich der Herstellung von kleinen Figurinen, Ziergegenständen und Porträtbüsten. Seine Arbeiten gerieten immer besser – aber sie blieben Kleinkunst.

Als Rodin dreiundzwanzig Jahre alt war, mietete er sein erstes Atelier. Ein ungeheizter Stall hinter dem Quartier Latin, in dem eiszeitliche Kälte und heilloses Durcheinander unfertiger Arbeiten herrschten. Da er kein Geld hatte, sie gießen zu lassen, verlor er jeden Tag kostbare Zeit damit, seinen Ton mit feuchten Tüchern zu bedecken. Trotzdem hatte er bei jeder Gelegenheit Schwierigkeiten durch die Einflüsse von Hitzè und Kälte. Ganze Abschnitte lösten sich auf – Köpfe, Arme, Beine, Knie ..., er fand sie in Stücke zersprungen auf dem mit Fliesen bedeckten Boden. Nichts aus dieser Zeit blieb erhalten – ausgenommen die Büste seines Vaters.

An den Nachmittagen und Abenden betrieb Rodin Zeichenstudien. Er malte auf Pferdeauktionen. Er besuchte den Kursus, den der bekannte Tierbildhauer Barye im Museum für Naturgeschichte abhielt. Festhalten von Tierbewegungen in der höchsten, angespanntesten Phase. Sie modellierten Löwentatzen. Sie untersuchten Tierskelette. Rodin lernte berühmte Leute kennen – Ingres, Delacroix, Alexandre Dumas, den Vater, Téophile Gautier, den Bildhauer Carpeaux.

Im Jahre 1864 nahm er eine Stelle als Formgestalter an. Frankreichs erfolgreichster Massenproduzent von Kunstgegenständen, Albert-Erneste Carrier-Belleuse, stellte Rodin ein. Damit begann ein fünfzehn Jahre währendes Arbeitsverhältnis.

Noch in diesem Jahr, 1864, wagte Rodin einen Kopf – «den Mann mit der gebrochenen Nase», von dem er sagt: «Er bestimmte mein ganzes künftiges Werk.» Dieser Kopf hat nichts von der Glätte und Symmetrie der konventionellen Plastiken. Rodin befreite sich hier von der Tradition, daß eine Büste lediglich eine ausgewogene Vorderansicht bieten müßte, Schultern, die den Kopf tragen, und eine feste Basis. Bisher lebte er im Widerspruch zwischen dem leidenschaftlich suchenden Künstler und dem Handwerker. Durch finanzielle Notlage war er gezwungen, mehr den Handwerkern zu dienen. Jetzt versuchte er zum erstenmal, sich als Künstler zu behaupten. Er forderte die Regeln des künstlerischen Establishments heraus.

Rodin beschloß, diesen Kopf dem Salon vorzulegen. Die Kälte in seinem Atelier ließ den Kopf springen, so daß die hintere Hälfte abbrach. Er machte einen Abguß von dem Vorderteil, entschlossen, «mit dem maskenhaften Fragment» auf der Pariser Kunstszene zu debütieren. Die Jury wies es unverzüglich zurück.

Rodin nahm seine Arbeit bei Carrier-Belleuse auf.

Jahre vergingen, bis er einen zweiten Versuch wagte.

Carrier-Belleuse besaß durchaus künstlerischen Instinkt. Eine ausgesprochene Vorliebe hegte er für den lebhaft lockeren Stil des vorangegangenen Jahrhunderts.

Die französische Bourgeoisie liebte es, ihre Wohnungen mit kleinen Kunstgegenständen vollzustopfen. Bronzefiguren auf Onyx- oder Marmorsockeln. Mythologische Themen, Sentimentales. Eine Statuette von Carrier-Belleuse selbst, kaum vierzig Zentimeter hoch — die Nymphe sträubt sich, den Körper aufreizend gewölbt, mit erhobener Faust zum letztenmal gegen ihren Bezwinger, der voll Zärtlichkeit einen so anbetungswürdigen Widerstand betrachtet.

Carrier-Belleuse ermunterte Rodin, der bald zu einem seiner leitenden Assistenten avancierte, zur Herstellung kleiner Figuren, die er mit leichten Veränderungen als seine eigenen Erzeugnisse verkaufte.

Bittere Erfahrungen für Rodin. Er verkaufte nicht nur seine Arbeitskraft. Er gehörte dem Unternehmer ganz — einschließlich seiner Ideen.

Carrier-Belleuse entwickelte sich zu einem der beliebtesten Dekorationsbildhauer Frankreichs. In Haarlänge und Kleidung trug er eine gesuchte Nachlässigkeit zur Schau. Er beschäftigte eine Vielzahl von Zeichnern, Modellierern, Schleifern und Gießern.

Rodin arbeitete an der Ausschmückung von Treppenhäusern und Torbögen mit, die zu reichen Pariser Häusern gehörten.

Bei Kriegsausbruch 1870 verließ der vorausschauende und geschäftstüchtige Carrier-Belleuse Paris, um in Belgien den Auftrag zu übernehmen, die Brüsseler Börse auszugestalten.

Rodin, zur Nationalgarde eingezogen, wurde wegen seiner Kurzsichtigkeit bald wieder entlassen. Carrier-Belleuse engagierte ihn und ließ ihn nach Belgien nachkommen. Für sechs Jahre kehrte Rodin Frankreich den Rücken.

Doch Rodin wurde von Carrier-Belleuse entlassen, als dieser verärgert feststellte, daß Rodin die kleinen Figuren, die er für Kamineinfassungen in seiner Freizeit angefertigt hatte, selbst zu verkaufen versuchte. Monate der Arbeitslosigkeit folgten. Dann erhielt Rodin den Auftrag, für einige der öffentlichen Gebäude in Brüssel Skulpturen und Flachreliefs auszuführen. Zehn steinerne Kariatyden, einige fast zwei Meter groß, Cupidogruppen für die Fassaden des Akademiepalastes. Figuren in heroischer Haltung. Büsten, Masken.

Rodin verdiente gut. Er konnte Geld zurücklegen und sich eine Reise nach Italien leisten. 1875. Michelangelo.

In fieberhafter Erregung kam er zurück.

Er erkannte seine Verwandtschaft mit Michelangelo.

«Michelangelo war es, der mir seine mächtige Hand entgegenstreckte. Auf dieser Brücke schritt ich von einer Welt zu einer anderen fort.» Dieser Schritt wurde ihm bewußt, er fühlte die Kraft und die Berufung in sich, ihn zu gehen. Den Schritt von den Dekorationsspielereien zur Kunst.

Er wagte einen zweiten Versuch.

Neben seinen Dekorationsaufträgen fertigte er unzählige Skizzen und Tonmodelle von einem jungen, einfachen Soldaten an, Auguste Neye, der von beeindruckendem Körperbau war. Eine lebensgroße Figur war fertig, der Rodin als endgültige Bezeichnung den Namen «Ehernes Zeitalter» gab, nachdem er sie zunächst «der Besiegte», der «Erwachende», «der Verwundete» nannte.

Ein noch größerer Skandal. Vorwurf des Betrugs – Rodin habe einen Abguß von einem lebenden Modell genommen.

Die Anatomie des menschlichen Körpers war noch nie so intensiv studiert worden. Rodin hatte sehen gelernt.

Nachdem sich der Skandal um dieses Werk beruhigte, kaufte die Regierung Rodin einen Abguß für zweitausendzweihundert Francs ab. Es war die Summe, die er brauchte, es in Bronze gießen zu lassen.

Noch einmal stellte er den «Mann mit der gebrochenen Nase» im Salon vor. Diesmal nicht als Fragment. Kein Preis. Keine Erwähnung.

Ein kurzer Arbeitsaufenthalt in Strasbourg.

Rückkehr nach Paris. Er stürzte sich mit voller Kraft auf eine Reihe von Wettbewerben – von der Regierung ausgeschrieben.

Die Dritte Republik verfolgte eine andere Politik als das Zweite Kaiserreich. Der Drang nach Denkmälern war der gleiche. Die Budgets der Ministerien waren hoch genug für Huldigungen in Stein und Bronze. Man ehrte Intellektuelle, Revolutionäre, ja sogar einfache Soldaten. Wettbewerbe, die für Rodin keinen Erfolg brachten.

Er schuf den «Johannes» und den «Schreitenden Mann». Letzteres ein Fragment – ohne Kopf und Arme. Böse Zungen behaupteten, diese Figur sei auf dem Transport von Belgien nach Paris beschädigt worden. In den willkürlichen Brüchen des Zufalls habe Rodin das Eigenständige des Fragments erkannt. Erst 1900 bekennt er sich dazu und zeigt das Fragment der Öffentlichkeit.

Mit diesen Werken gelang es Rodin, Michelangelo, Donatello und Bernini zu übertreffen, die meisterhaft den Eindruck heftiger Bewegungen hervorzurufen vermochten. Er hatte eine weitere Dimension hinzugefügt – die der Zeit.

«Johannes der Täufer», 1880 im Salon ausgestellt,

brachte Rodin einen dritten Platz in der Abteilung Plastik ein. Er war aufgerückt in die Reihe der Künstler, die man ernst zu nehmen hatte.

Vor der Preisverleihung hatte Rodin wieder eine Beschäftigung als Formgestalter angenommen. Carrier-Belleuse hatte die Leitung der staatlichen Porzellanmanufaktur in Sèvres übernommen und seinem ehemaligen Assistenten das Angebot einer Teilzeitbeschäftigung gemacht. Eine lukrative und interessante Arbeit. Rodin entwarf stilvolle Vasen und elegante Tischdekorationen, die die Manufaktur in ganz Europa berühmt machten.

Suchten Kunststudenten – nach Zuerkennung des Preises – Rodin in seinem Atelier auf, waren sie überrascht, nicht nur Zeugnisse seines künstlerischen Suchens zu finden, sondern «geschäftliche» Vorhaben, zu denen sich Rodin durchaus bekannte, weil sie seinem Broterwerb dienten.

Auch seine Dekorationsstücke fanden ihre begeisterten Kritiker. Nach deren Meinung riefen sie einen einzigartigen «frisson de volupté» hervor, einen Schauer der Sinneslust. Andere Kritiker fanden «die Einfälle von Monsieur Rodin so zart wie den von einer sanften Brise dahingetragenen Hauch».

In Sèvres gab der Schriftsteller Léon Cladel, dessen Tochter Judith später die Biographin Rodins wurde, in seiner Villa große Sonntagsempfänge für Schriftsteller und Künstler. Judith Cladel schrieb über Rodin: «... Er verfiel in tiefes Schweigen und überraschte durch bemerkenswerte Schüchternheit, die den Bildhauer erröten ließ, wann immer er angesprochen wurde.»

In Sèvres machte ihn Madame Adam ausfindig, um ihn in ihren Salon nach Paris einzuladen und ihn Gambetta vorzustellen, der dafür sorgte, daß Rodin ein staatliches Atelier zugewiesen bekam für das «Höllentor».

Rodin ist dreiundvierzig Jahre alt, und Camille hat noch nicht ihr neunzehntes Lebensjahr erreicht, als sie in seinen Werkstätten zu arbeiten beginnt.

Rodin war aufgebrochen auf seinem Weg zum Ruhm. Dieser Weg war immer ein schmerzvoller.

Als Camille seine Werkstätten betritt, hat sie ihre Lehrlingszeit abgeschlossen. Sie ist nicht befangen und ist unbelastet von dem Zwang, sich dem seichten Modegeschmack des Bürgertums zu verkaufen, sich an die verführerischen Posen mythologischer Nacktheiten zu verraten. Dem Pseudorokoko steht sie fremd und ablehnend gegenüber.

27.

1885, Camille nimmt im Marmorlager in der Rue de l'Université, in den Ateliers von Rodin, ihre Arbeit auf. Als Gehilfin? Mitarbeiterin?

Der Vater läßt es sich nicht nehmen, Camille am ersten Tag in das Atelier zu begleiten. Für diesen Tag hat er eine Freistellung beantragt. Er will das Gefühl seiner Verantwortung auf Rodin übertragen. Ein neuer Lebensabschnitt beginnt.

Beginnt voll Hoffnung und Optimismus.

Louis-Prosper will in den frühen Vormittagsstunden im Marmorlager erscheinen, um sicher zu sein, Monsieur Rodin anzutreffen.

Das Frühstück nehmen sie gemeinsam mit Paul ein, der ins Gymnasium muß. Schweigend sitzen sie am Tisch. Essen kann Camille nichts. Der Vater bestreicht gewissenhaft sein Weißbrot mit Konfitüre. Hélène schimpft wie jeden Morgen über Pauls mangelnde Eßlust. Dieser möchte – wie an jedem andern Morgen auch – sterben, todkrank sein, um nicht in die Schule zu müssen. Wenn man ihn zum Essen zwingt, erbricht er es. Appetit und Hunger kommen erst, wenn die Schule überstanden ist. Befremdet äußert sich der Vater über Pauls morgendliches Theater am Frühstückstisch. Für Camilles Appetitlosigkeit hat er Verständnis, ist es ihm doch selbst nicht geheuer, seine Tochter in ein unklares Arbeits- oder Schüler-Meister-Verhältnis gehen zu sehen.

Die Novembersonne kommt an diesem Tag schwer aus den Wolken. Im Winter verkürzt sich die Arbeitszeit um ein erhebliches Maß, man arbeitet im allgemeinen nur bei Tageslicht. Bei einem Zuviel an Aufträgen und unter Zeitdruck muß man mit dem Gaslicht vorliebnehmen.

Vater und Tochter nähern sich mit verhaltenen Schritten. Bei Camille — Erwartungsfreude und Angst vor dem Unbekannten. Das Bangen um das Vermögen, sich ein- oder gar unterordnen zu können. Der Vater hat den Wunsch, daß Camille hier das letzte finden möge, was ihr an Souveränität fehlt. Er ist überzeugt, Camille kann bereits jetzt selbständig und schöpferisch ihre Ideen in Stein umsetzen.

Die Augen eilen voraus. Das breite Fenster gewährt Einblick. Camille erfaßt schneller als der Vater, was dort drinnen geschieht. Sie möchte umkehren. Eine letzte Bedenkzeit vorschlagen. Am Schritt des Vaters, der langsamer wird, der seine Zielstrebigkeit verliert, merkt sie, daß auch er die Vorgänge dort drinnen erfaßt hat. In diesem Augenblick verflucht sie seine Absicht, sie hierher zu begleiten.

Im Atelier herrscht lustiges Treiben. Trotzdem — ein unfaßbares Bild. Sie glauben von Visionen genarrt zu werden.

Camille fühlt, wie der Vater in Abwehr versteinert.

Sie hat Monsieur Rodin des öfteren davon reden hören, daß er es vorziehe, wenn sich in seinem Atelier die Modelle frei und ungezwungen bewegen. Selten läßt er sie eine Pose einnehmen. Viel lieber achtet er auf ihre natürlichen Bewegungen, ihr Gehen, Laufen, Bücken, Greifen, Strecken.

Vater und Tochter sind stehengeblieben. Von innen nicht zu sehen. Neblige Dämmerung verschluckt sie. Im Atelier balgt sich eine nackte Frau mit einem halb entblößten Mann um dessen Hemd. Sie jagen durch den

Raum. Die Frau mit geröteten Wangen und gelöstem Haar, sich an ihrem eigenen Lachen verschluckend. Der Mann mit entblößtem Oberkörper, leicht verärgert, nicht geschickt und schnell genug zu sein. Auch die Arbeiter haben ihre Meißel sinken lassen und schauen amüsiert dem Verfolgungsspiel zu. Monsieur Rodin ist der einzige, der arbeitet. Seine Hände modellieren mit frappierender Schnelligkeit. Blitzschnell wandern seine Augen mit konzentriertem Blick von der Frau zu der entstehenden Tonfigur in seinen Händen. Er knetet, überprüft, knetet. Dann ruft er sie zu sich heran. Die Frau bedeutet dem anderen, das Spiel zu unterbrechen und daß er ihr jetzt nicht das Hemd entwenden dürfe. In übermütiger Haltung präsentiert sie ihre Blöße Rodin. Der streicht ihr über den Bauch, mit zarten, tastenden Bewegungen. Dann arbeitet er die kleine Wölbung an seiner Plastik heraus. Er streicht der nackten jungen Frau noch einmal über den Bauch – jetzt schon voller Zärtlichkeit und Bewunderung. Er bückt sich, um, wie in Huldigung dieses weiblichen Attributs, diese Wölbung zu küssen.

Louis-Prosper greift entschlossen nach der Hand Camilles. «Das ist ja das Letzte!» Er keucht vor Empörung. «Das ist der letzte Ort, an den ich dich schicken werde!»

Camilles Widerstand ist schwach. Aber ihr ist es im Moment unmöglich, das Atelier zu betreten. Sie schämt sich. Schämt sich für Rodin, schämt sich für die junge Frau, schämt sich vor ihrem Vater für diesen Beruf. Sie reden kein Wort. In erregten Schritten schreitet der Vater aus, Camille fest an der Hand, um sie vor dem Unheil in Sicherheit zu bringen.

«Du gehst wieder in die Académie Colarossi!»

Camille schweigt. Sie widerspricht nicht. In die Académie Colarossi wird sie nie wieder gehen. Dieses Kapitel ist abgeschlossen.

Sie möchte das Bild vor ihrem geistigen Auge verdrängen – Rodin sich niederbeugend, den nackten Bauch des Modells küssend.

Monsieur Rodin kann tun und lassen, was er will. Das kann und darf nicht der Grund sein, die Chance ihres Lebens zu vertun. Was hat sie damit zu schaffen? Sie ist kein Modell. Vor den Arbeitern diese junge nackte Frau zu küssen ... Er ist ein Künstler. Er ist Ästhet. Warum soll er nicht in Entzücken geraten bei dem Anblick eines schönen Körpers? Aber Küssen? Nicht auf den Bauch küssen, nicht auf die Brust — den Schoß vielleicht! Camille hört ihr Blut rauschen. Sie muß dieses Bild vergessen. Sie fühlt sich verletzt. Beleidigt. Warum? Warum in der Welt fühlt sie sich verletzt? Glaubt sie an eine Sympathie Rodins für sie, die Gedanken an andere Frauen unmöglich machen müßte? Ihr Vater könnte er sein. Er ist ihr väterlicher Freund. Wie Voyeure haben sie sich verhalten — ihr Vater und sie. Heimliche Beobachter.

Die Kinder wurden unaufgeklärt erzogen. Niemals haben sie Vater und Mutter nackt gesehen. Es übersteigt Camilles Vorstellungskraft, daß der Vater die Mutter auf den Bauch küßt. Der Gedanke an so etwas ist absurd.

Das Verbot des Vaters, im Marmorlager zu arbeiten, gilt nur, solange es sich mit den eigenen Zweifeln deckt. Der Marmor ruft. Der Vater ist wieder in Rambouillet. Was sich in Rodins Atelier abspielte, wird zu Hause nicht erwähnt. Im Schweigen und in der Mimik des Vaters liegt, unausgesprochen, das Wort Sündenpfuhl.

Nach drei Tagen macht Camille sich ein zweites Mal auf den Weg. Die anderen läßt sie im Glauben, sie gehe in die Académie Colarossi. Nur Paul ist eingeweiht.

Sie will im Marmorlager sein, bevor man dort mit der Arbeit beginnt.

Wieder sieht sie Licht brennen. Trüb und vereinzelt. Auf den Böcken stehen begonnene Arbeiten. Noch zugedeckt. In der Nähe des Ofens macht sich jemand zu schaffen. Mehr kann Camille auf den ersten Blick nicht sehen. Auf ihr Klopfen antwortet niemand. Sie öffnet die Tür. Bleibt suchend stehen. Sie kann Monsieur Rodin nicht entdecken. «Tür zu!» Erschrocken kommt sie der wenig freundlichen Aufforderung nach. Auf dreibeinigen Schemeln sitzen im Halbrund zwei Gehilfen und die Frau, der Rodin den Bauch geküßt hat. Neugier in ihren Blicken. Der geheizt hatte, steckt eine weitere Lampe an. Die junge Frau fixiert Camille. Ihre Augen verengen sich. Das Gesicht wird unfreundlich. Sie wittert eine Rivalin.

«Monsieur Rodin nimmt keine neuen Modelle!» Eine harte Stimme. Abweisend. Um so herzlicher wendet sie sich dem Gespräch mit den Männern zu.

«Ich bin Bildhauerin.»

Dieser Satz schlägt wie ein Blitz ein.

Camille will in kollegialer Freundlichkeit näher treten, den anderen die Hand reichen, um sich vorzustellen.

Doch eine unsichtbare Wand wächst zwischen ihr und den anderen. Daß dies kein Modell ist, erkennen zumindest die Männer. Die kommt aus gutem Haus und ist keine, die sich vor allen auszieht. Schon wie sie ihren Kopf hält ..., die ist stolz! Und wie ihr Blick unter dem einsetzenden Schweigen distanzierter wird! Das ist keine, die auf plumpe Scherze und Anzüglichkeiten eingeht, eingebildet, verbildet, verdreht. Sich als Bildhauerin auszugeben! Ihre schüchterne Freundlichkeit hat sie zurückgenommen. Das ist eine, die weiß, was sie will. Die buhlt nicht um Freundlichkeit. Darüber täuscht ihre Jugend nicht hinweg! Vor der muß man auf der Hut sein. Das ist eine, die Männer verunsichert.

In den Augen der Gehilfen wächst das junge Mädchen, mit Stolz und Leidenschaftlichkeit im Blick und dem Ausdruck, Bildhauerin zu sein, zu einem Ungeheuer heran. Nicht nur einer anderen gesellschaftlichen Kaste entstammend, mit einem Anspruch dazu, der ins nächste Jahrhundert reicht.

Bildhauerin – die ist nichts weiter als übergeschnappt! Da war die andere, die Engländerin, ganz anders!

Die Tür wird hinter Camille aufgerissen.

Monsieur Rodin.

Er fällt fast über das Mädchen. In der Ferne hatte er

ihre Gestalt wahrgenommen und war ihr mit Hast nachgeeilt. Er ist beglückt. Erfreut. Er küßt ihr die Hand. Nicht flüchtig. Das ist Beglücktsein. In seiner Stimme schwingt Aufregung. Er stottert, daß er sie schon seit Tagen erwartet habe.

Er hat das Gespür für die Ablehnung, die knisternd in der Luft liegt. Wortreich stellt er Camille den anderen vor. Ein Talent. Eine Begabung. Mademoiselle Claudel, Bildhauerin, die eines Tages von sich reden machen wird.

Yvonne, zur Zeit Favoritin unter den Modellen Rodins, ist gekränkt. Sie zieht einen Flunsch, übersieht Camilles ausgestreckte Hand. Halblaute Äußerung, die Camille, nicht unbedingt Rodin hören soll: »Vor einer Frau ziehe ich mich nicht aus!»

Bisher war sie in diesem Atelier uneingeschränkte Herrscherin. Einzige Frau unter den Männern. Die Engländerin zählte nicht. Sie hatte ein Männergesicht und war flachbusig.

Yvonne kennt Monsieur Rodin gut. Sicher möchte er diese smarte Person, die bestimmt noch Jungfrau ist, mit seinen Händen erfühlen, ertasten, erkosen. Bildhauerin! Sie werden sehen! Vielleicht ein mannstolles «avantgardistisches» Frauenzimmer der guten Gesellschaft, das über die Stränge schlagen möchte!

Yvonne beschließt, der Neuen zu zeigen, welche Rolle ihr, dem Modell, in diesem Atelier zusteht. Sie wird sich weigern, vor dem Fräulein die Sachen abzulegen. Wenn Monsieur ein nacktes Modell haben möchte, muß er es selbst entkleiden. Dann wird die andere sehen, wie begehrenswert Monsieur Rodin Yvonne findet.

Doch an diesem Tag scheint Monsieur Rodin seine Arbeit nicht aufnehmen zu wollen. Seine Aufmerksamkeit und ungewohnte Beredsamkeit schenkt er jener Mademoiselle. Wie ein gespreizter Gockel gibt er sich. Er betritt mit ihr den zweiten Atelierraum, in dem das «Höllentor» aufgebaut ist, und beurlaubt Yvonne für diesen Tag. Monsieur Rodin schleppt Holz und Kohlen herbei.

28.

Camille ist betäubt. Verwirrt. Der erste Tag in Rodins Werkstätten hat sie mit Eindrücken überflutet. Sie ist in die Hölle hinabgestiegen, die nicht die von Dante war. Die «Divina Commedia» hat sie zweimal gelesen. Was sie an diesem Novembertag sah, war nicht mittelalterliches Inferno, obwohl es ihr schien, dem großen Italiener begegnet zu sein. Trug nicht der «Denker» entfernt die Gesichtszüge des Alighieri? Entfernte, verfremdete Ähnlichkeit. Ein Gesicht, eine Haltung, die sie an den Schmied Brumard erinnert. Über der Hölle das große Nachdenken, das sich durch die Tat befreien wird.

Es war nicht die Hölle Vergils. Nicht das Jüngste Gericht Michelangelos. Seine Hölle erinnerte entfernt an die verzweifelten Blumen des Bösen. Es war die Hölle Rodins. Dennoch mußte man an mittelalterliche Kirchenportale denken, an die Dynamik der Gotik, wo sich in Flachreliefs Heilige, Könige, Bittsteller, Verdammte mit ungeheurer Kraft aneinanderdrängten, hervorzubrechen versuchten oder sich im Hintergrund auflösten und verschwanden.

Nein – nicht die Verdammnis Dantes. Das war die Hölle, die jeder Mensch in sich selbst trägt, seine Vereinsamung in einer korrupten, käuflichen Welt.

Camille steht davor. Versinkt in Betrachtung. Hört Erklärungen Rodins. Überhört sie. Läßt sich anrühren von den Figuren, abstoßen, leidet mit, begreift plötzlich bislang Geahntes. Sie steht vor dem verlorenen Sohn, der hilflos ins Leere greift, dessen «Schreie ungehört im Himmel verhallen», wie Rodin sich ausdrückt. Ein schmerzverzerrtes Gesicht über das unwiederbringlich Verlorene versinnbildlicht den Schmerz dieser Zeit, den Baudelaire, Verlaine, Rimbaud in Worte gepreßt haben. Beim Anblick dieses verlorenen Sohnes muß Camille an Paul denken, der sich aufbäumt, dessen Schreie niemand hört, dessen Ideale zersprungen sind, der sich nicht zurechtfindet in dieser Welt, die hohl scheint, von Gewinnsucht geprägt, von Eigennutz, von Engstirnigkeit, von kleinbürgerlicher Enge.

Ein Gefühl bricht in Camille auf. Verehrung. Dankbarkeit. So überwältigend, daß sie schreien möchte vor Glück. Sie hat es gefunden. Sie hat sich selbst gefunden in Rodin. Die neue wahre, aufrüttelnde Kunst.

Von dem Plan Rodins ist Camille verwirrt. Ein gigantisches Vorhaben, das doch nicht die Eingangstür für ein Museum sein kann, sein darf, wo man vergoldete Tischuhren ausstellt, Gobelins, Porzellangeschirr oder verkitschte Kleinplastiken. Rodin hat noch immer die Absicht, über sein Tor Dantes Worte zu schreiben, «Ihr, die ihr eintretet, lasset alle Hoffnung fahren». Was ergibt das für einen Sinn, wenn das Tor sich dann für ein Kunstgewerbemuseum öffnet? Rodin verteidigt sich. Noch öffnet sich seine Tür nicht. Noch ist sie nur Symbol des Tores.

«Also keine Flügeltüren für ein Museum?!»

Rodin schaut Camille mit seltsamem Blick an. Die Konsequenz ihrer Forderung imponiert und erschreckt ihn zugleich.

«Noch wird das Museum nicht gebaut. Es ist noch nicht einmal projektiert!»

Rodin wird bis an sein Lebensende an seinem Höllentor arbeiten, ohne es zu vollenden. Das Museum wird nie gebaut.

Camille stößt sich am Widerspruch zwischen dem hohen künstlerischen Anspruch und dem profanen Verwendungszweck. Das eine rechtfertigt nicht das andere, ergibt keine Einheit und keinen Sinn. Dennoch ist dieses riesige Tableau faszinierend für Camille. Diese ungeheure Reliefplastik, die die Ausmaße von sechs Meter Breite, vier Meter Höhe und einem knappen Meter Tiefe haben wird. Biblische, mythologische Gestalten, Legenden, die Rodin selbst erfand. Die Skala menschlicher Leidenschaften. Köpfe der Verdammten. Andeutungen. Andeutungen regen die Phantasie an. Hervorspringende Figuren, sich aufbäumend, hinabstürzend, hinsinkend, eingeschmolzen. Gestreckte Körper neben zusammengekrümmten Figuren. Eine endlose Kontrapunktik. Hervortreten — Verschwinden.

«Ich würde den Schritt zu Ende gehen!» Camille schaut Monsier Rodin herausfordernd an.

«Welchen Schritt?» Er ahnt, was sie meint.

«Ich würde das Reliefgesetz zerschmettern ..., einige, einige nur, würde ich stärker hervortreten lassen, frei stehend. Sie haben es angedeutet. Ich würde den Schritt zu Ende gehen. Warum nicht?»

Souveränität ihres Urteils. Jugendliche Kühnheit und Wagnis.

Warum nicht? Rodin greift die Idee auf. Ausprobieren. Warum nicht?

Ugolino. Noch einmal den stolzen Grafen aus Pisa, der im 13. Jahrhundert lebte und seine Vaterstadt verriet. Er wurde gefangengenommen. Eingekerkert. Mit ihm seine zwei Söhne und seine zwei Enkel. Er wurde verurteilt, dem Hungertod seiner Kinder und Kindeskinder zuzusehen. Beliebte Version des grausigen Schicksals war es im 19. Jahrhundert, die Geschichte auszuspinnen und den entmenschlichten Ugolino seine toten Enkel verzehren zu lassen.

Rodin hat einen Ugolino geschaffen, von Verzweiflung und Hunger ausgezehrt, einem Tier gleich auf allen vieren, seinen Körper wie schützend über das sterbende Kind gebeugt, mit der Behutsamkeit des Wiegens, während ein bereits gestorbenes nicht mehr alle Gliedmaßen besitzt.

In den kommenden Tagen arbeitet Rodin fieberhaft. Er will den optischen Eindruck einer frei stehenden Figur am Relief überprüfen. Es unterstreicht das Wechselspiel von hell und dunkel, von Licht und Schatten.

Für Camille hat er alle Tücher gezogen. Er offenbart ihr alle Laster, alles Leid — die Vereinsamung des einzelnen. Nur die Liebe findet sich nicht. Eine Eva und ein

Adam, die ersten Vertreter der Menschheit, die gegen eine gesetzte Ordnung rebellieren. Heroische Getalten.

Höchst selten gestattet Monsieur Rodin einem Freund, diesen Atelierraum zu betreten. Die drei Gehilfen überlegen, wann es das letztemal war. Sie erinnern sich nicht. Rodin will keine Urteile, keine Meinungen über ein Werk, das noch im Entstehen begriffen ist, in einem ständigen Neu-Entwerfen und Neu-Verwerfen.

Das Kulturministerium schickte einen seiner Inspektoren, der sich von dem Fortgang der Arbeit überzeugen sollte. Er war der letzte, der das Atelier betrat. Jahr um Jahr wurde mehr Geld bewilligt und das Werk nie als beendet gemeldet. Neugier und Besorgnis wuchsen. Inspektor Roger Ballu kam. Rodin, verärgert ob dieser Kontrollmaßnahme, lüftete wenige der feuchten Tücher und gestattete nur flüchtige Draufblicke – und das nicht in der richtigen Anordnung. Ballu schrieb an das Ministerium: «Monsieur Rodins Arbeit ist außerordentlich interessant. Dieser Bildhauer offenbart eine erstaunliche Originalität und Ausdruckskraft, in der Untertöne des Schmerzes aufklingen. Hinter der Energie der Gebärden, hinter der Vehemenz der Stellungen, die Bewegung verdeutlichen, verbirgt er seine Verachtung oder seine Gleichgültigkeit gegenüber dem kühlen plastischen Stil.» Die abschließende Meinung seines Berichtes – das Werk Rodins verdiene Lob und Ermutigung. Glück für Rodin, an einen verständnisvollen und einsichtigen Inspektor geraten zu sein. Bei dessen zweitem Besuch zeigte Rodin sich geneigt, ihm den Aufbau des Werkes zu erklären, der «aufrüttelnd» wirkt, wie Ballu an Turquet berichtete.

29.

Ein kleiner Marmorblock. Die Größe eines halben Kubikmeters. In ihm hallt der ungehörte Schrei des verlorenen Sohnes. Unruhe und Fieber in den Händen von Camille, die immer wieder über den Stein streichen, ihn liebkosen, mit ihm zu reden scheinen.

Julien unterweist Camille in der Berechnung der Bohrung. Ruhe und Konzentration kommen über sie, als der erste Schlag gestoßen ist. Die Gehilfen sollten den Marmor bis auf Größe und Breite der Figur abschlagen. Camille protestiert. Jeden Handgriff möchte sie allein tun. Ihre großen schlanken Hände schmerzen am Abend. Blasen haben sich gebildet. Ihre Hände werden sich daran gewöhnen müssen. Monsieur Rodin hegt keine Ambitionen, in Marmor zu arbeiten. Und keinen Ehrgeiz. Die Arbeit ist zu zeitaufwendig. Er liebt den weichen Ton, mit dem er sofort, in Minutenschnelle, Bewegung und Ausdruck einfangen, festhalten, korrigieren kann, wo ein Zuviel oder Zuwenig an Material sofort reparabel ist und keinen Dauerschaden bedeutet. Die Übertragung seiner Arbeiten in Marmor überläßt er ausschließlich den Gehilfen. Selten nimmt er Korrekturen vor. Das Erlebnis des Schöpfungsaktes empfindet er nur bei der Arbeit mit Ton.

Die Gehilfen haben ihren Argwohn Mademoiselle Claudel gegenüber abgelegt. Sie haben es gern, wenn sie zu ihnen tritt und ihnen zuschaut, wenn sie mit Marmor umgehen. Sie lassen sich dazu herab, ihr die kleinen Tricks und Kniffe anzuvertrauen, die ein Anfänger mit bitteren Erfahrungen bezahlen muß. Camille zeigt sich dankbar und gelehrig, obwohl sie eigene Wege versucht. Wenn sie fehlschlagen, hören die anderen ihr rauhes, leises Lachen, in dem sich die Einsicht mit Zorn mischt.

Was den Gehilfen imponiert, ist der Arbeitseifer des jungen Mädchens. Sie wissen, wie schwer die Arbeit in Marmor ist. Mademoiselle Claudel kennt keine Rücksicht sich selbst gegenüber und keine Wehleidigkeit. Keine Arbeit ist ihr zu gering und sie selbst sich nicht zu schade. Sie greift mit zu, wo Hilfe benötigt wird. Man spürt ihr Bedürfnis, sich in allem Selbständigkeit und Unabhängigkeit zu erwerben. Doch im Umgang ist sie zurückhaltend und schweigsam. Ganz selten, wenn Julien einen seiner komischen Vergleiche loßläßt, hört man ihr Lachen. Beim erstenmal blickten sie erschrocken auf. In ihrem Lachen klang anrührendes Bedürfnis nach Fröhlichkeit. Die junge Bildhauerin ist noch ein Kind, voller Natürlichkeit und Lebensfreude.

Seit Camille in den Werkstätten anwesend ist, verändert sich die Arbeitsatmosphäre. Etwas ging verloren. Etwas von der Unbekümmertheit. Besonders Monsieur Rodin ist anders geworden. Am stärksten spürt es Yvonne. Seit jene Mademoiselle da ist, zeigt Monsieur Rodin nicht mehr seine Bewunderung für ihre weiblichen Attribute. Er ist fast keusch. Doch Mademoiselle Claudel soll sich kein falsches Bild von ihrem Meister machen. Yvonne sorgt dafür, daß diese alle Pikanterien erfährt.

Wenn Monsieur Rodin abwesend ist, ermuntert sie Julien, den Auftritt von Rose zu schildern, die eines Vormittags, von Eifersucht getrieben, im Atelier auftauchte – eine Furie, entschlossen, Monsieur Rodin mit einer anderen in flagranti zu ertappen. Als dieser die bebende Stimme seiner Lebensgefährtin im Atelier vernahm, kam er mit hastig übergeworfenem Kittel hinter dem Wandschirm hervor und begann Rose zu beruhigen. Er tat es erfolgreich – auf seine Art. Heftig einen Tonklumpen modellierend, ständig vor ihr auf und ab springend, um das Wechselspiel des Lichts besser auf ihrem Gesicht studieren zu können – dabei sich selbst mit Wohlbedacht als unüberwindbare Schranke zwischen Rose und dem Wandschirm haltend –, rief er: «Wunderbar ... dieser Zorn. Mehr ..., ereifere dich ..., ja, so ..., verharre so ... einen Augenblick noch! Beschimpfe mich, du hast ja recht! Nimm kein Blatt vor den Mund ..., herrlich, herrlich! Vielen Dank, meine Liebe. Sieh, wie schön du im

Zorn bist!» Und er überreichte ihr die fertige Maske. Rose war in der Tat die Luft aus den Segeln genommen. Er hatte sie besänftigt. Sie drohte noch einmal mit erhobener Hand, aber es war schon Scherz. Sie ging.

«Wer war hinter dem Wandschirm, Julien?» bohrt Yvonne. Dieser gibt das Geheimnis seines Meisters nicht preis. Yvonne wirft prüfende Blicke auf Camille, die sich nicht beeindruckt zeigt, weder empört noch belustigt, die den Bohrer ansetzt und den Winkel prüft. Yvonne fragt, ob am Sonnabend wieder das Schild am Atelier gehangen hätte: «Wegen Besichtigung der Kathedralen geschlossen». Ab und zu verschwand Monsieur Rodin. Nicht allein. Und er studierte anderes als Kathedralen.

Im Marmorlager setzt Camille ihren Ehrgeiz daran, nichts zu zerbrechen. Sie will nichts kleben. Sie arbeitet mit äußerster Sorgfalt. Julien bestätigt ihr ein außergewöhnliches Gefühl für dieses spröde, wunderbare Material. Das Lob erfüllt Camille mit Stolz. Darin wird sie Monsieur Rodin über sein.

Camilles «Verlorener Sohn» nimmt Konturen an. «Sohn des Jahrhunderts» will Rodin seine Skulptur nennen, die kniend in großer Verzweiflung ihre Hände nach oben reißt, das Gesicht völlig dem Himmel zugekehrt, «als wenn drüber wär ein Ohr zu hören seine Klage». Die Ratlosigkeit, diese verzweifelte Ausweglosigkeit erlebt Camille fast täglich an ihrem Bruder. Sie weiß nicht, wo und wie es mit ihm enden soll. Sie möchte ihm von ihrer Kraft und Zuversicht abgeben. Paul empfindet ihre Lebensfreude als Verrat. Wie kann man in dieser Familie, in dieser Stadt, in dieser Zeit glücklich sein? Oberflächlich ist Camille, ichbezogen. Sie ist ein Mädchen. Und sie hält sich nicht an die Traditionen. Paul erzählte in seiner Klasse von seiner Schwester. Er bereut es bitter. Nun wird er auch noch wegen seiner Schwester verlacht, die Bildhauer werden will. Ein Mannweib! Geht sie in Hosen? Hat sie einen Bart? Sie glauben seinen Beteuerungen nicht, daß sie schön sei. Ein schönes Mädchen heiratet. Eines Nachmittags stehen sechs Jungen an der Straßenecke der Rue de l'Université. Sie wollen sich überzeugen, was es mit der Schwester ihres Klassenkameraden auf sich hat. Sie sieht tatsächlich nicht schlecht aus. Sie ist schlank und zierlich und trägt ein normales langes Kleid. Im Klassenraum von Paul werden neue Argumente herangeführt. «Es ist wissenschaftlich bewiesen», schreit Paul in seinem Disput auf, als er mit Camille in der Küche streitet, «Frauen haben viel weniger Gehirn als die Männer! Meine Freunde sagen, daß Frauen nie Künstler werden – nie, weil sie nur Mittelmäßiges herstellen!»

«Raus!» Camille macht mit der Hand eine herrische Bewegung zur Tür. «Du und deine Freunde – ihr könnt mir gestohlen bleiben! Ich hätte mein Abitur bestanden! Ich weiß meine Gehirnmasse wenigstens anzuwenden, während eure brachliegt!»

Wieder knallen Türen. Immer muß Camille das letzte Wort behalten. Camille stellt die Welt auf den Kopf. Pauls Freunde sagen, vor solchen Frauen wie Camille müsse man sich hüten. Sie verdienen selber Geld und sind dem Mann nichts mehr schuldig.

Warum ist er mit solch einer Schwester gestraft? Aber er liebt sie. Wenn er sie nicht so brauchen würde! Sie ist die einzige, die an ihn glaubt, auch wenn er in den Prüfungen versagt hat.

Es hatte eine Auseinandersetzung mit dem Vater gegeben, als der erfuhr, daß Camille bei Rodin arbeitet. Geschürt von der Mutter. Alle Argumente Camilles sind für sie ein Beweis für deren Aufmüpfigkeit. Den eigenen Willen ihrer Tochter kommentiert sie mit gehässigen Worten. Camille versucht dem Vater eigene Inkonsequenz vor Augen zu führen. Ihren Wunsch, Bildhauerin zu werden, hat er unterstützt und gefördert und stößt sich nun an nackten Modellen. Im Zorn gesteht sie dem Vater, daß das Atelier Rodins an manchen Tagen nur so wimmle von nackten Leibern – Männern, Frauen, Jugendliche, Alte –, die nichts anderes tun sollen als sich bewegen, miteinander umgehen. Rodin sei nun einmal ein Bildhauer der Bewegung. Das sei das Einzigartige, das Geniale an ihm. Er braucht nicht nur ein einziges Modell und das in starrer Pose. Er braucht eine ganze Schar. Sie selbst habe mit Studien der Bewegung angefangen. Noch nie habe sie den menschlichen Körper in seinem Zusammenspiel von Muskeln und Bewegung studieren können. Was soll sie für eine Bildhauerin werden, wenn der Vater ihr das Elementarste in Frage stellt? Soll sie Faltenentwürfe gestalten? Dafür habe sich in der Tat das Opfer der Familie nicht gelohnt. Wann hatte sie bisher Gelegenheit, einen nackten Menschen zu sehen? ... Mutter und Schwester schreien auf. Will Camille vielleicht eines der Familienmitglieder nackt zeichnen und modellieren? Ihre Schamlosigkeit kennt keine Grenzen.

Camille ereifert sich. Das letztemal war es in Griechenland oder Rom, daß Bildhauer Gelegenheit hatten, einen unbekleideten Körper in Bewegung zu sehen und zu erleben – bei den athletischen Wettkämpfen ... Danach kam das Mittelalter. «Und Ihr tut so, als leben wir noch immer im Mittelalter!» – «Im Mittelalter hätten sie dich als Hexe verbrannt!» schreit Louise. «Ja, und du hättest den Scheiterhaufen angezündet!» Bitterer Vorwurf Camilles.

Paul schlägt mit den Fäusten an die Wand. Er hat sich aus dem Salon zurückgezogen. Er leidet unter diesen Szenen. Wie soll er dabei lernen? Er muß das Abitur nachholen. Sonst richteten sich die Ausfälle der Familie gegen ihn. Er war die Schande der Familie. Heute ist Camille an der Reihe. Camille hat Schuld an seiner ganzen Misere. Nur sie. In den trauten Kleinstädten hätte er sein Abitur bestanden. Aber er mußte entwurzelt werden, damit seine Schwester sich mit nackten Männern und Frauen einlassen kann, damit diese furchtbaren Familienszenen ihre ständige Nahrung finden, damit sie sich in dieser Wohnung gegenseitig ihre Hölle bereiten können. Er wird alles aufschreiben. Diese schrecklichen Dramen, diese Ichbezogenheit jedes einzelnen, er wird ihnen einen Spiegel vorhalten. Er wird einen Helden schaffen, der sie alle erschlägt.

Einziger Lichtblick trotz des nicht bestandenen Abiturs – er erhielt einen Preis, von Renan persönlich. «Du wirst eines Tages ein großer Dichter!» Nur Camille ist von ihm überzeugt. Er ist von ihrem Optimismus abhängig, von ihrer Freundlichkeit. In letzter Zeit verweigert sie ihm jede Zärtlichkeit. Camille steht in der Tür. Ihr Klopfen hat ihn zur Besinnung gebracht. «Zieh dich an, Paul, wir gehen!»

Die Mutter versucht, Camille in den Salon zurückzuziehen. «Was heißt, ihr geht? Du bleibst hier. Das letzte Wort ist nicht gesprochen!»

«Ich arbeite im staatlichen Marmorlager bei Monsieur Rodin. Diese Arbeit ist anständig und hilft mir. Sie macht mir Spaß. Zwischen Vater und Monsieur Rodin war es so abgesprochen! Schon lange! Paul, komm! Eine japanische Ausstellung. Die mußt du unbedingt sehen. Das wird dich auf andere Gedanken bringen und deinen Horizont weiten. Du wirst es nicht bereuen!»

Erneutes Gezeter. Paul müsse lernen. Paul erhebt sich. In diesem Moment liebt er Camille, liebt ihren Mut, ihre Entschlossenheit, zu tun, was sie für richtig hält. In diesem Moment hat sie etwas von seinem Helden an sich, den er schaffen wird. Er weiß schon seinen Namen – Goldhaupt.

Man läßt sie gehen. Die Mutter wartet vergeblich auf eine Reaktion ihres Mannes. Die beiden verlassen die Wohnung, entrinnen der Hölle, die darinnen weitertobt. Louise-Athenaise ließ zu, daß Tochter und Sohn die Situation mit ihrem Weggehen auf die Spitze trieben – jetzt muß der Mann eine Entscheidung fällen.

«Wir gehen also nach Villeneuve zurück? Wir alle? ... oder willst du Camille das Haus verbieten? Du mußt dich jetzt entscheiden, dich von ihr lossagen. Sie hat alles Maß verloren. So darf sich ein Kind nicht benehmen. Ich hätte das meinem Vater gegenüber nie gesagt. Der hätte mich enterbt, hätte ich ihm widersprochen.»

«Ich werde ihr ein eigenes Atelier mieten müssen!» — sein überraschender Gegenvorschlag.

«Das ist ungerecht!» Louise stampft mit dem Fuß auf. «Weil ich mich nicht so unmöglich benehme, komme ich immer zu kurz. Mir wird nie etwas geschenkt. Ich werde mich bei Massary erkundigen, ob du das machen darfst, eines deiner Kinder so zu bevorteilen und die anderen haben nichts!» Auch die Mutter führt empörte Argumente ins Feld. Fünf erwachsene Personen in dieser kleinen Wohnung. Das Geld reicht nicht für eine größere — aber für Camille ein Atelier! An die kann verschleudert werden, was Louis-Prosper den anderen entzieht.

Louis-Prosper stimmt unter Druck einer größeren Wohnung zu. Auch er möchte an den Wochenenden etwas mehr Harmonie.

In der Galerie Georges Petit findet eine Retrospektive der japanischen Kunst statt. Eine großartige Ausstellung, die von sich reden macht. Monsieur Gonse, Direktor der Zeitschrift der Schönen Künste, hat sie organisiert. Diese Retrospektive reicht bis ins 17. Jahrhundert zurück. Die neuesten Arbeiten datieren von 1868. Sie stammen aus der Zeit der Shogun-Dynastie, der 1868 durch die bürgerliche Revolution ein Ende gesetzt wurde. Die Ausstellung umfaßt Gemälde, Zeichnungen Lackmalereien, Holzschnitte und Kupferstiche.

Camille stößt auf die Kunst Hokusais. Sie hinterläßt einen tiefen Eindruck bei ihr. Die Begeisterung ist allgemein! Künstler, Kritiker, Kunstsammler, die alle die Begeisterung und das Interesse an der japanischen Kunst eint, bilden einen Zirkel und treffen sich mehr oder weniger regelmäßig beim Samuel Bing, wo sie ihr Wissen und ihre Erwerbungen austauschen. Van Gogh verkehrt dort, der Maler Besnard. Später wird auch Camille dort gesehen.

An diesem Tag, nach dem unschönen Streit in der Familie, erleben Paul und Camille die Offenbarung der japanischen Kunst durch Katsushika Hokusai. Die beiden, die schon als Kinder davon träumten, eines Tages in den Fernen Osten aufzubrechen, lassen sich einfangen von dem Zauber dieser fremden Welt. Jeder auf seine Weise. Der ewige Berg, wie ein großer Gott über das Land ragend, schürt Pauls Sehnsucht. Symbol der Ewigkeit und der Schönheit der Natur – der Fujijama. Dort sein, dort würde all sein Schmerz gering werden, die Vergänglichkeit des Lebens augenscheinlich.

Die Anziehung, die Hokusais Holzschnitte auf Camille ausüben, kann sie nicht erklären. Es ist, als ob der Japaner eine Saite in ihr angeschlagen habe, die gespannt war und auf diesen Anschlag wartete. Der Pulsschlag des Lebens. Einfache Alltäglichkeit. Die Arbeit der Menschen, ihre Sorgen, ihr Schöpfertum. Nicht der einzelne. Der Sinn des menschlichen Tuns in der Gemeinschaft. Immer sind es viele auf Hokusais Bildern. Das gräbt sich bei Camille ein. Das ist es, was sie gefangennimmt. Der Mensch in seiner Verbundenheit, in seiner Abhängigkeit von den anderen. Das wird ihr eigenes Werk prägen.

Die Geschwister kehren am Abend mit einem geläuterten Gefühl in die elterliche Wohnung zurück. Erhaben über den Streit und die Kränkungen.

Der Vater sitzt in dem Sessel mit der hohen Lehne und liest. Es ist die gleiche Haltung, die Camille auf einer Zeichnung festgehalten hat. Sein Gesicht ist verschlossen. Unnahbar. Zweifel bei Camille, ob er wirklich liest. Er will nicht angesprochen werden. Er sieht müde aus. Alt.

«Papa, sei bitte einverstanden, daß ich bei Rodin arbeite ..., von Herzen einverstanden ... ohne Vorbehalte ..., ich bin glücklich dort ...» Camille kniet vor ihm und legt den Kopf auf seine Knie. Geste des Vertrauens. Wenig Zärtlichkeiten wurden in der Familie Claudel ausgetauscht.

Die Mutter erscheint in der Tür mit einer Frage. Camille springt auf – wie ertappt bei Unrecht.

«Ach, so macht sie's!» spöttischer Kommentar. –

Monsieur Rodin ist ein Zauberer. Unwahrscheinliches ist geschehen. Er hat die Gunst von Madame Louise Claudel für sich gewinnen können. Er machte ihr seine Aufwartung, und sie erlag seinem Charme.

Das Interesse des Bildhauers, das er ihrem strengen Gesicht entgegenbringt — sie mißversteht es. Von seiner Aufmerksamkeit fühlt sie sich geschmeichelt. Wann hat ihr je ein Mann ein Kompliment gemacht? Und sei es das Kompliment, eine begnadete Tochter zu haben. Wann hat je sich ein Mensch ihr mit seinen Problemen geöffnet? Sie bringt Verständnis auf für die Schwierigkeiten und Mißverständnisse, die Monsieur Rodin umgeben. In seinem Mitteilungsbedürfnis liegt Achtung. Er bemüht sich, sie zu unterhalten. Sie spürt dieses Bemühen. Er entlockt ihr ein Lachen. Louise-Athenaise ist gleichaltrig mit Monsieur Rodin. Er macht ihr bewußt, daß sie nicht alt ist. Er bezeugt Anteilnahme für ihre Sorgen, bietet Hilfe an. Seine Beziehungen reichen weit. Sorge um Pauls Zukunft? Zu gegebener Zeit wird er sich für ihn verwenden. Versprochen. Sind nicht Minister seine Freunde? In ihre hermetisch abgeschlossenen vier Wände ist plötzlich ein Fremder getreten und hat die Enge aufgebrochen. Madame Claudel sieht sich einem Minister vorgestellt. Die Hochachtung, die der ergraute Bildhauer für ihre Tochter Camille zeigt, läßt in der Mutter ein sanftes Gefühl von Genugtuung entstehen, die Bereitschaft, stolz auf dieses Kind zu sein.

Im Anflug leichtsinniger Aufgeschlossenheit fragt sie, ob sie ihn mit Madame einladen dürfe. Ehrerbietige Dankbarkeit von seiten Rodins. Die Tür zur gesellschaftlichen Dazugehörigkeit steht offen. In Louise-Athenaise wächst ein neues Selbstwertgefühl — und sie verdankt es Camille.

«Madame» Rodin entschuldigt Monsieur ein für allemal mit Unpäßlichkeit. Ein Brief von Madame Claudel.

«Monsieur,
Würden Sie uns die Freundschaft erweisen, morgen, am

Samstag, mit uns zu speisen. Sie würden uns eine große Freude machen. Meinem Mann steht nur sehr wenig Zeit zur Verfügung, die er in Paris verbringen kann. Bisher hatte er viele unerläßliche Geschäftsgänge zu erledigen, so daß es ihm nicht möglich war, Sie aufzusuchen. Er läßt Ihnen ausrichten, wie verärgert er darüber ist, und er bittet Sie sehr, unsere bescheidene Einladung anzunehmen — was für uns alle ein Fest sein würde. Würden Sie bitte Madame Rodin unsere besten Grüße übermitteln und mir erlauben, Ihnen herzlich die Hand zu drücken.

Louise Claudel»

Mit Monsieur Rodins immer häufiger werdenden Besuchen ist in der Familie Claudel eine Veränderung vor sich gegangen. Etwas mehr Freundlichkeit und Toleranz gegenüber Camille. Zum erstenmal bietet sich die Schwester Louise an, für Camille in der Küche Gips anzurühren. Sie befeuchtet sogar die Tücher, die über Camilles Arbeiten in Ton liegen. Ganz beiläufig läßt sie durchblicken, daß sie bereit wäre, auch einmal für Camille Modell zu sitzen. Die alte Hélène wurde im Salon ausgestellt und sogar die Tante, die von der Mutter Eier und Zucker borgen kam — wieviel eher steht es da der Schwester zu, so jung und schön, wie sie ist, porträtiert zu werden. Wie eine Huld gewährt sie Camille diese Sitzungen. Wie einen Triumph läßt sie in dieser ungewohnten Zweisamkeit durchblicken, daß Ferdinand de Massary wohl ihr den Vorzug geben werde. Zweimal schon habe er sie ins Theater eingeladen. Sie verschweigt die Versuche der Mutter, Massary einzureden, ein Warten auf Camille lohne sich nicht. Diese habe sich ganz der Kunst verschrieben. Kuppelei der Mutter, weil Louise in Massary verliebt ist. Louise frohlockt.

All das spiegelt sich in der Büste wider, die Camille von ihrer Schwester anfertigt — deren Distanziertheit von Camille, ein leichter Anflug von Hochmut, das Bewußtsein, der Schwester einen Bewunderer ausgespannt zu haben.

Camille beglückwünscht Louise zu Ferdinand de Massary.

Eines Morgens ist Camille die erste im Marmorlager. Seit die Tage wieder länger werden, nutzt sie jede Stunde Tageslicht, um mit dem «verlorenen Bruder», ihrem ersten eigenen Werk, fertig zu werden. Am Tag bemüht sie sich, die Arbeiten für Monsieur Rodin zu erledigen. Übertragungen in Marmor. Unterbrochen oft durch Aufforderungen, Skizzen mit Bleistift als ständige Übung wie auch Entwürfe in Ton zu fertigen. Meist kapituliert Camille vor der Schnellkneterei Rodins, der mitunter nur Minuten braucht, um eine Haltung wiederzugeben. Hier ist es sinnlos, Ehrgeiz zu pflegen, ihn überflügeln zu wollen. Während sie noch unter den Modellierhölzern das geeignete aussucht, hat er seine Arbeit beendet. Selbst eine Studie muß in ihr reifen.

An diesem Morgen öffnet Camille die Ateliertür, die zur «Hölle» führt. Seit Tagen hat Rodin sich hier eingeschlossen und versucht, die frei stehende Plastik am Relief einzuarbeiten. Camille möchte sich von der Wirkung überzeugen. An manchen Tagen bedrückt sie die Thematik des Höllentors. Es gibt keinen Übereinklang mit ihrem eigenen Leben. In ihr ist Zuversicht und Vertrauen in die Zukunft. Auch Monsieur Rodin macht nicht den Eindruck, als ob er die Hölle in sich trage. Im Gegenteil. Er ist aufgeschlossen und fröhlich. Er brachte ihr seine Ölbilder, die er als Dreißigjähriger malte, seine Aquarelle, vergleichbar mit Monet. Sie redeten über Impressionismus. Camille kann sich nicht mit dieser Kunstrichtung anfreunden, obwohl sie sich durchsetzt. Durchgesetzt hat sich die Bonhomie der Dritten Republik. Sie dokumentiert ihren Wohlstand, ihre Daseinsfreude in der Kunst. Lockeres Vergnügen. Freundliche Ferienszenen, gesellige Sonntage in blühenden Gärten. Sinnesfreude. Die Macht der Akademie scheint gebrochen. Monet, Renoir, Pisarro. Spiel und Spiegeleien mit Licht, dessen Schein noch nicht auf das Elend der belgischen Bergleute van Goghs gefallen ist.

Immer wieder die gleiche Erfahrung. Steht Camille vor den Figuren der Rodinschen Hölle, erscheinen ihr Mahnung und Qual gerechtfertigter als das «goldene Zeitalter», die «belle époque», die Paris gerade durchlebt.

Das Vollplastische der Ugolino-Gruppe verstärkt den Eindruck von Licht und Schatten, hebt die Verzweiflung hervor. Camille tritt einen Schritt zurück. Sie fühlt sich von zwei Armen umschlossen.

«Monsieur Rodin – Sie haben mich erschreckt ...» Camille fährt bei der unerwarteten Berührung zusammen. In seinem Griff liegt Besitznahme. Er gibt sie nicht frei.

Niemand ist im Atelier. Draußen im Lager die morgendliche Stille. Manchmal zerrissen durch das Hupen eines Dampfers. Hin und wieder ein Amselschlag.

Rodins Arme drehen Camille an den Schultern, so daß sie ihm ihr Gesicht zuwendet. Er sagt nichts. Er steht und schaut Camille an, wie er mitunter seine Skulpturen anschaut – unter gesenkten Lidern, mit flammenden Augen. Langsam hebt er seine Hände zu ihrem Gesicht und geht mit Zärtlichkeit den Konturen ihres Kinns nach, bis hinauf zu den Ohrmuscheln, dann hinab zum Hals. Sein heißer Atem streift Camille. Seine Hände gleiten über ihre Schultern, über ihre Brust. Alles in Camille schreit. Seine große, tiefe Sinnlichkeit strömt auf sie über. Ihr Körper drängt zu ihm. Sie stammelt: «Lassen Sie mich!» Aber Rodin läßt sie nicht. Er packt sie an den Schultern und versucht, sie an sich zu ziehen. «Camille – ich möchte mit Ihnen schlafen!»

Er sieht das Entsetzen in ihren Augen. Er entschuldigt sich. Stammelnd. Camille reißt sich los und schüttelt verneinend den Kopf. So heftig, daß ihr im Nacken gebundenes Haar sich löst.

Dann steht sie, verunsichert zwar, aber nicht auf der Flucht. Sie weicht nicht zurück, als Rodin sich ihr noch einmal nähert. Mit zurückgestreckten Armen steht sie, als müsse sie sich Zwang antun, ihre Arme nicht um seinen Hals zu legen. Er kniet vor ihr.

Rot und silber leuchtet sein Haar auf, auf das ein Sonnenstrahl fällt. Eine Erschütterung geht durch ihren Körper. Ein trockenes Schluchzen klingt auf. Sie liebt. Sie liebt diesen Mann.

Er hält sie an den Hüften. Seine Stirn berührt ihren Brustansatz. Sie möchte ebenfalls niederknien. Doch steht sie und wagt nicht, sich zu rühren. Ist es Traum oder Wirklichkeit?

Juliens Stimme auf dem Vorplatz. Eine neue Lieferung Marmor ist gekommen. Julien weist die Männer ein, wo sie die Blöcke deponieren sollen.

Monsieur Rodin erhebt sich.

«Aurora», murmelt er, «meine Morgenröte!»

«Würden Sie mir Modell sitzen, Camille?»

Sie schüttelt den Kopf.

Es ist die Angst eines jungen Mädchens, sich von unkeuschen Augen abtasten zu lassen. Schlafen will er mit ihr.

Modell soll sie sitzen. Niemals.

Camille spürt die Unentschlossenheit Rodins, der als Mann das junge Mädchen begehrt und als Bildhauer das Modell. Sie möchte geliebt werden um ihrer selbst willen. An diesem Tag arbeitet Camille unkonzentriert. Monsieur Rodin ist ungewohnt schweigsam. Seine Fröhlichkeit, die sonst das Atelier ausfüllt, klingt an diesem Tag nicht auf. Camille ist zerrissen von Reue über ihre schroffe Zurückweisung und verletztem Stolz, daß Monsieur Rodin sie verwechselt hat mit anderen Frauen, die er lustvoll begehrte.

Rodin schließt sich ein. Er arbeitet an einem kleinen Marmorblock. Niemand läßt er zu sich. Was mag ihn bewegen, in Marmor zu arbeiten?

Aurora – die Tochter des Hyperion, selbst Sohn des Himmels und der Erde. Aurora, die in der Frühe erscheint aus der dunklen Luft. Mit Rosenfingern hebt sie den Schleier der Nacht. Sie verheißt einen neuen Tag.

Nur das Gesicht von Camille – reliefartig abgehoben – in unbehauenem, klüftigem Marmor. Durchschimmernde Reinheit. Jetzt sieht er sie in ihrer Lieblichkeit. Aurora.

Verinnerlicht – unerfüllte Sehnsucht, die sich um den Mund in fast kindlicher Trauer sammelt.

Siedendheiß durchfährt es Camille, als sie seine Arbeit erblickt. So nah ist er ihr, ist sie ihm, daß er diesen unsichtbaren Kampf, den sie ausficht, sichtbar machen kann in Stein. Liebe und gewaltsame Zurückhaltung. Sehnsucht und Stolz. Wie soll sich ihre Liebe zu ihm verwirklichen?

Monsieur Rodin erscheint mit einem neuen Modell. Sie heißt Adèle. In Künstlerkreisen ist sie bekannt und begehrt. Ihr Körper ist von mädchenhafter Biegsamkeit. Sie wirkt arrogant und ist sich ihrer Schönheit bewußt. Mit ungestümem Elan geht Monsieur Rodin an seine neue Arbeit. Er wechselt das Atelier. Er zieht in das des «Höllentors». Auch unter den männlichen Modellen wählt er einen jungen Mann. Rodin fertigt unzählige Tonmodelle an – maquettes, bis ihm gelungen scheint, was ihm vorschwebt. Von diesem kleinen Tonmodell läßt er sofort einen Gipsabdruck machen. Seine Assistenten müssen ihm nun ein Gerüst bauen aus Holz und Draht und Rohren und Nägeln, ein Skelett, das etwa ein Drittel oder halb so groß sein soll wie die endgültige Figur, die Rodin an die Öffentlichkeit bringen will. Auf diesem Gerüst bringt er nun die Kopie aus Ton an, wobei der kleine Gipsabdruck ihm als Vorlage dient. Er häuft Klümpchen auf Klümpchen. Mitunter verändert er dabei seinen Entwurf.

Alles geschieht unter Geheimhaltung. Kein Besucher darf in dieses Atelier. Rodin verbittet sich jeglichen Zutritt. So wagt auch Camille nicht, einen Blick auf sein neues Werk zu werfen. Wenn sie morgens im Marmorlager erscheint, ist Monsieur Rodin schon bei der Arbeit. «Unsterbliche Anbetung». Sie eröffnet den Reigen seiner Werke, die getragen sind von dem großen Gefühl für Camille, das sich ausweitet in Liebe und Leidenschaft und das ihn ein Jahrzehnt in Beglückung und bis zu seinem Tod in Schmerz und Sorge gefangen halten wird.

Rodin wird auch diese Qual in sein Höllentor einarbeiten – seine Anbetung, seine Verehrung dieses begabten, klugen Mädchens, das voller Gleichberechtigung neben ihm lebt und arbeitet, das schon bei ihrer ersten Begegnung im Salon der Madame Adam ihren Anspruch erhob. Sie wies sich selbst den Platz zu, den sie in der Beziehung zu ihm einzunehmen gedenkt.

Monsieur Rodin sucht die Nähe von Camille. Er respektiert ihre Zurückhaltung. Er wirbt, wo er sonst nur genommen hat. Als gleichberechtigte Künstlerin nimmt er sie mit zu Vereinstagen und Empfängen. Es tut ihm gut, daß sie als hinreißend schön empfunden wird. Ein Schriftsteller rühmt «ihre herrlichen Augen – blaßgrün, an Waldschößlinge erinnernd».

Es schmeichelt Rodins Männlichkeit, sich mit ihr am Arm der Öffentlichkeit zu präsentieren.

30.

Von einem Freund erfährt Rodin, daß die Stadt Calais ein Denkmal errichten lassen will, um die würdigste Stunde ihrer Geschichte zu ehren.

Rodin lädt den Bürgermeister von Calais, Omer Dewavrin, ein. Dieser soll sich von seinen Skulpturen eine Vorstellung machen. Rodin hofft, den Auftrag für das Denkmal zu erhalten.

Nach der Niederlage der Franzosen im Hundertjährigen Krieg hatte die Stadt Calais fast ein Jahr der Belagerung durch Edward III. von England getrotzt. 1347 war sie durch Hunger gezwungen, sich zu ergeben.

Der englische König hatte die Übergabe der Stadt auf Gnade und Ungnade verlangt. Die Stadt hielt weiter aus, bis der König einwilligte, Gnade zu geben, wenn sich ihm sechs ihrer vornehmsten Bürger auslieferten, «auf daß er an ihnen tun könne nach seinem Willen». Er verlangte, daß sie nur mit einem Hemd bekleidet barhaupt und barfüßig, mit einem Strick um den Hals die Stadt verlassen sollten und ihm die Schlüssel der Stadt und des Kastells überbringen. Diese Botschaft wurde auf dem Marktplatz verkündet, wo der Bürgermeister unter Glockengeläut die Einwohner von Calais zusammenrief. Ein großes Schweigen setzte ein. Aus der Menge löste sich Eustache de Sainte-Pierre, der reichste Mann der Stadt, von gutem Adel, der hochgeschätzte Stadtälteste. Nun erhob sich Weinen und Wehklagen. Ihm schloß sich der Bürgermeister selbst an, Vater zweier schöner Töchter. Dann traten die Brüder Jacques und Pierre de Wiessant hervor, Andrieu d'Andres und Jean de Fiennes. Auf dem Marktplatz entkleideten sie sich bis aufs Hemd. Der Bürgermeister nahm den Schlüssel der Stadt in seine Hände, und unter Glockengeläut verließen die sechs Männer die Stadt, um sich in das englische Lager zu begeben, wo neben dem König schon der Henker mit dem Richtbeil stand. Edward war entschlossen, diese sechs Männer töten zu lassen. Er stand nicht im Ruf von Milde und Güte. Doch der kühne Opfersinn der Bürger aus Calais berührte die Königin so stark, daß sie um deren Leben bat. «Und der König willfahrte ihrem Wunsch. Denn sie war sehr schwanger.»

So läßt sich die Geschichte nachlesen in der Chronik von Jean Froissart, der als zehnjähriger Knabe die Begebenheit miterlebte.

Monsieur Omer Dewavrin zeigt sich von Rodins Arbeiten beeindruckt. Er ist von dem Künstler selbst begeistert und bereit, diesem den Auftrag für das Denkmal zu übertragen. Doch er braucht die Zustimmung des Denkmalkomitees von Calais. Diese kommt dann auch und besagt, daß Monsieur Rodin ein Denkmal von Eustache de Sainte-Pierre schaffen möge.

Rodin kommt mit drei Flaschen Rotwein ins Marmorlager. Auf diesen Erfolg will er anstoßen. Er verhehlt seine Freude nicht über diesen Auftrag. Im Gegenteil. Zehntausend Francs sind in Aussicht gestellt.

Eustache de Sainte-Pierre. Rodin trinkt auf dessen Wohl. Alle trinken auf den mutigen Stadtältesten, der sich als erster für diesen Todesgang gemeldet hatte. Rodin verspricht, ihn würdig zu gestalten. Auf einem hohen Sockel wird er stehen. Bürgertugenden sollen ihn umschweben. Personifizierte Liebe zum Vaterland. Die Freiheit — vielleicht mit phrygischer Mütze?

Rodin arbeitet nicht an diesem Tag. Mit einem Hocker setzt er sich in die unmittelbare Nähe von Camille. Sie ist die einzige unter all den Arbeitern, von den Modellen ganz zu schweigen, an deren Meinung Rodin etwas liegt. Camille hält sich zurück. Sie überarbeitet den Gipsabdruck der Porträtbüste ihres Vaters. Rodin spürt Vorbehalte. Camille soll sich äußern. Ihre Gedanken sind unverzichtbar für ihn geworden. Er hat keinen Freund, er hat keinen Kollegen, mit dem er über seine Arbeit reden könnte. Es war ein neues Erlebnis für ihn, in einen Gedankenaustausch zu treten, in einen Meinungsstreit. Das Wichtigste dabei, Anregungen und Anstöße zu erhalten, das Gefühl, eine Arbeit vollkommener, durchdachter zu gestalten. Dem Bürgermeister hatte Rodin diese Konzeption vorgeschlagen. Monsieur Dewavrin war begeistert. Warum ist es Camille nicht? Oder sollen es drei Bürgertugenden sein — vielleicht noch die Zivilcourage? Diese allegorischen Gestalten will er aus dem Sockel aufsteigen lassen, damit der Pyramidenaufbau des Denkmals gewahrt bleibt. Sollen sie sich an den Händen halten? Eustache umkreisen? Camille äußert sich nicht. Immer nur ein unentschlossenes Kopfschütteln.

Morgen. Morgen wird sie einen Gegenvorschlag machen. Sie will erst selbst die Chronik lesen. Sie hat eine vage Vorstellung. Sie muß darüber noch nachdenken.

O ja — sie hat eine Vorstellung. Hokusai. In seiner Malerei manifestiert sich anderes. So fern von Europa — trug er Anregungen hierher. Einfache Menschen im Miteinander, in ihrer Abhängigkeit, in ihrem Gebrauchtwerden. Keine Allegorien. Das ist überholt. Das gehört dem Zweiten Kaiserreich an. Warum nur Eustache? Er ist ein alter Mann. Sein gelebtes Leben liegt hinter ihm. Was ist mit den Brüdern Wiessant? Sie sind jung. Sie haben Träume. Hat die Liebe sie schon angerührt? So einfach wirft man sein Leben nicht fort. Hier liegt Dramatik. Ein kühner Entschluß. Kühnheit, die die Seele erhebt, und Reue, die auf dem Fuß folgt. Sekunden nur. Sekunden der Verzweiflung. Die Würde des Eustache gibt ihnen Halt. Selbstüberwindung. Sie werden mit Fassung den Todesgang antreten. Rodin ist bisher so ungewohnte Wege in der Bildhauerkunst gegangen. Warum will er sich dem Gesetz des Pyramidenaufbaus fügen, das für ein Denkmal gilt? Keinen Sockel. Davon muß Camille ihn überzeugen. Die sechs sollten auf dem Marktplatz stehen – wie einst, als der Bürgermeister die Bewohner der Stadt zusammenrief. Gleiche unter Gleichen. Camille ist erregt. In der Nacht schläft sie schlecht. Rodin hat sie herausgefordert. Er will ihre Meinung hören. Sie hat die Herausforderung angenommen. Seine Schülerin will sie dort sein, wo er neue Wege eingeschlagen hat. Sie ist dankbar für sein Vertrauen. Es erhebt sie gleichberechtigt zu ihm auf. Er soll sich nicht in ihr getäuscht haben.

Als es bereits graut, steht Camille auf. Es hält sie nicht im Bett. Es hält sie nicht in der Wohnung. Ins Marmorlager zu gehen, ist es zu früh. In der Nähe von Rodins Haus steht sie wartend. Sie fröstelt. Es weht ein frischer Wind von der Seine. Endlich tritt er aus der Tür. Als er Camille erblickt, macht er eine überraschte Bewegung – eine im letzten Moment gebremste Umarmung.

«Ich hab's!» sagt Camille.

Anhören. Diskussion. Erregung auf beiden Seiten. Verwerfen. Leidenschaftliches Beharren. Argumente. Der Funke entzündet sich. Ein Rausch.

Und Rodin setzt in den nächsten Tagen einen Brief auf an den Bürgermeister von Calais:

«Seit Sie mich mit Ihrem Besuch beehrten, habe ich mich mit dem Monument beschäftigt und hatte das Glück, eine Idee zu finden, die mir gefällt ...»

Er teilt dem Bürgermeister seine Absicht mit, ein Ensemble von sechs Figuren zu schaffen. Beruhigend fügt er hinzu:

«Eustache de Sainte-Pierre führt durch die Würde seiner Haltung seine Kameraden und hält sie zusammen.»

Was Rodin in dieser Zeit bewegt und aufwühlt, ist nicht nur der Entwurf dieses Monuments. Es ist Camille. Ein großes, starkes Gefühl füllt ihn aus. Noch nie hat er ähnliches für eine Frau empfunden. Noch nie war ihm bisher eine Frau so gleichberechtigt gegenübergetreten. Wenn er ein Dichter wäre, würde er es ihr in Versen sagen. Er ist Bildhauer – in Stein wird er es modellieren. Unverkennbar Camille, unverkennbar ihre klaren, sensiblen Gesichtszüge. Aus der Champagne kommt sie, einem winzig kleinen Dorf. Er setzt ihr ein Häubchen auf, um an ihre ländliche Herkunft zu erinnern. Er will, daß seine Steinmetzen und Gehilfen diesen Kopf Camilles aus einem Marmorquader herausschlagen. Nur ihr Kopf soll aus dem zerklüfteten Block ragen. Ihr Gesicht in Klugheit und Schwermut. Und er gibt seinem Werk den Namen «Der Gedanke». Huldigung ihres Geistes. Eine Erfahrung, die seiner Arbeit, seinem Jahrhundert widerspricht – der Gedanke, der sich in einer Frau, dem kühnen Geist eines jungen Mädchens, symbolisiert.

Er hat die Arbeit an den Bürgern von Calais unterbrechen müssen, die ihn in einen Schaffensrausch versetzte. Er verdankt es Camille. Er muß es ihr in Stein sagen.

Worte Rilkes, die er über Rodin schrieb:

«... Aus dem Trieb war eine Sehnsucht geworden, aus der Begierde zwischen Mann und Frau ein Begehren von Mensch zu Mensch. Noch ist es die ewige Schlacht der Geschlechter – aber das Weib ist nicht mehr das überwältigte oder willige Tier. Sie ist sehnsüchtig wie der Mann, und es ist, als hätten sie sich zusammengetan, um beide nach ihrer Seele zu suchen.»

Die Meinung von Pauls Freunden hat Camille gekränkt. Auch wenn sie es nicht zugibt. Rodins Verehrung für sie ist der Balsam. Er hat sie erkannt. Er bestätigt sie in all ihren Ansprüchen. Sie braucht nicht den jahrzehntelangen Umweg zu gehen über ein Angestelltenverhältnis wie Rodin bei Carrier-Belleuse. Ein Umweg, der die besten Jahre in der Schaffensperiode des Menschen zum Preis hatte, der zu Bescheidenheit zwang und Begabung verschliß. Sie kann ihre eigenen Werke in Bezug setzen zu denen von Rodin. Sie weiß jetzt, wo sie anders denkt und fühlt wie er. In diesem Anderssein könnte ihr Vorzug bestehen. Sie erliegt nicht dem Bedürfnis, die Wirklichkeit umzumünzen, sie in mythologische, biblische oder mittelalterliche Bezüge zu pressen. Die Erziehung des Freidenkers und aufgeschlossenen Republikaners Colin schlägt durch.

Immer wieder Diskussionen.

In manchen Augenblicken flackert etwas wie Unruhe in Rodin auf – er darf Camille nicht in allem nachgeben. Sie kann nicht in allen Fragen Recht beanspruchen.

Eines Tages taucht der Italiener im Atelier auf, der dem «Johannes» seinen Körper und den beeindruckenden Schritt geliehen hatte. An der Hand führt er seine Mutter. Die alte Frau, hager und abgezehrt, hat sich auf den Weg nach Paris gemacht, um ihren Sohn noch einmal zu sehen und zu segnen, bevor sie für immer die Augen schließt. Der Italiener wußte, daß Rodin eine alte Frau sucht, die bereit ist, ihm nackt Modell zu sitzen. Rodins Bemühungen in dieser Richtung waren bisher fehlgeschlagen.

Rodin liebt die Gedichte Villons. In seinem «Höllentor» soll sich unbedingt ein Klagelied der Héaulmière, einer alt gewordenen Dirne, wiederfinden …

«Dahin, wie ein vom Hagel abgegrastes Feld / verrunzelt alles, Wangen, Stirn und Kinn / von Blatternarben bös entstellt / bis zu den abgegriffenen Brüsten hin / die hängen auf dem Lumpensack / auf meinem grauen Bauch herum. / Ach Gott, wie hat das Männerpack / mich stumpf gemacht und wurzelkrumm.»

Was bewegt den Italiener, seiner todkranken Mutter nur unter der Bedingung Obdach zu gewähren, daß sie dem Bildhauer Modell sitzt? Der Sohn braucht Geld.

Die alte Frau weint vor Scham und Ohnmacht, ihren häßlichen Körper, von Krankheit und Siechtum gezeichnet, fremden Augen preiszugeben, um für alle Ewigkeit in Stein festgehalten zu werden.

Rodin ist berührt. Aber der Künstler in ihm verlangt nach diesem Modell.

Camille verläßt für die Stunden des Modellierens der alten Italienerin das Atelier. Sie erträgt nicht die Erniedrigung. Sie leidet mit, wenn sie die vor Scham gesenkten Augen der alten Frau sieht. Diese war nie eine Dirne.

Rodin setzt sich über das Ehrgefühl und die Würde der alten Tagelöhnerin hinweg.

Eingefangen in sein Werk hat er die unendliche Traurigkeit der Alten. Es stellt sich keine Assoziation her zu der Dirne von einst. Auch wenn später im Museum sich die Besucherinnen mit Ausdrücken des Abscheus von der Plastik abwenden.

«Die vom Sohn verkaufte Mutter» — das ist die Wahrheit der Rodinschen Helmschmiedin.

Rodin belächelt Camilles Ehrfurcht vor der Wahrheit des Modells. Er hält es ihrer Jugend zugute. Die ihm vorgeworfene Vergewaltigung der Wirklichkeit amüsiert ihn. Camille arbeitet zur gleichen Zeit an einer Porträtplastik, zu der ihr ebenfalls ein Italiener Modell sitzt. Unter zwei Bezeichnungen kommt ihre Arbeit an die Öffentlichkeit — «Schwerarbeiter» und «Brigant», Straßenräuber. Ein junger Mann mit den Kräften eines Stieres, der in Paris nichts mit seiner Muskelkraft anzufangen weiß, keine Arbeit findet, auf die schiefe Bahn gerät und von dem Bruder oder dem Vater zu Rodin geschleppt wird, der für seine Bürger von Calais imposante Gestalten sucht. Der Italiener sitzt auch für Camille. Sie scheut sich nicht, diesem einfachen Gesicht, grobgeschnitten, hinter der niederen Stirn die Erfahrung körperlicher Überlegenheit und die Skrupellosigkeit, seine Kraft für eigenen Vorteil einzusetzen, den Namen «Straßenräuber» zu geben. Ihr Verzicht auf mythologische Bezüge erscheint Rodin profan.

Camille bleibt fest.

Rodin liebt diese Streitgespräche.

Die letzten Sitzungen der alten Italienerin. Sie hockt auf einem Schemel. Die Füße angezogen, auf Querstreben gestützt. Plötzlich — ein harter Aufprall. Der Hocker ist umgefallen. Die alte Frau liegt am Boden. Aufregung. Man versucht den Puls zu fühlen, horcht auf den Herzschlag, der ausbleibt, fügt sich in das Unabwendbare. Sie ist tot.

Camille bemüht sich, die alte Frau wieder zu bekleiden. Der Sohn kommt — ahnungslos. Ein fragender Blick zu Camille, die neben seiner Mutter kniet. Sie vermag nichts zu sagen. In den Augen Mitgefühl und Vorwurf.

Der fünfzigjährige Mann fällt zu Boden. Er betet. Unbeholfen streicheln seine Hände die Mutter, so ungewohnt, daß es rührt. Leise Beteuerungen, Versicherungen — auf italienisch. Man bahrt die Tote auf zwei zusammengebundenen Brettern auf. Der Sohn sitzt unverändert. Sein Kopf ist auf das Knie gesunken. Die Augen hält er geschlossen. Um den bärtigen Mund Trauer. Stummer, verzweifelter Schmerz in dem hageren Gesicht des «Johannes».

Camille ist aufgewühlt. Am Abend schließt sie sich in der Küche ein. Einen Tonklumpen hat sie vor sich — von einem halben Meter Höhe. Ohne Modell arbeitet sie jetzt, aus dem Kopf, was vor ihrem geistigen Auge steht. «Gebeugter Mann». In Schmerz und Trauer in sich ruhend. Eine ungewöhnliche Plastik entsteht. Ein in sich geschlossenes Werk. Der auf dem Knie ruhende Kopf, das von den Armen umschlossene Bein, die Hände gekreuzt, nahe dem Fußboden, der Mensch ist unerreichbar für Worte des Trostes. Er hat ihn bereits angenommen, den Schmerz und den Tod. Sammlung, nun damit zu leben.

Zweifach ist Rodin überrascht. Camille arbeitet ohne Modell? Sie verinnerlicht die Qual, die er in heftigen Bewegungen herausstoßen würde.

31.

Sommer 1885. Die Familie verläßt Paris, um in Villeneuve Ferien zu machen. Voll Ungeduld erwartet jeder den Tag der Abreise. Mit jedem Tag wird intensiver und leuchtender, was Camille Monsieur Rodin von ihrem Heimatdorf erzählt. Sie breitet ihre Kindheitserinnerungen vor ihm aus, die den Zauber kindlicher Phantasie tragen. Und Monsieur Rodin sagt immer wieder: «Eines Tages werde ich nach Villeneuve kommen, und Sie werden mir alles zeigen — die Höhle, die verzauberten Seelen, die Bank mit dem Truthahnmist ..., den Wald ...»

«Aber Villeneuve ist ein trostloses Dorf — rauh und karg. Es hat nichts von der Liebenswürdigkeit der Winzerdörfer der Marne, die in ihre Talmulden gebettet liegen. Sie müssen es beim Sturm erleben, der dann unaufhörlich über die flache, offene Ebene rast, in unseren großen Nußbaum fährt und ihn zur Erde zwingen will, entwurzeln ... Aber dieser Wind kommt erst im Herbst. Kalt ist er, kälter als das Wasser des Ziehbrunnens.»

«Ich komme nach Villeneuve.»

«Ist es Ihr Ernst?»

«Mein völliger Ernst.»

Madame Claudel pflegt ihr Verhältnis zu Monsieur Rodin. Seinem Charme gegenüber ist sie wehrlos geblieben. Sein freundliches Interesse an ihrer Person — sie ist dessen bedürftig.

Sie verwendet sich für Paul, der endlich Freunde in der Klasse gefunden hat. Der eine ist Romain Rolland. Mit ihm besucht Paul Konzerte und Theatervorstellungen. Sie nehmen an den großen Beerdigungsfeierlichkeiten für Victor Hugo teil — aber Rolland hat eine distanzierte Haltung zu Paul. In seinen Tagebüchern kennzeichnet er seinen Klassenkameraden als eine ungestüme Persönlichkeit. Von einer leidenschaftlichen bis zur Schwülstigkeit neigenden Sensibilität. Seiner Familie gegenüber zeige er sich verschlossen und heftig wie alle Claudels.

Ein Brief der Mutter aus Villeneuve:

«Lieber Monsieur Rodin,
Würden Sie bitte den beiden Schulfreunden meines Sohnes, die sich gleich ihm für die schönen Dinge der Kunst interessieren, erlauben, Ihr Atelier zu besichtigen? Sie haben rühmen gehört, daß es voller Schönheiten sei. Ich wäre untröstlich, wenn es Ihnen Umstände bereiten würde. Sie wollen nur schauen. Da wir Ihre Güte kennen, haben wir geglaubt, ihnen diesen Besuch erlauben zu können – natürlich nur unter der Bedingung, daß es Ihnen genehm ist.

Wir sind in Villeneuve, es ist sehr kalt. Wir hoffen auf Ihren Besuch und den von Madame Rodin – sobald es ihr wieder besser geht. Wir werden sehr entzückt sein, Sie hier zu empfangen. Alle Welt drängt mich, darauf zu bestehen, daß Sie so bald als möglich kommen. Der Tag, gleich welcher, wird uns immer angenehm sein – wenn es auch Ihnen paßt.

In der Erwartung des Vergnügens, Sie bald zu empfangen, nehmen Sie, lieber Monsieur Rodin, wie auch Madame von Seiten meiner ganzen Familie die Versicherung unserer herzlichen Ergebenheit entgegen.

L. Claudel

Tausend Dank für unsere jungen Leute.»

Es tut ihr wohl, vor Pauls Freunden die Vermittlerin zu spielen. Es tut ihr wohl, vom Bürgermeister, Pfarrer, Lehrer bedrängt zu werden, den berühmten Mann nach Villeneuve einzuladen.

Zu diesem Zeitpunkt weiß Louise-Athenaise nicht, daß es eigentlich keine Madame Rodin gibt, wie sie auch nicht im geringsten vermutet, daß Rodins Besuche ausschließlich seinem Bedürfnis entspringen, Camille nah zu sein.

Später, viele Jahre nach dem Tod ihres Mannes, erinnert sie sich Camille gegenüber voll bitterer Reue dieser Einladung: «Und ich, naiv genug, den großen Mann nach Villeneuve einzuladen, mit Madame Rodin, seiner Konkubine! Und Du setzt allem die Krone auf, daß Du mit ihm lebst, ausgehalten von ihm!»

Madame Claudel ist eingerichtet, daß Monsieur Rodin für ein paar Tage nach Villeneuve kommt. Welches Zimmer ist das schönste? Immer wieder sieht sie sich im Kreis der Honoratioren des Dörfchens, ihnen den berühmten Gast vorstellend.

Eines Sommertages erscheint er in Villeneuve. In einem neuen, hellgrauen Sommeranzug. In Begleitung von Rose. Rose Beuret.

Louise-Athenaise ist konsterniert. Wen bringt der Bildhauer mit in ihr Haus – seine Frau, die gar nicht seine Frau ist, seine Beischläferin. Die Konkubine wagt es, in Villeneuve zu erscheinen, und sie selbst, hochanständig, verheiratet, verankert und verschnürt in gesellschaftlichen Konventionen, soll dieser da Gastrecht gewähren, ein Zimmer in ihrem Haus zur Verfügung stellen, ein Bett?

Gleichaltrig – die beiden Frauen. Während Louise-Athenaise längst die dunklen Kleider der Frau über vierzig trägt, kommt jene Rose Beuret in leichten aufreizenden Sommerkleidern mit großem Dekolleté. An ihrem Hals zeigen sich erste Falten des Alters. Sie trägt diese Kleider im lächerlichen Stolz einer Neureichen, gekauft für eine Reise, die sie sich mit bitteren Vorwürfen erzwungen hat. Im allgemeinen pflegt Rodin seine Reisen allein zu unternehmen oder in Begleitung anderer Damen.

Im Haus Claudel spürt Rose die Ablehnung, die man ihr als unverheiratete Frau entgegenbringt. Aber sie ist Auguste in den zwanzig Jahren ihrer «wilden Ehe» genauso treu gewesen wie Madame Claudel ihrem Mann. Sie hat sich ebenso aufreibend und aufopfernd um die Familie gesorgt wie Madame. Ein Künstler heiratet nicht, das hat ihr Rodin seit dem Tag ihres Kennenlernens eingehämmert. Aber er hat sich immer erkenntlich und immer dankbar gezeigt.

An den ersten zwei Tagen erscheint Rose in ihren

neuen Kleidern, die ihr nicht stehen. Sie behängt sich mit billigen Ketten, die geschmacklos sind. Dann borgt sie sich von Victoire eine Kleiderschürze aus und zeigt, daß sie mit zupacken kann, war sie doch selbst die Tochter eines Weinbauern. Sie kann zwar nicht schreiben, aber dafür arbeiten. Nun bemüht sie sich, während sie mithilft, das Beerenobst zu Gelee zu verkochen, vor Madame Claudel ihre Ehe mit Rodin auszubreiten, die immerhin zwanzig Jahre währt, auch ohne Trauschein.

In dem Jahr, in dem Camille geboren wurde, lernte Rodin Rose in einer Konditorei kennen. Sie fand als Näherin in Paris Arbeit.

Rose versucht, der verschlossenen und ständig finster dreinblickenden Madame Claudel begreiflich zu machen, daß sie in ihrer Jugend hübsch war und zierlich. Louise-Athenaise schaut sie mit kühl distanziertem Blick an. Hübsch? In ihren Kreisen kommt es darauf an, vermögend zu sein. Nur dann ist man eine gute Partie. Das ist der eigentliche Wert, den man besitzt. Rose Beuret, deren hochgestecktes, onduliertes Haar unter den Küchendämpfen jegliche Fasson verliert und wirr herunterhängt, gibt nicht auf, Madame von ihrer beglückenden Gemeinsamkeit mit Rodin zu erzählen, dem Zwang erlegen, daß die andere sie als gleichberechtigt akzeptiert – auch ohne Trauschein.

Als es für Rodins Familie unzumutbar geworden war, die Unordnung und die Vielzahl seiner Entwürfe länger in der kleinen Wohnung zu dulden und damit zu leben, zog er in den ungeheizten zugigen Stall in der Rue Lebrun, hinter dem Quartier Latin. Seine Freundin holte er zu sich, verliebt wie er war.

Rose versucht Madame klarzumachen, daß sie nicht nur Geliebte war. Sie rührte ihm den Gips ein und war wie er ständig bemüht, die Entwürfe in Ton unter feuchten Tüchern elastisch zu halten oder sie vor Frost zu schützen. Sie ermöglichte ihm das Arbeiten, war Sklavin, Hausangestellte, Geliebte, Köchin.

Schließlich lebten sie wie eine Familie zusammen, denn ihr Sohn wurde geboren, Auguste. Er sollte heißen wie sein Vater, wenigstens im Vornamen. Rodin traute sich nicht, seine Vaterschaft den Eltern einzugestehen. Er hielt auch sein Verhältnis mit Rose vor seinen Eltern geheim. Tante Thérèse, Schwester seiner Mutter, mußte die Vermittlerin spielen. Und Rose führt wortreich aus, wie entrüstet Rodins Mutter war, daß dieser das Mädchen, über das er Schande gebracht hatte, nicht heiraten wollte. Sie nahm sie wie eine Schwiegertochter auf.

In unbeholfenen Worten macht Rose ihrer Gastgeberin klar, daß ein Künstler allen gehört, daß er sich nicht binden dürfe an einen einzelnen Menschen, nicht eingebunden werden darf in Familienpflichten, daß er frei sein muß, um allen künstlerischen Intentionen nachgehen zu können. Rose sagt nicht Intentionen – sie sagt Intentationen. Um Etikette und Höflichkeit nicht zu verletzen, erkundigt sich Louise-Athenaise, ob der Sohn auch künstlerische Ambitionen hege.

Rose antwortet mit einem betretenen «Nein».

«Und was studiert er?» Louise will ein gerundetes Familienbild der Rodins erhalten.

«Auguste hat nicht das Zeug zum Studieren!» Sie kann Madame Claudel nicht eingestehen, daß er ein Tagedieb geworden ist, der eifrig dem Alkohol zuspricht.

Rose fragt, ob Madame Rodins Büste «Mignon» gesehen habe. Diese trage ihr Gesicht.

Diese «Mignon» von nachdenklichem Charme, ebenfalls vom verliebten Rodin zu einer Schönheit stilisiert, führt die alternde Rose gern an. Sie weiß nicht, ob sie wirklich so schön war – aber so hat Rodin sie empfunden. Ein boshafter Bekannter behauptete, Rodin habe sich in sein Werk verliebt, so daß er das Modell nicht mehr heiraten konnte. Boshafte Stimmen gab es viele. Mit Verachtung wurde von Rose gesprochen. Einer beschrieb sie als «kleine Waschfrau», ein anderer, daß «sie absolut keine Gemeinsamkeit mit Rodin hätte, im Bett ausgenommen». Rodin selbst verbannte Rose stets aus dem Gesichtskreis seiner distinguierten Gäste, als ihre Verbitterung und ihre Launenhaftigkeit zunahmen. Sie ist, wie er es ausdrückt, «eine zu grobe Natur».

«Handwerk hat goldenen Boden ...», bohrt Louise-Athenaise, «Ihr Sohn ist praktisch veranlagt?» Sie füllt das Gelee in Gläser und schickt einen kurzen, kontrollierenden Blick zu Rose hinüber. Die sucht in Erinnerungen Unverfängliches.

«Als Auguste klein war, sind wir sonntags mit Malsachen, vollem Picknickkorb und viel Wein aufs Land gezogen. Strichmännchen hat der Kleine gemalt, von denen ich nachts Alpträume bekam ... Ich hatte immer vorgekocht. Rodin liebt gutes Essen. Ein Sprichwort seiner Mutter war – Liebe geht durch den Magen. Sie hat nicht unrecht ... Wenn Sie nichts dagegen haben, würde ich morgen das Mittagessen bereiten.»

«Ich bitte Sie – Sie sind unser Gast!»

Aber Rose will ihre Meisterschaft in diesem Haus beweisen. Die andere läßt sie gewähren – in stiller Überheblichkeit. Jeder muß selbst wissen, was er sich wert ist. Madame Claudel würde sich nie in einem fremden Haus als Köchin anbieten.

Rose hebt mit der Schaumkelle den Schmand auf eine Untertasse, pustet darauf, daß er abkühlt, und beginnt ungeniert, ihn mit den Fingern aufzunehmen. Madame Claudel übersieht es großzügig. Selbstvergessen leckt Rose das süße Zeug, eingetaucht in Erinnerungen, die sie nicht freigeben.

«Unsere schönste Zeit hatten wir in Belgien. Erst war ja ... mein Mann ... arbeitslos. Carrier-Belleuse hatte ihn gefeuert. Aber dann ließ er mich nachkommen. Es waren die zweiten Flitterwochen. Herrliche, unvergeßliche Jahre. Wir hatten zwar nur ein Zimmer ...»

«Mit drei Personen ein Zimmer!» Louise, für die jedes gemietete Haus und jede Wohnung zu klein waren, stöhnt bei dieser Vorstellung auf.

«Nein! Das Kind war ja bei der Tante geblieben. Bei Tante Thérèse. Ich war allein nach Belgien gefahren.»

«Sie haben Ihr Kind, für Jahre, in Paris gelassen?»

Rose bereut ihre Ehrlichkeit und Schwatzsucht.

So wie Madame Claudel fragt, scheint es ungeheuerlich zu sein, das eigene Kind fremden Personen anzuvertrauen. Madame Claudel distanziert sich sogar räumlich von Rose. Sie tritt an die andere Seite des Tisches, um ihre Verachtung auch wirksam zeigen zu können. Rose hat sich den Ruf einer Rabenmutter eingebracht. Alles, was sie bisher getan hatte, ihre Person in diesem Haus aufzuwerten, ist zerstoben. So eine war es nicht wert, geheiratet zu werden, das konnte man von der Stirn Madame Claudels ablesen. «Und der Vater kümmert sich auch nicht um sein Kind?»

«Aber doch ..., er gab ihm Geld ..., als Auguste klein war, da hat er dem Vater manchmal Modell gestanden — für Cupidos ... Auguste ist als Kind aus dem Fenster gefallen. Es war ein unglückseliger Sturz. Erst waren wir froh, daß er nichts gebrochen hatte ..., später merkten wir, daß er im Kopf nicht mehr ganz richtig war ... Da ist etwas zurückgeblieben. Tante Thérèse war sehr fromm. Er war dort in besten Händen. Das können Sie mir glauben ... Die Jahre in Belgien waren die schönsten in meinem Leben. Oft sind wir in den Wald von Soignes hinausgefahren. Rodin nahm immer Malsachen und Pinsel mit. Er malte viel in Öl. Die Windmühlen von Brabant. Natürlich war es mir manchmal langweilig. Ich vertrieb mir die Zeit mit Nichtstun. Er verdiente gut, daß ich nicht mitzuarbeiten brauchte ... Ich war nur für ihn da ... Und er war noch immer sehr verliebt ...»

Madame Claudel schnaubt verächtlich.

«Wir waren sehr ... sehr glücklich in diesen Jahren.»

Vielleicht bohrt in Louise-Athenaise etwas wie Neid auf das unvorstellbare Glück mit einem Mann, das sie nicht kennengelernt hat. Sie kennt nur Pflichterfüllung — auch in Dingen, die die andere mit Verliebtsein umschrieb.

Aber in der Pflichterfüllung liegt ihre Selbstachtung, die ihr nun das Recht verleiht, Rose für egoistisch zu halten, sinnliches Glück zu verachten, dessen diese sich rühmt, statt sich zu schämen.

Heute ist von jenem Verliebtsein beider nichts mehr zu spüren. Wie Monsieur Rodin jetzt mit Rose umgeht, glaubt Louise einen wohltuenden Unterschied zu spüren. Madame Claudel bringt er die größere Achtung entgegen. Bewundernd schaut er über die Felder und Wiesen, die ihr gehören.

Rose kocht am nächsten Tag ein ausgezeichnetes Gericht. Nicht nur Rodin, auch Monsieur Claudel, der selten ein Wort über die Güte des Essens verliert, und Madame kommen nicht umhin, der Köchin Lob zu zollen.

Als man nachmittags das Kaffeetrinken im Garten beendet, versucht Rose den Eindruck zu verwischen, den sie durch die Erwähnung ihres sechsjährigen Belgienaufenthalts bei Madame hinterlassen hat. Monsieur Claudel ist zu einem Freundesbesuch nach Fère aufgebrochen. Camille möchte Monsieur Rodin den Wald von Tournelle zeigen. Zu Louise kam eine Freundin, um sie zu einem Spaziergang abzuholen. Paul sitzt mißmutig am Tisch. Er verzeiht Camille nicht, daß sie den ganzen Tag mit dem Rotbart unterwegs ist und mit ihm Orte aufsucht und ihm Geheimnisse verrät, die ihnen beiden gehören. Ihre Aufforderung mitzukommen ist halbherzig. Als die Frauen jetzt anfangen über Vergangenheit zu reden, verzieht er sich in sein Zimmer und feilt an einem zornigen Gedicht.

Zurückgekehrt nach Paris, war damals die Idylle für Rose vorbei. Das Unglück brach herein. Aber das will sie vor Madame nicht ausbreiten. Das behält sie für sich. Eine schwere Zeit brach an. Das Glück verflüchtigte sich und die Liebe. Jetzt mußte sie sich mit den Pflichten beschäftigen, denen sie sich in Belgien entzogen hatte. Da kann selbst Madame nicht mithalten. Gewiß – diese hat drei Kinder fast allein großgezogen. Aber es waren gesunde Kinder, und man konnte Freude an ihnen haben.

Die Mutter Rodins war gestorben, und der Vater, erblindet und senil, war ein Pflegefall geworden. Rodin nahm den Vater zu sich. Da auch die alte Tante den jungen Auguste nicht mehr betreuen konnte, der mit etwas schwerfälligem Verstand ein nur geringes Leistungsvermögen zeigte, kam auch der Sohn in das elterliche Haus zurück. Eine kleine Wohnung in der Rue Saint-Jacques am linken Seineufer. Zwei Pflegefälle. Hinzu kamen der Ärger und die Verleumdungen, das «Eherne Zeitalter» sei eine Fälschung.

Rodin weigerte sich nach wie vor, dem Sohn seinen Namen zu geben und Rose zu ehelichen. Jetzt weniger denn je, auch wenn er bereits vierzehn Jahre mit ihr zusammenlebte. Die Verleumdungen griffen seine Ehre an und schürten seinen Drang, sich als Bildhauer in der Gesellschaft zu behaupten. Er konnte und wollte sich nicht binden.

Er überließ es Rose, seinen Vater bis zu dessen Tod zu pflegen. Es war kein leichtes Leben mehr für die Frau, die ihre Jugend und ihren Liebreiz verlor. Rodin schuf in diesen Jahren ein neues Porträt von ihr – der Kopf grob geschnitten, mit einem helmähnlichen Gebilde bedeckt. Er legte dem Ministerium der Schönen Künste die Büste vor als Sinnbild des edlen Frankreich der Dritten Republik. Für den offiziellen Geschmack erwies es sich als zu finster und zu streng. Darauf nannte er das Werk «Bellona», Schwester des Mars, römische Göttin, und versuchte es zu verkaufen. Ohne Erfolg. Von dieser Büste erzählte Rose nichts. In diesem Gesicht sind die ersten Zeichen der Demütigungen eingraviert. Das Haus mit dem siechen alten Mann, der gefüttert und trockengelegt werden mußte, der in nichts mehr dem Polizeibeamten ähnelte, dieses Haus floh Rodin. Er suchte Zerstreuung und Ablenkung. Er lernte andere Frauen kennen, begehrte sie, vertrieb sich seine Zeit mit ihnen, betete sie an. Aber das gehört nicht zu dem Erzählenswerten. Das versteckt Rose. Das stört das schöne Bild einer fast zwanzigjährigen Beziehung, das Rodin Rose erlaubt, in Villeneuve vorzustellen. Wie zufällig fällt ihr ein Brief aus der Tasche, den Rodin ihr im Mai dieses Jahres schrieb, als er von Jessies Eltern nach London eingeladen war.

«Meine liebe Rose, mein Herzblatt,

ich habe diese Nacht von Dir geträumt, und wenn ich Dir gleich unter dem Eindruck dieses Traums geschrieben hätte, würde ich Dir viele Dinge voller Zuneigung gesagt haben. Ich denke darüber nach, wie sehr Du mich lieben mußt, um ständig all meine Launen zu ertragen.

Meine liebe Freundin, ich schicke Dir den Ausdruck meiner ganzen Zärtlichkeit

Dein Auguste Rodin»

Rose ist ihm dankbar, daß er sie für wenige Tage auf eine seiner Reisen mitgenommen hat, auch wenn er sich kaum um sie bemüht. Es reicht, wenn er bei Tisch ab und zu das Wort an sie richtet, in seiner gewohnt herablassenden Liebenswürdigkeit: «Die Landluft bekommt dir, Rose, und das Beerenpflücken. Dich hat die Sonne gepackt ..., und du grollst nicht mit mir!»

Sie hat keinen Grund zum Grollen. Soll er getrost den ganzen Tag mit seiner jungen Schülerin in der Gegend herumstreifen. So streng und konventionell die Kinder in diesem Haus erzogen wurden, geht keine Gefahr von diesem Mädchen aus, das seine Tochter hätte sein können. Soll sie über die abendlichen Gespräche grollen, die er mit Monsieur Claudel führt? Die Männer begegnen sich mit Sympathie. Louis-Prosper scheint die Szene im Atelier vergessen zu haben. Mit Genugtuung stellen sie Gemeinsamkeiten in ihren Auffassungen über Kaiser und Republik fest. Louis-Prosper bemerkt allerdings, daß sein Gast kein leidenschaftliches Interesse für Politik hegt. Alle Forderungen, die Louis-Prosper an die republikanische Regierung stellt, allen voran eine neue Schulreform, billigt zwar Rodin, aber Monsieur Claudel merkt, diese Dinge interessieren den anderen nicht vordergründig. Rodins Bekanntschaft mit Staatsmännern ist auf rein persönliche Beziehungen fixiert. Dann sprechen sie über Kunst und Literatur. Rodin gesteht seine Vorliebe für Baudelaire. Monsieur Claudel hebt abwehrend die Hände.

«Verräterin!»

Paul wartet im Dunkeln auf Camille. Verräterin! Dann fällt mit großem Knall seine Tür ins Schloß. Wütend hört er ihr belustigtes Auflachen. Wie in früheren Jahren wartet er, daß Camille an sein Bett kommt. Diese Zeiten sind vorbei. Camille hat nur noch sich selbst und Monsieur Rodin im Kopf. Sie nimmt ihren Bruder überhaupt nicht wahr — nicht seinen Zorn, nicht seine Enttäuschung. Einmal ist Paul beiden nachgegangen. Sie haben es nicht bemerkt, so beschäftigt waren sie miteinander. An der Hand hielten sie sich! Paul lief über vor Verachtung. Wie sollte er sie zeigen? Er hatte Lust, am Mittagstisch herauszuschreien — an den Händen haben sie sich gehalten, den ganzen Vormittag!

Der Vater hätte Camille eingesperrt, und die komische Frau Rose wäre mit Monsieur abgereist. Er will es laut sagen, aber seine Kehle ist zugeschnürt. Er erstickt fast daran.

Camille ließ Monsieur Rodin zu Stein werden. Er durfte sich nicht bewegen, und sie wollte den Vers suchen, der ihn erlöste. Monsieur Rodin bestand auf einem Kuß. Nur ein Kuß von ihr würde ihn erlösen. Dieser alte Faun! Er ist verzaubert geblieben. Camille war auf den höchsten Felsen geklettert, schmal und gratig. Dort wollte sie bleiben, bis er ihren Namen zu nennen wüßte.

«Ich küsse nur den, der meinen Namen weiß.»

Niemand darf Camille küssen! Paul rast vor Eifersucht.

«Aurora!» rief Rodin zu ihr herauf. Camille schüttelte den Kopf.

«Galathee!» Kopfschütteln.

«Mein Gedanke ... bei Tag und Nacht.» Paul hat die leisen Worte kaum verstanden. Camilles Kopfschütteln kam spät.

«Meine Liebe.»

Da schrie das junge Mädchen ihren eigenen Namen über die Ebene.

«Camille Claudel – Bildhauerin!»

Sie lauschte dem Ruf nach, den der Wind über die Ebene trug. Daran kannte Paul Camille wieder. Dieser Ruf verschaffte ihm Linderung.

«Sie haben es nicht gewußt, Monsieur Rodin. Die Wahrheit liegt immer in den einfachen Dingen. Nicht in Allegorien! Sie werden es lernen!»

Camille ist heiter, gelöst, ganz sie selbst in diesen Tagen, in denen Rodin in Villeneuve ist. Manchmal schlägt ihre Daseinsfreude in schäumenden Übermut um. Sie nimmt Rodin ein in ihrer Natürlichkeit und Originalität. Sie wird ausgelassener, freier, kühner in ihren Worten, ihren Vorhaben, ihren Plänen. Sie legt sich keine Fesseln an. Sie probiert aus, wie weit Rodins Toleranz reicht. Er scheint keine Grenzen zu kennen. Je mehr sie sich öffnet, ihm offenbart, um so stärker fühlt er sich angezogen. Sie läßt ihn teilhaben an ihren phantasievollen Spielen, die ihn in Staunen versetzen. Er sagt zu allem ja, was sie treibt, was sie vorschlägt, was sie verlangt. Er erhebt keinen Einspruch und kein Bedenken. Im Gegenteil. Er erwartet geradezu Unverhofftes, Nicht-Geahntes. Noch nie hat Camille das Glück empfunden, sich so ausleben zu können wie an der Seite Rodins, verstanden, toleriert, unterstützt.

In Gegenwart der anderen schauspielert sie ..., wenn sie gemeinsam beim Essen zu Tisch sitzen. Sie hält die Augen gesenkt. Kein vorlautes Wort entschlüpft ihr. Sie scheint beängstigend stumm. Sie bietet sich an, das Geschirr abzuräumen, sie hilft Madame Rose, den Kaffee zu servieren. Abends, wenn sie sich alle im Garten noch einmal einfinden, um in windgeschützter Lage die Sonne über der Ebene untergehen zu sehen, sitzt Camille auf ihrem Stuhl, ein Buch auf den Knien. Nur Paul bemerkt, daß sie nicht liest. Sie vergißt das Umblättern. Spricht man sie an, erschrickt mitunter der Vater vor dem triumphalen Glück in ihren Augen, das sie unter niedergeschlagenem Blick versteckt hält.

Der Weg, der vor ihr liegt, erscheint ihr die Verwirklichung ihrer kühnsten Glücksvorstellungen.

Madame Claudel brennt darauf, ihren Gast dem Bürgermeister vorzustellen. Dieser ist nun eingeladen, dem Künstler Rodin seine Aufwartung zu machen. Man spricht von Denkmälern, von Aufträgen, von den Verhandlungen Rodins mit anderen Bürgermeistern, dem von Calais. Camille weihte Rodin in die geschichtlichen Einzelheiten ihres Dorfes ein. Sie kletterte mit ihm in dem halbverfallenen Schloß herum. Ein schlichter Bau. Paul hat schüchterne Erläuterungen gegeben. Im 17. Jahrhundert war es Lehnssitz. Ein gewisser Herr Pintrel, eine einflußreiche Persönlichkeit seiner Zeit, Schatzmeister des Gebietes, war Lehnsherr — so hatte es der Großvater erzählt. Herr Pintrel entstammte einer aufgeschlossenen Humanistenfamilie. Ein naher Verwandter war der Erzieher von Jean de La Fontaine. Dieser selbst, Wasser- und Fortsmeister, kam gelegentlich nach Villeneuve. Herr Pintrel hatte der Kirche ein Gemälde geschenkt, «Mariä Himmelfahrt». Camille reckte sich, um Monsieur Rodin auf diesem Gemälde das Gesicht von La Fontaine zu zeigen, der dort verewigt war.

Der ehemalige Schloßplatz war jetzt der Platz der Republik. Rodin weist den Bürgermeister darauf hin, daß dieser quadratische Platz mit seinen Lindenbäumen geeignet für ein Denkmal sei. Das war das Stichwort. Camille entwickelt ihre Idee für ein Denkmal in Villeneuve. Entgegen den kaiserlichen Ambitionen ihres Großvaters — eine Erinnerung an die Große Französische Revolution. Der Bürgermeister zeigt sich nicht abgeneigt. Er versucht, mit Rodin darüber ins Gespräch zu kommen. Der winkt ab. Die Ehre, für Villeneuve ein Denkmal zu schaffen, stünde allein Mademoiselle Claudel zu. Er könne dem Bürgermeister versichern, daß in ihr eine hervorragende Bildhauerin Frankreichs heranwachse.

Skepsis auf dem Gesicht des Bürgermeisters.

Selbst Madame Claudel ist peinlich, was Monsieur Rodin über ihre Tochter sagt. Hätte sie geahnt, daß das Gespräch eine solche Wendung nimmt, hätte sie das Zustandekommen dieser Begegnung nicht beschleunigt.

Sie hat den Klatsch im Ohr, Gerede, Entrüstung, Mißbilligung, einem jungen Mädchen, das sich lieber nach einem jungen Mann umschauen sollte, einen solchen Auftrag zu übergeben. In der Anonymität der Großstadt mag Camille ihre Bildhauerei betreiben, in Villeneuve kompromittiert sie die angesehene Familie, die sich traditionsbewußt gibt.

Rodin läßt nicht locker. Er nimmt dem Bürgermeister das Versprechen ab, zu gegebener Zeit Mademoiselle Claudel einen solchen Auftrag zukommen zu lassen ... Das war seine Mission in Villeneuve. Der Bürgermeister ist höflich. Er zeigt sich geneigt. Der Künstler aus Paris ist Rodin. Soll er sich als Bürgermeister lächerlich machen und einer so hübschen jungen Frau einen Auftrag erteilen? Er fühlt sich nicht befugt, die guten Traditionen zu erschüttern, in der die Rolle der Frau verankert ist. Er ist froh, mit einem unverbindlichen Versprechen davonzukommen. Später weigert er sich strikt, einen Denkmalsauftrag zu vergeben, doch erklärt er sich bereit, Mademoiselle Claudel ein kleineres Werk abzukaufen.

Eines frühen Abends gehen Camille und ihr Gast auf dem Nachhauseweg an der Ziegelei des Großvaters vorbei. Sie ist längst stillgelegt. Die Lagerhallen sind vom Wind eingedrückt. Das Dach hängt eingesunken durch. Die Tongrube ist verwaist, von Unkraut bewachsen — Melde und Hirtentäschel. Camilles Spaten mit dem abgebrochenen Griff liegt noch immer hier unten, verrostet.

In der Ziegelei steht eine simple Truhe. Früher wurde hier das Handwerkszeug verschlossen. Camille holt aus diesem Versteck ihre alten Sachen. Der Sweater des Cousins ist zu eng geworden. Trotzdem behält sie ihn über. Victoires Kleiderschürze hängt voller Spinnweben. Camille schüttelt sie aus und bietet sie Monsieur Rodin. Er trägt seinen guten Anzug. Ihre ersten selbstgeschnitzten Schaber und Hölzchen stecken in der Schürzentasche. Rodin betrachtet sie gerührt. Camille springt in die Grube. Rodin knöpft umständlich an der Schürze.

«Kommen Sie, kommen Sie schnell – es ist wieder da ...»

Camille steht mit ausgebreiteten Armen in der Grube. Der Boden ist uneben. Die einst ausgehobenen Löcher haben sich mit trockenem Laub ausgefüllt. Vorsichtig läuft Camille die Grubenwand ab, wobei ihre Hände den Ton berühren. «Es war schon da, als ich die Grube entdeckt hatte und zum erstenmal hineingesprungen bin. Es ist immer noch da. Kommen Sie ..., ich helfe Ihnen ... Spüren Sie es?»

Camille scheint entrückt. Was geht in diesem wundersamen Kind schon wieder vor? Rodin kann nichts Außergewöhnliches entdecken. Er kennt solche Tongruben. Es gibt sie am Rand von Paris. Dort holt er sich Ton, wenn er ihn braucht.

«Hier hat es zum erstenmal mit mir gesprochen ... Ich werde Bildhauerin. Hier habe ich es gefühlt. Nur Ton um mich. Das Wunderbare – es tönt und ruft. Hören Sie es. Der Ton bewahrt es für mich auf. Augen, Lippen, Blicke, Tränen. Der Tod und die Liebe. Leidenschaft und Begehren. Fröhlichkeit und Mut. Wissen Sie, daß auch Jeanne d'Arc aus der Champagne stammt? Wissen Sie, daß sie hier ganz in der Nähe verraten wurde – in Compiègne ... Zwei Tränen, die den Mutigen zustehen, wie den jungen Brüdern von Calais. Zwei Tränen der Jeanne d'Arc hat der Wind hierhergetragen. Fühlen Sie, wie weich der Ton an dieser Stelle ist. Er lebt. Er spricht ... Und das Lied der kleinen Magd, die ihre Garben auf dem Rücken zusammengebunden trägt ..., es klingt. Sie durfte den Freiheitsbaum der Revolution in Villeneuve pflanzen ... Das wäre mein Denkmal. Neben sich die Garben, kniet sie und setzt das Bäumchen ein ...»

Ja, Monsieur Rodin hört. Er muß in den Ton greifen. Dieses Gesicht. Dieses gesammelte, beseelte Gesicht. Dieser Glaube an ihre Berufung, die Stimme der Tonerde umzusetzen als Bildhauerin.

Wird die Zeit Camilles Anspruch annehmen? Der Bürgermeister von Villeneuve hat sich verschlossen. Ganz Villeneuve wird sich hinter Traditionen verschanzen. Die Mutter ist die erste, die den Stein werfen wird. Selbst der Bruder wird sich nach einem bücken. Und Paris?

«Bleiben Sie so, Camille! ... Noch einen Augenblick!»

Camille ist unmutig. Sie spricht von ihren geheimsten Empfindungen, und Monsieur Rodin knetet. Er legt seine Arbeit aus der Hand und tritt zu Camille. Er nimmt ihr Gesicht in seine Hände und bringt es in die Stellung, wo das letzte Licht der Sonne den Grubenrand berührt. Sein Blick ist entrückt und konzentriert. Und seine Hände sind schmutzig. Camille erkennt an seinem Tonentwurf die phrygische Mütze. Sie eine Jakobinerin?

Mit innerer Selbstverständlichkeit ist sie bisher ihren Weg gegangen. In der Ziegelei ihres Großvaters begreift sie an diesem Abend, was Rodin in ihr sieht – eine Ideenträgerin der Großen Französischen Revolution.

Eines erschüttert sie, es beunruhigt sie in höchstem Maße, als sie die kleinen Kügelchen sieht, die Rodin rollt, um sie als Tränen anzusetzen.

Die Tränen der Mutigen, die den Todesgang antreten?

Die Familie Massary kommt nach Villeneuve zu Besuch. Der junge Ferdinand läßt kein Auge von Camille. Auf ihrem Gesicht liegt der Abglanz der Tage mit Rodin. Sie sprüht noch immer vor Heiterkeit und Übermut. In manchen Augenblicken allerdings verliert sie sich in einer schwermütigen Sehnsucht. Ferdinand de Massary findet Camille anziehender denn je.

Doch mit fieberndem Herzen hatte Louise den jungen Mann erwartet. Er begrüßt das junge Mädchen mit vollendeter Höflichkeit – seine Aufmerksamkeit gilt Camille. Er folgt ihr in die Scheune, um sich ihre neuesten Werke zeigen zu lassen. Sein Lachen über Camilles Späße hallt über den Hof, und Louise zeigt vor Enttäuschung und Haß auf die Schwester ein verzerrtes Lächeln bei Tisch. Hat er vergessen, daß er mit Louise zweimal im Theater war?

Louise beklagt sich bei der Mutter. «Mich soll er heiraten, nicht Camille!» Sie erinnert die Mutter, was sie vor wenigen Tagen erlauschte. Es war eine Auseinandersetzung zwischen dem Bruder und Camille. Und Paul warf Camille vor, mit Monsieur Rodin Hand in Hand gegangen zu sein. Louise fühlt sich nun moralisch im Recht. Camille ist verworfen. Man muß es Massary zu verstehen geben.

Die Mutter macht sich auf den Weg. Monsieur Rodin ist fort, man muß hier in Villeneuve Camille nicht unbedingt hofieren. Die andere Tochter ist ihr näher. Madame Claudel weiß ihren Mann im Haus, so kann sie ungeniert und unkontrolliert reden. Sie findet die beiden auf der Bank in der Fliederhecke. Camille spricht von einem Denkmalsauftrag. Die Mutter setzt sich dazu. Die Künstlerin doziert. Ja, ja, die Künstlerin. Sie führt ganz neue Sitten ein. Ein lockerer Lebenswandel wird angedeutet. Für ein bürgerliches Leben tauge diese Tochter nicht. Geschickt setzt Madame Claudel ihre Worte und erheischt Bedauern von dem jungen Mann, sich damit abfinden zu müssen, daß diese Tochter, die eine gute Partie wäre, unter Männern arbeitet. Neulich habe ihr ein junger verwilderter Italiener, ein Verbrechertyp, eine Arbeit nach Hause getragen. Einen schlechten Umgang hat das Mädchen. Zum Glück – Louise ist ganz anders.

Camille protestiert schwach: «Aber Mama, was redest du?» Und Massary? Er zeigt widerwillig sein Bedauern. Dennoch, er ist verunsichert. Die Mutter hat erreicht, was sie wollte.

Jeder übersieht Paul. Auch er war hinter der Fliederhecke. Er ist immer dort, wo Camille ist. Er muß aufpassen und hört die Mutter reden. In Unwahrheit und verleumderischer Absicht. Louise hat gelauscht und gepetzt. Sie sind alle gemein und schlecht. Er wird ein Drama schreiben. Er muß den Ungerechtigkeiten seine Gerechtigkeit entgegensetzen. Er muß ihnen einen Spiegel vorhalten. Seine erste Fassung von dem Mädchen Violaine. Die Geschichte verlegt er ins Mittelalter.

Da gibt es die jüngere Schwester, die den Verlobten der Älteren begehrt und deren Erbteil. Nicht nur in Pauls Dramen, auch in seinen Briefen spielen der Kampf und das Recht auf das Erbteil eine wesentliche Rolle. Paul ist davon nicht ausgenommen.

Paul treibt es in seinem Drama auf die Spitze. In wütendem, egoistischem Haß auf die Ältere wirft Mara, die Jüngere, der Schwester Asche ins Gesicht, so daß sie erblindet. Der Vater ist auf Reisen und hat die Familie sich selbst überlassen. Unschwer ist in Pauls Drama Rodin in Pierre de Craon zu erkennen, der nicht mehr junge Baumeister, der das Mädchen Violaine zum Abschied küßt. Ein Kuß auf die Wange – bar jeder Sinnlichkeit. Für die Schwester Grund genug, Violaines Verlobten für sich zu beanspruchen. Violaine verabschiedet sich mit den Worten von Craon: «Was in Euch ist, duldet keine Teilung, denn Ihr seid von jenen, die keiner sich aneignen darf. Ihr seid für alle da. Ein Arbeiter, von seinem Werk besessen. Denn Ihr seid es, der allen Menschen zu trinken gibt.»

Die jüngere Schwester erreicht, daß die Ältere mit Schimpf aus dem Haus getrieben wird wegen jenes Kusses. Sie muß auf ihr Erbteil verzichten. Die jüngere Schwester heiratet deren Verlobten.

Eifersüchtige Szenen in Villeneuve. Vorwürfe von Mutter und Schwester. Camille wehrt sich gegen Unterstellungen. Kränkendes, beengendes Unverständnis. Sie hat Sehnsucht nach der Gegenwart des Menschen, bei dem sie sich frei fühlt, geachtet, verstanden, geliebt.

So nutzt sie die erste Gelegenheit, nach Paris zurückzufahren. Des Vaters Urlaubstage gehen zu Ende. Sie fährt mit ihm. Vorwand ist ihre Arbeit.

Im Zweifel, ob Rodin bereits in Paris ist, sucht sie das Marmorlager in der Universitätsstraße auf. Tage vor dem von Rodin festgelegten Arbeitsbeginn.

Er ist da. Allein.

Er arbeitet an einem Marmorblock – «der Gedanke». Das Gesicht von Camille. Unsäglich zart und nachdenklich taucht ihr Kopf aus dem roh behauenen quadratischen Steinblock auf. Er hebt ihr Gesicht über das Alltägliche hinaus. Seine Sehnsucht läßt ihn selbst die Terrakotta in Marmor übertragen. Es wirkt wie nach einem ägyptischen Vorbild geschaffen. Huldigt Rodin der schwermütigen Schönheit dieses klugen sensiblen Gesichtes, das wie Botticellis Venus emporsteigt aus dem Gestein? Ist es eine Ehrerbietung, ein Dank, ein Bekenntnis, von diesem Kopf Gedanken und Inspiration empfangen zu haben?

Camille ist an der Tür stehengeblieben. Unbemerkt. Sie schaut ihm zu. Alle Drangsal ist vergessen, alle Kleinlichkeit, alle Enge. Groß und weit wird ihr in seiner Gegenwart. Sie ist zu ihm gekommen. Sie sieht, wie Rodin ihr Profil im Marmor liebkost.

Sie ruft ihn an.

«Monsieur Rodin!»

Camille steht in der Tür. Rodin erhebt sich langsam. Sein Blick sucht den ihren. Er will sicher sein. Er will jetzt keinen Fehler begehen. Er begehrt nicht ausschließlich ihren Körper. Er sehnt sich nach ihrer Seele.

Dann stürzen sie aufeinander zu, umklammern sich. Nie wieder trennen. Nie wieder voneinander lassen. Sie gehören zusammen.

Sie lieben sich. Leidenschaftlich, begehrend, zärtlich, innig.

«Meine Frau.»

Es ist das Höchste, es ist das umfassendste aller Worte, das Rodin für sie weiß. Es steht nur ihr zu. Das Wunder einer Ergänzung. Sie ist ihm ebenbürtig.

Endlich, endlich ist er ihr so nah. Ein Glücksgefühl, das

einer Erschütterung gleicht. Nie ist ihm ähnliches mit einer anderen Frau passiert.

«Meine Frau.»

Wie erträgt man Glück? Camille fühlt sich diesem starken Gefühl hilflos ausgeliefert. So hoch herausgeschleudert aus dem Alltag, läßt sich das Glück nur in der Angst ertragen, vor der Unfähigkeit und der Unmöglichkeit, dem Augenblick Dauer zu verleihen.

Es zieht Camille in die Kirche von Notre-Dame. Sie muß etwas tun, für sich, für ihre Liebe, für das unermeßliche Glück. Das Bedürfnis zu danken. Wem? Einem. Einer muß ihre Dankbarkeit entgegennehmen. Einer muß ihre Bitte erhören. Einer muß Anteil haben.

Sie weiß nicht, daß sich Glück so schwer ertragen läßt. Sie muß etwas tun, daß es erträglicher wird. Sie muß es von sich geben. Es gibt nur eines. Den Ton.

Ihr Gesicht – Spiegel dieser Innigkeit. Hingegeben dem Gebet. Die Augen geschlossen. Der Mund leicht geöffnet, weil die Kraft nicht reicht, die Lippen zu schließen, weil die Kraft abgezogen wird von der dringlichen Bitte. Eine Kapuze hat sie über ihren Kopf geschlagen, die an Wind und Regen, an die Unbilden und die Unfreundlichkeit der Welt erinnert. Ein äußeres Zeichen, Schutz gesucht zu haben und gefunden. Nun «das Gebet». Ein Meisterwerk.

Camille ist von Jessie nach England eingeladen. Von Fürsorge getragen, bittet Rodin in Briefen, darauf zu achten, «daß die kleine Pariserin sich nicht erkältet – es sei so kalt in London». Bei Jessies Eltern bedankt er sich für die freundliche Aufnahme, die sie Camille bereiten – «die so einfach und doch so voller Talent sei».

Voller Stolz gratuliert er den beiden Mädchen zu dem Erfolg ihrer Büsten in Nottingham.

Bitten an Jessie, Camille zu bewegen, ihm Informationen zukommen zu lassen, welche ihrer Arbeiten er verkaufen könne. Immer wieder die Bitte, ihm von den Spaziergängen mit Camille zu berichten, Einzelheiten zu schreiben. «Wenn es Ihre Zeit und Ihr kleiner Lehrer erlaubt, so schreiben Sie mir – ausführlich!»

Er beklagt sich über seinen leeren Briefkasten, bittet um Fotografien.

Er bedrängt Jessie, als er aus ihrem Brief erfährt, daß sie Villeneuve besuchen will, ihn unbedingt zu benachrichtigen, daß er ihnen zuvor – auf ihrer Reise nach Villeneuve – die schönsten Städte des nördlichen Frankreichs zeige. «Ja, versuchen Sie es zu erreichen, ich würde glücklich sein, Ihnen als Lehrer von Nutzen sein zu können und unserem lieben großen Künstler.»

Als auch Paul zu Camille reist und sie gemeinsam auf der Insel Wight weilen, schreibt Rodin an Jessie: «Versuchen Sie es zu arrangieren, daß ich für ein paar Tage kommen kann.»

Klagen seinerseits, daß Frankreich für ihn häßlich sei. «Dieses schöne Land sagt mir im Moment gar nichts. Der Rest meiner Kraft hat sich in einen Winkel verflüchtet, flackert auf – aber habe ich überhaupt noch Kraft? Nichts als Nebel. Obwohl ich in Paris großen und eklatanten Erfolg habe – verzweifle ich dennoch. Ich weiß nicht, was tun. Ich bin zu erschöpft zum Arbeiten. Ich verliere zuviel Zeit.»

Erste bittere Erfahrungen – Camille fehlt ihm. Keine Inspiration. Arbeitsunlust.

Paul hat sein Abitur bestanden. Das letzte gemeinsame Erlebnis der Geschwister – die Insel Wight. Sie kosten diese Tage aus. Camille zeichnet und den Bruder ermuntert sie zu schreiben. Seine erste Reportage. Er veröffentlicht sie später unter dem Pseudonym Pierre Servan.

Nein, Paul protestiert energisch, daß Monsieur Rodin ebenfalls hier ein paar Tage verbringen will. Er hat nicht Lust, wieder das fünfte Rad am Wagen zu sein.

Es ist schön wie nie mit Camille. Nach bestandenem Abitur fühlt er sich seltsam erwachsen und befreit. Die Eltern sind weit fort. Von keiner Seite Druck. Camille ist von ungewöhnlicher Sanftmut. Manchmal sucht er sie. Sie ist am Meer, sammelt Vogelfedern und gibt sich unermüdlichen Versuchen hin, daß der Wind sie über das Wasser trägt. Sie belächelt Pauls Proteste. Sie schreibt an Monsieur Rodin einen Brief, den Paul zur Post bringen soll. Außer Sichtweite zerreißt ihn Paul in winzig kleine Fetzen. Es ist seine Reise. Es ist seine Schwester. Monsieur Rodin soll bei seiner häßlichen Frau Rose bleiben.

In Paris zog die Familie inzwischen um. Boulevard Port Royal, No. 31, 6. Etage. Ohne Fahrstuhl.

Louise-Athenaise ist zufrieden. Die Wohnung ist größer. Eines der gepflegten Häuser. Ein mit Teppich ausgelegtes Treppenhaus. Jugendstilfiguren im Eingang. Rhododendron und Forsythie blühen im Hof. Efeu rankt sich, wo die Müllkübel stehen. Eine Kastanie streckt sich zur Sonne.

32.

Zurückgekehrt aus England, fällt Paul eines Junimorgens jenes kleine Heft der «Vogue» in die Hand, das den ersten Abdruck von Arthur Rimbauds «Illuminations» enthält. Für den knapp achtzehnjährigen Paul kommen sie einer wahren Erleuchtung gleich.

Zum erstenmal trifft er auf eine Geistesart, die der seinen auf unerhörte, ungeahnte Weise nahekommt, die gleiches Leid, gleichen Ekel, gleichen Haß umzusetzen vermag in gewaltige Wortschöpfungen: anrührend, poetisch, verletzend, verheißend.

In einem fieberhaften Rausch von Begeisterung und gefundener Seelenverwandtschaft beginnt Paul zu sammeln — ein Kinderbild Rimbauds — wo mag er es aufgetrieben und ausgeschnitten haben, das bekannte Jugendbildnis Rimbauds, das Titelblatt der «Vogue». Alles eingerahmt. Es hängt in seinem Zimmer an der Wand. Ein Kult.

Paul erfühlt es, mit Rimbaud, der fünfzehnjährig zu schreiben begann und sich neunzehnjährig von jeglicher literarischen Tätigkeit zurückzog, beginnt ein neues poetisches Zeitalter.

Da begehrt einer auf gegen das bürgerliche Europa.

Den Aufruhr der inneren Gesichte spürt auch Paul in sich. Er empfindet Rimbaud als einen Gefesselten, der mit der Enge der Welt ringt. «Fügsam den Liebkosungen des Windes, dem Gesang der Fernen, dem Angstruf aufgespürter Tiere und den Wundern des Sternenhimmels ..., war ihm der Atem des 20. Jahrhunderts eingegeben, und seine Nerven mußten sich durch den Schutt einer abgewirtschafteten Zeit wühlen.»

Paul behält dieses als Offenbarung empfundene Werk Rimbauds zunächst für sich – als Heiligtum gehütet. Er dringt in dieses Werk ein, eignet es sich mehr und mehr an.

Dann wächst sein Bedürfnis, sich mitzuteilen. Einem Menschen wenigstens. Camille, die einzige, die ihm vertraut genug ist. Die einzige in der Familie, die ihn zum Schreiben ermutigt, die seine Verse nicht verlacht. Einmal wagt er, sie dem Vater zu zeigen. Ratlos, in nüchterner Sachlichkeit, hat dieser sie zurückgegeben und dem Sohn geraten, sich mit ernsthaften Dingen zu beschäftigen. Camille versteht seine Rebellion. Alle Empfindungen und Träume läßt er in Verse fließen und schafft sich so eine Welt, in der er sich befreit. Camille, die Gleichgesinnte. Die Kühne.

Doch sie gibt sich unerreichbar. Sie ist zwar anwesend. Paul sieht sie jeden Tag. Sie scheint bereits gegangen aus dieser Familie, mit der sie nur das Unverständnis füreinander teilt. Camille ist ausgefüllt von einem anderen – so absolut, daß sie nicht das Bedürfnis des Bruders merkt, sich ihr anzuvertrauen, daß sie seine Versuche, sich ihr zu nähern, übersieht.

Sie überläßt ihn der Angst. «Könnte es sein, die Angst erzwingt, daß ich mein Scheitern mir ständig verzeihe? –

daß ein leichter Tod die Jahre des Elends begleicht? – daß ein Tag des Erfolgs die Schmach schicksalhaften Versagens auslöscht in uns? ...»

In Camille ist nicht das Gefühl des Scheiterns. Im Gegenteil. Sie schafft gemeinsam mit Rodin ein Monument der Kraft, der Selbstüberwindung.

Paul preßt seine Angst in Verse. Er will nicht gefügig gemacht werden. Er will sich nicht anpassen und will sich auch nicht begnügen mit diesen Worten auf Papier, die nichts anderes sind als ein Schrei. Doch er wird erstickt von dem Schweigen um ihn. Wenigstens schreien will er. Wenigstens Camille soll diesen Schrei hören.

33.

Wer einen Blick dafür hat, sieht, die junge Frau liebt und wird wiedergeliebt. Camille ist reifer geworden. Ihre Ausstrahlung hat zugenommen. Für dieses Jahr verzichtet Rodin aufs Reisen. Arbeit bedrängt ihn. Gesellschaftliche Verpflichtungen. Vor allem will er es nicht sein, der eine Trennung von Camille herbeiführt. Im nächsten Jahr – so planen sie – werden sie eine gemeinsame Reise machen. Sie fahren an einen Ort, wo niemand sie kennt, wo sie sich beide den ganzen Tag und die ganze Nacht gehören und wieder eine Nacht und so fort, bis die Tage sich zu Wochen reihen, zu Monaten.

Einladungen häufen sich. Man wünscht Rodin auf Gesellschaften zu sehen, auf Vereinstagen, Empfängen, Soireen. Er ist ins Gespräch gekommen. Umfassend ist das Interesse der Kritiker und der Künstlerwelt.

Rodin kommt den Einladungen nach. Es ist der lang ersehnte Ruhm. Jetzt befindet er sich auf dem Weg, in der Gesellschaft anzukommen. Er will bereit sein, die Ehre entgegenzunehmen. Er will sie auskosten. Es dürstet ihn nach Bestätigung. Die demütigende Nichtachtung von einst brennt noch immer. Die Bestätigung kommt. Nicht aus den konservativen Salons, sondern aus den Kreisen der Gesellschaft, die sich aufgeschlossen zeigen.

Rodin erscheint – er erscheint nicht allein. An seiner Seite, strahlend jung und schön, Camille, mit der inneren Selbstverständlichkeit, seine Frau und Mitarbeiterin zu sein. In den Augen der Gesellschaft – seine Schülerin und Geliebte. Wo sie auftauchen, wird ihnen nachgeschaut. Es schmeichelt Rodins Gefallsucht. Niemals hätte er es gewagt, Rose mitzunehmen. Sie paßt nicht in diese gehobene Gesellschaft, die sich bereit zeigt, den Künstler Rodin aufzunehmen, der aus der «Mouffe» stammte. Was Camille sich an Extravaganz leistet, an Freiheiten herausnimmt, verzeiht man.

«Diesen Abend bei den Daudets, die kleine Claudel, die Schülerin von Rodin, in einem mit großen japanischen Blumen bestickten Canezou, mit ihrem kindlichen Gesicht, ihren schönen Augen, ihren originellen Reden und ihrer etwas ländlich schweren Sprechweise ...» Eine Eintragung Edmond de Goncourts in sein Tagebuch.

Von der Gesellschaft akzeptiert, empfinden Camille und Rodin sich als untrennbar.

Eines Abends – ein erfolgreiches Bankett, Rodin hat zwei lukrative Aufträge übernommen, beide waren den ganzen Abend getrennt – lassen sie alle Vorsicht fahren und alle Rücksicht auf Camilles Familie. Bei der Größe ihres Gefühls kommt Heimlichkeit einer Beleidigung gleich. Sie fahren ins Marmorlager.

Der erste Sonnabend, an dem Camille nicht in die elterliche Wohnung zurückkehrt.

Am Morgen sieht alles ganz anders aus. Ein heißer Schreck durchfährt Camille. Was hat sie getan? Wie steht sie jetzt vor den Eltern da? Sie muß ihr Geheimnis preisgeben. Sie muß sich zu ihrer Liebe bekennen. «Ich habe Angst.»

«Soll ich mitkommen?»

Camille schüttelt den Kopf, dann schaut sie Rodin an

und fragt unsicher: «Willst du um meine Hand anhalten?»

Eine Minute voller Hoffnung und Bangen verstreicht.

«Das gilt nicht für uns. Wir sind Künstler», antwortet Rodin nachdenklich.

«Ich bin deine Frau.»

«Ja – aber in einem viel höheren Maße, daß diese bürgerliche Sanktionierung von Wirtschaftsgemeinschaften, die sich Ehen nennen, für uns nicht in Frage kommt. Für uns nicht! Was uns verbindet, läßt sich damit nicht vergleichen.»

Das werden die Eltern nie verstehen.

Camille erscheint gegen elf in der elterlichen Wohnung. Rodin hat sie bis vor das Haus gebracht. Im Hausflur schließt er sie in seine Arme.

«Soll ich warten?»

Kopfschütteln.

Hélène öffnet. Sie zeigt sich erleichtert, daß Camille gesund und wohlbehalten vor ihr steht. Jede Tür der Wohnung wird aufgerissen.

Wo hat sie diese Nacht verbracht? Mit wem?

Monsieur Rodin?!

Welten stürzen ein. Jeder andere – aber nicht Monsieur Rodin. Das kommt Verrat gleich. Monsieur Rodin ist ein Freund des Hauses. Die Eltern fühlen sich betrogen, beraubt.

Der Vater sieht übernächtigt aus. Aschgrau sein Gesicht. Unter den Augen Ringe. Um dieser Sorge in den Augen, um seiner Müdigkeit willen möchte Camille den Vater um Verzeihung bitten. Nichts in ihr wollte ihn kränken, ihn verletzen oder ihm Leid zufügen. Wie er in ihrer frühesten Kindheit ihre Absicht und ihr Tun respektiert hat, so wünscht Camille, möge er sie auch jetzt als freien Menschen behandeln, der verantwortungsbewußt seine Entscheidung für sich allein zu fällen vermag.

Doch der alte Mann ist vereist in seinem Zorn, hinter dem er seine Enttäuschung verbirgt. Mit ihrem Meister.

Einem, der keine Moral kennt ..., der sie benutzt ..., der sie ausnutzt ..., der sich ihrer bedient. Das knappste stößt der Vater hervor: «Geh mir aus den Augen!»

Sie sollte über Wasser laufen, ohne die Füße zu benetzen, und über ein Kornfeld, ohne daß die Ähren sich biegen. Sie hat das Idol verletzt, das er in ihr gesehen hat. So stolz sie war, so unberührbar sollte sie sein. Künstlerin nur, erfüllt von heiliger Mission zu diesem Beruf. Darin wollte der Vater sie unterstützen — der Familie zum Trotz, gesellschaftliche Schranken brechend. Nun hat sie diese Ehre verloren. War eine der Niedrigsten geworden.

«Pack deine Sachen und geh!»

Mehr sagt er nicht, der getroffene, alte Mann. Er zieht sich in sein Zimmer zurück, einsam geworden.

Er weiß, diese Worte werden ihn reuen. Sie reuen schon, kaum ausgesprochen. Claudelscher Egoismus. Erlöschende Hoffnung, daß sie bereut, daß sie unter den väterlichen Schutz zurückkehre. Er hat sie verloren. Der andere gewonnen. Camille geht.

Unfähig ist Louis-Prosper, sich dieses Kind aus dem Herzen zu reißen.

Er braucht Zeit.

Seine Liebe wird größer sein als der Egoismus. Die Enttäuschung ist maßlos. Beklemmend die Ahnung, der Weg, den Camille jetzt einschlägt, wird sie nicht ans Ziel führen.

Wortreich fällt die Mutter über sie her. Eines Tages mußte es mit ihr so enden. Eine, die sich aushalten läßt. Wer das Maß der Dinge nur in sich selbst sähe, müsse in der Gosse landen. Für wen Gesetze und gesellschaftliche Normen nicht gelten, der muß auch hier das Maß überschreiten. Unzucht. Ehrlos. Kein Mann, der auf sich hält, wird nun um ihre Hand anhalten. Aber noch immer der hochmütige Blick. Hochmut kommt vor dem Fall! Das geschähe auch dem Vater recht! Endlich werden ihm die Augen geöffnet. Endlich muß er begreifen, wen er aufgezogen hat, eine Ruchlose, die sich von einem alten Bock aushalten läßt. Fort! Daß sie den Geschwistern nicht schändliches Vorbild sei.

Camille geht wortlos in ihr Zimmer und sucht heraus, was sie für die nächsten Tage unbedingt braucht.

Kein Wort der Erwiderung oder der Rechtfertigung. Die Entschlossenheit, mit der sie packt, ist bar jeder Reue. Ein Schritt, der längst getan werden mußte. Sie tut ihn mit Selbstverständlichkeit. Sie geht von allein.

«Sie packt! Sie geht!» schreit Louise-Athenaise, so daß der Vater es hören muß. Es klingt wie ein Hilferuf, die Konsequenz erst jetzt begreifend.

«Ach, Mama!» sagt Camille und umarmt die Sprachlose. Dann geht sie zu ihrem Vater aufs Zimmer.

«Ich hatte mich schon umgesehen. Auf dem Boulevard d'Italie kann ich ein Zimmer haben mit einem Raum, den ich als Atelier nutzen könnte. Ich hatte keine Gelegenheit, dir davon zu erzählen. Papa – ich danke dir für alles. Du warst so ... großartig ... Ich möchte, daß du mich verstehst!»

«Bildhauerin solltest du werden! Nicht die Geliebte eines Bildhauers! Geh!»

In diesem Moment erhält jene Selbstverständlichkeit, die elterliche Wohnung endgültig und für immer zu verlassen, einen Anflug von Bitterkeit. Jetzt geht etwas unwiederbringlich verloren. Ein Abschied, der an Schmerz grenzt. Sie gibt den Hort väterlicher Geborgenheit für immer auf. Eine dumpfe Ahnung, die Ungutes verheißt. Sekunden nur.

«Paul, trägst du mir die Tasche?»

«Paul bleibt hier!» Die Mutter greift nach Pauls Arm, um ihn zu hindern, Camilles Aufforderung nachzukommen. Paul reißt sich los und stürzt in sein Zimmer. Man hört, wie er die Tür von innen verriegelt.

Auch Paul verzeiht Camille nicht.

Camille wird in diesem Jahr ihren zweiundzwanzigsten Geburtstag begehen.

Sie ist bereit, ihr Leben in eigener Verantwortung zu

führen, und überzeugt, die größere Freiheit zu gewinnen, einen größeren Schutz, in dem sie mehr Achtung und Toleranz ihrer Persönlichkeit erfährt und geliebt wird.

Zweimal streifte sie eine dunkle Ahnung. Rodin wird nicht um ihre Hand anhalten. Seine Weigerung war stolz und kühn und gegen kleinbürgerliches Denken gerichtet. Ist sie kleinbürgerlich? Sie will's nicht sein. Die Familie sagt sich von ihr los.

Camille ist Rodins Gefährtin – im umfassendsten Sinne. Sie ist glücklich. Sie spürt den Akt der Selbstverwirklichung, wenn sie in Stein arbeitet, dennoch ... Dennoch ist es nicht so, daß sie den Bruch mit der Familie leichthin verkraftet. So einfach wirft man sein bisheriges Leben nicht weg. Es schmerzt das Ausgestoßensein, denn sie hat ein anderes Verhältnis zur Familie als diese zu ihr. Zu oft hat Camille es vermocht, ihren Willen durchzusetzen – sie hegt keinen so tiefen Groll gegen die anderen. Sie war die einzige in ihrer Familie, die über eigene Fehler lachen konnte und lachen im gutmütigen Spott über die Fehler der anderen. Doch diese, befangen in humorlosem Ernst und selbstgerechter Überheblichkeit, konnten sich nur in Zorn und Verärgerung abreagieren. Was blieb ist Groll auf Camille. Unverständnis und Neid auf ihr Glücklichsein.

Einziges Zugeständnis des Vaters – am Sonntagvormittag darf die alte Hélène jeweils für eine Stunde zu Camille kommen. Ihr das Mittagessen bringen: Länger darf sie nicht bleiben.

Wie hoch ist die Miete? Der Vater gibt ihr das Geld für einige Monate im voraus. Er stellt sich an die Wohnungstür, als er ihr das Geld überreicht. Er öffnet die Tür mit den Worten: «Diese Wohnung betrittst du nicht wieder!» Camille hört, wie er von innen den Riegel vorschiebt. Für eine Sekunde das Bedürfnis zu schreien.

Sie stürzt mit ihrer Tasche die Treppen hinunter. «Auguste!» Er ist da. Alles wird gut.

Boulevard d'Italie – es ist eine arme Gegend. Bis hierher war Baron Haussmann nicht gekommen mit seiner städtebaulichen Erneuerung. Alte Häuser. Niedrig und schmal. Anspruchslos.

Und ihre Wohnung erst! Da liegt kein Teppich. Die Gardinen sind mehrmals gestopft. Im Grunde sind sie zerschlissen. Rodin zählt auf, was er morgen für sie kaufen wird. Einen Spiegel. Einen Teppich, zwei Sessel und einen Tisch. Einen kleinen, runden. Dieser große, der fast das Zimmer ausfüllt, soll ihr Arbeitstisch werden. Er kommt in den Nebenraum ...

Das erste. was Rodin bringt, ist tatsächlich ein Spiegel, ein sehr großer, den Camille auf einen Hocker stellt und an die Wand lehnt. Am ersten Abend, den Camille allein in ihrer Wohnung verlebt, zieht sie sich langsam vor dem Spiegel aus. Noch nie hatte sie Zeit, noch nie hatte sie Muße, sich selbst zu betrachten. Sie schaut wohlgefällig an sich herunter. Ihr Körper wird geliebt. Sie streicht über ihre Brüste, die fest und schön sind. Sie umschließt sie mit ihren Händen. Langsam dreht sie ihren Körper, ohne die Füße zu verstellen. Sie ist ihr eigenes Modell und möchte ihn festhalten in Ton. Sie modelliert ihren jungen biegsamen Körper, der mit schwungvoller Entschlossenheit fortgeht, den es mit fast stürmischer Sinnlichkeit zu einem anderen drängt.

Camille ist am nächsten Morgen erschrocken. Diese lebensvolle, drängende Frauenfigur, mit dem ungeheuren Schwung in Körper und Schritt, spricht für sich selbst. Sie sagt alles. Sie kann auf Arme verzichten. Diese Figur muß nicht, braucht nicht, darf nicht ihr Gesicht tragen. 1886 – ihr zweiter Torso – oberhalb der Brust, unterhalb des Schrittes. Rodin steht lange davor. Bewundernd. Ihr rechtes Bein, das immer etwas nachhinkt, es wird vom Körper mitgerissen in dieser wunderbaren Drehung.

«Aber das kannst du nicht ausstellen!» sagt er verunsichert.

«Ich habe bei dir auch einen Torso gesehen!»

«Das ist der Johannes, der beim Transport von England zu Bruch gegangen war. Kein Kopf, keine Arme mehr!»

«Aber sein Schritt ist ihm geblieben! Man weiß alles – wie von dieser!»

Nun verfügt sie über absolute Freiheit und ist an manchen Abenden nicht glücklich. Immer hat sie kämpfen müssen, einmal allein sein zu dürfen. Paul hatte die Kammer erhalten. Immer mußte sie ihr Zimmer mit Louise teilen. Und die Küche durfte sie nicht abschließen, wenn sie dort arbeitete. Ständig kam jemand herein.

Die Totenstille in der neuen Wohnung ist belastend. Die anderen – sie fehlen ihr. Es sind die Reibflächen, die fehlen. Aber so ist kein Leben. Paul fehlt ihr.

Camille ist nicht nachtragend. Sie will keine Verhärtung und keine Zuspitzung im Familienklima, jetzt, wo sie ihre Unabhängigkeit besitzt. Eines Abends steht sie vor der Tür. Hélène öffnet. Mit unglücklichem Gesicht bittet sie Camille zu gehen. Sie hat die Anweisung, sie nicht in die Wohnung zu lassen. Von den Claudelschen Kindern ist Camille ihr das liebste. Die Mutter erscheint im Flur. Auf ihren empörten Ausruf auch Louise und Paul. Louise-Athenaise stürzt zur Tür.

«Du betrittst diese Räume nicht mehr!»

Hélène wird beiseite geschoben. Die Tür fällt ins Schloß. Paul war unbeteiligt, mit zerquältem Überdruß im Gesicht, im Türrahmen erschienen.

Als Camille bei hereinbrechender Dunkelheit in die ärmliche Gegend des Boulevard d'Italie zurückkehrt, wo sich die Häuser in ihrer Erbärmlichkeit zu ducken scheinen, ist sie traurig.

Sie zeichnet. Immer wieder Skizzen eines jungen Mädchens, mit der Geste einer Bitte. Ein Anruf. Immer heftiger, immer dringlicher wird die Geste. Schließlich öffnet sich der Mund zu einem Schrei.

Hastig beginnt Camille noch in der Nacht zu modellieren. Zum erstenmal findet sich persönliches Leid in Tonerde.

Das junge Mädchen mit dem Schrei nach elterlicher Zuwendung wird ihr erster Beitrag zu Rodins Höllentor. Sie arbeitet es in das große Relief mit ein. Rodin ist voll Anerkennung. Es entspricht seinen Intentionen vom Höllentor. Ein neues Motiv, außerhalb eigener Erfahrung. Ein Thema, wie es sich hundertfach im Leben abspielen mag.

Camille wird bewußt, daß sie den Bruder vermißt. Schuldgefühle, ihn vernachlässigt zu haben. Reue.

Sie will Paul nicht verlieren. Ihn darf man ihr nicht nehmen. Sie will ihn zurückholen.

Doch der Zwiespalt in Paul hat sich vertieft. Er kann sich nicht mehr vorbehaltlos zu seiner Schwester Camille bekennen. Als er seine innere große Abrechnung begann mit allen und allem, was ihn auf dieser Welt gekränkt, verletzt, vernachlässigt hat, war Camille daruntergefallen. Schwelender Haß, den er schürt. Eines Tages wird Feuer daraus schlagen. Die Vorbehalte sind nicht durch den Vater oder die Mutter in ihn hineingetragen. Sie haben auch nicht unbedingt mit Camilles Verhältnis zu Rodin zu tun. Ihre Vernachlässigung — ja. Die Wurzeln der Vorbehalte liegen in seinem verborgen gehaltenen Hang zum katholischen Glauben. Und hier war Camilles ahnungslose Spottlust groß.

Proteste gegen ihre Ansichten hat Paul gewagt. Niemand in der Familie unterstützte ihn. Mutter und Vater sind antiklerikal, und Louise, die Schwester — sie war nicht nur antiklerikal. Paul empfand sie antichristlich. Um nicht verletzt zu werden, begann Paul zu schweigen. Im Schweigen Vorwurf.

«Es war meine Schwester Camille, die uns vollständig von der Religion getrennt hat. ‹Das Leben Jesu› war ihr in die Hände gefallen. Camille gab den Impuls, und es gab keine Diskussionen. Alle Welt folgte ihr, meine Mutter mit eingeschlossen!»

Später schreibt Paul in seinen Briefen an Rivière: «Das Hohngelächter, das von Voltaire bis Anatole France geht, ist mir immer als ein Zeichen der Verdammten erschienen. Sobald ein Mensch von Haß gegen Gott besessen ist, kann er nicht umhin zu lachen ...»

Das ist das große, Paul bewegende Thema, über das er mit Camille nicht zu sprechen wagt, das er in ihrer Gegenwart verdrängt. Alles, was ihn umgibt, in der Schule, in der Familie, in der Universität, empfindet er als chaotisch und heillos. Er ist auf der Suche nach Harmonie und Vollkommenheit. Immer stärker wird eine Ahnung in ihm, daß der Ausweg im katholischen Glauben liegen könnte.

Ahnungen, die durch die geltenden Grundsätze im Elternhaus in Frage gestellt werden, aber nicht gelöscht.

Das immer wiederkehrende Recht der Jugend, das von den Eltern Übernommene in Frage zu stellen. Anders werden wollen, anders denken, anders handeln.

Das Weihnachtsfest 1886. In der Vorweihnachtszeit eine bedrückende Atmosphäre. Der Vater spricht kaum mit einem aus der Familie und wenn, dann in verletzendem Ton. Er leidet unter der eigenen Konsequenz. Die Enttäuschung, die Camille ihm bereitet hat, sie hat ihn in seinem Innersten getroffen. Den anderen wird bewußt, daß Camille durch ihre Einfälle, ihre erwartungsvolle Vorfreude, mit der sie die Familie anzustecken vermochte, die fröhliche Stimmung des Weihnachtsfestes angehoben hatte. Einen Tag vor Weihnachten erhält Hélène von Louis-Prosper den Auftrag, Camille zum Weihnachtsfest einzuladen. Es ist kein Fest der Harmonie und des Verzeihens. Pflicht familiärer Verantwortung. Verborgen gehaltene Spannung.

Paul verläßt am Abend die Wohnung, in der einer den anderen nicht zu erfreuen vermag. Das Läuten der Kirchenglocken ruft ihn. Dunkle Nacht. Geheimnisvoll rauscht der Fluß. Die Kirche Notre-Dame.

An diesem Abend vollzieht sich seine Bekehrung zum katholischen Glauben.

Er kniet vor der Statue der Heiligen Jungfrau.

«In einem Augenblick war mein Herz berührt – und ich glaubte. Ich glaubte mit einer solchen Kraft des Angezogenwerdens, mit einer solchen Aufwallung meines ganzen

Wesens, mit einer so mächtigen Überzeugung, mit einer solchen Sicherheit, die keinem Zweifel irgendwelcher Art Raum ließ, daß seitdem alle Bücher, alle Überlegungen, alle Zufälle eines bewegten Lebens meinen Glauben nicht haben erschüttern, ja nicht einmal berühren können.»

Jetzt hat Paul seine Zuflucht gefunden. In der Moral des Katholizismus.

Zu Hause wagt Paul nicht, von seiner Bekehrung zu sprechen. Er hütet sie als sein Geheimnis, so wie Camille ihre Liebe zu Rodin als Geheimnis hütete. Beide in der Überzeugung, kein Verständnis zu finden. Ein Zufall öffnet Camille die Augen über den Seelenzustand ihres jungen Bruders.

Unvermutet erblickt sie die knabenhafte Gestalt des Achtzehnjährigen auf der Rue Saint-Michel. Versuche, ihn einzuholen. Verwunderung, mit welcher Konsequenz er der Kirche zustrebt. Sie findet ihn versunken im Gebet und Rausch, kniend vor der heiligen Maria. Entrückt. Nicht ansprechbar. Draußen auf der Bank wartet Camille. Lange. Dämmerung zieht auf. In das weiße Licht der Seine fallen dunkle Nebel. Erschrocken blickt Paul auf die wartende Camille, die in den Bäumen das zänkische Spiel zweier Elstern verfolgt. Ungesehen will Paul flüchten. Unfähig und nicht bereit, sich zur Rechenschaft ziehen zu lassen. Camille bemerkt seine Angst, läßt ihn gewähren und gibt den Versuch auf, ihn einzuholen. Paul wird nie in seinem Leben darüber nachdenken, daß in dem Zwang, dem Gesetz der Eigenheit zu gehorchen, auch das andere Gesetz mit eingeschlossen ist, das Anderssein zu achten.

34.

Camille besucht nach wie vor das Marmorlager in der Universitätsstraße. Sie arbeitet für Rodin. Sie ist seine Mitarbeiterin. Später, als Camille bereits selbständig ist und ein eigenes Atelier unterhält, stellt Rodin Camille als seine Schülerin vor. Sie ist auf Protektion angewiesen. Der Status «Schülerin von Rodin» soll aufwerten. Da bezeichnet sie sich selbst so.

Camille ist die erste, die Rodin als «Schülerin» bei sich tätig sein läßt. Später nennen sich Schnegg, Pompon und Bourdelle «Schüler» Rodins. Sie arbeiten als Gehilfen in seinen Werkstätten, nachdem sie die Gewerbeschule absolvierten oder bei einem anderen Bildhauer lernten. Rodin fühlte sich nie als Lehrer. Er gab dem anderen die Möglichkeit, mit ihm und um ihn arbeiten zu können, um nach eigenem Ermessen von seiner künstlerischen Tätigkeit zu profitieren.

Camille hat wieder eine Büste von Paul begonnen. Die Zeichnungen von ihrem Englandaufenthalt veröffentlicht sie in der Kunstzeitschrift «L'Art» in den Jahren 1886 und 1887. Zwei Serien. Eine von der Insel Wight. Eine von Gérardmer.

Zeichnungen, die Rodin darstellen. Skizzen als Vorarbeit für eine Büste von ihm.

Im Marmorlager ist die Arbeit an den Bürgern von Calais in vollem Gange. Zunächst ein ungeordneter Haufen. Tonskizzen und Einzelfiguren – als Akt, um die Grundposition zu finden. Dann Entwürfe mit angedeuteten Gewändern. Gewand als eigentliche Haut, den vergeistigten Körper umhüllend – in der Tradition der Plastik des Mittelalters. Dann Versuche, für jede Person eine eigene Bewegungsfolge zu finden. Schließlich die Feststellung, die athletischen Typen, die im Atelier Modell standen, eignen sich nicht. Das Denkmal verlangt nach Persönlichkeiten.

Ärger mit dem Denkmalskomitee. Rodin hat ihm einen Modellentwurf zugesandt. Empörung.

«So haben wir uns unsere berühmten Mitbürger, wie sie sich zum Feldlager des englischen Königs begeben, nicht vorgestellt ... Ihre niedergedrückte Haltung verletzt unsere heiligsten Gefühle ... Sehr läßt auch die Silhouette der Grupppe vom Standpunkt der Eleganz zu wünschen übrig ... Wir geben zu bedenken, daß Eustache de Saint-Pierre mit einem zu groben Stoff bekleidet wurde statt des leichten Gewandes, von dem die Chronik berichtet ...»

Die Kritik und Änderungshinweise des Denkmalskomitees erschrecken Rodin. Getroffen und verletzt ist Camille, hat sie doch die Idee des Werkes ganz zu der ihren gemacht. Voll Zorn und Empörung bedrängt sie Rodin, alle neuen Forderungen abzulehnen, sie wären eine Verstümmelung seines Werkes, käme er ihnen nach.

Rodin kann an diesem Tag nicht arbeiten. Es liegt nicht an der Hitze. Von Temperaturen ist er unabhängig. Es liegt an dem Brief aus Calais. Er schickt seine Modelle nach Hause. Auch seine Praktikanten. Es kommt nicht oft vor. Soll er die Änderungsvorschläge des Komitees akzeptieren oder sich der Gefahr aussetzen, daß ihm der Denkmalsauftrag entzogen wird? Er braucht das Geld. Er rechnet damit. Jetzt diese Hürde.

Rodin war an einer alten Villa vorbeigekommen, die leerstand. «Zu vermieten». Dort möchte er mit Camille leben und arbeiten. Viele große Räume, als Ateliers zu nutzen. Hohe Fenster, die Licht hineinlassen. Räume zum Wohnen. Ein verwilderter Park. Das ist das Angemessenste, was er sich für ein Leben mit Camille vorstellen kann. Aber die Forderungen aus Calais sind unwürdig und kränkend.

Rodin hat es durchblicken lassen – ein gemeinsames Leben in jener Villa zu dem Preis, die Kritik aus Calais anzunehmen. Camille sah ihn fassungslos an.

«Es geht um deine Ehre als Künstler!»

Im Nebenraum stehen die Gerüste für die Bürger. Er ist stolz auf sein Werk. Wie im Rausch hat er gearbeitet. Er glaubte, alle Welt würde seine und Camilles Begeisterung teilen. Rodin setzt sich neben das Draht- und Holzgerüst des Eustache. Der Bürgermeister, der den Schlüssel der Stadt in den Händen halten soll, steht rechts von ihm. Noch unerkennbar. Vielleicht unbrauchbar, wenn er sich den Vorschlägen fügt.

«Du darfst diese sechs jetzt nicht verraten!» Camilles leise Stimme ist eindringlich. «Dir, dem Bildhauer Rodin, hat man diesen Auftrag übertragen. Das Werk muß deiner würdig bleiben. Du hast einen neuen Weg eingeschlagen in der Kunst. Du mußt ihn gehen. Du darfst dich nicht davon abbringen lassen.»

«Du immer mit deinen neuen Wegen ... Ich habe nichts Neues eingeführt! ... Ich bin ein Glied in der großen Kette. Du willst mich immer zu einem Rebellen machen. Ich bin keiner. Ich will keiner sein. Die Wurzeln meiner Kunst liegen in der Vergangenheit. Ich habe lediglich wiederentdeckt, was schon die Griechen besaßen ...»

«Es ist doch gleich, wie du es nennst – ob du deine Kunst als einen Akt der Restaurierung ansiehst –, du bist als ein Störenfried in die Gesellschaft gekommen.»

«Ich wollte aber kein Störenfried sein!»

Camille lacht ihr zärtliches, rauhes Lachen.

«Du bist es – und deswegen liebe ich dich.»

Auch sie sitzt auf einem der zusammenklappbaren Hocker. In gebührlicher Entfernung. Die Entwürfe der Bürger stehen zwischen ihnen. Sie will ihn nicht beim Nachdenken stören. Nicht ablenken. Aber lenken will sie ihn dennoch. In diesem Werk stecken ihre Ideen. Sie muß Rodin klarmachen, daß er sich damit von all seinen Zeitgenossen unterscheiden wird. Sie darf nicht zulassen, daß er es jetzt verstümmelt, bis es in die üblichen Denkmuster paßt. Dann hätte man den Auftrag gleich einem anderen geben können.

«Du bist gegen den Komplex Akademie – Salon angetreten. Jetzt darfst du dich nicht anpassen. Du hast es mir neulich selbst vorgelesen – Baudelaire schon hat den Salon und dessen Jury als erstarrt kritisiert.»

«Aber ich habe mich dreimal an der Akademie beworben. Ich wollte diesen Weg gehen!»

«Sie haben dich aber nicht zugelassen – diese zaghaften Dutzendmenschen mit ihrer angemaßten Autorität. Zola bezeichnet sie als einen Klüngel von Köchen, die nur ein undefinierbares Ragout zustande bringen.»

Der Altersunterschied von zwanzig Jahren, der zwischen Camille und Rodin besteht, hat gravierende Bedeutung. Camilles Kindheit ist geprägt von den Ideen der Pariser Kommune. Sie verkörpert Rebellion. Rodin läßt sich von ihr hinreißen, einen zornigen Antwortbrief an das Denkmalskomitee von Calais zu schreiben. Kompromißlos. Mögen sie ihm den Auftrag entziehen – auf keinen Fall will er die Achtung Camilles verlieren.

In Stunden der Besinnung reuen ihn die Heftigkeit der Worte und die Konsequenzen seines Briefes, sich von diesem wilden, aufbegehrenden Mädchen haben beeinflussen lassen. Seine Kunst hat ihn zu ernähren. Doch der Brief hat Erfolg. Man läßt ihn gewähren. Ein Meisterwerk kann reifen.

Eines Sonntags sind Rodin und Camille bei dem Kritiker Octave Mirbeau zum Essen eingeladen. Ein kleines Bankett. Auf ihrem Weg dorthin durchqueren sie den Jardin du Luxembourg. Es ist die Stunde, zu der Louis-Prosper Claudel seine einsamen Spaziergänge zu machen pflegt. Camille kennt seinen Weg. Sie wählt die verschlungenen Pfade mit Rodin so, daß sie dem Vater begegnen müssen. Zu spät entdeckt Louis-Prosper die beiden, als er hinter einer Eibenhecke hervorbiegt. Brüsk will er sich umwenden. Die Höflichkeit zwingt ihn, Rodins ehrerbietigen Gruß zu erwidern. Kühl und knapp. Er geht an ihnen vorbei, als seien sie entfernte Bekannte. Camille bleibt stehen. Sie schaut ihrem Vater nach, der seltsam zerbrechlich anmutet.

«Papa!» Sie stürzt ihm hinterher. Sie hält ihn am Arm fest, hakt sich bei ihm ein.

«Papa, wie geht es dir?»

Louis-Prosper antwortet nicht. Unbeirrt geht er weiter. Aber er versucht nicht, seinen Arm aus Camilles Umklammerung zu lösen. Eine Nähe, die beiden weh tut.

«Papa, ich möchte unbedingt die Büste zu Ende bringen, die ich von dir noch in der Wohnung habe. Es fehlt nicht mehr viel ..., sie wird, glaube ich, eine meiner besten ...»

«Sie existiert nicht mehr.»

«Was heißt das?»

«Deine Mutter hat sie zerschlagen und in den Müll geworfen!»

Camille geht stumm neben ihm her. Fester umklammert sie seinen Arm. Einsamer, armer Vater!

«Ich mache eine neue ..., bitte ..., bitte ... sitze mir Modell!»

Kopfschütteln. Dann bleibt der Vater stehen und schaut Camille ins Gesicht. «Komm zurück!» Er ist alt geworden. Ein verbitterter Zug liegt um seinen Mund. In den Augen ist jetzt eine vage Hoffnung. «Komm zurück!» Camille läßt ihn los. Sie flüstert: «Ich liebe Rodin. Er ist mein Mann. Wir werden heiraten ... Dann ist alles gut, ja?»

Louis-Prosper wendet sich von ihr ab.

«Du verrätst dich selbst.»

Er läßt Camille stehen und beschleunigt seinen Schritt.

Den ganzen Tag klingt das Lachen Camilles nicht auf.

Am Abend möchte Rodin Camille nicht allein lassen, weil ihre Traurigkeit ihn beunruhigt.

Das Denkmalskomitee aus Calais schweigt. Es zahlt seine Rate. Rodin ist zunächst zufrieden. Er wird sich Monsieur Dewavrin erkenntlich zeigen und eine Büste von ihm machen.

Neuer Elan bei der Umsetzung des kleinen Tonmodells in ein größeres. Camille arbeitet an den Händen des Eustache und denen des Bürgermeisters. Die lebhaften Gesten der Jüngeren, Hände, die voller Verzweiflung in den Himmel greifen, hatte Rodin wochenlang modelliert. Studien über Studien.

Camille hat die Begegnung mit dem Vater schlecht verwunden. Sie arbeitet schweigsam. Nie würde sie ihre erworbene Selbständigkeit wieder aufgeben. Doch ihr Preis ist hoch. Rodin steht vor dem Schlüsselträger. Er schüttelt den Kopf, tritt zurück, verengt prüfend die Augen, schüttelt wieder den Kopf. «Die Arme sind eindeutig zu lang.»

Camille tut, als ob sie nicht hört. Wie anders soll man es zeigen, daß der Schlüssel immer schwerer wiegt, kaum noch zu halten ist bei dem Gedanken, ihn an den englischen König auszuhändigen. So stand sie vor der Tür der elterlichen Wohnung, die der Vater hinter ihr schloß, die Tasche in den Händen, die das wenige trug, was sie brauchte. Das wenige, das in dieser Minute ihre ganze Kindheit umfaßte, ihre Familienzugehörigkeit, väterliche Geborgenheit und Schutz. Sie sollte es davontragen. Es erwies sich als zu schwer, wie der Schlüssel, an dem das Schicksal der Stadt hing. Ausdruckssuggestion — die Arme, die in den Erdboden wachsen. So läßt es sich umsetzen. Eine Erkenntnis Camilles — zum erstenmal ausprobiert — in einem Werk Rodins. Dieser hat Vorbehalte. Der Wirkung kann er sich nicht entziehen.

Seine anfänglichen Einwände überhört sie einfach.

«Was soll ich erklären? Diese überlangen Arme müssen für sich sprechen. Was soll ich da verteidigen?»

Die Treue zum Modell wäre zu verteidigen.

Camille hält den Kopf etwas schräg und schaut Rodin von unten an, ein winzig mokantes Lächeln um den Mund. Das ist ein Augenblick, der sich tief und verletzend in Rodins Bewußtsein eingräbt. Jetzt hat sie sich über ihn erhoben. In diesem winzigen Lächeln sind Mitleid und Überheblichkeit. Die Treue zum Modell!

Die Faszination der Ebenbürtigkeit als Künstlerin, für Rodin erlischt sie in diesem Augenblick.

Er will der Meister bleiben. Camille fehlt die Selbstverständlichkeit des Dienens, des Sichunterordnens, das das Leben mit Rose so angenehm macht. Zum erstenmal ist Rodin aufgeschreckt, beunruhigt.

Auf den Gesellschaften wird neuerdings über ein Fragment von Proudhon geredet, das er über die «modernen» Frauen geschrieben hat – lebte und arbeitete er doch viele Jahre mit Mademoiselle Müller zusammen. Proudhon warnt davor, eine Künstlerin zu heiraten, weil sie, wenn sie begabt ist, die Erste sein will. Camille hatte scherzend gefragt: «Und wenn sie in Wirklichkeit die Begabtere ist?» Der Saal war in ein befremdetes Schweigen verfallen. Rivalität der Geschlechter? Tradierte Vorurteile. Neulich erst waren Rodin und Camille bei den Daudets begrüßt worden: «Ah, Monsieur Proudhon und Mademoiselle Müller!»

1886 erhält Rodin den Auftrag, ein Denkmal für Victor Hugo zu schaffen. Camille merkt, etwas ist passiert. Rodin gibt sich patriarchalisch. «Sein» neuer Auftrag. Er muß sich für diese Arbeit ein neues Atelier mieten. Er will Camille und die Welt mit diesem Werk überraschen. Er will Behauptungen widerlegen, daß jemand Einfluß auf ihn nähme, begabter sei als er.

Gut, Camille wird künftig ihre Meinung zurückhalten. Sie bremst seine Phantasie nicht, die nicht freikommt vom eklektischen Stil des vorigen Jahrhunderts, den er zwanzig Jahre voll Begeisterung imitierte.

Die Idee, die er bei Eustache de Saint-Pierre aufgegeben hatte – diesen Mann mit Allegorien zu umgeben –, jetzt will Rodin sie bei Hugo verwirklichen.

Er will einen nackt ruhenden Dichter schaffen, inmitten einer Schar weiblicher Musen, ihn umschwebend.

Das Hugo-Denkmal soll außerhalb des Eingangs zum Pantheon stehen. Als Rodin der Jury sein Werk vorstellt, empfindet man es als zu üppig. Man legt ihm nahe, neue Entwürfe anzufertigen. Kein Protest, kein Widerspruch seinerseits. Neue Entwürfe. «Nackt wie ein Gott ... inmitten der Felsen sitzend, von Wellen umspült.» Kein Entwurf wird für würdig erachtet.

Aufgestellt wird später die Porträtbüste Hugos, die Rodin bereits 1883 anfertigte.

Ein anderes Komitee, gegründet in Nancy, gibt ebenfalls einen Auftrag an Rodin. Ein Denkmal für den Landschaftsmaler Claude Lorrain, 17. Jahrhundert, aus Lothringen stammend. Ein Denkmal für den sanften Maler ländlicher Idylle. Was macht Rodin daraus? Er stellt den schmächtigen Mann auf einen riesigen Sockel, «aus dem mythologische Schlachtrösser ungebärdig hervorpreschen». Pfuirufe und Entrüstung der Bürger bei seiner Enthüllung.

Camille arbeitet am «Höllentor» und an den «Bürgern von Calais» wie seine übrigen Gehilfen. Als Rodin sie zur Begutachtung seiner neuen Werke holt, ist da wieder jenes kleine mokante Lächeln.

«Schade.» Es ist das einzige, was sie sagt. Obwohl es ihn trifft, dieses kleine Wort, ist es wie eine Richtschnur. Eine Kompaßnadel. Aber er hat nicht Lust, nach ihrer Nadel auszuschlagen.

Was Camille erreicht, ist, daß Rodin sie begehrt. Er möchte sie besitzen. Sie, die immer den Widerspruch zu ihm wagt, die immer den Anspruch auf Gleichberechtigung erhebt. Er möchte sie bezwingen.

Eines Abends klopft es an der Tür. Es ist ungewohnt. Zu ihr kommt selten jemand. Rodin besitzt einen Schlüssel. Camille erhebt sich mühsam aus dem Sessel. Sie hat den ganzen Tag in Marmor gearbeitet. Ihr tun die Füße, ihr tut das Kreuz, ihr tun die Hände weh, und die Augen brennen.

«Vater, du?» Ungläubigkeit und Freude. Sie öffnet die knarrende Tür weit und macht eine zaghafte einladende Bewegung. Zugleich erschrickt sie. Es ist unaufgeräumt bei ihr. Die Teller von gestern stehen noch herum. Louis-Prosper tritt ein. Er macht vorsichtige Schritte. Dürftig wohnt sie. Als er sich in den angebotenen Sessel setzt, klopft er zunächst den Gipsstaub herunter. Er schaut sich um. Es sind einfache Fenster, an die der Wind schlägt. Auf dem grauen Holz ist keine Farbe mehr. Das eiserne Öfchen wird im Winter die Wärme nicht lange halten.

«Eigentlich wollte ich mir anschauen, was du in den letzten Jahren geschaffen hast. Ich war im Salon. Du hast nichts ausgestellt. Aber so erschöpft, wie du aussiehst, hast du gearbeitet.»

«Du müßtest ins Marmorlager kommen. Da könnte ich dir zeigen ...»

Louis-Prosper winkt ab. Dorthin wird er nie mehr den Fuß setzen. «Ich will sehen, was du an Eigenem schaffst.»

«An Eigenem?»

Die Tür zum Nebenraum ist angelehnt. Man sieht an den weißen Fußspuren, die in und aus dem Zimmer führen, daß er als Arbeitsraum genutzt wird. Der Vater fragt mit den Augen, ob der Zugang gestattet sei. Camille schüttelt verneinend den Kopf. Dort befindet sich nur Danaide von Rodin. Das Werk würde den Vater entsetzen. Seine Tochter – ein Modell.

«Ich bin Rodins Mitarbeiterin, Papa. Ich bin seine Frau.»

«Leere Worte sind das, mein Kind. Billig, was er sich ausdenkt. Er nutzt dich aus. Ich habe mich umgehört. Er ist ein Hergelaufener, ein Handwerker, der es immer noch nicht gelernt hat, mit Marmor umzugehen ...»

Der Vater beißt sich auf die Lippen. Er versucht sich zu mäßigen und besinnt sich auf das Anliegen seines Besuches.

«Höre, Camille, ich will dir ein Angebot machen. Ich verkaufe Land in Villeneuve und Wertpapiere. Du erhältst ein ordentliches Atelier, wirst genügend Geld haben, dir Marmor kaufen zu können und deine Arbeiten in Bronze gießen zu lassen. Du bist nun volljährig. Aber eine Bedingung – trenne dich von ihm. Für immer. Sofort. Absolut. Er absorbiert dich.»

Es ist, als ob Camille gar nicht zuhört. Es ist so unfaßbar, daß der Vater hier in diesem Zimmer sitzt. Es ist wie in einem Traum. Er hatte sie verstoßen. Nun hat er den Weg zu ihr gesucht. Ist sie übermüdet? Hat sie Halluzinationen? Sie muß den Vater berühren, sich überzeugen, daß er wirklich da ist. Camille rutscht vom Sessel auf die Knie. Nun kann sie ihn berühren. Sie fühlt ihn. Es ist Wirklichkeit. Camille legt ihren Kopf auf seine Knie. Unbeholfen streichelt Louis-Prosper über ihr kastanienbraunes Haar.

Seine Stimme hat jetzt einen weichen, fast brüchigen Klang. «Ich habe gern zugehört, wenn du dich mit Monsieur Colin unterhalten hast. Über die Héloise. Du wolltest wissen, warum der Onkel ihr eine hohe Bildung zuteil werden ließ. Monsieur Colin erklärte, das sei Privatluxus gewesen, und du beteuertest damals, daß du sein Wissen als Lehrer und Paris brauchst, um Bildhauer zu werden, um Werke schaffen zu können, die die Menschen anrühren, die ihnen Mut machen sollen, Kraft geben und Denkanstöße. Du weißt — Héloise wollte nicht die Ehe. Du gehörst der Welt. Nicht einem Mann. Das soll für dich gelten. Du mußt nicht glauben, ich wäre über eine Heirat mit ihm glücklich. Deine Mutter vielleicht. Aber nur im Triumph über mich. Du sollst dir allein gehören. Ergänzung? Das trifft nur auf einen zu. Ich glaube es gern. Er bedarf der Ergänzung. Du gehst in ihn ein. Er verschlingt dich. Von dir bleibt nichts!»

Camille hebt den Kopf. Sie schaut den Vater an. Seine Brauen und sein Bart sind weiß geworden. Sie läßt sich auf ihre Hacken fallen.

«Du hast recht, und du hast nicht recht!»

«Wo habe ich recht?»

Nachdenklich schaut sie über ihn hinweg. Das kann sie nicht sagen. Manchmal fordert Rodin sie im Marmorlager auf, mit ihm ein gleiches Thema zu beginnen. Das gleiche Modell. Das gleiche Motiv. Eine Studie, die Rodin als Schnellkneter und mit der ungeheuren Treffsicherheit in den Händen als erster beendet. Camilles Arbeit wächst langsamer. Sie investiert mehr an Gedanken. Beim Vergleich beider Werke erscheint Rodin Camilles Arbeit gelungener. Geht von ihr ein anrührender Hauch aus, offenbart die Geste mehr als nur Bewegung, berührt sie Innerstes. Das bessere Werk, von beiden so empfunden, wird die Werkstätten verlassen und Rodins Namen tragen. Triumph in Camille. Niemand weiß den Unterschied zu benennen. Was entstand unter ihren, was entstand unter seinen Händen? Wenn Besucher am Sonnabend unter den Studien die ihre zu kaufen wünschen, wähnen sie, einen Rodin gekauft zu haben. Triumph ihrer Gemeinsamkeit, ihrer schöpferischen Einheit.

Trotzdem, Unruhe war bereits in Camille aufgekommen.

«Und wo habe ich nicht recht?» fragt der Vater.

«Ich liebe ihn ... Du hast recht, es passieren Ungerechtigkeiten mir gegenüber. Aber vielleicht will ich es so. Vielleicht will ich eingehen in sein Werk, es mit meinen Ideen bereichern, durchsetzen. Nicht mehr herauslösbar für die Nachwelt, für die anderen. Vielleicht empfinde ich gerade das als das Höchste. Er ist kein Hergelaufener! Er ist ein großer, er ist der größte Bildhauer dieser Zeit. Und seine Liebe macht mich glücklich – wie mich noch nie etwas auf der Welt glücklich gemacht hat.»

Louis-Prosper erhebt sich.

«Geh nicht wieder so endgültig, Papa! ... Ich verspreche dir, ich stelle im nächsten Jahr aus ... Ich passe auf, daß genügend Zeit für mein eigenes Werk bleibt ... Ich verspreche es dir!»

Paris wird eng.

Jetzt will Rodin seine Liebe umfassend auskosten. Er fährt mit Camille in die Touraine. Jetzt sollen sich die Tage zu Wochen reihen und die Wochen zu Monaten.

In einem der Loire-Schlösser mieten sie sich ein, die Loire – Fluß der Könige, der Gärten und Schlösser.

Azay-le-Rideau. Ein Schloß auf einer kleinen Insel. Wie ein Diamant in Facetten geschliffen. Es liegt zwischen Tours, der Vaterstadt Balzacs, und Chinon, der Stadt Rabelais'.

Madame Courcelles, die Verwalterin, ermöglicht Monsieur Rodin und seiner jungen Frau das Arbeiten. Eines der Zimmer können sie als Atelier nutzen.

Verwirklichung eines Traumes. Der Traum vom Leben zu zweit.

Sommer, Duft von Heu und Blumen, morgendliche Nebel über dem Fluß. Laue Nächte, in denen der Mond hoch über den alten Bäumen des Parks steht. Ausflüge in die nähere und weitere Umgebung. Einkäufe. Bummel durch die hübschen Städte. Aufmerksame Blicke der Passanten, wenn dieses Paar vorübergeht. Keine Bekannten. Keine Freunde. Nicht Rose. Nicht die Eltern. Keine Verpflichtungen, nur die sich selbst gegenüber und ihrer Arbeit. Intensive Stunden im Atelier. Camille arbeitet an einer Büste Rodins. Sein Haar kurz, im Igelschnitt. Der Bart breitet sich schwer nach unten aus, gleichsam den Sockel bildend. Rodin ist ein ungeduldiges, unruhiges Modell. Ständig hält er selbst Ton in den Händen und modelliert seine kleinen Gruppen, die er in Paris vergrößern und übertragen lassen wird. Er setzt seinen Rausch der Sinne, der den knapp Fünfzigjährigen aus den gewohnten Bahnen schleudert, in den Ton um. Sinnlichkeit in seinem Werk. Liebe, Begehren, vom Kuß bis hin zum Geschlechtsakt. Das Grunderlebnis Frau.

«Schade, daß dein breiter zärtlicher Mund unter dem Bart versteckt bleibt – oder gut so.» Es ist seltsam, wenn Camille ihm manchmal den Schnurrbart verschneiden muß, scheint ihr, als ob es ein ängstlicher Mund sei.

Aber Kinn und Augenbrauen und Nase sind kräftig. Stärke und Willen liegen dahinter. Im Blick Nachdenklichkeit. Sorgfältig durchdachtes Spiel von Licht und Schatten steht für Niederlagen und Zorn.

Camille hat ihr Versprechen eingelöst. Diese Büste wird sie ausstellen. «Ein dramatisches Werk ... von einzigartiger Melancholie» – heißt es später.

Jeden Tag empfinden sie neu das Glück ihrer Gemeinsamkeit. Pläne für die Zukunft. Rodin ist entschlossen, in Paris jene Villa zu mieten, zu der nur er und Camille Zutritt haben. Eines Tages werden sie nach Paris zurückkehren müssen, die Gemeinsamkeit will Rodin nicht mehr aufgeben.

Camille zieht es in eine Kirche, die in dörflicher Stille und Abgeschiedenheit ihre Türen geöffnet hält. Sie tritt bis an den Altar – zögernder Vorschlag, mehr Ernst als Spaß – Spaß auf keinen Fall – ein zu überdenkendes Angebot: «Hier werden wir uns trauen lassen!»

Rodin nimmt sie in seine Arme und flüstert: «Meine wunderbare, einmalige Frau!»

Die Nächte im Schloß, voller Leidenschaft und Hingabe. Rodin lebt die Nächte fort – am Tag – in seinem Werk, im Ton. Rodins lyrisch-erotische Periode.

Abwechslung und Unterbrechung, wenn die kleine Jeanne kommt, sieben Jahre, blondes Haar, große Augen, in denen sich die Bläue des Himmels spiegelt. Sie ist auf der Suche nach Zuwendung und Zärtlichkeit. Meist ist sie dem Kindermädchen entwischt, das langweilig und ohne Einfälle ist. Ginge es nach dem Kind, so möchte es die Tage mit Camille verbringen. Das kleine Mädchen hängt an dem großen, das im Spiel seine eigene Kindheit wiederfindet. Camille weiß den Park mit Geheimnissen und Fabelwesen zu bevölkern. Sie jagt mit dem Kind über Wiesen und Pfade, jauchzt und gleicht in nichts den übrigen Erwachsenen. Camille hält sich versteckt, in unüblichen Verstecken, auf Bäumen, in Höhlen, unter Schubkarren. Sie wirbelt die Kleine durch die Luft, fängt sie auf, küßt sie ab. Und sie zaubert in Ton, läßt für das Kind Hasen und Vögel und Eidechsen entstehen.

Und Monsieur Rodin? Manchmal zwingt Camille auch ihm ein wildes Spiel von Verstecken und Suchen auf. Er lächelt nachsichtig.

Eines Tages fällt ihm auf, daß das Kindermädchen der kleinen Jeanne noch sehr jung ist, daß es den schmachtenden Blick junger Backfische hat, die von einem Abenteuer träumen. Die schmachtenden Blicke gelten ihm, weil sich zur Zeit kein jüngerer, überhaupt kein anderer Mann in Azay aufhält und die kleine Frau sich ausprobieren möchte.

Camille ist mit Jeanne an den Fluß gelaufen, um Schiffe aus Ahornblättern ins Meer segeln zu lassen. Ein imaginäres Flußungeheuer treibt die beiden zurück in den Park. Ein Versteck suchend, stürzt Camille in den Pavillon, wo Monsieur Rodin dabei ist, das Kindermädchen mit seinen Händen zu erkunden, ihr das Mieder aufgeknöpft hat und die Brustspitzen küßt.

Camille flieht.

Sie bleibt für den ganzen Tag unauffindbar. Rodin wartet bis zum Abend. Sie kehrt nicht zurück. Eine Nachricht vom Bahnhof. Sie ist nach Paris gefahren.

Der erste Sommer in der Touraine hat nach Monaten ein unschönes Ende gefunden.

35.

So verraten hat sie sich noch nie gefühlt. Warum machte er das? Warum mit diesem dummen Gänschen? Camilles Stolz bäumt sich auf. Sie möchte etwas tun. Sie möchte den inneren Druck loswerden. Sie zerschmettert am Boden das Modell von Rodins Büste. Wie der Ton sich aufspaltet, durch den Raum fliegt, zu Scherben zerspringt, das mag ihr für den Augenblick Erleichterung verschaffen. Sie legt sich Worte zurecht. Anklagen. Worte voller Bitterkeit. Spott, der ihn verletzen soll. Sie erschrickt vor der eigenen Heftigkeit. Nicht auch noch sie will ihre Liebe verletzen. Fortgehen. Für immer. Unauffindbar. Es in Würde tun. Aber wohin soll sie gehen?

Nie mehr soll er den Fuß in ihre Wohnung setzen.

Nie wieder wird sie das Marmorlager betreten. Jetzt nimmt sie des Vaters Angebot an. Diese Vorstellungen verschaffen ihr keine Erleichterung. Der Schmerz wird größer.

Wegen dieses Gänsemädchens kann sie doch nicht ihre große, einmalige, wunderbare Liebe aufgeben. Hinnehmen kann sie es auch nicht.

Yvonne fällt ihr ein, das Modell. Nach Wochen begreift sie deren hämisches Lächeln. Vorfreude auf die Reise hat Camille ausgefüllt. Sie hatte das Lächeln Yvonnes nur registriert. Jetzt begreift sie dessen Bedeutung.

Die Zeit in der Touraine. Versicherungen Rodins der Einmaligkeit ihrer Beziehung. Es hatte nicht der Beteuerungen bedurft, seiner Liebe zu glauben. Warum hatte er ihr das angetan? Sie kann nur einen Mann lieben, ihn. Er hat ihre Sinnlichkeit geweckt, und die Beglückung, die sie durch ihn erfährt, soll er nicht auch anderen geben.

Rodin kommt nachgereist. Er klopft an die Tür, die verriegelt ist. «Laß mich nicht vor der Tür stehen.» Demütigende Minuten. Camille öffnet. Rodin will sie in die Arme schließen. Sie weicht zurück. Er drängt sie bis an die Wand. Ein Schmerz ist in ihrem Gesicht, Abwehr und Stolz. Rodin sieht nur das. Er sieht nicht ihre Verlassenheit und das Bedürfnis nach Hingabe. Rodin kniet vor ihr, und Camille spürt, Rodin begehrt sie. Sie preßt sich an die Wand. Ihre Handflächen suchen Halt an der geweißten Mauer. Nicht nachgeben jetzt. Nicht dem Tier nachgeben in uns. Nein. Nein, so nicht.

Rodin versucht ihr klarzumachen, daß seine Beziehung zu anderen Frauen nichts mit Liebe zu tun hat. Das klügste wäre, darüber hinwegzusehen, wie Rose. Sein Gefühl für Camille werde durch solche Affären nicht angetastet. Welten lägen zwischen ihr und anderen Frauen. Trotzdem ..., was sollen diese billigen Abenteuer? Kommt er in ein Alter, wo er der Bestätigung bedarf? Nein, sie will ihn nicht kleinmachen. Nur ... er soll so nicht sein. Sie will ihn nicht sehen. Er soll wieder gehen. Er geht. Im Marmorlager schließt er sich ein. Er schafft ein Werk für sein Höllentor. «Ewiges Idol». Ein Zuviel von Baudelaireschem Gedankengut ist mit eingeflossen. Rodin illustrierte gerade seine «Blumen des Bösen». Die Frau lehnt sich zurück und demütigt den vor ihr knienden Mann von oben herab. Die Lippen des Mannes sind an den Brustansatz der Frau gepreßt. Sie verehren den Altar des Fleisches. Eine unendliche Distanz zwischen beiden. Ein undurchdringlich kaltes Gesicht der Frau. «Und liebe an dir, unversöhnliches Tier, die Kälte noch: Sie macht dich schöner noch, mir.» So Baudelaire.

Die Decke fällt Camille auf den Kopf. Die Wände rücken aneinander. Sie erstickt. Wo soll sie hin? Das Bedürfnis nach Trost. Jemand soll sie in den Arm nehmen. Zuversicht zusprechen. Bei wem hat sie Geborgenheit und Wärme erfahren? Bei ihm. Doch nur bei ihm. Es gibt keine andere Zuflucht.

Paul? Der kleine Bruder.

Es ist September. Sie könnte ihn an der Sorbonne finden.

Paul soll jetzt nicht Gleiches mit Gleichem vergelten.

Er hat sich verändert. Er ist gewachsen und größer als sie. Er scheint heiter, fast ausgeglichen. Doch als er sie erblickt, kommt Distanziertheit in sein Gesicht. Seine Freundlichkeit ist kühl. Er reicht ihr die Hand. Doch Camille schlingt die Arme um seinen Hals.

«Mein kleiner, großer Paul.»

Ihm ist diese Begrüßung peinlich, zumal Camille ihre Arme nicht wieder von seinem Hals nimmt. Er spürt, daß sie weint.

Das trifft ihn. Das sprengt seinen Panzer und verschafft ihm Genugtuung. Das ersehnte Gefühl der Überlegenheit. Es gelingt ihm, den Groll beiseite zu schieben und die Bitterkeit. Er verzichtet auf Vorwürfe und Vergeltung. Es gab also jemanden auf der Welt, der es vermochte, Camille ein Leid zuzufügen. Seine Schwester Camille, die bisher souverän ihre Familie, ihre Freundinnen, ihre Umwelt beherrschte.

Rodin hat Camille verletzt, daß sie weint. Sie zeigt diese Tränen. Ihm, dem jüngeren Bruder.

Camille blickt zu Paul auf. Sie versucht zu lächeln. Nie war ihm bewußt, wie schön seine Schwester war. Sie hakt sich bei ihm ein. Paul geht mit neuer Würde.

Im Moment ist es wie in ihren besten Zeiten. Wie lange hatte Paul ihre Vertrautheit entbehrt. Wieviel hat sich angehäuft in den letzten Monaten an umwälzenden Erfahrungen. Sein Erlebnis ist Rimbaud. Die Erschütterung, einen Seelenverwandten gefunden zu haben, hält an. Jetzt ist er auch bereit, von dem Wunder zu erzählen, das ihm in der Kirche Notre-Dame widerfahren war. Aus der Familie weiß es noch niemand. Er ist Camille dankbar, daß sie an jenem Abend seine Flucht respektiert hatte. Camille drückt ihm den Arm. Sie versteht seinen Protest.

Die beiden gehen durch den Jardin du Luxembourg, suchen ihre Bank, die von Eiben umschlossen ist. Paul möchte von seinem Drama sprechen, an dem er jetzt schreibt. Ehe er seine Scheu niedergekämpft hat, macht Camille ihren Bruder zum Vertrauten ihrer Liebe. Sie breitet sie vor ihm aus, in ihrer Größe, in ihrer Leidenschaft. Sie versichert, daß dieses Gefühl nicht nur den Sinnen entspringt, sich aber in wenigen köstlichen Minuten darin zu verwirklichen vermag. Der junge Paul errötet bei ihren Worten. Sie sind ihm peinlich. Camille eine Auserwählte, weil sie die Liebe, die es nur einmal im Jahrhundert gibt, gefunden hat?

Der noch nicht Zwanzigjährige ist überfordert. Die Erkenntnis, daß sich diese Liebe nur in der vollen Gleichberechtigung der Frau verwirklichen kann, bleibt ihm verschlossen, bis an sein Lebensende. Was ihn streift, berührt, aufwühlt, ist der leidenschaftliche Hauch von Sinnlichkeit. Er unterbricht sie nicht. Er will mehr davon hören. In seltsam schweren Wellen rauscht sein Blut. Er begreift nur, seine Schwester Camille hat sich von einem Mann verführen lassen …, ein Mann beschläft sie seit langem schon und treibt es noch mit anderen Frauen. Genugtuung. Paul empfindet seltsame Genugtuung. Endlich ist es an seinen richtigen Platz gestellt. Camille muß begreifen, daß sich nicht alles nach ihrem Kopf fügt. Sie zeigte zuwenig Demut für eine Frau. Jetzt ist sie bestraft.

Camille nimmt nicht wahr, daß Paul dem Vertrauen, diesem komplexen sehnsüchtigen Verlangen nach Verständnis, nicht gewachsen ist.

Sie spricht von Tagen und Stunden, wo sie Angst hatte um dieses Glück, wo sie glaubte, es nicht ertragen zu können. Angst, es im Alltag zu verlieren, in Selbstverständlichkeit und Gewöhnung. Die Erfahrung der Menschheit sprach dagegen, Glück auf die Dauer zu erhalten.

Und es scheint fast, als sie von dem Kindermädchen im Pavillon spricht, daß sie dankbar wäre, auf die Erde geholt worden zu sein. Dankbar, durch diesen Verrat zu begreifen, was Rodin ihr bedeute. Alles gipfelt in der Frage an Paul – verzeihen, ja oder nein?

Unwichtig, was Paul antwortet. Camille hat verziehen. Sie möchte Bestätigung hören.

In Paul streiten eigene Unnachgiebigkeit und die Pflicht christlichen Verzeihens, Forderung seines neugefundenen Glaubens. Er kann nicht über seinen Schatten springen. Er will nicht verzeihen. Er will Verräter töten. Er schreibt gerade ein ungeheures Werk. Dort wird er sich alles erlauben, jedes Recht herausnehmen. Das Recht auf Selbstbehauptung. Das Recht zu töten auch, wenn Altes, Überlebtes hinweg muß. Nicht verzeihen! Die Heftigkeit, mit der der Jüngere jetzt auf die Schwester einredet, mag Camille erschrecken. Wovon redet er? Hat er nicht begriffen, worum es ihr ging?

36.

La Folie-Neubourg, das Lustschlößchen. Unweit von Camilles Wohnsitz liegt hinter rostenden Eisengittern jenes alte, verwilderte Anwesen, das Rodin so gut gefällt. Einst gehörte es dem Arzt Napoleons, Jean-Nicolas Corvisart,

Chirurg der Großen Armee, von Napoleon zum Baron ernannt. Später mieteten sich Georges Sand und Alfred de Musset hier ein, um ihre Liebe geheimzuhalten. Es nannte sich «De Clos Payen», Gottloses Gehöft.

Rodin hat es nun für sich und Camille gemietet.

Der Garten — ungepflegt, voll alter Bäume, efeubewachsen. Pfade, die längst unter Löwenzahn und Wegwarten verschwunden waren. Jetzt im Herbst eine Üppigkeit an Farben — Gold und Rot und Dunkelgrün. Letzter Duft der Malven. Das Haus selbst — bröckelnder Putz, Säulen vor der Glastür, die zum Garten führt. Eine Flucht von Zimmern. Überall Spiegel, fast erblindet. Staub im vergoldeten Ornamentenschmuck. Große Fenster, die die Fülle des Lichts einlassen und die Zimmer als Atelierräume geeignet machen. Möglichkeit, hier zu wohnen und zu arbeiten.

Später erinnert sich Rodin mit schmerzlicher Wehmut der Jahre in Folie-Neubourg als der schönsten und köstlichsten seines Lebens. Es ist die prächtigste Bleibe, die Rodin bisher mietete.

Der Gedanke, Camille zu heiraten, nimmt konkrete Formen an. Ihre plötzliche Abreise, ihr Verschwinden, ihre Weigerung, zu ihm zurückzukehren, haben Rodin zutiefst erschreckt. Der Gedanke, daß sie vielleicht für immer von ihm gegangen sei, beunruhigt ihn mehr, als er sich eingestehen möchte. Er weiß um das Unwiederbringliche, das er mit ihr verlieren würde. Er hat sich bereits abhängig gemacht von ihrer Jugend, ihrer Lebendigkeit, ihrer Sensibilität. Sie bedeutet für ihn Inspiration.

Er legt ihr Folie-Neubourg zu Füßen.

Und Camille stürzt in seine Liebe.

Wieder drängt es ihn, die neue Erkenntnis seiner Liebe zu Camille in Stein umzusetzen. Dort zu dokumentieren. «Der Mensch und sein Gedanke». Der Mann kniet vor dem Stein. Sein Gedanke, der ihn Tag und Nacht ausfüllt, gilt dem jungen Weib, das er aus dem Stein zu lösen versucht. Verzweiflung, Qual, fast Resignation, daß es nie gelingen wird, so wie es Rodin dünkt, Camille in der Komplexität ihres Wesens zu erfassen. Ein neuer Zug liegt um ihrem Mund. Ein Zug von Schwermut. Eine neue Entschlossenheit ist in ihr, die sich gegen ihn richtet.

Sie arbeitet jetzt an einem eigenen großen Werk. Sie will es im nächsten Jahr im Salon ausstellen.

Die Worte des Vaters haben einen Stachel hinterlassen. Zur Zeit findet sie nichts im Rodinschen Werk, das ihr eine Identifikation bietet.

Sie muß ihr eigenes Werk schaffen.

An manchen Tagen zeigt sie, daß sie das große Kind geblieben ist, wenn sie sich versteckt hält in einem der großen leeren Zimmer und ihr leises rauhes Lachen ihn bald hier und bald dort neckt. Oder wenn sie die phantastischen Kostüme und Verkleidungen ausprobiert, die sie in einer Truhe gefunden hat. Verwandlungen, die Rodin amüsieren oder erschüttern durch den jähen Wechsel ihrer Stimmungen.

Intensiv arbeitet sie an ihrer Skulptur. Ins Marmorlager geht sie nicht mehr. Ihre Arbeit nimmt Konturen an. Entwürfe zunächst. Immer neue Varianten. Doch immer bleibt es die junge Frau, die sich in schmerzvoller Verlorenheit niederbeugt zu dem vor ihr knienden Mann, der um Verzeihung bittet. Der Mann, der sie umschlingt, der sie mit seinen Armen einverleiben möchte. Und die Frau vergibt ihm.

Camille setzt ihr schmerzvolles Glück der Vergebung in Stein um. Ihr Werk rührt an und ist von Zuversicht getragen.

Die Erinnerung an das Drama «Sakuntala» drängt sich Rodin auf. Er schlägt Camille diese Bezeichnung für ihr Werk vor: «Sakuntala». War doch das Drama des Inders Kalidasa bekannt, es hatte seinen Siegeszug durch Europa angetreten. Sakuntala – das Mädchen, das in einer Einsiedelei aufwuchs. Ein Zufall führte den jungen König auf der Jagd dorthin. Er entbrannte für Sakuntala, wie auch sie für ihn. Er machte sie zu seiner Frau. Die Pflicht rief ihn zurück an den Königshof. Er überläßt Sakuntala seinen Ring und das Versprechen, sie so bald als möglich nachkommen zu lassen. Sakuntala ist schwanger. In Träumen versunken, vernachlässigt sie die Pflicht einem Priester gegenüber, der einen Fluch über sie ausspricht: der geliebte Mann werde sie vergessen — nur durch ein Erkennungszeichen, den geschenkten Ring, werde er sich wieder an sie erinnern. Doch Sakuntala hatte den Ring beim Waschen im Fluß verloren. In den königlichen Palast gebracht, behandelt der König sie wie eine Betrügerin. Verzweifelt flieht Sakuntala in die Wüste. Nach Jahren wird ein Fischer verhaftet, der den Ring des Königs verkaufen wollte und vorgab, ihn im Magen eines Fisches gefunden zu haben. Durch diesen Ring wird der König wieder seiner innigen Liebe zu Sakuntala bewußt. Voll Reue will er seine Schuld sühnen. Es vergehen Jahre, bis er Sakuntala wiedertrifft.

Der König sinkt zu ihren Füßen nieder und bekennt seine Verblendung.

«Aus deinem Herzen mag, du Schlankeste,
der Kummer weichen, daß ich dich verstieß.
Ich weiß nicht, wie es kam; doch herrschte damals
in meinem Geiste nicht die geringste Klarheit,
und so wie ich getan, so vertreiben Männer ja,
das Glück, das an ihre Türen pocht.
Es schüttelt ab den Kranz der Blinde,
den man um das Haupt ihm wand
und fürchtet, eine Schlange möcht' es sein.»

Aus Selbstschutz fragt Camille nie, wie Monsieur Rodin zu Rose steht. Und er klammert dieses Thema aus den Gesprächen aus, so absolut, so total, daß Rose bedeutungslos wird in der Beziehung Camilles zu Rodin. Rose — sie war eine Liaison, vor langer Zeit aufgenommen. Geblieben ist ein Verhältnis, das sich in einer Wirtschaftsgemeinschaft erschöpft. Rose führt Rodin das Haus, sie kocht für ihn, wenn er anwesend ist, sie hält seine Wäsche in Ordnung, und er bezahlt sie dafür. Er hat sie nicht geehelicht, dennoch hängt er in fürsorglichen Schuldkomplexen, die mitunter voll Zärtlichkeit sind, an ihr. Rose erfüllt Pflichten, die einer guten Ehefrau zustehen.

Die Monate, die Rodin in der Touraine verlebte, beunruhigten Rose. Obwohl sie Karten von ihm erhält. Freundliche Grüße. Hin und wieder. Immer auch ein persönliches Wort – ihr Mitleid erheischend wegen zu vieler Arbeit oder zu großer Hitze. Fragen nach ihrem Wohlbefinden, die auf keine Antwort warten. Brosamen an Zuwendung.

Als Rodin nach Paris zurückkehrte, wurde Rose die Veränderung bewußt, die mit ihm vorgegangen ist. Jetzt ist offensichtlich eingetreten, was Rose immer befürchtete. Unvorsichtiges Suchen Rodins nach Unterlagen, die für eine Eheschließung notwendig sind. Doch die Tatsache, daß er sich ein zweites Zuhause eingerichtet hat, erstickt die Hoffnung, daß er Rose zu ehelichen gedenkt.

Im vorigen Jahr, 1887, ist Rodin zum Ritter der Ehrenlegion ernannt worden ... Rose hatte ihm den Anzug gebürstet. Selten hat sie ihn so aufgeregt erlebt. Jetzt ist er also anerkannt. Jetzt geht es ihm gut. Und nun will er sich ihrer entledigen, die die vielen Jahre des Elends und der Mühsal mit ihm geteilt hat?

Rose grämt sich. Sie ist verzweifelt und entschlossen, um ihr Recht zu kämpfen. Wenn Rodin heiraten will, dann sie. Warum soll plötzlich mit einer anderen eine Ehe möglich sein, die bei ihr ausgeschlossen war? Auf ihrer Seite steht das Recht einer mehr als zwanzigjährigen Gemeinsamkeit. Rose erleidet einen Herzanfall.

Zusätzliche Demütigung. Rodin hat vergessen, ihr regelmäßig Geld zukommen zu lassen. Rose richtet sich ein und versucht, mit dem wenigsten auszukommen. Sie muß Schulden machen. Der Sohn vertrank den Rest des Gesparten. Existenzangst sitzt ihr wie ein Gespenst im Nakken. Was wird aus ihr, wenn Rodin von ihr geht? Ein Bettelweib. Wilde Phantastereien in ihrem Kopf: Rodin verklagen. Den Ritter der Ehrenlegion in der Öffentlichkeit unmöglich machen. Doch wer würde ihr recht geben?

Das mit dem Geld war schnell in Ordnung gebracht. Erschrocken über seine Vergeßlichkeit, erweist sich Rodin großzügig. Aber es ist nicht Geld allein, was Rose will.

Sie kundschaftet aus, wo Rodins neuer Wohnsitz liegt. Und eines Vormittags erscheint sie in Folie-Neubourg. Rodin ist im Marmorlager. Camille arbeitet an der «Sakuntala». Sie hört Schritte. Ein Schnaufen, das fremd klingt. Dieses Haus hat bisher kein Fremder betreten. Die Küche, die unten liegt, ausgenommen. Rodin hat eine Frau engagiert, die einkauft und kocht.

Camille wendet sich um, in der Tür steht Rodins Vergangenheit in der Person von Rose, den Fortbestand ihrer nicht eingeschriebenen Ehe einklagend.

Das Fräulein Claudel! Rose ist aus der Fassung gebracht. Erste Regung, Camille in devoter Höflichkeit zu begrüßen. Doch dann begreift sie, daß es das Fräulein Claudel ist, mit dem Rodin sie betrügt.

Beschimpfungen und Ausdrücke, die Camille noch nie in ihrem Leben hörte, Obszönitäten, die sie erröten lassen.

Eine von vielen sei sie! Eine von vielen! Aber sie, Rose, habe bisher alle überdauert!

Keine bedeutete bisher eine eigentliche Gefahr. Rose spürt, daß dieses Mädchen nicht eine von vielen ist, und sie ahnt, daß sie den Kampf mit dieser da verlieren wird.

Camille sagt kein Wort der Erwiderung. Als Rose aufzählt, was sie für Rodin getan habe, was ihn zu ewiger Dankbarkeit verpflichtet, sagt Camille: «Wir lieben uns!»

Da schreit Rose auf. Geliebt hat Rodin auch sie, als sie jung und schön war. Verrückt sei er nach ihr gewesen. Leidenschaftliche Spiele. Alles, was er mit dem Fräulein treibe, habe er bereits vor zwanzig Jahren mit ihr erprobt. Roses Stimme wird schriller. Sie fühlt ihre Ohnmacht. Sie möchte die junge Frau treffen, verletzen, die sich nicht provozieren läßt. Und es funktioniert immer noch zwischen ihr und Rodin. Camille formt unentwegt an einem Tonklumpen, den sie eigentlich an der Figur verarbeiten wollte. Bei aller scheinbaren Ruhe ist sie unkonzentriert. Wenn sie den Ton nicht kneten würde, sähe man, wie ihre Hände zittern.

Da schreit Rose, was sie überhaupt an Rodins Plastik zu fummeln habe! Sie könne nur sein Werk verderben!

«Das ist mein Werk!»

Rose lacht hysterisch. Auf Rodins Werk hat sie es also abgesehen. Da verliert Camille die Beherrschung. Da schreit auch sie.

«Verlassen Sie dieses Haus! Auf der Stelle!»

Rodin erscheint in der Tür. Da steht er zwischen ihnen, den beiden Frauen, die zwei Welten verkörpern, die zu ihm gehören. Zwei Welten, die er bisher sorgsam voneinander getrennt hielt.

Jetzt muß er sich entscheiden.

Schuldgefühle hat er Rose gegenüber. Denn er liebt Camille. Er ist bereit, diese Liebe zu legalisieren. Er ist besorgt um Roses Gesundheit. Aufregung schadet ihrem Herzen. Er will nicht dastehen in der Lächerlichkeit eines ertappten Liebhabers, der sich wortreich zu entschuldigen versucht. Er will Rose beweisen, daß sich in ihrem Verhältnis zueinander nichts verändert hat, daß er immer freundlich, dankbar, besorgt bleibt ..., daß sie jetzt aber gehen müsse. Von hier gehen. Aus dieser seiner anderen Welt.

Nein – sie geht nicht. Sie geht nur mit ihm. Jetzt dünke er sich wohl zu gut für eine Näherin, jetzt, wo das Geld kommt. Jetzt soll es ein Fräulein sein! Aber nicht mit ihr! Wenn er jetzt nicht mit ihr komme, werde sie all seine Freunde aufsuchen, die neuen und die alten, keine Angst, sie werde sie zu finden wissen. Fragen werden sie, was es mit der Ehre eines Ritters der Ehrenlegion auf sich habe. Seinen siechen Vater habe sie bis zu dessen Tod pflegen dürfen, seinen mißratenen Sohn hat sie großgezogen. Und all die Jahre war sie gut genug, ihn zu versorgen. War sie gut genug im Bett für ihn. Was hat er ihr vorzuwerfen? Daß sie alt geworden ist – genau wie auch er? Worin hat sie sich schuldig gemacht, daß er sie so behandle? Habe er nicht geschworen, daß diese nicht eingeschriebene Ehe ihn von keiner Verantwortung ihr gegenüber entbinde? Will er jetzt eine zweite Ehe solcher Art führen?

Da will Camille, stummer Zeuge dieser Auseinandersetzung, die ihr peinlich ist, dieser ein Ende setzen.

«Wir werden die einzig legitime Ehe führen!»

Da droht Rose ein Herzanfall. Sie ringt um Luft, reißt sich das Kleid auf, sie sinkt langsam in sich zusammen. Rodin sagt: «Gut. Ich komme mit dir nach Hause.»

Triumph bei Rose. Triumph. Mit ihr ist er gegangen. Gegangen von der anderen. Sie hat es vermocht, ihn zurückzugewinnen, zu verpflichten, zu erpressen. Für den Moment. Das reicht. Dieser Moment dauert drei Tage. Dann ist Rodin wieder in Folie-Neubourg. Rose weiß jetzt, daß er erpreßbar ist. Sie hat den neuralgischen Punkt getroffen, der ihn verunsichert, der ihn immer wieder zu ihr zurückkehren läßt.

Noch einmal macht Camille ihren Bruder zum Vertrauten. Sie geht so weit, daß sie ihm Gespräche wiedergibt, Worte wiederholt, Beteuerungen Rodins, Versprechungen, geflüstert in jenen Minuten, die außerhalb der Realität verfliegen.

Kränken wird Paul, daß Camille «ihre Ehre verloren hat». Moral- und Ehrenkodex seiner Zeit, er verteidigt nur den. Woran er zu ersticken glaubte, das hat sich seiner bemächtigt, hat sich in seinem neu gefundenen Glauben gefestigt. Nur für sich hat er in Anspruch genommen, die Enge zu durchstoßen. Er tut das Seine, Camille, die Schwester, in diesen Käfig der Unfreiheit zu sperren und sie für ihr Aufbegehren zu strafen.

Roses Ausdrücke haben Camille mehr getroffen, als sie es der anderen eingestand. Wie Unrat lasten sie auf ihr. Und Camille gibt sie weiter an den Bruder, damit dieser sie empört davonschleudere und Camilles großes Gefühl vom Makel frei bleibe. Aber diese Worte der Rose Beuret treffen Paul und verwunden ihn. Es gab also jemand, der Camille als «Straßendirne» empfand. Paul krümmt sich unter diesem Wort. Nicht nur Rose wird so von seiner Schwester denken. Alle Bekannten, alle Freunde werden auf ihn und seine Schwester mit Fingern zeigen. Camille hat ihre Ehre verloren.

Der Bruder kann das Verhältnis von Camille zu Rodin nicht verkraften. Eingeweiht, muß er Stellung beziehen. Er schreibt ein Drama. Leidenschaftliche Abrechnung, die ihn selbst erschreckt, so daß er die ersten drei Akte vernichtet. Den vierten Akt läßt er als Fragment bestehen. Vier Jahre später, 1892, veröffentlicht er ihn. «Der zu frühe Tod».

Dieser Akt beginnt mit den Worten des Bruders: «Ich trenne mich von dir, o Schwester, gleichen Namens einstmals, Ruchlose, von mir gescholten!» Worte, mit denen sich der Bruder durch Selbstmord von der Schwester verabschiedet. So mag die Schmach Camilles Paul bedrängt haben, daß er an Selbstmord dachte, oder das Verhalten der Schwester hat den letzten Anstoß gegeben, seine eigene Misere zu beenden. Er läßt sich sterben. Was Paul im folgenden gestaltet, ist eine Szene zwischen Camille und Rodin. In seinem Stück tragen sie die Namen Marie und Henri. Deutlich wird, wie eingeweiht er war.

Da spricht Henri von dem vergeblichen Versuch, Marie zu vergessen. «Warum sollte ich das Schicksal schelten, das eine so vollkommene Frau mir zugeführt?»

Von einem Satz ist die Rede: «Hier also trennt man sich!»

Ein Satz, der Marie wie ein Schwert trifft. «Mein Freund, hättest du nicht gelogen, da du mir sagtest, daß wir fortan ein Wesen nur noch bilden. Tu mir kein Leid an!» Marie kniet vor Henri. Doch die Worte, die folgen, sind voller Stolz: «Weinen werd ich nicht – o nein! Ich will mich selbst besingen. Eine Kunst wurde mir gewährt und eine Kraft gegeben – zu lieben. Eine Kraft, zu halten.»

Dann legt Paul Worte in ihren Mund, die seinen eigenen Empfindungen entsprechen: «So schreit der Bruder es hinaus nach altem Brauch: ‹Kommt, seht's euch an, das jämmerliche Wesen! Wird nicht der erste beste kommen und seine Hand mir auf die Schulter legen. Ich habe mich verkauft, habe mich weggeworfen. Jeder andere hat seine Seele; doch hat ein Mann sich über mich geworfen, und nun erkenne ich, daß ich ihn liebe. Und darin bin ich zweimal nun geschmäht!› »

Wie identisch Marie und Camille sind, zeigt folgende Verschlüsselung: «Ich lebte in einem Duftgewölk wie eine Tänzerin mit trunkenen Füßen, ja, ich kann sagen, daß ich hinschwebe über Wasser, über Blüten!» Worte der Marie als Assoziation zu dem Namen Camille. Vergils Camilla, die über Wasser laufen konnte, ohne die Füße zu netzen, und über ein Ährenfeld, ohne daß die Halme sich bogen.

Marie spricht vom Tod, wenn Henri sie verläßt.

«Soll ich mich von dir trennen, Henri? Für mich sind wir einander angetraut. Doch sag du jetzt, daß du bereit bist ..., und ich beruf mich auf ein Recht auf dich. Auf einen Anspruch auf den Tod.»

Dann läßt Paul Henri sprechen:

«Mit diesen Worten sag ich's nicht ...

Ich war's, der sich auf dich gestürzt, dich nahm, wie je ein Wolf, der auf den Rücken sich ein Schaf geladen ...

Dann will ich einen Eid hier schwören. Ich schwöre auf der Schwelle.

Die Hand will ich erheben, eingedenk der Nacht. Über der Pforte lastet sie, die stumme Zeugenschaft des übersäten Himmels. Ich will von dir mich nicht mehr trennen!»

Und Marie bittet: «So schwöre es denn bei unserem ehelichen Bunde!»

Henri legt ihr die Hand aufs Haupt. «Ich schwöre es, Geliebteste.»

Paul versucht, das Phänomen dieser Liebe zu begreifen, die zwischen Camille und Rodin besteht. Die ungeheure Anziehung und das Unvermögen, gegebene Schwüre zu halten. Im gleichen Atemzug wie mit dem Schwur stößt Henri heraus: «Ich kann es nicht, Weib, leb wohl!» Und nun kommt das Schmerzlichste. «Verflucht der Feigling, der zwischen Ja und Nein nicht länger unterscheiden kann. Ich willige ein. Ich will von dem mir dargebotenen Gesicht nicht Abschied nehmen. Leb wohl! So also müssen wir uns trennen, ich, um nie wieder herzukommen, und du?»

In einem Atemzug – ich will mich nicht von dir trennen und – leb wohl! «Über welch lange, mühevolle, verborgene Straßen führt unser Weg? An welchem Raine welchen Weges wirst du sitzen, werd ich dich wiederfinden?»

Prophetische Fragen des Bruders, die er jenem Henri in den Mund legt. Maries letzte Worte sind: «Alles ist zu Ende. Die Nacht, sie tilgt den Namen.»

Es wird die Nacht kommen über Camille, die den Namen Rodin tilgt und die Liebe. Es wird Nacht bleiben.

37.

Sein Drama schreibt Paul Claudel 1888. Nach Worten Rodins ist es noch die köstliche Zeit in La Folie-Neubourg. Gemeinsame Arbeit. Die Zwischenfälle mit Rose haben aufgehört. Ihn selbst haben sie kaum aus dem Gleichgewicht geworfen. Er hat Wege gefunden, Rose zu beschwichtigen. Er schafft sie aus Paris fort. Im Seinetal, in Bellevue, hat er ein Haus für sie gemietet. Dort hat sie ein angenehmes Wohnen. Doch einsam und verbittert geht sie Nacht für Nacht im Garten auf und ab. Sie wartet auf das letzte Fährschiff aus Paris, mit dem Rodin vielleicht kommt. Sie wartet – wie «eine Seemannsfrau». Selten wird ihr Warten belohnt. Erscheint Rodin wirklich eines späten Abends, fürchtet er sich vor ihrer wortreichen Empörung. Dabei soll sie es sich hier gut gehen lassen, soll auch sie seinen wachsenden Wohlstand spüren und daran teilhaben.

Rodin führt ein aufreibendes Doppelleben.

Camille arbeitet an einem neuen Entwurf der Sakuntala, der stärker die innere Verlassenheit der Frau sichtbar machen soll. Die Jahre des Wartens, der Hoffnungslosigkeit, der Kränkung haben ihr das Herz gebrochen. Die Liebe hoch und rein zu halten zu einem Mann, der sie vertrieb, hat sie nicht vermocht. Plötzlich seine Zuwendung. Unerwartet das Bekenntnis des Mannes, daß ihr seine ganze Liebe gehört. Nichts hat sie in ihrer Einsamkeit mehr ersehnt als diesen Augenblick. Doch als er vor ihr kniet, um Vergebung bittend, sinkt nur ihr Kopf voller Hingabe und Schmerz auf die Stirn des Mannes. Die linke Hand liegt wie schützend auf ihrer Brust, auf ihrem Herzen, daß es nicht zerreißt vor Glück und erneutem Schmerz. Doch der andere Arm vermag nicht den Mann zu umschließen, wie bei den ersten Entwürfen. Teilnahmslos hängt er herunter. Verzeihung und Hingabe nur im tiefgesenkten Haupt – hier die Berührung mit dem Mann suchend. Kein Hauch von Sinnlichkeit.

1888 – die lobende Erwähnung der «Sakuntala» durch die Salonjury. Es ist unmöglich, das Werk zu übersehen. Aber es ist das Werk einer Frau. Medaillen erster und zweiter Klasse gehen an weit weniger würdige Werke von Bildhauern, wie Levasseur, Eugène Quinton, Lefèvre, Enderlin oder Gardet.

Camille Claudel, Schülerin von Auguste Rodin, rückt in das Licht der Öffentlichkeit. Kunstkritiker erkennen in diesem Werk eine außergewöhnliche Begabung. Sie teilen nicht die Meinung der Jury. Sie finden, ein Preis stünde ihr zu.

Auch Louis-Prosper besucht die Ausstellung. Sind die Jahre endgültig vorüber, in denen Camille ihre Arbeitskraft und Inspiration ins Rodinsche Werk mit einfließen ließ? Ergriffenheit vor dem Werk. Hat sie sich endlich auf sich selbst besonnen?

Stolz, der Enttäuschung vergessen läßt.

Louis-Prosper sucht Camille auf. Er lädt sie zum Sonntag ein. In der Familie haben sich Veränderungen angebahnt. Louise ist mit Ferdinand de Massary verlobt. Sie werden in diesem Jahr heiraten. Ferdinand bittet Camille um eine Büste.

Camille sitzt wieder in der vertrauten Küche der elterlichen Wohnung. Die Schwester hat etwas dagegen, daß ihr Verlobter zu den Sitzungen Camille in ihrem Atelier aufsucht. Ihr war nicht entgangen, daß Ferdinand des öfteren der Mutter gegenüber den Wunsch und die Hoffnung äußerte, Camille wieder in der Familie begrüßen zu können. Warum zeigt er Verständnis, wo Camille ihn doch verschmähte?

Unerwartet und jäh reißt Louise die Küchentür auf. Das macht sie jeden Abend zweimal. Immer sitzt Ferdinand mit einem etwas verlorenen Gesicht am Küchentisch, so daß das Licht der Abendsonne auf ihn fällt. Nie ist ein Wort zu hören. Reden die beiden nicht miteinander?

Louise geht prüfend um das Werk ihrer Schwester. Das Gesicht eines reifen Mannes. Sie ist mit der Ähnlichkeit zufrieden. Oberlippen- und Spitzbart lassen den großen, weichen Mund frei. Etwas beunruhigt Louise. Der Blick, der auf die Bildhauerin gerichtet ist. Nicht eingestandener schmerzvoller Verzicht liegt darin. Der Ernst des Gesichtes wird unterstrichen durch die schweren Lider.

«So traurig schaut er nie im Leben!» Es ist Louises einzige Kritik. Sie verläßt die Küche wieder.

Camille läßt den Spachtel sinken und schaut Massary an. Es bedarf keiner Worte. Hätte es die Bildhauerei nicht in ihrem Leben gegeben und somit nicht Rodin, Massary wäre eine würdige Verbindung gewesen. Manchmal ist Sehnsucht in ihr nach Sicherheit, Sehnsucht nach Geborgenheit. Sie hat gewählt. Sie hat sich anders entschieden. Sie muß für sich allein einstehen.

Hélène kommt auf Zehenspitzen in die Küche, hängt zusammengebundenen Liebstöckel an das Fenster. Sie kann es nicht lassen, auf dem Hof versteckt, ein Gewürzgärtlein zu halten.

Die Tage oder Wochenenden, die Camille wieder in der Familie verbringt, nutzt auch Rodin, zu Rose nach Bellevue zu fahren. Es gibt Zeiten, in denen es ihm in Bellevue gut gefällt. Hat das Haus doch einen Dachboden mit sieben Fenstern, einen Ort, wo er gern zeichnet. In Bellevue feilscht er mit den Nachbarn liebend gern um Tomaten und Aprikosen.

Im losen Winde / gehe ich und finde / keine Statt. / Treibe fort, / bald da, bald dort / ein welkes Blatt.

Verse von Paul Verlaine.

Camille hat sie von ihrem Bruder erhalten. Über Rimbaud war er auf Verlaine gestoßen. Er weiß, daß sich der «Dichterfürst» bei Mallarmé einfindet, der jeden Dienstag seine berühmten Soireen abhält. Ein Kreis von Symbolisten, die die Literatur im Sinne «absoluter Poesie» verändern wollen. «Ich erfinde eine neue Sprache», hatte Mallarmé verkündet, «die notwendig aus einer neuen Poetik hervorgehen muß, die ich definieren könnte: nicht die Sache wiedergeben, sondern die Wirkung, die sie hervorruft.» Den Eindruck. Impression.

Camille befindet sich in einem seltsamen Zustand. Sie ist in sich gekehrt, vergräbt sich in Büchern. Sie liest nicht nur am Abend, auch am Tage. Sie rührt keinen Schaber, keinen Meißel an. Sie hat die Geschichten um Villiers de l'Isle-Adam vor sich, der sie bei Mallarmé mit seinem Interesse verfolgte. Er war voller Spottlust, die ihr bei manchen Gelegenheiten gefiel. Villiers hat am Aufstand der Kommune teilgenommen und Reportagen über Leben und Kampf der Arbeiter geschrieben. Später ließ er sich von Edgar Allan Poe inspirieren. Er zog Camille auf, noch keine Zeile von ihm gelesen zu haben. Die Musikalität seiner Prosa gefällt ihr. Auch seine ungewöhnlichen Themen, seine «grausamen Geschichten». Ein bißchen mystisch-phantastisch. Sie liest auch Joris Huysmans' neuen Roman «A rebours», der sehr gefeiert wurde. Dieses Buch findet nicht ihren Beifall. Sie kann sich nicht mit seinem Helden identifizieren, der in eine Scheinwelt raffinierter Kunst- und Sinnesgenüsse flieht. Sie kann nur Verachtung empfinden für seine Parfümzerstäuber, seine Düfte – Chyper, Champakan, Sariantos.

Seit 1883 besteht dieser Kreis, dem ungefähr zwanzig Männer angehören. Fast alle sind sie in dem Alter von Rodin, ein paar Jahre älter, ein paar Jahre jünger. Catulle Mendès, Verlaine, Charles Morice.

Camille hat Paul versprochen, ihn einmal mitzunehmen. Bald. Im Moment hat sie keine Zeit und keine Lust. Sie muß lesen.

Sie flieht in die Welt der Worte ... treibe fort, bald da, bald dort, ein welkes Blatt ...

Etwas ist passiert, unmerklich ist es geschehen. Der Zustand ständigen Bedrücktseins wird ihr bewußt. Gerade so, als hätte sie ihren Optimismus verloren.

Eines kommt zum anderen.

Die «Sakuntala» im Salon. Es gibt nicht nur Stimmen des Lobes. Da steht eine Traube von Schaulustigen um ihr Werk. Camille hört, wie einer dem anderen erklärt: «Sie ist die Geliebte Rodins oder – wie sie es nennen – seine Schülerin. Er hat ihr eines seiner Werke vermacht. Man erkennt deutlich seine Hand!»

Da trifft sie es zum erstenmal. Da trifft es mit gezieltem Schlag. Sie fühlt, wie das Blut aus ihrem Kopf entweicht. Sie sucht einen Halt. Rodin ist mit im Raum. Er hört ebenfalls diese Worte, nimmt Camilles tiefe Getroffenheit wahr und ihre momentane Wehrlosigkeit.

«Meine Herren», Rodins sonst leise Stimme hat einen harten Klang.

«Es ist wahr – ich habe Mademoiselle Claudel gezeigt, wo sie Gold finden kann, aber das Gold, das sie findet – ist in ihr.»

Im Französischen hat dieser Satz noch einen anderen Klang. «L'or quelle trouve est bien à elle.» Das Gold, das sie findet, gehört ihr.

Setzt Rodin mit diesem Satz vor der Öffentlichkeit den Schlußpunkt unter die Diskussion, die Camille mit ihm führte? Ist er angenommene Erkenntnis? Der Satz klingt, als wäre Rodin gewohnt zu denken — ich habe ihr gezeigt, wie sie das Gold finden kann — das Gold gehört mir.

Aber jetzt sagte er — es gehört ihr.

Erst kürzlich hatten sie eine heftige Auseinandersetzung. Im Marmorlager. Camille war an einem späten Nachmittag dort erschienen. Rodin wollte ihr seine neueste Arbeit zeigen — Faune. Gehilfen und Modelle waren schon gegangen. Rodin war nicht allein. Er hatte einen Käufer. Einen Hochschullehrer. Er stand vor einem Entwurf, der zu den letzten Arbeiten zählt, die Camille im Marmorlager angefertigt hat. Der Schrei des jungen Mädchens. Der Mann wünschte ihn sich in Bronze gegossen. Camilles Anwesenheit schien er als störend zu empfinden. Er würdigte sie keines Blickes, die sich wie schützend vor ihr Werk stellte. Der Fremde bemühte sich, Monsieur Rodin seine Verehrung zu zeigen.

Nachdem Rodin den Käufer mit Zuvorkommenheit verabschiedete, fragte Camille, ehe der andere die Tür hinter sich schloß: «Wie kommst du dazu, mein Werk zu verkaufen und so zu tun, als sei es deins?»

Zunächst war Rodin verblüfft über ihre Frage, zugleich verärgert über die Heftigkeit, mit der sie gestellt wurde. Er kann sich an Zeiten erinnern, wo Camille es als den größten Triumph ansah, wenn man ihre Arbeit unter seinen Entwürfen auswählte und glaubte, einen «Rodin» gekauft zu haben.

Camille fühlt sich seltsam zerrissen. Die Worte des Vaters bei seinem letzten Besuch — sie hatten einen Stachel hinterlassen. Sie weiß es selbst, daß es Zeiten gab, wo sie anders dachte und empfand. «Die Werke der Rodins» — dagegen hätte sie nichts einzuwenden gehabt. Darin läge die Wahrheit. Aber so — ausgenutzt — ein häßliches Wort, ein kränkendes Wort des Vaters.

«Was in meinen Werkstätten entsteht, was mit meinem

Material und meinem Handwerkszeug gemacht wird – das gehört mir!»

Rodin ist sich nicht bewußt, daß er jetzt die Worte seines Arbeitgebers Carrier-Belleuse benutzt, als dieser Rodin in Brüssel beim Verkauf seiner Figurinen überraschte. Kleine Nippes, die Rodin in seiner Freizeit hergestellt hatte – allerdings in den Werkstätten des Unternehmers.

«Sag das noch einmal – meine Ideen gehören dir, weil ich mich in deinen Werkstätten aufgehalten habe, wo ich lediglich zuschauen sollte, wie du modellierst ...»

Auch Rodin hatte damals voller Empörung Carrier-Belleuse auf sein geistiges Urheberrecht hingewiesen. Dessen Antwort war – Entlassung.

Rodin versucht Camille zu beruhigen. Selbstverständlich bekommt sie das Geld, wenn es ihr darum geht.

«Das ist mein Werk, und ich kann damit tun und lassen, was ich will!» Camille ergreift den Gipsabdruck und schleudert ihn Rodin vor die Füße.

«Was tust du?»

Camille beweist ihre Unabhängigkeit. Sie ist nicht zu kündigen. Sie ist eine eigenständige Künstlerin. Das Gold, das sie findet, es ist in ihr. Es gehört ihr.

Diese Worte nun im Salon, sie sollen den Klatschsüchtigen den Mund stopfen. Er hat ihr gezeigt, wo und wie sie Gold findet? Was hat er ihr gezeigt?

In seiner Nähe wollte er sie haben.

Der Altersunterschied von vierundzwanzig Jahren wird ihn immer zum Meister machen und sie zur Schülerin.

Daß sie künftig damit rechnen muß, auf Feindseligkeit und Ablehnung zu stoßen, daß man ihr nachsagen wird, eine Kopiererin Rodins zu sein, hat Camille in ihrer Naivität und ihrem Optimismus tief getroffen.

Doch das ist es nicht allein.

Das Kindermädchen in Azay-le-Rideau? Nein – das hat sie Rodin verziehen. Der Skandal mit Rose? Gewiß, es quälte sie sehr, die Unentschiedenheit Rodins. Und doch gibt es Tage, da versteht sie ihn, da versteht sie auch

Rose und hat Mitleid mit ihr. Und sie hält es seiner Rechtschaffenheit zugute, mit Rose im guten auskommen zu wollen. Eine so langjährige Beziehung wirft man nicht einfach fort. Allerdings taucht der Gedanke auf – an Konsequenz. Gut! Soll er bei Rose bleiben! Dann aber bedeutet das die Trennung von Camille. Doch diesen Schritt vermag Rodin nicht zu gehen. Es sind keine hohlen Worte, daß er in Camille seine eigentliche Frau sieht. Daran läßt er nicht den geringsten Zweifel aufkommen.

Als er viele Jahre später, kurz vor seinem Tode, seine Frau zu sehen wünscht und man Rose zu ihm hereinführt, wehrt er ab: Nicht diese, die andere, die aus Paris soll kommen.

Er lebt mit Camille in Folie-Neubourg. Mit ihr zeigt er sich in der Gesellschaft, in der Öffentlichkeit. Gewiß – es zeigt sich der Meister mit seiner Schülerin. Vor den anderen nennt sie ihn «Monsieur Rodin», und er nennt sie «Mademoiselle Camille». Und wenn sie allein sind in La Folie-Neubourg, hat sie es sich angewöhnt, ihn auch hier «Monsieur Rodin» zu nennen. Rodin spürt die Distanzierung und die Ironie heraus, wenn sie ihn in den zärtlichsten Minuten Monsieur Rodin nennt. Sie will ihm durchaus die Kluft zeigen, die er mit seinem Verhalten heraufbeschwört. Dann verselbständigt sich die Bezeichnung. Sie wird intimster Ausdruck. Ihn auch in der Öffentlichkeit so zu nennen ist ihr geheimster Triumph.

Das ist nicht das Enttäuschende, gegen das Camille ankämpft. Sie ist sich seiner Liebe zu ihr sicher. Sie glaubt daran, daß er sich eines Tages im guten von Rose loskaufen kann. Eines Tages ... Denn sie respektiert Rose auch als Mutter seines Sohnes. Der ist erwachsen. Aber eines Tages wird sie ihm selbst ein Kind schenken. Dann ist sie gleichberechtigt mit Rose. Dann wird ihr gemeinsames Kind der Grund sein, von Rose gehen zu müssen.

Manchmal erschrickt sie, wenn sie eine neue Kerze aufsteckt, wie tief in der Nacht es ist. Sie liest Gedichte, die sie in einen seltsamen Zustand versetzen, verliert sich in

Träumen und Ahnungen. Sie muß nachdenken, muß ihren Standpunkt finden zu vielen Dingen im Leben. Die Leichtigkeit hat sie verloren, über das Wasser zu laufen. Sie versinkt. Etwas in ihrem Vertrauen ist erschüttert.

Sie läßt die Verse in sich weiterschwingen und ist überrascht, zu welchen Assoziationen sie führen. Kristallklar hebt sich plötzlich eine Erkenntnis ab.

Das Gedicht von Mallarmé – «Erscheinung». Sie liest es. Fast immer stellt sich eine Verbindung zu Rodin her. Da taucht in einer Nacht, «wo der Mond voller Trauer ist und die Engel in Tränen», ein Bild auf, Erinnerung an den Tag, der gesegnet war durch den ersten Kuß. Erinnerung. Erinnerung an eine Erscheinung, die wie eine Fee daherkam, das Kind in seinen Schutz nehmend, und «aus den halbgeöffneten Händen schneiten weiße Sträuße von duftenden Sternen». So war es auch ihr erschienen. Und in dieser trauigen Nacht das Gefühl – an den einst duftenden Sträußen klirrt Eis.

Pauls seltsamer Satz von dem Versprechen fällt ihr ein, das nicht gehalten wurde. Jener erste Kuß, der die wildesten und kühnsten Träume geweckt hatte – er hat sein Versprechen nicht gehalten. Sie hatte in Rodin die Kühnheit geliebt, alle Schranken zu durchbrechen und Neues zu schaffen. Mit ihm zusammen hat sie an seinem Meisterwerk gearbeitet, den «Bürgern von Calais». Die Arbeiten sind abgeschlossen. Es scheint, als habe sich Rodin im Universalismus seines künstlerischen Sehens verloren. Sein Universalismus ist sein Verhängnis. Er verliert die Fähigkeit, sich auf Wesentliches, auf das Wichtigste zu konzentrieren. In der grenzenlosen Breite seines Schaffens löst sich sein unfehlbares künstlerisches Wissen auf. Er ist nicht auf dem Weg weitergegangen, den er mit den «Bürgern von Calais» eingeschlagen hat. Einen Weg, den Camille als den ihren erkannt hat. Rodin droht, in der erotischen Welt von Faunen und Nymphen zu versinken.

Ein Gedicht von Mallarmé und diese Erkenntnis.

Es ist drei Stunden nach Mitternacht. Sie sollte das

Licht löschen. Wäre Rodin hier, er hätte längst darauf bestanden. Und zu Hause hätte die Mutter den verräterischen Lichtschein entdeckt und gereizt an die Tür geklopft. Aufforderung, daß es Zeit sei zu schlafen. Niemand sagt ihr in dieser Nacht, daß sie das Licht löschen muß. Niemand. Ein Gefühl von Verlassenheit. Sehnsucht nach einem Menschen, der sich zu ihr bekennt. Sehnsucht nach einem Kind.

Sie ist vierundzwanzig.

An einem der nächsten Dienstage, als Monsieur Rodin und Mademoiselle wieder den Salon der Mardisten besuchen, nehmen sie Paul mit. Rodin ist überrascht zu erfahren, daß Paul schreibt. Dieser verbirgt seine Aufregung schlecht. An diesem Abend ist er mit Abstand der Jüngste. Er erscheint schüchtern und wagt nicht, das Wort an Verlaine zu richten. Hört lediglich zu. Dankbarkeit für Camille, ihn hierher mitgenommen zu haben.

Zuhören. Er kann nichts anderes als zuhören, denn er weiß nicht, wo sein eigener Platz sein wird. Rimbaud hat ihn begeistert. Seine Dichtung ist revolutionär und gegen Selbstentfremdung gerichtet. Doch hier in diesem Kreis scheint man bereits über Rimbaud hinausgegangen zu sein. Man will den Bruch zur Gesellschaft. Man lebt als Bohemien. Irgendwie scheinen sie neutralisiert. Paul begreift nicht, wo ihre Werte liegen. Man kann sich nicht in Ablehnung erschöpfen. Soll Ablehnung alles sein? Ihr Weg scheint nirgendwo hin zu führen. Man muß etwas Besseres errichten wollen. Das kann nicht durch Selbstverwirklichung in Literatur enden! Es gibt doch eine Verpflichtung den Menschen gegenüber. Paul glaubt an eine Bürgerpflicht.

Im Kreis der Mardisten reifen in Paul neue Erkenntnisse. Nur bedingt fühlt er sich zu dieser Gruppe gehörig.

38.

Ein neuer Gast taucht auf bei Mallarmé. Eingeführt wird er durch Robert Godet, den jungen Schriftsteller und Kritiker aus der Schweiz. Sie scheinen Freunde. Der Name des Unbekannten: Claude Debussy. Musiker. Er ist zwei Jahre älter als Camille und gerade aus Italien nach Paris zurückgekehrt.

Von Camilles Erscheinung fasziniert, sucht Claude Debussy ihre Nähe und das Gespräch mit ihr.

Rodin ist es gewohnt, Camille von jungen Männern umschwärmt zu sehen. Sie hegt keine Neigung zur Koketterie und zum Flirt. Die jungen Männer langweilen sie. Erfüllt von der Persönlichkeit Rodins, vermag keiner der anderen ihre besondere Aufmerksamkeit zu erregen.

Rodin spürt es als erster, bei dem jungen Debussy verhält es sich anders. Überrascht hört er Camilles Lachen, das einen anrührenden Klang hat, unüberhörbares Bedürfnis nach Fröhlichkeit. Wann hat er Camille das letztemal fröhlich erlebt? In Azay-le-Rideau, mit der kleinen Jeanne. Als Rodin lustlos die Gesellschaft verlassen möchte und Camille zum Gehen auffordert, will sie bleiben. Daß er allein geht, ist nie vorgekommen. Meist war sie es, die zum Gehen drängte. Plötzlich fühlt Rodin sich alt. Uralt. Die Prophezeiung von Rose — daß seine junge Geliebte eines Tages die Falten an ihm entdecken werde und seinen grauen Bart.

Was macht Debussy so anziehend für Camille? Ist es seine Jugend? Sein Aussehen? Groß und schlank. Sein volles schwarzes Haar trägt er in die Stirn. Ein schmales Gesicht. Mitunter ein schwermütiger Blick. Eine edel geformte Nase. Ein voller, sensibler Mund.

In Debussys Gegenwart spürt Camille wieder etwas von jenem Nonkonformismus, der sie bei Rodin angezogen hatte, damals, bei Madame Adam. Rodin hat ihn aufgegeben. Er war dabei, sich der Gesellschaft anzupassen, die gewillt ist, ihn aufzunehmen. Er gehört jetzt dazu. Er trägt jetzt Maßanzüge. Und elegante Hüte. Er wird sich ein Samtbarett zulegen, kaufte sich sogar einen Spazierstock. Er hat den Geschmack dieser Gesellschaft übernommen.

Das ist es, Rodin hat den Schritt in die Gesellschaft ohne Camille getan. Keinem der beiden ist es bewußt geworden. Erst jetzt, an Debussys Seite, der ebenso unkonventionell ist wie sie, voller Ideale, ebenso auf der Suche nach einer neuen Wahrheit, entdeckt Camille den nicht für möglich gehaltenen Riß, der zwischen ihr und Rodin entstanden ist. Ein Riß, der durch ihre Seele geht, denn sie liebt Rodin.

Sie weiß ihre Zuneigung zu Debussy nicht zu erklären. Manchmal erinnert er sie an Paul. Ein Bruder, nur älter, aber vertraut. Seine Menschenscheu. Sein Unwohlsein im Kreise vieler. Ein Einzelgänger ist er. Noch immer schleppt er den Stempel seiner Kindheit mit sich herum. Doch kann er über sich und seine Fehler mit leichter Selbstironie sprechen, was Camille liebt.

Debussy stammt aus kleinbürgerlicher Familie, besuchte keine Schule und hatte in seiner Kindheit fast keinen Kontakt zu Gleichaltrigen. Das hat ihn geprägt. Seine Mutter und eine Bekannte aus Cannes, bei der er mehrere Jahre lebte, haben ihn in den Elementarfächern unterwiesen. Sein Hang zum Einzelgänger entwickelte sich. In Cannes wurde Madame Mauté de Fleurville, eine Chopin-Schülerin, auf die musikalische Begabung des Kindes aufmerksam. Sie ermöglichte ihm ein Studium am Konservatorium in Paris. Da es dem jungen Debussy offenbar an Fleiß fehlte, konnte er nicht die Virtuosenlaufbahn einschlagen. Dennoch wird er einer reichen Dame empfohlen, die sich an das Konservatorium wandte mit der Bitte um einen guten Pianisten. Die Dame war Nadeshda Meck, die Mäzenin Tschaikowskis. Ihr also wurde Debussy empfohlen, der in der Begleitung den ersten Preis erhalten hatte. Von 1880 bis 1884 begleitete er Frau von Meck in die Schweiz und nach Italien, lernte Verdi, Boito und Liszt kennen. Sie nahm ihn in das heimatliche Rußland mit, wo der junge Mann die russische Volksmusik und das Werk Mussorgskis in sich aufnahm. Sein Weltbild weitete sich. Wieder in Frankreich, wurde er Kompositionsschüler von Ernest Guiraud, für kurze Zeit von César Franck. Für seine Kantate «Der verlorene Sohn» erhielt er 1884 den großen Rompreis.

Camille und Debussy entdecken ihre gemeinsame Liebe zur japanischen Kunst, zu Hokusai. Sie wurzelt in dem Hingezogensein zu den einfachen Menschen. Gemeinsam vertiefen sie ihr Wissen. Hokusais «gezeichnete Einfälle» sind in 14 Bänden erschienen. Holzschnittfolgen in ungewöhnlicher Fülle und Frische. Landschaften und Szenen.

Sie sind beglückt von der Gleichheit ihres Empfindens.

Debussy führt Camille an seine Entdeckung heran – Mussorgski. Der Jahrmarkt von Sorotschinzy. Bilder einer Ausstellung. Aufklingen von Volksweisen.

Debussy spielt Camille diese Musik vor.

Was bleiben wird, über die Beziehung zu Debussy hinaus, ist Camilles Interesse an dem russischen Komponisten. Sie schließt sich den Bestrebungen an, Mussorgski in Frankreich bekannt zu machen.

Jahre später noch, 1896, ein Brief von Camille an Mathias Morhardt:

«Zu meinem großen Bedauern habe ich gestern nicht an der letzten Mussorgski-Sitzung teilnehmen können. Ich erwartete zu gleicher Zeit einen Besuch. Ich wäre gern mit Ihnen dort gewesen. Vielleicht in der Bondière.»

Bei Mussorgskis Musik kommen Camille Visionen, die sie in Ton und Marmor umsetzen möchte. Einfache Szenen, der Alltag einfacher Menschen.

Ein Traum – so empfinden es beide.

Lange gemeinsame Spaziergänge. Es ist Winter. Die Dunkelheit kommt früh. Auf dem Fluß treiben Eisschollen. Verschneite Anlagen. Im Licht der Gaslaternen – Wirbel der Flocken.

Sie gehen die Stadt streicheln, wo sie einsam ist. Sie

sind übermütig. Schneebälle fliegen durch die Dämmerung. Ein Jagen über die Wiese. Zufluchtsuchen hinter vereisten Bäumen. Erregtes Lachen. Schalk in den Augen. Von plötzlich heruntergezogenen Zweigen stäubt glitzernder Schnee. Dann hält Claude Camille in seinem Arm, sieht jähes Erschrecken in ihren Augen und Angst, die unbegreifbar ist. Nichts von Übermut. Unsäglicher Schmerz. Abwehr.

«Du bist so schön, daß es unwirklich ist.»

Ein Traum.

Debussys sehnlicher Wunsch, diesen Traum in sein Leben zu holen, ihn Wirklichkeit werden zu lassen.

Camille befreit sich mit Heftigkeit. Sie läuft ein paar Schritte davon. An einer verschneiten Parkbank bleibt sie stehen und schaut zu Debussy. Er steht mit hängenden Armen und einer heftigen Enttäuschung im Gesicht. Er steht wie einst Paul, in Unbeweglichkeit, wartend auf eine Annäherung.

Bei der Umarmung Debussys, die zaghaft und scheu ist, reißt in Camille die Erinnerung an Rodin auf. Es kann und darf sie kein anderer in den Arm nehmen. Es geht nicht. Sie hält es nicht aus. Sie kann jetzt auch nicht auf Debussy zugehen. Ihr Schmerz ist im Moment maßlos. Sie wendet sich in Richtung Stadt und verläßt den Park.

Debussy kommt ihr nachgeeilt. Entschuldigungen stammelnd, für die ihm die Überzeugung und die Worte fehlen. Camille greift nach seiner Hand, die ist kalt. In schwesterlicher Zuneigung haucht sie Wärme darauf und schiebt sie mit der ihren zusammen in den Muff. Ihre Finger berühren sich. Mit den Fingerspitzen macht Camille die winzige Andeutung eines Streichelns.

Debussy ahnt den Grund ihrer Weigerung. Rodin. Er haßt den alten Faun und dessen Kunst, die ihm nur «stinkender Romantismus» ist.

Rodin steht Debussy nicht nach. Er tut kund, wo immer sich die Gelegenheit bietet, daß er sich bei Debussys Musik langweile.

39.

Das Jahr 1889. Der hundertste Jahrestag der Großen Französischen Revolution. Paris ist eine Stadt der Sensationen.

Für Rodin beginnt dieses Jahr mit der Vorbereitung seiner bisher größten Ausstellung. Gemeinsam mit Claude Monet, der siebzig Bilder zeigt, kann Rodin in einer eleganten Galerie sechsunddreißig seiner Plastiken vorstellen. Der bekannte Kritiker Octave Mirbeau würdigt diese Ausstellung als einen «gewaltigen Erfolg» und ihre beiden Vertreter als «bewunderungswürdig». «Sie sind es, die in unserem Jahrhundert die glorreichste, die vollendetste Verkörperung der beiden Künste, Malerei und Plastik, darstellen.»

Bis auf den Unterschied von zwei Tagen sind Monet und Rodin gleichaltrig. Eine lose Freundschaft verbindet sie. Rodin weilt oft auf Monets Landsitz in Giverny. Vor dem Deutsch-Französischen Krieg war Monet nach England geflohen. Zurückgekehrt, lebte er in Argenteuil in bitterster Armut. Mit Energie hatte er 1874 eine Gruppenausstellung organisiert, auf der er sein Gemälde «Impression — Sonnenaufgang» ausstellte, das der neuen malerischen Auffassung den Spottnamen «Impressionismus» eintrug. In den achtziger Jahren festigte sich Monets Ruhm. Seine Bilder waren heiter, naturbezogen. Die Leuchtkraft des Sonnenlichts versuchte er in kleinen Tupfen und aneinandergereihten Strichen wiederzugeben. Später gibt er die Darstellung des Menschen auf. In den letzten dreißig Jahren seines Lebens, er stirbt 1926, wird sein Garten mit dem Seerosenteich einziges Thema. Ähnlich wie Mallarmé sein poetisches Credo formulierte, gilt auch für Monet der subjektive Stimmungsreiz höher als der reale Gegenstand. So nähert er sich der Kunstauffassung der Symbolisten. Cézanne sagte von ihm: «Er war nur ein Auge, aber was für ein Auge!»

1889 sind jedoch seine Bilder voller neuer visueller Aspekte. Er preist die Schönheiten des Großstadtlebens.

Für Rodin ist diese Ausstellung von großer Bedeutung. Endlich kann er sein Werk der Öffentlichkeit präsentieren. Hat man bisher seine Arbeiten als grob und unbeholfen abgetan, läßt sich bei dieser Ausstellung die Vitalität und die «ungezähmte Kraft», die sein Werk ausstrahlt, nicht übersehen.

Höhepunkt der Feierlichkeiten des hundertsten Jahrestages der Französischen Revolution ist die Einweihung einer ingenieurtechnischen Meisterleistung: des Eiffelturms. Am 31. März, sechsunddreißig Tage vor Eröffnung der Weltausstellung, hißt Eiffel auf der Turmspitze die Trikolore.

Bevor dröhnendes Geschützfeuer das Jubiläum der Revolution verkündet, entgeht Paris im Frühjahr mit knapper Not einem Staatsstreich. Boulanger hatte gedroht, die Dritte Republik mit Hilfe royalistischer Truppen zu stürzen. Doch dann setzt er sich überraschend nach Belgien ab.

Eine Weltausstellung – zur Feier dieses Jahrestages. Auf dem Ausstellungsgelände des Marsfeldes bieten sich in Glanz und Gloria die Schaustücke. Schätze aus den französischen Kolonien in Afrika und Asien. Das Neueste aus dem Pariser Kunstleben.

In der Ausstellungshalle für Bildhauerkunst hatte Rodin einen großen Pavillon erhalten. Diese Ausstellung besiegelt seinen Ruhm und Weltruf. Sein Hauptwerk ist die Gestalt des Eustache de Saint-Pierre – als patriotisches Thema.

«... die lebensgroße Gipsfigur eines alternden Mannes in zerfetztem Hemd mit gebeugtem, leidgekrümmtem Körper, narbigem, zerknittertem Gesicht und überlangen Händen. Die rauhe Oberflächenstruktur, die Furchen, Höcker und Kanten ließen das Werk roh, unausgeglichen, unvollendet, uneinheitlich erscheinen. Viele Beobachter empfanden bei seinem Anblick totale Verwirrung. Traditionsgemäß erwartete man von einem Produkt der Bildhauerkunst nicht nur die Darstellung eines erkennbaren Themas – ob patriotisch, allegorisch, lyrisch oder all dies zusammen –, sondern auch korrekte Proportionen, Ausgewogenheit und Glätte.»

Rodins Werk schockiert und fasziniert.

Camille ist bei der Eröffnung dieser beiden großen Ausstellungen an Rodins Seite. Sie erlebt Skepsis und Begeisterung unmittelbar, kann sich dieser öffentlichen Einflußnahme nicht entziehen. Vielleicht ist sie die einzige, die einzuschätzen vermag, daß Rodin auf diesem Weg nicht weitergehen wird. Noch einmal erscheint er ihr als Gott. Noch einmal das Gefühl innerster Zusammengehörigkeit. Was hier gezeigt wird, ist auch von ihrem Denken, Fühlen und Tun geprägt. Es dokumentiert die Einheit ihres und seines Geistes.

Der Erfolg, die Öffentlichkeit absorbiert Rodin.

Er kostet den Ruf aus, zu den größten Bildhauern Frankreichs gezählt zu werden. In den Augen vieler bereits der größte.

Rodin ist verwundert, wie gelassen er die Beziehung Camilles zu Debussy hinzunehmen vermag. Eine gute Möglichkeit, das eigene Verhältnis zu Camille zu lockern. Sein Ruhm füllt ihn aus. Voll und ganz. Er hat Camille ermuntert, sich unter den jungen Männern des Landes umzuschauen.

«... ich bin zu alt für dich. Du hast dein Leben vor dir – ich das meine hinter mir ..., ich habe nicht das Recht, dich an mich zu binden ...»

Er hat jetzt alles, wonach er strebte.

Äußerte Debussy nicht seinem Freund gegenüber, Camille besitze alles, was er bisher bei einer Frau gesucht habe? Natürlich verletzt es Rodins Eitelkeit, seine Schülerin des öfteren mit dem jungen Musiker zu sehen. Und wenn Camille in treuherziger Vertrautheit Rodin von ihren Eskapaden mit Debussy erzählt und ihn mit seiner Angepaßtheit aufzieht, um die Kluft sichtbar zu machen, die zwischen ihnen aufbricht, eine Kluft, die sich in ihm selbst aufgetan hat, kränkte es Rodin, daß er über seine neuen gesellschaftlichen Erfolge und Verpflichtungen spottet. Er hält es ihrer Jugend zugute. Aufgeschreckt, wird ihm der Altersunterschied zu Camille bewußt. Sie vertritt eine andere Generation. Darin findet er die Entschuldigung für sich. Um auf die anklingenden Vorwürfe nicht einzugehen oder sich ihnen zu stellen, ist Rodin der Meinung, Camille stünde ein jüngerer Mann zu.

Ein Fest im Haus Godet. Zum Jahreswechsel. Einladungen an Debussy und Camille. Noch immer hat Camille nicht zugesagt. Sie wartet, daß Rodin sich meldet, daß er sie bittet, mit ihm gemeinsam ins neue Jahr zu gehen. Einen schwarzen Spitzenschal hat ihr Rodin zu Weihnachten geschenkt. Zum erstenmal ein konventionelles Geschenk. Bisher waren seine Geschenke Bekenntnisse in Stein. Rose hat er mit solchen Dingen bedacht. Sachwerte. Jetzt auch sie. Zorn und Enttäuschung bei Camille. Der teure Schal zerreißt unter ihren Händen. Hélène stopft ihn kunstvoll.

Debussy steht vor der Tür, um sie abzuholen. Rodin hat sich nicht gemeldet. Ihr ist weh um das Herz. Sie sieht bittende Zärtlichkeit in den Augen Debussys. Es rührt sie seine Anhänglichkeit. Sie ist ihm dankbar dafür. Sie hat kein passendes Kleid für diesen Abend. Debussy lächelt. Gleich was sie trägt, sie wird immer die Schönste sein. Er legt ihr den Spitzenschal um. Sie sieht blaß und durchgeistigt aus. Der Schal unterstreicht den schwermütigen Zauber, der auch die Malerin Laetetia de Witzlewa faszinierte, als sie Camille bat, ein Porträt von ihr malen zu dürfen.

Claude zuliebe geht Camille an diesem Abend zu dem Fest. Fremder, stummer Gast. Gläserklingen, Toaste und Glückwünsche für das neue Jahr. Sie hat nur einen Wunsch, eine Sehnsucht. Niemand wünscht ihr Erfüllung. Freundlichkeit. Achtung. Schmerzendes Mißverständnis im Wunsch von Claude. Camille ist einsam unter den Freunden.

Sie verläßt den Saal und tritt in den Garten. Der Winter hat seine Schärfe zurückgenommen. Fast frühlingshaft wirken die Regentropfen an den schwarzen Zweigen. Ein Arm legt sich um ihre Schulter, Claude. Ihr lieber, aufmerksamer Claude. Sie streicht über seine Hände. Der Wind trägt Musik aus dem geöffneten Saal in den Garten. Walzerklänge, die verführen. Claude nimmt sie in seine Arme. Sie tanzen. Da ist doch einer, der mit ihr fühlt, sie braucht, sie begehrt. In Nebeln verschwimmt der weite Garten. Schneereste noch unter den Tannen. Sich verlieren in dieser Nacht, in diesem Nebel, in diesem Park. Schweben und Sterben. Die beglückende Nähe eines Menschen. Seine Wärme, sein Drängen. Ungestillte Sehnsucht nach dem anderen, die alles zerstört.

Camilles Beziehung zu Claude Debussy währt ungefähr ein und ein halbes Jahr. Als sie zu Ende geht, schreibt Debussy an seinen Freund Godet einen Brief. Februar 1891.

«... das traurig erwartete Ende dieser Geschichte, über die ich mit Dir gesprochen hatte. Ein banales Ende — wie eine Anekdote. Worte, die niemals hätten gesagt werden dürfen. Ich bemerkte diese seltsame Veränderung erst in dem Moment, wo diese so harten Worte von ihren Lippen kamen. Ich hörte in mir, was sie von so einzig Köstlichem sagten! Und diese verkehrten (aber leider wirklichen) Äußerungen verletzten alles, was in mir sang, zerrissen mich, ohne daß ich es verstehen konnte. Seitdem mußte ich begreifen lernen. Und viel meiner selbst ist an diesen Dornen hängengeblieben, und ich werde lange Zeit brauchen, um mich in der persönlichen Kultur der Kunst wiederzufinden, die alles heilt.

Ach, ich liebte sie wirklich, und mit um so größerer Traurigkeit fühle ich durch sichtbare Zeichen, daß sie niemals gewisse Schritte tun würde, die unsere ganze Seele verpflichten, und daß sie sich unverletzlich hütete vor Eroberungen in der Einsamkeit ihres Herzens. Jetzt reicht es zu wissen, daß sie alles besaß, was ich suchte. Wenn das nichts ist!

Trotz allem – ich weine um das Verschwinden des Traums von diesem Traum.»

Nein, Camille und Claude waren kein Liebespaar. Camille hat sich nicht mit ihrer ganzen Seele verpflichten lassen. Unverletzlich hat sie sich vor Eroberungen gehütet, in der Einsamkeit ihres Herzens. Trotzdem ist sie in die Nähe des jungen Musikers geflohen, auf der Suche nach Wärme und menschlicher Nähe, weil Rodin aus Eifersucht und Geschäftigkeit, aus dem Bemühen, sich aus dem Leben Camilles zurückzuziehen in familiäre Überschaubarkeit, eine Lockerung der Beziehung versuchte.

In der Zeit mit Debussy und unmittelbar nach dem Bruch entsteht Camilles Plastik «Der Walzer».

Ein junges Paar, das sich im Traum eines Walzers verliert. Er ist der letzte Schritt vor dem Erwachen. Erwachen aus dem Traum, weil beide fallen werden, im langen Rock der Frau verfangen, wird ein nächster Schritt nicht möglich sein. Stillstand oder Fall.

Die Beziehung Camilles zu Debussy hat in diesem «Walzer» ihren angemessenen Ausdruck gefunden. Walzer als traumhafte Zusammengehörigkeit. Die Frau ist bereits verloren, gefesselt an die Erde, gefesselt an die Vergangenheit. Dennoch ist in der Neigung des Kopfes Schutzsuchen, Vergessenwollen, Traurigkeit. So zärtlich der Mann sie umfaßt, er wird sie nicht zu halten vermögen. Zu weit neigt sie ihren Körper bereits zur Erde. Ein Bronzeabguß des «Walzers» steht bis zum Tode Debussys auf dem Kamin seines Arbeitszimmers.

«Sie halten einander umschlungen. Aber wohin drehen sie sich – so verloren im Rausch ihrer Seele und ihres so eng aneinandergefügten Fleisches. Ist es die Liebe, ist es der Tod? Die Körper sind jung, voll pulsierenden Lebens; doch das sie umgebende und ihnen folgende Faltengewand, das sich mit ihnen dreht, flattert wie ein Leichentuch. Ich weiß nicht, wohin sie tanzen, ob in die Liebe oder in den Tod, ich weiß nur eins: Über diesem Paar liegt eine Traurigkeit, die so ergreifend ist, daß sie nur vom Tod kommen kann oder vielleicht von einer Liebe, die noch trauriger ist als der Tod.

Wer weiß? Ein wenig von ihrer Seele, ein wenig von ihrem Herzen – das mag diese wunderbare Eingebung gewesen sein …

Mademoiselle Camille Claudel ist eine der interessantesten Künstlerinnen unserer Zeit.»

Worte des Kritikers Octave Mirbeau.

40.

Ohne Debussy wäre Camille nicht ihre Liebe und das Gefühl der Zusammengehörigkeit mit Rodin so schmerzvoll bewußt geworden. Allen Ernstes versucht sie, das Begehren Debussys anzunehmen, ihm nachzugeben – sie hat es nicht vermocht. Jetzt weiß sie, daß es Illusion bleibt, mit einem anderen Mann glücklich werden zu wollen. Ihr Glücklichsein mit Rodin wird mit keinem anderen Mann wiederholbar sein.

Selten geht sie nach Folie-Neubourg. Sie arbeitet in ihrem eigenen Atelier. Sie arbeitet am «Walzer». Sie möchte Rodin damit überraschen. In Stein soll er erkennen, was sie aus Stolz nicht in Worten bekennen wollte – daß sie leidet, so wie ihr Verhältnis sich in den letzten Wochen und Monaten gestaltete.

Sie hat neue Ideen. Straßenszenen. Einen blinden Sänger will sie formen, um den Kinder hocken, die ihm zuhören. Sie möchte eine Flötenspielerin schaffen, ein junges Mädchen, hingegeben dem Spiel auf der Querflöte – so wie sie sich selbst in ihrer Arbeit vergräbt, sich in ihr verwirklicht. Sie will gegen Rodins Phantastik anarbeiten.

Auf der Ausstellung am Eiffelturm, als Kritiker und Freunde Rodins um den Eustache standen und die Haltung seiner Hände würdigten, diese überlangen Hände, sie verteidigten gegen den Vorwurf der Unproportionalität, als Ausdruck des Gebeugtseins, hatte Camille Rodins Blick in den ihren gezwungen. Da erwartete sie, daß er sagt, laut, vor allen – diese Idee kommt von Mademoiselle Claudel. Sie war es, die seine Hände geformt hat. Mir hat ihr Vorschlag gefallen. Ich habe ihn von ihr übernommen.

Doch Rodin schweigt.

Er teilt nicht seinen Ruhm.

Als sie am Abend in den Fiaker steigen, fragt Camille: «Die Hände des Eustache – sind von dir oder von mir?»

«Was soll diese Frage. Ich habe den Auftrag erhalten. Es ist mein Werk. Soll ich mich vor allen hinstellen und erklären ... Übrigens soll ich dir einen Auftrag übermitteln. Von Lhermitte. Er möchte, daß du sein Kind porträtierst.»

«Er wollte, daß Sie es porträtieren, Monsieur Rodin!»

«Er war sofort damit einverstanden, als ich ihm vorschlug, dir den Auftrag zu geben.»

«Die Hände des Eustache gegen den Auftrag einer Büste. Danke!»

Natürlich übernimmt Camille den Auftrag. Sie schätzt Lhermitte. Léon Lhermitte, den Maler, 1844 geboren. Er malt in den Traditionen des kritischen Realismus der vierziger und fünfziger Jahre. Er fühlt sich den einfachen Menschen verbunden. Sie finden sich in ihrer Arbeit auf seinen Bildern wieder. Manchmal allerdings hängt den Bildern etwas Beschauliches an.

Um das Kind Charles zu porträtieren, kommt Camille in das Haus Lhermittes. Sie zeichnet nicht nur das Kind. Sie ist fasziniert, den Maler bei seiner Arbeit zu erleben, bittet darum, auch ihn skizzieren zu dürfen.

In das Marmorlager geht Camille nie mehr. Bitterkeit einer Erkenntnis. Was im Lager entstanden war an ihrem eigenen Werk, war von Rodin absorbiert worden. Seine Phantasie, sein Schaffensdrang griffen Anregungen auf, wo sie sich boten. Er legte keine Rechenschaft ab, ob es Gesten und Bewegungen seiner Modelle waren oder Versuche Camilles. Rodin wollte Camille nicht berauben. Ihre Vorwürfe treffen ihn. Er akzeptiert sie und versucht, sie zu entschädigen. Dabei weiß er, daß sie eine hervorragende Bildhauerin ist. Er empfiehlt sie und bemüht sich, Aufträge für sie zu erwirken. Er will, daß ihre Selbständigkeit auch von anderen akzeptiert wird. Das Schüler-Meister-Verhältnis besteht für ihn nur pro forma. Rodin hat ein schlechtes Gewissen Camille gegenüber. Sein Einfluß reicht jetzt weit. Er wird seine Bemühungen forcieren, daß Camille zum Jurymitglied bei der Nationalen Gesellschaft der Schönen Künste ernannt wird.

Nie wieder und nie mit solcher Intensität hat Rodin seine anderen Schüler zu lancieren versucht.

Der Status eines Jurymitgliedes dieser Gesellschaft ist das letzte, wovon Camille träumt. Geschäftstüchtig und umsichtig wie er ist, weiß Rodin, daß zur öffentlichen Anerkennung auch eine öffentliche Funktion nötig ist. Man muß sich sehen lassen, sich in Erinnerung bringen, mitreden, mitbestimmen.

Schlagartig begreift Camille anderes. Ihr Verhältnis zu Rodin, der immer stärker an die Öffentlichkeit tritt, muß legalisiert werden. Denn mit ihrem Anspruch auf ihr eigenes künstlerisches Werk ist auch sie der Öffentlichkeit preisgegeben. Sie will nicht als seine Geliebte, nicht als seine Schülerin, nicht als ausgehaltene Frau diesen Weg antreten. Oder sie muß sich trennen von ihm. Absolut. Endgültig. Sofort. Nein, zum Trennen ist es zu spät. In jeder Beziehung.

Und zu Hause, wie die Chöre in den antiken Tragödien, das ständige Klagen von Mutter und Schwester über den verwerflichen Lebenswandel Camilles. Versteckte Drohungen in Abwesenheit des Vaters. Abscheu und Verachtung in Blicken. Die Mutter kann noch immer nicht den Verlust des fast familiären Umgangs mit Monsieur Rodin verwinden. In der Schwester glimmt nach wie vor Eifersucht. Uneingestandener Neid auf die Freiheit, die Camille besitzt. An manchen Sonntagen hat Camille das

Gefühl, daß unter diesen Chorgesängen ihr Stolz und ihre Kraft dahinschmelzen. Eine große Müdigkeit kommt über sie.

Sie wartet. Sie wartet auf Rodin. Im Vertrauen auf seine Liebe zu ihr.

Eines Tages hält er es nicht mehr aus.

Der Sommer naht. Bilder von Azay-le-Rideau drängen sich mit jedem Finkenschlag, mit jedem Hauch gemähten Grases ins Bewußtsein.

Der Rausch des Erfolges hat sich gelegt. Rodin ist in den Alltag zurückgekehrt. Das Denkmal in Nancy sollte eingeweiht werden. Rodin wird eingeladen. Er ist bereit, sich dem nächsten Triumph zu stellen.

Hart schlägt er in der Wirklichkeit auf.

Empörung der Bürger über den Protz. Was hat Rodin dem sanften Landschaftsmaler angetan! Pfui-Rufe. Alle Warnungen und Ratschläge Camilles hat er in den Wind geschlagen, weil er sich nicht Einflußnahme nachsagen lassen wollte.

Nun wird Kritik geübt an seinem Geschmack. Man lehnt seine Arbeit ab. Rodin ist niedergeschlagen. Er möchte sich in Arbeit vergraben, doch er hat keine Ideen. Im Marmorlager fehlt die Arbeitsatmosphäre, wenn Camille nicht am Stein steht, in ihrem schweigsamen Vertieftsein, ihrer angespannten Konzentration. La Folie-Neubourg verwaist, verstaubt. Ihr leises rauhes Lachen fehlt. Camille fehlt. Sie fehlt ihm überall. In jeder Beziehung. Er kann ohne sie nicht arbeiten. Er kann ohne sie nicht leben. Das mit Rose ist kein Leben. Das ist profaner, beleidigender Alltag, der keine Höhe- und keine Glanzpunkte kennt. Äußerlichkeiten. Nichtigkeiten. Gespräche um steigende Fleischpreise.

Rodin versucht, eine neue Büste von Rose zu machen. Er vertieft sich in ihr gedemütigtes Gesicht. Er hat Mitleid mit ihr. Er hat Mitleid mit sich selbst. Er verzehrt sich in Sehnsucht nach Camille, ist verzweifelt, sie dem Jüngeren überlassen zu haben, und schließlich entschossen, Camille zurückzugewinnen. Er braucht sie. Zum Leben. Zum Arbeiten. Zum Atmen.

So steht er eines Tages vor ihrer Tür.

Wieder ein Sommer in der Touraine. Wieder Azay-le-Rideau.

Kamille duftet.

Rot blüht der Mohn.

Rodin trägt Camille durch ein Kornfeld. Er ist jung. Er ist stark. Er lebt auf und arbeitet. Camille, sie drängt jetzt mit Konsequenz auf Heirat. Rodins Ausflüchte sind schwach. Halbe Zustimmungen. Was hindert ihn an einem konsequenten Ja? Ja, er will mit ihr zusammenziehen, er will mit ihr zusammenleben. Aber er, wie auch sie, braucht zur Arbeit ein Stück persönlicher Freiheit. Was soll die Ehefessel? Ist ihre Liebe nicht das Wesentliche, das einzig Bestimmende in ihrer Beziehung?

Und wenn ich ein Kind vor dir bekäme?

Uralt die Bangigkeit. Uralt die Erpressung. Was dann? Reue, die Frage so gestellt zu haben.

Da wäre es seine Pflicht. Ein Kind von dir, ein Mädchen, unsere Tochter, ja, dann wäre alles Recht auf deiner Seite. Pflicht? Eine Ehe aus Pflicht?

Aber warum sollte plötzlich sein, was bisher nicht eingetreten ist. Zu erfahren ist Rodin. Er kann rechnen. Er weiß, wann die gefährlichen Tage der Frau sind. Er weiß sich vorzusehen. Er wollte weder Rose ein zweitesmal kompromittieren noch Camille. Camille erst recht nicht. Sie ist Bildhauerin. Er kann sich Camille nicht als Mutter vorstellen. Sie hat die Kühnheit eines Mannes und seinen Anspruch. Er wird ihre Sehnsucht nach einem Kind nie verstehen.

Die alten Verpflichtungen Rose gegenüber.

Ihr schreibt er beruhigende Briefe.

«Meine liebe Freundin,

werde nicht ungeduldig und bleibe noch ein wenig in Vivier. Ich habe mich leidenschaftlich in das Studium vertieft und fühle mich in die Zeiten von einst zurückversetzt. Diese Architektur scheint an Dinge in meinem Hirn zu rühren, die ich ahnte.

Ich werde Architekt und ich muß es, denn ich werde das ‹Tor› ergänzen, wo es noch mangelt. Schreibe mir postlagernd nach Saumur, Moine-et-Loire.

Ich umarme Dich und hoffe, daß Dir der Landaufenthalt bekommt und Dir die Kraft gibt, den Winter besser als den letzten zu überstehen, wo Du so gefroren hast.

Der Deine

Rodin»

Vielleicht wäre er sogar in der Lage, sich über die Verpflichtung Rose gegenüber hinwegzusetzen. Er würde ihr Freund bleiben und bis an ihr Lebensende für sie sorgen. Ihr sollten keine Nachteile erwachsen. Schon längst hätte er Camille heiraten sollen.

Man hatte ihn zu Hause aufgesucht – Kritiker, Minister, Jurymitglieder, Käufer. Man hatte Rodins Zuhause kennengelernt. Ahnungslos hatte man darauf bestanden, der Frau des Hauses vorgestellt zu werden. Man hatte Rose hingenommen. Enttäuscht vielleicht. Geringschätzige Bemerkungen später. Dennoch war die nicht legale Beziehung Rodins durch die Gesellschaft akzeptiert worden. Sollte er das Bild, das die anderen sich von ihm gemacht hatten, durch eine Heirat mit seiner Schülerin zerstören? Die zwanzig Jahre mit Rose haben diese Beziehung sanktioniert. Er ist gesellschaftlicher Skandale müde.

41.

Die Geschwister Paul und Camille sehen sich selten. Kommt Camille an den Wochenenden in die elterliche Wohnung, schließt Paul sich in sein Zimmer ein und schützt Arbeit vor. Die Sympathie für Monsieur Rodin hat sich in ihr Gegenteil verkehrt. Paul hat sich von Camilles Einfluß befreit. Er findet Rodins Kunst arm. Er steht zu seiner Meinung. Er kann nichts Neues in dessen Kunst entdecken. Ihn empören geradezu Rodins Versuche in Marmor. Das Gesicht oder der Kopf Camilles, an den Stein gefesselt, es wirkt willkürlich, wie abgebrochene Versuche, wie ein Kapitulieren vor der eigenen Unfähigkeit. Paul kann in diesem Halbfertigen, wie Skizzen anmutend, keine ernst zu nehmende Arbeit sehen. Er steht nicht allein mit seiner Meinung. Camilles Kunst ist eine ganz andere. Ihn regt es auf, wenn man die «Sakuntala» und Rodins «Kuß» miteinander vergleicht. Wenn einer sich an den Ideen des anderen bereichert, dann Rodin. Aber das geht ihn alles nichts mehr an. Er hat sich von Camille gelöst.

Von der inneren Bedrängnis, in die das Verhältnis Camilles zu Rodin ihn gebracht hat, befreite er sich in seinem Drama. Doch nun schreibt er ein anderes Werk, das er bereit ist vorzuzeigen. Er hat sein Studium der politischen Wissenschaften abgeschlossen und will an der Schule der orientalischen Sprachen sein Wissen erweitern. Er ist jetzt zweiundzwanzig Jahre alt. Camille hat Rodin gebeten, Paul im Außenministerium zu empfehlen. Paul möchte dort in den Dienst. Er möchte das verwirklichen, was er in seinem ersten großen Drama verkündete – «Ich bin die Stimme der Gewalt und die Spannkraft des Wortes, das zur Tat wird!» Paul will endlich tätig werden.

Am 6. Februar 1890 wird er als Attaché im Ministerium aufgenommen.

«Tête d'or» – Goldhaupt –, so heißt sein Werk. Wie zufällig hat er es auf dem Tisch liegenlassen. Camille ist neugierig. Als er bemerkt, daß sie zu lesen beginnt, schiebt er sie aus der Tür.

Camille nimmt das Bändchen, das den Namen des Bruders trägt, wie ein Kleinod mit in ihr Atelier. Sie kommt nicht über die erste Seite hinweg. Sie liest sie wieder und wieder. Welch ein Aufschrei. Camille ist erschüttert. Ihr kleiner Paul.

«Ich hier. Einfältig, unwissend, Neuling vor den unbekannten Dingen, dreh ich mein Gesicht der Witterung zu, dem regenerfüllten Gewölbe und habe mein Herz voller Sorge.

Ich weiß nichts. Ich kann nichts. Was sagen? Was tun? Wozu diese hängenden Hände gebrauchen, diese Füße, die mich führen wie der Traum in der Nacht? Das Wort ist nur ein Geräusch, und die Bücher sind nichts als Papier. Weithin niemand. Nur ich.

Und mir ist, als ob alles, die Nebelluft und die fetten Äcker, die Bäume, die niedrigen Wolken, alles unbestimmt zu mir spreche – in einem Gespräch ohne Worte.

Was bin ich? Was soll ich tun? Was erwarten? Und ich sage: Ich weiß nicht.

Und ich möchte zuinnerst weinen, schreien oder lachen oder aufspringen und die Arme bewegen!

Wer bin ich?

Und unter der Sonne der schreckliche Taglauf! Sie seien vergessen, o Dinge, hier, ich gebe mich hin an euch! Ich weiß nicht! Achtet meiner! Ich habe Not und weiß nicht, wonach, und ich könnte schreien ohne Ende – ganz laut, ganz leise, wie ein Kind, von weitem zu hören, wie Kinder, die sich ganz allein überlassen, nahe der roten Glut!

O Trauerhimmel! Bäume! Boden! Dunkel und Regenabend! Achtet doch meiner! Dies bitte ich – oh, werd mir diese Bitte gewährt!»

Worte des Cebes. Worte ihres Bruders. Eingefangen in eigenem Leid, in Arbeit, in Flucht, vermag sie, Camille, diesen Aufschrei Pauls nicht zu hören. Pauls Abrechnung.

«Verflucht sei jeder Mensch, der in seinen Händen die Macht hält, o Gott, und sich ihrer nicht zu bedienen weiß. Sei verflucht, König, in deinem Stamm, in deinen Hofbeamten und selbst im Triebwerk deiner trägen Macht, vergänglicher König! Fluch über meine Lehrer, angefangen von dem, der mich lesen lehrte, bis hinunter zu dem, der mich mit einem Backenstreich freisprach, verblendet und angeschwollen von Worten. Sie haben mich eingefangen, als ich ein Kind war, und mich mit Staub genährt. Verflucht sei mein Vater, verflucht meine Mutter in ihm! Sie seien verflucht in dem, was sie essen, verflucht in ihrer Unwissenheit, verflucht in dem Beispiel, das sie gaben.»

Nachdem Paul in Cebes stirbt, ersteht er wieder auf in der Gestalt von Goldhaupt. Der neue Paul.

«Ich für mich, zurückgestoßen von allen, habe ich meinem Elend, in meiner Einsamkeit bei Luft und Erde geschworen, daß ich mich hochheben will über den Willen der anderen ... Und wer unter euch dieses Schneiderdasein satt hat, der folge mir! Wem es zuwider ist, dieses elende, wiederkäuende Nachmittagseinerlei, der komme zu mir ... Reißt mir das Herz heraus! Und wenn ihr darin etwas anderes findet, als unverwesbare Sehnsucht, dann werft es hin auf den Düngerhaufen und eine Henne schleife es im Schnabel hinweg! Ich nahe euch nicht mit niederen Gedanken ... Ich bin die Stimme der Gewalt und die Spannkraft des Wortes, das zur Tat führt ... Ich werde gehen und furchtlos sein, wie ein brennender Baum! ... Da stehe ich unter euch als Leuchter ... König wird man nicht durch Zufall, nur durch die Kraft und die Wahrheit ... Nur euer Selbst ist euch sicher, laßt es euch nicht entreißen!»

Camille ist die Prinzessin, die man an einem Baum gekreuzigt hat. Mit den Lippen zieht ihr Goldhaupt die Nägel aus den Händen. Eine dunkle Welle von Liebe und Zärtlichkeit für den Bruder. Er war zu einem ernst zu nehmenden jungen Mann herangewachsen, mit geradezu aufrührerischem Anspruch, und sie hatte es nicht bemerkt.

Im nächsten Jahr vollzieht Paul mit aller Konsequenz den nächsten Schritt, er tritt wieder der Kirche bei und bekennt sich vor Vater und Mutter und den Schwestern zu seinem neuen Glauben. Er tut es mit herausfordernden Augen. Er tut es mit Aggressivität in der Stimme, gewappnet gegen alle Angriffe.

«Du wirst deinen guten Weg gehen, Paul!» Gerade von ihr, gerade von Camille, hätte er diese Worte nicht erwartet. Seine neue Zuflucht war auch gegen sie gerichtet. Ahnung von vorhandenem Verständnis. Als Mahnung empfunden, es in Vertrauen und Zuneigung zurückzuerstatten. Er ist aufgebrochen als Rächer. Er will nicht verzeihen.

42.

Camille ist schwanger. Noch sieht es niemand. Niemand ahnt es. In ihr ist Freude, nicht uneingeschränkt ... «Dann ist es meine Pflicht» ... Pflicht. Rose ist eifersüchtiger denn je. Sie kennt sich gut aus in Rodins Stimmungslagen. Erbittert kämpft sie um ihr Recht. Sie scheut sich nicht, ihm überall in Paris und Umgebung nachzuspionieren. Wo sie ihn mit Camille entdeckt, macht sie ihm öffentliche Auftritte. Weniger ihm als Camille. Jetzt, wo Camille schwanger ist, schreit sie nicht mehr zurück, die andere möge sie in Ruhe lassen. Sie läßt sie einfach stehen und geht. Es stört sie nicht mehr, wenn Rodin Rose mit freundlichen Worten zu beruhigen versucht und gemeinsam mit ihr fortgeht. Nach ein oder zwei Stunden kehrt er wieder zurück.

Eine Einladung bei Renoir. Rose hat nur den Ort in Erfahrung bringen können. Sie ist verunsichert, als sie sich in einer Gartengesellschaft wiederfindet. Sie hoffte, Rodin in einem seiner geheimgehaltenen Schlupfwinkel überraschen zu können. Ein üppiger Garten, eine große Voliere, von der ein unaufhörliches Geschrei ausgeht. Hinter einem Rhododendronbusch macht Rose Rodin eine ihrer Szenen. Dieses Mal befiehlt Rodin, daß Rose unverzüglich den Garten und die Gesellschaft zu verlassen habe — ohne ihn. Die geladenen Gäste seien ausschließlich Künstler. Der gravierende Unterschied zwischen ihr und Mademoiselle Claudel sei der, daß man diese als begabte Bildhauerin schätze.

Rose ist getroffen. Sie geht, ohne es zu versäumen, Camille einen ihrer infamen Ausdrücke zuzuwerfen. Camille haßt und fürchtet diese Begegnungen. Immer hat sie danach das Bedürfnis, sich von dem angestauten Druck zu befreien. Die Schreie der Vögel in der Voliere gleichen dem Gezeter von Rose. Sie reißen an Camilles Nerven. Sie zerhacken den sommerlichen Nachmittag, der angefüllt ist von dem bittersüßen Duft der Oleanderbäume. Camille geht zu Renoirs Voliere, öffnet sie und läßt die Vögel frei. Sie schaut zu, wie die Vögel ihre Freiheit begrüßen, sie genießt es, wie ihr Gezänk sich in Jubel auflöst und wie sie sich in der Weite des Himmels verlieren.

So einfach war es. Welche Tür muß sie aufstoßen, um diese Freiheit zu gewinnen?

Die Vereinigung französischer Schriftsteller hat einen Auftrag zu vergeben – ein Balzac-Denkmal. Erhalten hat ihn Henri Chapu, ein älterer, konventioneller Künstler. 1891 starb Chapu, ohne etwas Brauchbares zu hinterlassen. Émile Zola, Vorsitzender dieser Autorenliga, eine Art Berufsgenossenschaft, der es vor allem um praktische Belange geht, wie Urheberrechte und Verträge, erfährt über Freunde von Rodins Interesse an dieser Denkmalsarbeit. Zola läßt mitteilen, daß Rodin persönlich seine Absicht vortragen möge. Wieder hat ein Komitee zu entscheiden. Mit zwölf von zwanzig Stimmen erhält Rodin den Auftrag vor Marquet de Vasselot, der von dem konservativen Teil des Komitees vorgeschlagen wurde.

Rodin schätzt Zola, dessen schonungslose naturalistische Romane er gelesen hat und der als ein Verfechter des Neuen in der Kunst allgemein gilt. Rodin schreibt an Zola: «Mon cher Maître. Ihnen verdanke ich, mich als Bildhauer des Balzac und als Protegé von Emile Zola ansehen zu dürfen – eine ehrfurchtgebietende Lage.»

Freudige Erregung über diesen Auftrag. Rodin erhält

einen Vorschuß von zehntausend Francs. Er verspricht, diese Statue in achtzehn Monaten fertigzustellen.

Doch wie Balzac gestalten, diesen Schöpfer der «Menschlichen Komödie»? Ein Zuviel an Realismus birgt die Gefahr, Balzac einen schlechten Dienst zu erweisen — gedrungen, kurzbeinig, mit enormem Bauch und groben Zügen — eine Tonne von Mann.

Anlaß für Rodin, 1892 in die Touraine zu reisen, der Heimat Balzacs. Suche nach ethnischen Quellen, nach ähnlichen Gesichts- und Körperformen. Vor Rose kann er diese Reise mit gewichtigem Anlaß vertreten. In Tours macht er tatsächlich einen Schneider ausfindig, der für Balzac zugeschnitten hatte und ihm dessen Körpermaße geben konnte.

Es ist Juni.

Noch ahnt Rodin nichts von Camilles Zustand. Sie ist vorausgefahren. Rose verkraftet die erneute Zuwendung Rodins zu Camille schlecht. Ihre Herzanfälle verpflichten Rodin. Er muß für ärztliche Hilfe und Pflege sorgen und wird später anreisen.

Ein einziger Brief von Camille an Rodin.

Er beginnt mit freundlicher Situationsschilderung und endet mit dem dringlichen Appell, der Camilles Seelennot verrät, die sie nicht offenbaren will.

«Monsieur Rodin —

Da ich nichts zu tun habe, schreibe ich Ihnen also. Sie können es sich nicht vorstellen, wie schön es auf der Insel ist.

Heute habe ich im Mittelsaal gespeist, der als Gewächshaus dient. Man kann den Garten nach zwei Seiten überblicken.

Madame Courcelles hat mir vorgeschlagen (ohne daß ich im geringsten damit angefangen hätte), daß, wenn es Ihnen angenehm wäre, Sie von Zeit zu Zeit hier essen könnten — oder immer. (Ich glaube, sie würde es sehr gern sehen!) Und es ist so schön hier!

Ich bin im Park spazierengegangen. Alles ist gemäht,

die Wiese, das Getreide, der Hafer. Man kann große Touren machen – es ist wunderschön. Wenn Sie Ihr Versprechen halten, könnten Sie hier das Paradies gewinnen.

Sie würden das Zimmer bekommen, das Sie zum Arbeiten wollten. Die Alte würde Ihnen zu Füßen liegen, glaube ich.

Sie hat mir gesagt, daß ich im Fluß baden könnte, wo ihre Tochter und das Kindermädchen es auch tun – ohne Gefahr. Mit Ihrer Erlaubnis würde ich das ebenfalls gern machen – das wäre ein großes Vergnügen, und ich bräuchte nicht in die warmen Bäder von Azay zu gehen. Wenn Sie so liebenswürdig wären, mir einen Badeanzug zu kaufen – dunkelblau mit weißer Borte, zweiteilig – Bluse und Hose (Mittelgröße) – am Louvre oder auf dem Billigmarkt oder in Tours.

Ich schlafe nackt, um mich glauben zu machen, daß Sie da sind. Aber wenn ich aufwache, ist es nicht so.

Ich umarme Dich

Camille

Vor allen Dingen betrüg mich nicht mehr.»

Rodin kommt nach Azay. Er hat den Kopf nicht frei. Rose scheint ernsthaft krank zu sein. Noch weiß er nicht, wie er sein Balzac-Denkmal angehen soll. Von den achtzehn Monaten sind bereits sechs verstrichen.

Camille schweigt, wenn er von Roses Krankheit spricht. Sie reagiert auch nicht, wenn sich Rodin über seine Balzac-Entwürfe äußert. Was sie früher mit Stolz erfüllte und ihr Selbstgefühl anhob, wenn Rodin ihre Meinung einholte, ihre Vorschläge aufgriff, abgewandelt oder weiterführend, das hat sie in den letzten Jahren vorsichtiger werden lassen. Wenn Rodin sich auf den Weg gemacht hat, der größte Bildhauer Frankreichs zu werden, braucht er ihre Ideen nicht, auch nicht ihre Ratschläge.

Der Gedanke hat sich festgesetzt. Rodin nutzt sie aus. Aufgezählt hatte sie dem Vater, wo Rodin sich in der Öffentlichkeit für sie verwandte. Das mitleidige Lächeln des Vaters verfolgt sie noch immer.

Schweigend begutachtet sie Rodins Balzac-Entwürfe, diesen gewaltigen nackten Mann, der eher abstößt, als Hochachtung zu fordern. Der Schritt des Balzac, nur die Wiederholung dessen, was der Bauer aus den Abruzzen ihm gezeigt hat. Nichts Neues. Die gekreuzten Arme – eine Geste der Selbstzufriedenheit, Balzacs unwürdig.

Camille hütet sich, einen eigenen Gedanken zu entwikkeln. Rodin spürt ihre Borstigkeit.

Nach Azay reist Rodin immer nur für ein oder zwei Tage, mit neuen Sorgen über Roses Gesundheit. Camille spürt die Bedrohung. Sie glaubt Rose die Krankheit nicht. Sie mutmaßt geschickte Taktik, um Rodin zu verpflichten. Camille findet Rodin nicht offen, nicht aufmerksam genug, um ihm ihren Zustand anzuvertrauen. Gewiß, er kommt zu ihr in die Touraine, er will hier ausspannen, auf andere Gedanken kommen, fröhlich sein – auf alle Fälle keine neuen Probleme. Nicht einmal die Veränderungen, die sich an Camilles Körper vollzogen haben, hat Rodin wahrgenommen. Hat sie doch die erste Bewegung in ihrem Leib schon gespürt.

Viel ist Camille mit der kleinen Jeanne zusammen. Sie porträtiert sie. Sie liebt dieses wilde Kind mit dem vollen blonden Haar, das hinten zu einem Zopf geflochten ist, der sich ständig in Auflösung befindet. Camille liebt die Augen von Jeanne, die voll Vertrauen an der jungen Bildhauerin hängen. Augen, die an Wunder glauben.

In Erwartung ihres eigenen Kindes arbeitet Camille an dieser Büste. «Die Kleine von der Insel».

«Schon in der Proportion dieses zu großen, zu lebendigen Kopfes, zu aufgeschlossen bereits den großen Geheimnissen – und den zerbrechlich kindlichen Schultern –, tritt eine schwer definierbare, tiefe Angst zutage ...», schreibt Mohardt.

Camille hat keine Lust, Rodin auf seiner Suche nach einem Mann zu begleiten, der Ähnlichkeiten mit Balzac haben soll. Sie befragt das Schicksal ihres Kindes. Im Gesicht der kleinen «Jeanne» ablesbar.

Camille gibt sich ihrer Vorfreude hin, die in manchen Nächten zu Angst wird. Angst, daß ihre Hoffnung zu einem Nichts zerrinnt, wenn Rodin erfährt, daß sie ein Kind von ihm erwartet. Sie will die Vorstellung erfüllter Liebe und erfüllten Mutterglücks genießen.

Angst vor einer Illusion.

Den Badeanzug hat Rodin mitgebracht.

Madame Courcelles macht Rodin aufmerksam, daß das viele Baden im Fluß dem Kind schaden könnte.

Welchem Kind?

Für den Moment ist Rodin kopflos.

Die Idylle von Azay wird ein Hort neuer Schwierigkeiten.

Wohnt im Dorf nicht eine weise Frau? Eine Abtreibung.

Rodin fühlt sich von Problemen umstellt – Rose – Balzac – Camille schwanger – Abgabetermine.

Wenn du jetzt nicht zu mir stehst!

Noch nie hat Rodin Camille verzweifelt gesehen. Noch nie war der Glanz ihrer Augen so dunkel, noch nie zuckte um ihren Mund der Kampf so heftig zwischen Stolz und Verletztsein.

«Dann ist es meine Pflicht ..., dann heiraten wir ..., ich verspreche es!»

Camille soll nicht nach Paris zurückfahren. Der Sommer neigt sich seinem Ende entgegen. Camille soll auf der Insel bleiben. Bei Madame Courcelles. Hier ist sie gut aufgehoben. Hierher kommt selten jemand. Hier kennt sie niemand. Hier wird sie ihr Kind zur Welt bringen. Hier werden sie in aller Stille heiraten. Vielleicht kann sie das Kind einer Amme geben? Vielleicht kann das Kind für immer hierbleiben? Finden sich Zieheltern?

Das mutest du mir zu! Geh zu deiner Rose! Geh!

Rodin kommt zur Besinnung. In seinem Kopf jagt eine Möglichkeit die andere. Er hat nicht Zeit, einen Gedanken vernünftig zu Ende zu denken. Alte Denkschemata stellen sich wieder ein. Rose und der kleine Auguste. Er ist Bildhauer. Jetzt mehr denn je. Er gehört allen. Er darf sich nicht binden. Es ist Camille ernst mit dem Kind. Sein Kind. Ihr gemeinsames Kind. Gut – er wird zu seinem Kind stehen. Ist Camille aber nicht auch Bildhauerin? Verlangt dieser Beruf nicht den ganzen Menschen? Es ist Camilles Entscheidung. Ein neues Leben. Mit dem Kind von Camille wird ein anderer Lebensabschnitt für ihn beginnen. Aber jetzt muß er nach Paris zurück. Er muß zu Rose. Sie beruhigen. Er muß dafür sorgen, daß ihre Ahnungslosigkeit erhalten bleibt. Vielleicht läßt sich sogar die Eheschließung vor ihr verheimlichen. Er muß sie mit seiner Fürsorge ersticken und muß seine Balzac-Entwürfe vorlegen. Die Zeit drängt bereits. Mit den achtzehn Monaten war er vorschnell gewesen. Er wird nach Azay kommen, wann immer es seine Zeit erlaubt.

Rodin ist aus dem Gleichgewicht geworfen. Er weiß nicht mehr, welche Seite seines Doppellebens die wahre ist. Der Zeitpunkt ist erreicht, an dem diese beiden Leben auseinanderklaffen und er nicht mehr die Kraft in sich findet, sie zu verbinden. Sein Herz gehört Camille. Weil es so ist, glaubt er sie in diesen Wochen und Monaten allein lassen zu können. Mitleid und Pflicht gehören Rose. Das kostet sein Maß an Zeit und Aufwand. Welches Leben soll er gegen welches eintauschen?

Fluchwürdige Unentschlossenheit.

Dieser Traum von Jugend, Leidenschaft und Inspiration – was soll er im bürgerlichen Alltag, wo er allen Glanz verlieren und sterben wird.

Aber dieser Traum ist ein Mensch, ist eine Frau. Und sie leidet. Ihr Stolz bäumt sich auf. Nicht für den Preis eines Kindes wollte sie geheiratet werden. «Dann ist es meine Pflicht!» Nicht aus Pflicht will sie die Ehe.

Für die Ehe ist es zu spät. Camille fühlt sich in den trostlosen, einsamen Nächten vom Schicksal betrogen. Sie will ihren Beruf. Und ihr Kind, auf das sie nicht verzichten will. Ihr Kind mit der Angst und dem unbedingten Wissenwollen. Mit den Fingern werden sie auf dieses herrliche, stolze, begabte Kind zeigen. Mit Steinen seine Zukunftsträume zerschlagen.

Haß auf Rose. Was bindet den Mann an Rose? Camille zeichnet. Wilde Ehe. Ein Mann, eine Frau, beide nackt, eindeutig zu erkennen als Rodin und Rose. An ihren Hintern kleben sie zusammen. Die Frau auf allen vieren. Haar und Brüste hängen herunter. Rodin umklammert einen Baum, wie um loszukommen von der Frau. Camille schreibt darüber – Wilde Ehe. Ah, sehr wahr, das ist es, was hält!

Ein anderes Bild – Rose mit erhobenem Besen. Triumphierend schreitet sie aus. Sie hat Rodin in Ketten gelegt, in dunkler Zelle. An den Füßen, an den Händen ist er mit Ketten gefesselt, die an Felswände geschlagen sind. Nun weiß Rose ihn sicher. Zellensystem.

Zeichnungen, voller Eifersucht und Verzweiflung.

Camille kann nicht schlafen. Jede Nacht steht sie auf, zieht sich an und geht an den Fluß. In Ufernähe murmelt das Wasser. Es wirkt schwarz im Schatten der Bäume. Unheimlich. Nur wo fahl das Mondlicht die Wellen berührt, ist es trügerisch hell.

Rodin hat ihre Freude getötet.

Seine Betriebsamkeit, sein Eifer, der sich auf tausend Dinge richtete, hat sie ausgelöscht. Rose. Immer muß er zu der anderen. In ihrem Leib wächst sein Kind heran. Warum glaubt er, sie wäre so stark? Warum ist er so sicher, daß die Einsamkeit sie hier nicht töten wird? Einsamkeit, die angefüllt ist mit seiner Unentschiedenheit. Seine Unentschiedenheit tötet sie. Sie vermißt seit Tagen das leise Pochen. Auch ihr Kind läßt sie allein. Warum meldet es sich nicht?

Am Ufer ein Angelsteg. Schief gesunken. In ihr ist keine Ruhe, sich niederzulassen. Der Fluß treibt fort. Das ist das einzige, das ihr Erleichterung verschafft. Eins werden mit dem Fluß und forttreiben. Weit fort. Neu beginnen. Sich neu schaffen …

Nein, diese Liebe war das Wunderbarste, das ihr im

Leben begegnete. Sie hat Rodin geliebt. Ihr ganzes Fühlen und Denken war von ihm ausgefüllt. Nur leichtgläubig war sie. Seine Worte – du bist meine Frau –, sie hatten ihre Gültigkeit. Diese Worte waren keine Lüge. Wie aber sollte sie diese Worte leben? Wie sollte sich diese Wahrheit umsetzen? Keine Kompromisse mehr! Auf alle Fälle keine Kompromisse.

Auf den Grund des Flusses sinken. Sanft hinuntergleiten. Nie mehr auftauchen. Das war also ihr Leben. Dieser wunderbare Aufbruch endet in der Sehnsucht, in dem Wasser des Indre unterzugehen. Todessehnsucht. Ein glühendes Schwert zerreißt ihren Leib.

Ihren Aufschrei hat ein Bauer gehört.

43.

Das ist das Ende.

Man hat sie ans Kreuz geschlagen. Man hat die Nägel durch ihre Hände getrieben ..., ihre Hände waren es, die den Stein berühren und in Leben verwandeln konnten. Frevelnder Anspruch. Grund, die Frau ans Kreuz zu schlagen.

Man hat ihr alles genommen. Auch das Kind. In jener Nacht hat der Mann es fortgetragen. Zu Rose. Und Rose hat ihr Kind in Ketten gelegt und an den Felsen geschmiedet. Und sie kann es nicht befreien. Man hat sie gekreuzigt.

Schaulustige kommen. Umringt und begafft.

Sie ruft nach Paul, daß er ihr die Nägel aus den Händen ziehe. Ihrem Bruder hat man die Ohren durchstoßen, daß er ihre Schreie nicht höre. Sie ruft nach der Mutter. Sie wimmert diesen längst vergessenen Ruf des kleinen Mädchens nach Schutz. Die Mutter hält man hinter verschlossenen Türen gefangen.

Wenn die Nacht hereinbricht, steigt sie vom Kreuz.

Dann nimmt sie den roten Sonnenschirm und springt aus dem Fenster. Dann fliegt sie. Leuchtend rot ist der Schirm. Ein Geschenk von Monsieur Rodin. Der Schirm wird zur Fackel. Mit der Fackel legt sie Feuer im Wald. Sie zündet die Welt an. Die Welt, die ihr das Glück vorenthalten hat.

Dafür schlägt man sie am Morgen ans Kreuz.

Madame Courcelles kommt zu ihr. Sie reicht ihr das Glas mit dem Wasser an die Lippen. Sie löffelt Suppe in sie hinein.

Madame Courcelles hat ein Telegramm nach Paris geschickt.

Rodin ist erschüttert, als er nach Azay kommt. Weniger von der Fehlgeburt, als von Camilles Zustand. Er darf ihr Zimmer nicht betreten. Camille fleht ihn an zu gehen. Man werde ihn an den Felsen schmieden. Ihn kreuzigen, weil er sie liebt.

Rodin ist verzweifelt. Er sitzt bei Madame Courcelles in der Küche. Sein Gesicht hat er in den Händen vergraben. Ein trockenes Schluchzen erschüttert hin und wieder seinen schweren Körper.

Camille ist das Teuerste, was er je im Leben besaß.

Seine Schwester Marie, auch sie ist an der Liebe eines Mannes zerbrochen. So wollte er nie handeln. So einer wollte er nie werden. Er hatte nur an Rose gedacht.

Er möchte Camille in seine Arme nehmen, daß seine Liebe, daß das gute Gefühl auf sie überströme. Er möchte sein Gesicht in ihren Händen verbergen, daß sie weiß, er gehört ihr ganz. Er möchte ihre schönen schlanken Hände küssen, streicheln, damit sie begreift, daß diesen Händen nichts geschehen ist, die sie immer wieder mit Entsetzen betrachtet, als klafften furchtbare Wunden.

Doch ihr Flehen geht in Schreie über, so wie er sich um einen Schritt ihrem Bett nähert. Madame Courcelles kommt hinzugestürzt und reißt ihn zurück. Sie hatte gehofft, daß Monsieur Rodin helfen könne. Bei seinem Anblick verschlimmert sich Camilles Zustand.

Als gebrochener Mann fährt Rodin nach Paris zurück. Er schließt sich in La Folie-Neubourg ein. Er ist in die Tongruben gestiegen.

Er nimmt Abschied von Camille.

Er arbeitet, geht nicht aus, geht nicht essen, schläft kaum. Er schafft eines seiner letzten Werke, das Camilles Gesicht trägt. Wieder nur ragt ihr Kopf aus dem Stein. Eine Ertrinkende. Die Hand, mit zaghafter Wehmut erhoben, wie zum letzten Gruß. Die Vision des Ertrinkens. Untergehen. Versinken in wirren Träumen.

Er nennt sein Werk «Abschied».

Er weint.

Er fühlt sich schuldig.

Er streicht über das zarte, kalte Gesicht.

Sein Bart ist in diesen Tagen und Wochen weiß geworden.

Er hat Camille verloren.

Sie war aus dem Geschlecht der Helden.

Sie war eine Frau. Empfindsam. Zerstörbar.

Die kleine Jeanne legt Camille jeden Tag einen Blumenstrauß auf ihr Bett. Jeanne ist die einzige, die die schrecklichen Nägel in Camilles Händen sieht ... Nägel, die ihre Sehnen zerfetzt haben.

Als das Kind eines Tages keine Blumen mehr findet, weil bereits ein kalter Novemberwind über Fluß und Park fegt, bringt sie Camille ein Blatt Papier, auf das sie unbeholfen einen Hasen gemalt hat, mit ungleichen Ohren und dem Schwanz eines Vogels. Jeanne klettert zu Camille ins Bett. Camille soll dem kleinen Mädchen die Hand führen. Sie malen einen neuen Hasen. Jeden Tag zeichnen sie auf diese Weise.

Eines Morgens betrachtet Camille verwundert ihre Hände und sagt – Jetzt ist alles verheilt. Man sieht nichts mehr.

Der erste Schnee fällt.

Rodin kommt, voll neuer Hoffnung. Glücklich, daß Camille wieder zu sich selbst gefunden hat. Er bringt ihr Sachen für den Winter. Camille benimmt sich seltsam. Geradeso, als ob sie sich vor ihm fürchte. Ihr Blick ist verschlossen. Rodin vermag nicht zu unterscheiden zwischen Haß und Mißtrauen. Dann wieder schaut sie ihn in sehnsüchtiger Verlorenheit an. Sie vermeidet es, mit ihm allein zu sein. Sie versteckt sich hinter der kleinen Jeanne oder hinter dem breiten Rücken von Madame Courcelles.

Als Rodin einmal ihre Hand ergreifen möchte, murmelt sie entsetzt: «Fassen Sie mich nicht an!»

Sie drängt auf seine Abreise. «Ich möchte allein sein. Ich muß nachdenken. Ich möchte Sie nicht sehen. Ich bitte Sie, lassen Sie mich in Ruhe, Monsieur Rodin! Keine Kompromisse mehr! Absolut keine!»

Ihre Stimme, bei den ersten Worten fast tonlos, bekommt einen drohenden Unterton.

Rodin sieht es ein. Camille braucht Ruhe. Viel Ruhe. Muße. Sie soll genesen. Seine Gegenwart regt sie auf. Sie hat eine schwere Krankheit hinter sich. Rodin bemüht sich um Verständnis. Er wird abreisen.

Als er sich verabschieden will, ist Camille unauffindbar. Er sucht sie im ganzen Haus. Dabei öffnet er eine Kammertür.

Er sieht sich einer Alten gegenüber, die hier eingeschlossen umherirrt. Abstoßend in ihrem Wahnsinn. Verfangen in einem undurchdringlichen Gewirr zerrissenen Leinens, das über Kopf und Armen hängt und bis zu den Füßen herunterzottelt. Uralt. Nackt. Zahnlos. Wie prüfend hebt sie den Kopf, um Rodin anzuschauen unter dem Wust zerfetzten, zerschlissenen Fadengewirrs, sich vergewissernd, ob er sie erkenne, ob er erkenne, daß sie seine Morgenröte ist, die einst leuchtend und verheißungsvoll dem weißen Marmor entstieg.

Abstoßend. Das absolut Unannehmbare.

Das Spiegelbild ihres zerstörten Lebens. So alt, so irr, so kaputt ist sie aus der Beziehung mit Rodin hervorgegangen. Da bleibt nichts, was gefallen wird. Schonungslosigkeit bis hin zu tiefstem Erschrecken.

In der strahlenden «belle époque» ein solches Werk – bar jeder Freundlichkeit.

Camille stellt es im nächsten Jahr im Nationalen Salon der Schönen Künste aus. «Clotho». Parze, die den Lebensfaden spinnt, ohne Berufung, ohne Zuversicht, am Sinn des eigenen Tuns verzweifelt.

«Die Spinnerin der Hölle, gefangen in ihrer eigenen Schlinge, zappelt wie eine Spinne, im Netz verklebt. Die Schicksalsfäden verkünden den Punkt im Leben Camilles, wo sie den Verstand verliert.»

Zurückgekehrt nach Paris, drängt es Rodin, etwas für Camille zu tun.

Er schreibt an den Redakteur des «Courrier de l'Aisne».

«Sie haben mich freundlicherweise zu den Bildhauern gezählt, die Ihnen auf dem Marsfeld aufgefallen sind. Erlauben Sie mir, Sie auf meine Schülerin Mademoiselle Claudel aufmerksam zu machen, die in Ihrem Departement gebürtig ist und die gegenwärtig großen Erfolg mit meiner Büste hat, die einen Ehrenplatz im Salon erhielt. Lhermitte, ein verdienstvoller Künstler des Departements, hat ebenfalls eine Büste bei ihr bestellt. Meine Schülerin hat schon die Büste eines seiner Kinder geschaffen. Die Zeitungen von Paris haben ihr Wertschätzung gezollt. Mir persönlich liegt daran, daß auch Sie ihrem Talent Rechnung tragen und in Ihrem Courrier de l'Aisne den schon sehr bekannten Namen von Mademoiselle Camille Claudel würdigen. Die L'Art français hatte in ihrer Nummer, die dem Marsfeld gewidmet war, eine große Fotografie von ihr gebracht.

Nehmen Sie den Ausdruck meiner vornehmsten Gefühle entgegen, und verzeihen Sie meine Initiative und meine Bitte.»

Wollte Rodin durch eine Würdigung in der Zeitschrift dieses Departements den Bürgermeister von Villeneuve an sein Versprechen erinnern? Ihn ermutigen, den Denkmalsauftrag an Camille zu vergeben? –

Rauhreif gibt den alten Bäumen im Park ein märchenhaftes Aussehen. Unter der weißen Wintersonne verliert sich eine schmale Gestalt in der Ferne. Weite Spaziergänge. Der Schnee knirscht. Mitunter ein Finkenschlag, der Frühling verheißt.

Einsamkeit, in der Camille sich neu schafft, in der sie sich von allem, was ihr bisher teuer und wert war, trennt. Doch was sie mit größter innerer Willenskraft hinter sich lassen will, ist ein Stück ihrer selbst.

Sie setzt zu einem Höhenflug an. Ein Ikarusflug. Sie wird eine ungeheure Höhe gewinnen. Sie ahnt, daß sie mit gebrochenen Flügeln abhebt.

Gegen die Bitten Rodins muß sie sich wappnen. Sie muß über ihr Leben allein entscheiden. Sie muß sich gegen ihn entscheiden, wenn sie noch etwas von ihrem Künstlertum retten will.

Die wundersame Zweisamkeit hat sich nicht verwirklicht. Rodin hat sie absorbiert. Er hat ihre Jugend genommen, ihre Liebe, ihre Ideen. Alles hat er sich einverleibt. Und er möchte, daß es so bleibt. Eine Frau für die profanen Dinge des Lebens und eine Frau, die seine Muse ist.

Nicht mehr mit mir, Monsieur Rodin! Nicht mehr mit mir. Ich werde beweisen, daß Sie ohne mich nichts Neues zustande bringen. Ich werde mich von allem befreien, was unsere gemeinsame Arbeit ausgemacht hat. Ich werde meinen eigenen Stil schaffen, den Sie nicht absorbieren können. Mein eigenes, unverwechselbares Werk. Ich werde über Sie hinausgehen. Ich werde Ihren Mythen und Allegorien die Wirklichkeit entgegensetzen. Den Alltag, an dem Sie nichts zu entdecken wissen. Und ich werde mich hüten, daß Sie meine Ideen wieder zu den Ihren machen. Diese Zeiten sind vorbei.

Eines Tages nähert sich dem dunklen Punkt am Rande des Parkes ein anderer. Sie stehen sich gegenüber. Verharren. Ein unüberwindbarer halber Schritt.

Louis-Prosper ist gekommen.

«Du brauchst Hilfe.»

Er hatte einen Teil seiner Wertpapiere verkauft. Brautgeld, wenn Camille so will. Die Mutter hat eingewilligt. Camille soll ausstellen. Es wird für einige Bronzeabgüsse reichen und für zwei oder drei kleine Marmorblöcke.

Sie gehen nebeneinander. Louis-Prosper erscheint klein und zierlich.

Er ist alt geworden.

Paul hat die elterliche Wohnung verlassen. Er hat sich eine eigene gemietet — auf der Insel St.-Louis. Jetzt ist er nach New-York unterwegs, zum Vizekonsul ernannt. Dieses verschlossene, fremde Kind geht nun seinen achtbaren Weg.

Louis-Prosper vermeidet, die Tochter anzuschauen. Sie ist ein Schatten ihrer selbst. Ihn quält seine Unfähigkeit, ihr ein Lächeln zu entlocken. Er stellt sich seiner Verantwortung, das mindeste, was er für sie zu tun vermag.

Einen Namen meiden beide bewußt. Es ist gut so, daß Camille ihr weiteres Leben ohne diesen plant.

Kommt Camille auf ihre Arbeit zu sprechen, ist die gewohnte Lebhaftigkeit da. In diesen letzten Wochen und Monaten, hier in der Touraine, hat Camille für sich ein Schaffensprogramm entwickelt. Monate der Genesung, Monate auch der Selbstfindung und Sammlung. Jetzt wird sie abheben zum Flug — Tochter des Ikarus.

Obwohl der Name Rodin nicht fällt, der Vater hört es aus jedem Satz heraus, das Programm ist gegen ihn gerichtet.

Die Versicherung an den Vater — jedes Jahr im Salon auszustellen. Ein großes Werk.

Ihren Lebensunterhalt wird sie sich mit anderem verdienen. Eine neue Form. Die Kleinplastik. Nicht im Kampf gegen die herkömmliche Auffassung, in der die Freilandskulptur dominiert. Die kleine Form, die einen inneren Dialog mit dem Betrachter ermöglicht. Die kleine Form auch, weil sie für Künstler und Käufer nicht so teuer ist. Auch nicht die herkömmlichen seichten Themen, die Carrier-Belleuse aufgriff und Rodin, viele Jahre seines Lebens. Faune und Nymphen in erotischer Lüsternheit. Nein, den Alltag, Szenen in familiärer, dörflicher, intimer Atmosphäre, humorig, nachdenklich, anregend.

Hokusai, Mussorgski, Claudel.

Malerei, Musik, Bildhauerei.

Und ein neues Thema wird sie anschlagen, die Frau. Nicht im Kampf um soziale Gleichberechtigung, aber würdig als Sujet künstlerischer Darstellung. Nicht in Verherrlichung und Anbetung äußerer Idole, sondern als lebendiger, sich dem Alltag stellender Mitmensch.

Nur das Startkapital braucht sie. Sie wird sich durchsetzen. Sich behaupten. Eines Tages wird sie der Familie alles zurückgeben können.

Sie essen im Schloß. Camille führt den Vater durch die Räume. Lange steht er in ihrem Atelier vor einem Tonmodell. Ihr neuestes Werk. Camille kann dem Zwang nicht widerstehen, ihr Leid, ihr Aufbegehren in Ton zu formen.

Eine dunkle Ahnung streift Louis-Prosper.

Ein Selbstporträt Camilles.

Wie diese junge Frau sich dem Schicksal entgegenwirft, auf einem Rad stehend, das zu versinken droht ... Wie ihr erhobener Arm nach vorn weist, wie sie versucht, ihren Körper der Zukunft entgegenzuwerfen, ein Weitergehen zu erzwingen ... Und die verlorene Traurigkeit des Kopfes, der auf dem ausgestreckten Arm ruht ..., dieser rückwärts gewandte Blick ... Dieser zerreißende Widerspruch. Ein Aufbegehren, das über die Kräfte geht. Ein ungeheurer Wille und ein verwundetes Herz.

Louis-Prosper schaudert. Seine Tochter, begnadet und bedroht. Eine Bedrohung, die ihn zur Ohnmacht verdammt.

Jahre später erst setzt Camille diesen Entwurf in ein großes Werk um, das in Bronze gegossen wird. »Fortuna« – «das durchgeistigste ihrer Werke», wie Geffroy es empfindet.

Louis-Prosper wirft einen forschenden Blick auf die Tochter. Leid ist auf ihrem Gesicht eingegraben. Doch ihre Entschlossenheit verlangt dem Vater Achtung ab. Er erkennt seine Tochter wieder. Kühn. Stolz. Engagiert. Camille packt ihre Sachen.

Sie reisen beide nach Paris zurück.

1893. Camille stellt im Salon den «Walzer» und die «Clotho» aus. Da sie in jedem Jahr mit höherem Anspruch ausstellt, beginnt man sich eingehender für sie zu interessieren.

Octave Mirbeau. Er ist Romancier und Dramatiker, zugleich Literatur- und Kunstkritiker, aufgeschlossen und sozialkritisch. Zunächst hat er in konservativen Blättern publiziert. In der Mitte der achtziger Jahre bezieht er eindeutig republikanische Positionen. Er ist ein Anhänger Zolas. Er greift die Kirche an, die Jesuiten, die Bourgeoisie.

Camille war er auf einer Vernissage vorgestellt worden. Mirbeau kannte und verehrte Rodin. Im Gespräch mit Camille spürt er, daß sie zu einer eigenständigen Künstlerin herangewachsen ist.

Anläßlich des Salons 1893 schreibt Octave Mirbeau einen Artikel über Camille, der sie umfassender, als es bisher Kritiker ihrer Werke taten, der Öffentlichkeit vorstellen möchte. Sein erster Satz lautet:

«Mademoiselle Camille Claudel ist Schülerin von Rodin und die Schwester von Monsieur Paul Claudel.»

Lauterste Absicht, die sich in ihr Gegenteil verkehrt. Etikettierung. Mit diesen Worten ist sie abgestempelt.

Schülerin und Schwester.

Ein Artikel, der sie und ihr Werk würdigen soll, Tore des Verständnisses öffnen, Aufnahmebereitschaft wecken, er stempelt sie ab.

Diese Charakterisierung, die eine Aufwertung geben soll als die Schülerin des einen und als Schwester des anderen, wird Camille jahrzehntelang, und Jahrzehnte über ihren Tod hinaus, anhaften. Sosehr sie sich wehrt, sie vermag es nicht, sich davon zu befreien.

Mirbeau schreibt: «Unterrichtet von solch einem Meister und in der intellektuellen Intimität eines solchen Bruders lebend, ist es nicht erstaunlich, daß Mademoiselle Camille Claudel uns Werke vorstellt, die durch die Idee und das Vermögen ihrer Ausführung weit über das hinausgehen, was man im allgemeinen von einer Frau erwartet. Im letzten Jahr stellte sie die Büste von Rodin aus – wunderbar, von mächtiger Interpretation, von freiem Schwung, vom mächtigem Ausdruck. Dieses Jahr zeigt sie zwei ungewöhnliche Kompositionen, leidenschaftlich, von so neuer Ideenart, so bewegend in ihrer Gestaltung, von einer so tiefen Poesie und einem so mannhaften Gedanken, daß man überrascht verharrt vor dieser Kunst, die uns von einer Frau geboten wird. Der ‹Walzer› und die ‹Clotho›.

Claudel ist eine der interessantesten Künstlerinnen dieser Zeit. Auguste Rodin kann stolz sein auf seine Schülerin, der Autor von ‹Goldhaupt› auf seine Schwester. Mademoiselle Claudel ist aus dem Geschlecht des einen und aus der Familie des anderen.»

Mirbeau – gefangen im Denken seiner Zeit.

44.

«Mein lieber Paul,

über Deinen letzten Brief mußte ich wirklich lachen. Ich danke Dir für Deine amerikanische Blütenlese, aber ich habe selbst genug davon – sogar eine ganze Bibliothek – Schneeeffekt, auffliegende Vögel ... Die englische Dummheit ist ohne Grenzen, und es sind nicht Wilde, die solche Amulette herstellen.

Ich danke Dir für Dein Angebot, mir Geld zu leihen. Diesmal werde ich mich nicht wehren, denn die letzten

600 Francs von Mama sind aufgebraucht, und ich habe Abgabetermine. Ich bitte Dich also, wenn es Dir keine Mühe macht, mir 150–200 Francs zu schicken.

In der letzten Zeit hatte ich Ärger gehabt: Ein Gießer hat in meinem Atelier, um sich zu rächen, mehrere fertige Arbeiten zerstört – aber ich will Dich nicht betrüben.

Die Daudets sollten mich nächste Woche besuchen – mit Madame Alphonse Daudet. Sie sind immer sehr liebenswürdig. Selten sehe ich G. und Pottecher, Matthieu ist verschwunden.

Ich arbeite immer noch an meiner Dreiergruppe. Ich werde einen Baum hinzusetzen, der sich tief neigt, um den Eindruck des Schicksals zu verstärken. Ich habe viele neue Ideen, die Dir sicher sehr gefallen werden. Du wärst begeistert, wenn Du sie Dir vorstelltest.

Hier die Skizze des letzten Entwurfs (das Vertrauen): drei Personen, die hinter einem Wandschirm einer vierten begierig zuhören.

Das Tischgebet: Ganz kleine Personen um einen großen Tisch lauschen dem Gebet zum Mittag.

Der Sonntag: Drei Biedermänner im Sonntagsstaat fahren – auf einem sehr hohen Karren sitzend – zur Messe.

Der Fehltritt: Ein junges Mädchen, zusammengekauert, weint auf einer Bank, ihre Eltern betrachten sie erstaunt.

Du siehst – da ist absolut nichts mehr von Rodin. Und sie sind bekleidet. Ich werde davon kleine Terrakotten machen. Beeil Dich zurückzukommen, um Dir alles anzuschauen.

Der Fiedler: Drei kleine Kinder sitzen auf der Erde und hören einem alten Violinenspieler zu.

Was sagst Du?

Nur Dir vertraue ich diese Ideen an. Zeige sie niemandem.

Ich habe eine große, große Lust zur Arbeit.

Ich werde die kleine Gruppe der Liebenden im Salon in Brüssel ausstellen, die Büste mit der Kapuze, den Walzer in Bronze und die Kleine von der Insel. Im nächsten

Salon die Büste von Lhermitte mit fliegender Drapierung und die Dreiergruppe, wenn ich sie beendet habe.

So wird sie aussehen. Ganz in der Breite.

Und dann habe ich eine andere Gruppe im Kopf. Du wirst verblüfft sein!

Niemals sprichst du von dem, was Du schreibst, hast Du ein neues Buch in Angriff genommen? ... Mehrere meiner Freunde haben mir gesagt, daß sie darauf warten, ‹Goldhaupt› zu kaufen.

Du wirst nicht zur nächsten Vernissage herkommen können? Ich bedaure es außerordentlich.

In letzter Zeit ist es schrecklich kalt – ich bin gezwungen, in der Nacht Feuer zu machen.

Ich drücke Dir die Hand

Camille.»

Dieser Brief ist ein wahres Programm. Zu jedem Vorhaben eine flüchtige Skizze, um dem Bruder eine Vorstellung zu übermitteln.

Obwohl Kritiker von ihr sagen, daß Camille jetzt ihren eigenen «Klassizismus» gefunden habe, ist in ihren Vorhaben, die sie ihrem Bruder skizziert hat, eine Abwehr von allem, was Klassizismus bedeutet. Ihre Volksverbundenheit schafft einen entscheidenden Übergang zur Darstellung konkreter Wirklichkeit.

Die Idee, die ihren Bruder besonders verblüffen wird, auf die sie in ihrem Brief nicht näher eingeht, ist die «Woge» – inspiriert von Hokusai. Sind es bei Hokusai in Booten geduckte Fischer, die den Kampf mit der Naturgewalt aufnehmen, stellen sich bei Camille drei junge Frauen der Herausforderung. Sie tun es in Übermut und Angst. Sie halten sich an den Händen, um sich gegenseitig Mut zu machen und sich Halt zu geben, wenn die unerhörte Woge über ihnen zusammenbrechen wird.

Nur Paul vertraut sie ihre neue Konzeption an und «zeige sie niemandem!». Zum erstenmal die Angst in Worte gefaßt, daß ein anderer sich ihrer Ideen bemächtigen könnte und damit an die Öffentlichkeit tritt.

Woran schreibt Paul?

Als er die elterliche Wohnung verließ, hat er sein neues Credo in einem neuen Drama festgehalten. «Die Stadt». Ein Priester, der ehemals Dichter war, enthüllt hier seine Vorstellungen, welche sozialen Veränderungen er für erstrebenswert hält.

«Die Gesellschaft soll sich in eine organische Gemeinschaft verwandeln, deren Mitglieder das göttliche Gebot erfüllen.» Dem Volk, vom Revolutionär Avare gegen die herrschenden Machtverhältnisse zum Aufstand aufgerufen, läßt Claudel durch den Dichter-Priester den Aufruf verkünden, ein Leben in Gott zu führen. Paul sucht noch immer nach Ursachen der moralischen Degenerierung der Menschen und nach Auswegen. Er bietet ihnen das göttliche Gebot an.

Als Paul aus den USA zurückkehrt, rät ihm der Vater, bei Monsieur Rodin einen Anstandsbesuch zu machen. Rodin hatte sein Versprechen von einst gehalten und sich an entsprechender Stelle für Pauls diplomatischen Einsatz verwandt. Zu einer Zeit, in der niemand aus der Familie Claudel mehr auf seine Fürsprache Wert legte. Aber sie erwies sich als wirkungsvoll.

Paul will seinen Dank kurz fassen, ihn in aller Förmlichkeit ausdrücken. Er erscheint eines Vormittags unangemeldet in Bellevue. Eine Begegnung, die sich Paul unvergeßlich ins Gedächtnis prägt, die er schließich umsetzt in ein Drama. «Der Tausch». Handlungsort – Amerika.

Es ist Paul unverständlich, daß sein plötzlicher Besuch bei Rodin eine solche Freude auszulösen vermag. Bei den Dankesworten winkt dieser ab. Er wirkt aufgeregt und weiß nicht, wohin er sich mit seinem Gast am ungestörtesten zurückziehen kann. Er nimmt ihn mit auf den Dachboden. Es ist ein ungewöhnlicher Ort. Hier sind sie vor Rose sicher. Mit seinen sieben Fenstern ist es ein luftiges Versteck. Wie geht es Camille? Was macht sie?

«Sie arbeitet.» Es klingt wie eine Herausforderung bei

Paul, denn Rodin klagt gerade über seine Arbeitsunlust und über die Untauglichkeit seiner Ideen.

Camilles Anspruch, es ist Wahnsinn. Eine Frau wird sich nie allein durchsetzen können. Wenn sie zu ihm zurückkehrte ..., er, Rodin, wäre ein mächtiger, ein wirksamer Schild für sie.

Er habe jetzt Geld. Viel Geld. Rodin bietet es Paul an. Für seine Schwester.

Paul fühlt sich überrumpelt. Er weiß nicht, was der alte Mann von ihm will. Es ist ihm peinlich, wie sich jener zu seinen Empfindungen bekennt. Wie er Paul anfleht, hier oben auf dem Dachboden, etwas für ihn zu tun, daß Camille zu ihm zurückkehre. Paul kann dieses Gefühl mit dem Verstand nicht erfassen, das Rodin für seine Schwester hegt. Bisher glaubte er, es handele sich nur um die Befriedigung der Sinne. Und was ihn hier oben an absurden Verrenkungen umgibt, an obszönen Haltungen nackter Körperteile, es verstärkt nur seine Abwehr. Dennoch streift ihn eine Ahnung, daß es hier etwas sein muß, das bis an die Wurzeln des menschlichen Wesens rührt. Paul weiß in seiner jugendlichen Unfertigkeit nichts damit anzufangen. Die Erziehung seines Elternhauses schlägt durch, man zeigt nicht seine Gefühle.

Verachtung und Unverständnis füreinander.

Thomas Pollock, Unternehmer und Spekulant in Südkarolina, verliebt sich in die junge Ehefrau Martha des Louis Laine. Pollock bietet Laine Geld an, viel Geld, daß er die junge schwangere Frau verlasse, in der Hoffnung, diese für sich zu gewinnen.

Ein älterer Mann, der sich mit einem tiefen, echten Gefühl einer jungen Frau zuwendet und ihre Liebe zu kaufen gedenkt. Gegen Geld menschliche Werte eintauschen? Jener Laine kann der fragwürdigen Freiheit nicht widerstehen, die ihm eine glanzvolle Laufbahn sichern soll – im Verzicht auf die Liebe seiner Frau. Pollocks Rechnung geht nicht auf.

«Ich bin unter die Räder gekommen. Wie gealtert ich

mir vorkomme. Ich werde mich wohl unter eine fremde Führung begeben müssen. Aber ich habe keinen Mut mehr, nicht dieses Herz, was ich sonst bei der Arbeit hatte. Ich klebe an meinem Vorsatz fest – wie die Auster an ihrem Felsen. Oh, Bittersüß, ich werde immer an Sie denken, was soll ich tun?» Und diese antwortet: «Sorgen Sie für diese Frau hier!», die alte, ehemalige Geliebte Pollocks.

Assoziationen und Ähnlichkeiten.

Worte jener Bittersüß: «Thomas Pollock, einige Eigenschaften liebe ich an Ihnen. Vor allem, daß Sie, sowie Ihnen eine Sache gut erscheint, nicht zaudern, Ihre ganze Kraft einzusetzen, um sie zu erlangen ... Daß Sie den Wert der Dinge kennen ... Sie speisen sich nicht mit Träumen ab, Sie begnügen sich nicht mit dem Anschein. Ihr Handel und Wandel geht um Wirklichkeiten. Mit Ihrer Hilfe bleibt nichts Gutes ungenutzt. Sie sind kühn, unternehmend, geduldig, schlau, zeitgemäß, beharrlich. Sie sind seelenruhig. Sie sind klug und führen genau Rechnung über alle Handlungen. Und Sie sind vernünftig. Sie verstehen, Ihre Wünsche unterzuordnen und Ihre Vernunft auch.»

Was Paul wie eine Liebeserklärung klingen läßt, ist kälteste Frustration bei Camille. Rodins Geschäftssinn, der Dämon Geld, der ihn zunehmend beherrscht, zerstört seine Persönlichkeit.

Rodins Briefe an Camille bleiben unbeantwortet. Auch die Fürsprache, die er sich von Paul erhoffte. In La Folie-Neubourg hinterlegt er Zettel mit inständigen Bitten an Camille, zurückzukommen, ihm Gelegenheit zu geben, sie zu sehen ..., so könne doch ihre Beziehung nicht enden.

Rodin arrangiert eine Begegnung bei Mirbeau. Camille nimmt Einladungen nur unter der Bedingung an, daß Rodin nicht anwesend ist. Mirbeau verspricht es. Der «Zufall« führt Monsieur Rodin zu dieser Stunde an diesem Haus vorbei. Auf der Diele, wo sich Camille unverzüglich ihren Mantel geben läßt, äußert sie mit freundschaftlicher

Bestimmtheit die Bitte – ein für allemal –, sie in Ruhe zu lassen.

Nein, sie sei nicht bereit, auf seine egozentrischen Kompromisse einzugehen. Der Vorwurf klingt an, daß er sie ausgenutzt habe, daß ihre gemeinsame Beziehung ihm Vorteile brachte. Vorwürfe, die Rodin treffen, die er nicht wahrhaben möchte, deren Berechtigung er ahnt. Aktive Bemühungen seinerseits, den Namen seiner «Schülerin» an die Öffentlichkeit zu bringen. Durch ihn hat sie Kritiker kennengelernt, die ihr wohlwollen. Durch ihn hat sie Käufer gefunden. Was an Vorwürfen berechtigt ist, versucht er es nicht, auf diese Art zurückzuzahlen?

Als Rodin eines Tages La Folie-Neubourg betritt – in der Hoffnung, Camille dort zu treffen –, sind ihre Sachen fort, alles, was sich an persönlichen Dingen im Lauf der Jahre angesammelt hatte, um Folie-Neubourg wohnlich zu machen. Erinnerungen – Fächer, Fotos, eine getrocknete Rose, Skizzen – Rodin als Teddybär mit Knollennase. Der Wandschirm, der hohe Lehnsessel, den sie liebte. Er war mit der Familie aus Villeneuve gekommen.

Rodins Schritte hallen auf dem Parkett. Das Sonnenlicht fällt durch schmutzige Scheiben. La Folie-Neubourg, ein Ort der Trostlosigkeit. Die Leere durchdringt ihn, bemächtigt sich seiner. Nichts ist ihm geblieben. Sein Herz ist tot. Sein Kopf ist leer. Sein Wille erloschen. Seine Kraft versiegt.

«Roger Marx sah Rodin bei sich auftauchen, total durcheinander, er weinte und sagte, er habe keine Autorität mehr über Camille, die ihn verlassen habe.» Tagebucheintragung von Goncourt.

Rodin ist verzweifelt. Er wird krank. Er kann nicht mehr arbeiten. Nicht nur im persönlichen Leben hat er eine Niederlage hinzunehmen, auch im beruflichen. Als im Sommer 1893 Abgesandte der Gesellschaft nach dem Balzac-Denkmal schauen wollen und bis in das Atelier vordringen, finden sie ein rohes Tonmodell eines in obszöner Nacktheit prangenden, plumpen, dickbäuchigen

Ringkämpfers. Der «Figaro» brachte eine kurze Mitteilung über Rodins «seltsame» Schöpfung. Im Frühjahr 1894 ist das Denkmal noch immer nicht fertig. Man wird ungeduldig. Eine neue Abordnung erscheint bei Rodin. Der jetzige Balzac ist zumindest bekleidet, doch die Drapierung ist derart plump und schlaff, daß ihnen das Werk wie «eine unförmige Masse ... ein kolossaler Fötus« erscheint. Man leitet Schritte ein, Rodin wegen Nichterfüllung seines Auftrages zu verklagen. Er erhält die Aufforderung, innerhalb von vierundzwanzig Stunden eine fertiggestellte Statue abzuliefern. Eine unmögliche Forderung. Die liberal gesinnten Mitglieder des Komitees machen sie rückgängig.

Melancholie. Müdigkeit.

Rodin tritt seine als Vorschuß erhaltenen zehntausend Francs als Schuldschein ab und bittet nochmals dringlich um Zeit.

«Ich bitte Sie, mir die Möglichkeit zu gewähren, den großen Mann, der Sie alle begeistern muß, bis an die Grenzen meiner Fähigkeiten und meines Willens zu ehren.»

Nochmals wird ein Aufschub bewilligt. Boshafte Nachreden allerdings – hatte er doch schon den Auftrag «Höllentor» nicht zu Ende geführt ... Rodin, einer von jenen, die nichts zu Ende zu bringen vermögen.

Er ist müde, krank, traurig. Unentschiedenheit, die ihn nun reut.

Auch er hat einen Preis zu zahlen.

Als alle Hoffnungen auf Camilles Rückkehr aufgegeben sind, hängt ein Schild an der eisernen Pforte von La Folie-Neubourg – «Zu vermieten».

Der Stolz, der ihr in der Gesellschaft Halt und Würde gibt, er fällt zusammen, wenn die eigenen Wände Camille wieder umschließen. Wo liegt der Grund, wo liegt die Ursache, daß sich ihr Lebensglück nicht verwirklichte? Lag es in dem Altersunterschied? Lag es in jenen vierundzwanzig Lebensjahren, die Rodin mit einer anderen Frau verlebte? Hat er längst vor ihrer Zeit unumkehrbar einen

Weg eingeschlagen, der ihn die Beute von Trivialität werden ließ – er, der ein Gott hätte sein sollen?

Will Camille sich von eigener innerer Not befreien, muß sie ihr Leid in Stein pressen. Fortgeben von sich, daß es sie nicht ersticke.

Intensiv hat sie an ihrer Dreiergruppe gearbeitet. Es soll den Schlußstrich ziehen unter das Kapitel Rodin-Rose-Camille. Die Plastik wird den Namen tragen «Reifes Alter» oder «Wege des Lebens». Eine alte Frau, ein alter Mann, ein kniendes junges Mädchen. Der Mann, Mittelpunkt der Plastik, verkörpert Unentschlossenheit. Hin- und hergezogen zwischen Alter und Jugend. Das junge Mädchen hat die Hand des Mannes ergriffen. Sie zieht diese Hand zu sich heran, bis an ihr Herz. Sie bittet um seine Zuwendung. Der Körper des Mannes ist ihr hingeneigt. Den Kopf hält er abgewandt. Er schaut zurück. Dorthin, wo die Alte ihn zu stützen versucht, ihm Halt geben will. Aber auch sie schaut er nicht an. Er blickt über sie hinweg in die Ferne, wie über sein gelebtes Leben, dem nicht mehr das Recht zusteht auf Jugend.

Die Haltung des jungen Mädchens ist Flehen, Forderung, Hingabe. Ihr aufwärts schauendes Gesicht versucht die Reaktion des Mannes zu verstehen. Sie offenbart ihm das tiefe Gefühl, das sie für ihn hegt.

Von der Alten, die aufrecht steht, durch den Mann jedoch ebenfalls in die Richtung des Mädchens gezogen, geht Bedrohung aus. Sie verkörpert Besitzanspruch. Ihre rechte Hand ist zur Faust geballt. Häßlicher Triumph auf dem Gesicht der Frau, denn der Mann hat einen Arm um ihre Schulter gelegt, hier Halt suchend, den sie zu geben bereit ist. Zerquält das Gesicht des Mannes. Flehend das des jungen Mädchens. Überlang der Arm des Mannes auf der Schulter der Alten, weil es seinen Körper zu der jungen Frau zieht. Überlang? Die Hände des Eustache waren überlang. Auf den Baum, der sich tief zur Erde neigen sollte, hat Camille verzichtet.

Während Rodin an manchen Abenden verzweifelt

durch Paris irrt, Freunde aufsucht, in der Hoffnung, Neues über Camille zu erfahren, während er tagelang vor seinem unförmigen Balzac steht und nicht weiß, wie dessen Größe umzusetzen ist, zieht Camille in ihrem Atelier die Hand dieses Mannes an ihr Herz, tut ihre Liebe kund, tut es auf Knien und hält doch die Tür verschlossen und versperrt für ihn.

45.

1894. Camille unternimmt eine Reise. Allein. Sie fährt nach Guernsey, kleine anglo-normannische Insel im Atlantischen Ozean, der Normandie vorgelagert. Sie will die Gewalt des Ozeans erleben. Sie möchte Anschauungsunterricht an dieser schroffen Küste, um ihre «Woge» zu gestalten.

Eine Frau fährt nicht allein. Immer hoffte Camille, Paul komme auf Urlaub. Er hat ihr eine gemeinsame Reise versprochen. Sie fragte in Villeneuve an, ob der Vater sie nicht begleiten könne. Louis-Prosper ist krank. Ein böser Brief von der Mutter, Camille möge sich daran gewöhnen, ihr Leben allein zu leben, so wie es ihren Vorstellungen einst entsprach.

Die Freundinnen sind alle verheiratet. Maria in Villeneuve, Jessie in England. Jessie hat bereits ein Kind.

So fährt Camille allein nach Guernsey.

Doch angesichts der ungeheuren Weite des Wassers kommt gleich die Ebbe, die Schwermut, alle Lebenskraft abziehend.

Gelb blüht der Ginster. Hatten nicht die Lupinen gelb geblüht in Azay? Die Landschaft ist herb. Wind. Steine. Meer. Die Luft riecht nach Salz. Der Himmel ist wolkenzerfetzt.

Skizzen von dem sich aufbäumenden Wasser. Skizzen von alten Fischerfrauen, die auf die heimkehrenden Boote warteten. Doch eigentlich ein neues Werk. Hier in Guernsey, weit entfernt von Rodin, unerreichbar für seine Bitten, seine erneuten Anträge, seine Versuche, mit ihr zusammenzuleben, schafft Camille in der Ehrlichkeit ihrer Liebe und ihres Herzens eines der intimsten, der anrührendsten Selbstporträts. Sie nennt es die «Flehende» oder «Der entschwundene Gott».

Es ist nicht mehr Rose, die zwischen ihr und Rodin steht. Es ist Rodin selbst, der die Entfremdung gebracht hat. Er ähnelt dem Pollock in dessen Geschäftstüchtigkeit. Er kommt mit der Käuflichkeit menschlicher Werte gut zurecht. Er hat Camille seine Angebote gemacht, in Geld. Ein Traum — zerstoben.

Als ein Gott hatte er sich ihr genähert. Er hat sie zu sich emporgehoben. Er hat der Welt gesagt, daß sie sein Gedanke sei.

Erwacht ist sie in der Kälte, die in der Wirklichkeit herrscht. Flehend streckt sie ihre Hände. Erfüllt von brennendem Wunsch, erhört zu werden. Von Gott? Sie bringt es über sich, zu knien und zu bitten. So tief hat das Leben sie gedemütigt. Knien kann sie nur in Stein. Nicht Rodin fleht sie an. Was an Gläubigkeit in ihr ist, bittet um höheren Beistand.

Camille kann den Gezeitenwechsel schlecht vertragen. Ihr ist, als wenn bei jedem Sog etwas von ihrer Kraft abgezogen wird. Die Ebbe macht sie wehrlos.

Kommt die Flut, kehren die Wogen zurück, kommt auch die Freude am Leben wieder. Camille liebt den Sturm, wenn er das Wasser über den Strand peitscht. So wird sie ihre Frauen gestalten. Tanzend, bereit das Schicksal anzunehmen, das sich drohend über ihnen aufbäumt, zuschlagen will, verschlingen, fortreißen. Aber sie erwarten es. Es ist das Leben — und es ist schön. Aber sie werden wieder aufstehen.

Flehen und Aufstehen.

Auf den Klippen eine einsame Frau. Wenn das Jahr zu Ende geht, wird sie dreißig Jahre alt. Ein Mann geht ihr nach. Sie bemerkt ihn nicht. Einmal bleibt sie am Zaun stehen und schaut einer jungen Mutter nach, die ihr Kind durch die Luft wirbelt. Sie lauscht auf das Jauchzen der beiden.

Der Mann ist rotblond. Manchmal steht er mit seiner Staffelei am Meer. Er hofft, Camilles Neugier zu erwekken. Er kennt sie. Die Legende von Paris. Er hat ein Werk von ihr gekauft – die «Kleine von der Insel», fasziniert von dem Blick dieses Kindes. Er hat das Werk in seine Heimat mitgenommen. Er hat es seinem Freund Henrik Ibsen gezeigt.

Frits Thawlow ist dreiundvierzig Jahre alt.

Eine seltsame Frau, die nur mit Alten spricht und mit Kindern. Eine schöne Frau. Eine Unberührbare, die ein Geheimnis umgibt. Ein Geheimnis, das sie anziehend macht, das die wildesten Träume weckt und Wünsche, die die Seele peinigen.

Es gelingt Frits Thawlow nicht, an Camille ein Wort zu richten. Wenn er ihr auf den einsamen Spaziergängen begegnet, zieht er tief den Hut. Einmal schaut sie ihm überrascht nach, da hat er die Hoffnung längst aufgegeben.

46.

Der Name Camille Claudel findet nicht nur Wohlwollen in den gesellschaftlichen Kreisen. Es kann nicht sein, was nicht sein darf. Eine Frau kann niemals den gleichberechtigten Anspruch als Künstler erheben wie ein Mann. Das widerspricht jahrhundertealten Traditionen. Spott für die, die es wagt, sich außerhalb der gesellschaftlichen Normen zu stellen, die mehr sein will als die Geliebte und die Schülerin eines Meisters. Was man an der Seite Rodins als Kapricen einer schönen Frau toleriert hat, schockiert nun.

Camilles Offenheit ist hemmungslos. Sie hat kein zweites Gesicht. Sie haßt es zu heucheln. Sie will sich nicht selbst verraten. Man zeigt nicht so offensichtlich wie sie Verachtung. Man hofiert nachsichtig die Schwächen der Einflußreichen. Man gibt sich angepaßter, wenn man auf die Gunst dieser Gesellschaft angewiesen ist, wenn man gezwungen ist, seine Werke zu verkaufen, wenn aus diesen Kreisen Förderung und Empfehlungen kommen sollen.

Aber Camille will keine Förderung und keine Empfehlung.

Sie will lediglich die Achtung und Würdigung dessen, was sie leistet, mehr nicht. Und es gibt sie bereits, denen ihr Werk gefällt, die es besitzen möchten, die Freude an ihrer Kunst finden – Mäzene.

Robert Godet. Léon Lhermitte. Johany Peytel. Graf und Gräfin de Maigret. Maurice Fenaille. Letzteren hat sie allein auf sich aufmerksam gemacht. Auf das heftigste hat sie protestiert, als Rodin es für sie tun wollte.

Als sie mit dem Vater aus Azay zurückkehrte, schrieb sie folgenden Brief an Fenaille.

«Monsieur,
wollen Sie die Güte haben und meine Freiheit entschuldigen, Ihnen zu schreiben. Ich habe die Ehre gehabt, Ihre Bekanntschaft bei Monsieur Rodin zu machen, dessen Schülerin ich bin. Ich arbeite jetzt für mich, und ich möchte Sie bitten, mir die Ehre Ihres Besuches in meinem Atelier zu erweisen. Ich empfange gewöhnlich sonntags – den ganzen Tag.

Monsieur, nehmen Sie bitte die Versicherung meiner vorzüglichsten Hochachtung entgegen

Camille Claudel 113 Boulevard d'Italie.»

Jetzt hat sie es selbst getan, was sie nie wollte – sich als Schülerin von Rodin zu bezeichnen. Sie ist nicht seine Schülerin. Sie war seine Mitarbeiterin. Er ist es, der ihren Rat braucht, der heute wissen will, wie er der Größe Balzacs gerecht werden könnte.

Warum bedient sie sich nun selbst der Sprache der anderen? Damit man sie hört? Damit man sie klein halten kann …

… weil sie verkaufen muß …

Sie muß unbedingt verkaufen. Das Geld von den Eltern und vom Bruder ist aufgebraucht.

Fenaille kam und zeigte Interesse an ihren Arbeiten. Später schreibt sie ihm:

«…ich hoffe mit Ihrer Hilfe die ‹Woge› beenden zu können, wenn Sie mir nicht Ihre Protektion entziehen — einer zwar anerkannten französischen Künstlerin, die bisher wenig ermutigt wurde. Nach 15 Ausstellungsjahren im Salon befindet sie sich trotz Versprechungen, die ihr gewisse Leute gemacht haben und die sich als falsch erwiesen, noch immer am Ausgangspunkt …»

Erste bittere Worte.

Das Schlimmste, was Camille trifft, ist die Oberflächlichkeit des Urteils, wenn Werke, die sie ausstellt, als Plagiate Rodins bezeichnet werden. Wer im Kulturleben Rodin nicht gesonnen war, der war auch seiner Schülerin nicht hold. Für andere bleibt sie die Schülerin, die den Meister kopiert. Da versteigt sich sogar Pauls Freund, Romain Rolland, zu der Behauptung, sie sei die Karikatur des Talents von Rodin. Dann sind alle Worte der Anerkennung, der Würdigung, der Begeisterung wirklich Sachverständiger in Camille vergessen und ausgelöscht.

Es brennt die Demütigung.

Es verletzt die Ungerechtigkeit.

Es quält die Wahrheit, die auf den Kopf gestellt wird.

So der triviale Vorwurf, daß die «Clotho» eine Kopie der «Héaulmière» Rodins sei.

An manchen Tagen kann sie solche Kränkungen schlecht verkraften. Da treffen sie Ungerechtigkeiten so, daß sie auch nur ungerecht zu reagieren vermag. «Meine ‹Clotho› ist absolut meine eigene Schöpfung …, die Ideen meiner Werke hole ich stets nur aus mir selbst — und ich habe mehr als genug Ideen. Monsieur Rodin, der andere beschuldigt, ihn zu kopieren, sollte es nicht öffentlich tun ..., sein ‹Genius des Krieges› ist eine vollständige Kopie des Werkes von Rude.»

Nur oberflächliche Betrachter und böswillige Zungen können Camille mit einem solchen Vorwurf belegen. Die Tatsache, daß es sich um eine alte Frau handelt – gewiß, das haben sie nicht mit vielen anderen gemein. Doch Rodin ist ein Bildhauer des Modells. Camille verwirklicht eine Idee.

Camille, in ihrer Liebe verraten, hat sich von Rodin getrennt, um zu retten, was unverwechselbar ihr gehört. Sie hat den Mut aufgebracht, sich auf eigene Füße zu stellen, den Schutz der Chinesischen Mauer aufzugeben, der Rodin für sie war, um ihr eigenes Werk der Gesellschaft zu präsentieren, und erfährt nun, daß ihr das Phantom Rodin von allen Seiten entgegentritt. Wohin sie sich wendet, was sie unternimmt, sie ist von Rodin umstellt. Rodin ... Rodin ... Rodin. Aus dieser Zeit ein Brief, den sie an Morhardt schreibt:

«Cher Monsieur,
ich bitte Sie, Ihr Möglichstes zu tun, daß Monsieur Rodin am Dienstag n i c h t zu mir kommt. Wenn Sie Monsieur Rodin auf sehr höfliche, aber doch bestimmte Weise die Idee einschärfen könnten, mich nicht mehr zu besuchen, würden Sie mir den sensibelsten Wunsch erfüllen, den ich je gehegt habe. Monsieur Rodin weiß nicht, wieviel böse Leute sich hinstellen und sagen, daß er mir meine Skulpturen mache. Warum also noch alles tun, um diese Beleidigungen und diesen Glauben zu verstärken? Wenn Monsieur Rodin mir wirklich Gutes tun will, dann wird es ihm sehr gut möglich sein – ohne die andere Seite glauben zu lassen, daß ich seinen Ratschlägen und seiner Inspiration den Erfolg meiner Werke verdanke, an denen ich hart arbeite.»

Rodin ist verzweifelt über ihre Abwehr. Im ständigen Schuldgefühl legt er Aktivitäten an den Tag, um Camille zu entschädigen, und verstärkt damit die im Umlauf befindlichen Gerüchte.

Am 16. Januar 1895 – ein Bankett zu Ehren von Puvis de Chavannes. Man feiert den 70. Geburtstag des Malers. Ein Kreis Gleichgesinnter. Unter ihnen Rodin. Von ihm kommt der Vorschlag, zum Gedenken an dieses Ereignis dem Luxembourg-Museum die «Clotho» in Marmor von Camille Claudel zu überreichen. Das bedeutet für Camille, die Clotho in Marmor zu arbeiten. In permanenter finanzieller Not kann Camille einen solchen Auftrag nicht ausschlagen. Dennoch will Camille Rodins Protektion nicht. Ahnt oder vermutet sie, daß Rodin hinter Aufträgen oder Ankäufen steckt, lehnt sie ab.

Verzweifelt über eine solche Haltung, einen solchen Stolz bei ihr, schreibt Rodin an Mirbeau:

«Mademoiselle Claudel hat das Talent des Marsfeldes. Es ist fast unschätzbar. Sie haben ein Projekt für sie. Sie haben sie bekannt gemacht. Trotz der Lügen haben Sie sich für sie geopfert, für mich – für Ihre Überzeugung. Ihr Herz, Mirbeau, wird sich als Hindernis erweisen. In Ihrer Großzügigkeit werden Sie sich selbst im Wege stehen.

Ich weiß nicht, ob Mademoiselle Claudel akzeptieren wird, daß ich am gleichen Tag wie sie bei Ihnen erscheine. Seit zwei Jahren haben wir uns nicht mehr gesehen, und ich habe ihr nicht geschrieben. Alles obliegt Ihnen – ich bin nicht in der Lage, es sie wissen zu lassen. Wenn sie zustimmt – bin ich da. Mademoiselle Claudel wird es entscheiden. Mir geht es im Moment ein wenig besser, ich bin zufrieden – aber unser Leben ist grausam. Chavannes soll einen Brief an das Ministerium schreiben, den einige Freunde unterzeichnen werden – aber momentan habe ich kein Vertrauen. Alle geben sich den Anschein zu glauben, daß Mademoiselle Claudel meine Protegierte ist, selbst dann, wenn man ihrer Kunst mit Unverständnis gegenübertritt. Sie kann sich rühmen, alle meine ‹Bildhauerfreunde› gegen sich zu haben und auch alle anderen, die mich immer beim Ministerium paralysiert haben – denn dort kennt man sich nicht aus.

Lassen wir den Mut nicht sinken, lieber Freund – denn ich bin ihres Enderfolges sicher. Aber die arme Künstlerin wird noch sehr enttäuscht werden und trauriger sein denn je. Sie kennt das Leben; sie hat Verluste hinnehmen müssen, Tränen wurden ihr nicht erspart – und vielleicht wird sie zu spät ankommen – Opfer ihres Künstlerstolzes. Sie arbeitet ehrenhaft und wird all ihre Kräfte diesem Kampf opfern, diesem zu späten Sieg, der vielleicht nur im Tausch gegen Krankheit möglich sein wird … Mein Brief ist zu trostlos, daß er nicht Mademoiselle Claudel unter die Augen kommen möge.»

Ein prophetischer Brief.

47.

Im Februar 1895 kehrt Paul für einen Monat nach Frankreich zurück. Endlich. Seine Berufung nach China ist erfolgt. Paul hat es geschafft. Er wird den Kindertraum verwirklichen.

Doch zunächst ist er in Paris.

Camille freut sich wie ein Kind. Paul, der ihr nahestehendste Mensch. Jetzt, wo sie ihn sieht, vertraut und fremd zugleich, wird ihr die eigene Einsamkeit bewußt, die Sehnsucht nach Wärme.

«Wir machen ein großes Fest … Daß Du wieder da bist! Ein richtiges Fest, und Du lädst alle deine Freunde ein!»

Paul ist einverstanden. Die Mutter wird ihr helfen, es vorzubereiten.

Selten nur noch ist Camille zu gesellschaftlichen Empfängen und Ereignissen gegangen. Von Rodin kam jedesmal eine zusätzliche Einladung. Etwas von Genugtuung – wenn sie die seine in den Händen hielt. Uneingestanden wartet sie darauf, um ihnen nie nachzukommen.

Prinzipiell hat sie keine Lust, sich in der Gesellschaft zu zeigen. Sie leidet unter dem Gedanken, sich durch ihr

Erscheinen in Erinnerung zu bringen, zu dokumentieren, daß sie dazu gehöre. Sie gehört nicht dazu. Sie hat keine Lust, Konversation zu pflegen, die billig und oberflächlich ist. Sie ist von äußerster Not bedrängt. Bitterer Triumph nur, Rodins Erwartungen wieder und wieder zu enttäuschen.

Ein Fest für Paul.

Sie möchte seine neuen Freunde kennenlernen. Sie möchte Paul in seinem neuen Umkreis sehen und erleben.

Seit langer Zeit schaut sie bewußt in den Spiegel. Wie sieht sie aus?

Übernächtigt. Überarbeitet. Ringe unter den Augen. Und dieser schwermütige Blick! So kann sie sich nicht den Leuten zeigen. Wie machen es andere Frauen, wenn sie ihre Schatten, ihre ersten Falten verstecken wollen? Puder. Sie besitzt keinen Puder. Sie besitzt auch kein Geld für solche Nichtigkeiten. Paul hat ihr etwas dagelassen. Sie sollte sich ein Paar neue Schuhe kaufen und ein vernünftiges Kleid für sein Fest. Camille brachte es nicht über ihr Herz. Ein Paar Schuhe kaufte sie. Dünn ist sie in den letzten Monaten geworden. Die alten Kleider hängen an ihrem Körper. Beherzt hat sie sich eines späten Abends darangesetzt, das besterhaltene enger zu nähen, so gut sie es vermochte. Sie besitzt noch einige Sous. Dafür kauft sie sich Puder. Den billigsten. Er duftet nicht. Er ist nur schwach getönt. Er macht sie entsetzlich bleich. Aber die schwarzen Schatten sind verschwunden, die unter ihren Augen gelegen haben. Nicht nur neue Freunde und Kollegen hat Paul eingeladen, auch ehemalige Schulfreunde und Studienkameraden. Unter ihnen Jules Renard, diesen Fiesling, den Camille nicht ausstehen kann, der ihr schon auf anderen Gesellschaften und Empfängen mit überheblichem Spott begegnet war. Sie versucht, ihn zu übersehen. Er ist Pauls Gast. Auch Pauls neuer Freund erschreckt Camille. Christian de Larapidie — mit ihm ist Paul aus den USA zurückgekehrt. Er trinkt viel, er redet viel. Eine unglaubliche Geschichte reiht sich an die andere. Das Körnchen Wahrheit, das sie enthalten, wird zu schillernden Ballons aufgeblasen. Er ist einer von denen, die für ihre Karriere alles tun. Freundschaft nur zu dem Preis persönlichen Vorteils.

Mit welchen Leuten umgibt sich Paul?

Ist er einer von ihnen geworden?

Camille fühlt sich herausgefordert. Nein, auch Paul zuliebe kann sie diese Hoffart nicht einfach hinnehmen.

Aus der Tagebucheintragung jenes Jules Renard:

«15. März 1895. Bei Claudel ein gespenstisches Abendessen und Soirée. Das Atelier von Gerüsten und Balken verstellt, mit aufgehangenen Lampions, die wir anzündeten. Schranktüren, die Mademoiselle Claudel gegen die Wand gestellt hatte. Leuchter, wo die Kerzen auf Eisenspitzen gesteckt sind, die als Dolche hätten dienen können. Entwürfe, die unter Leinentüchern schliefen. Seine Schwester sagt zu mir: ‹Sie machen mir Angst, Monsieur Renard – in einem Ihrer Bücher werden Sie mich lächerlich machen!› Ihr gepudertes Gesicht belebt sich nur durch ihre Augen und ihren Mund. Manchmal scheint sie wie tot. Sie mag die Musik nicht. Immer sagt sie laut, was sie denkt. Und ihr Bruder rast, die Nase über seinen Teller gebeugt. Man sieht, wie sich seine Hände vor Wut zusammenballen und wie er unter dem Tisch mit den Füßen stampft.»

Ja, Paul findet, Camille benimmt sich unmöglich. Schließlich gehört er zu dem diplomatischen Korps der Republik. Er hat einen Ruf zu verteidigen. Seine Schwester macht ihn unmöglich. Es wird ihm eine Lehre sein. Sie wird nicht mehr zu seinen Gästen zählen.

Als er meint, es nicht mehr aushalten zu können, springt er auf und ergreift seinen Mantel. Er zischt etwas von frischer Luft. Sein Gesicht ist von verbissener Freundlichkeit. So hat Camille ihren Bruder noch nicht gesehen. Sie ist beunruhigt und folgt ihm. Von ihr aus können die anderen gehen. Doch Larapidie ist noch nicht am Ende mit seinen Geschichten.

Kaum daß sie die Straße betreten haben, rast Paul los: «Ein Skandal, wie du dich benimmst. Bist du verrückt. Du mußt übergeschnappt sein, die Leute derart vor den Kopf zu stoßen!» Wild gestikuliert er mit den Händen. Er faßt sich an den Kopf und macht kurze heftige Klopfzeichen dagegen, um ihr auch mit dieser Geste begreiflich zu machen, was er meint. «So benimmt sich doch kein normaler Mensch. Du kannst doch nicht einfach sagen, was du denkst. Das machen Kinder. Denen sieht man es nach. Aber du bist erwachsen! Du benimmst dich wie eine Verrückte. Du kannst doch den anderen nicht vorwerfen, daß sie einen vernünftigen Beruf haben, der ihnen ein gesichertes Einkommen bietet. Du kannst doch nicht alle zu Karrieristen und Heuchlern stempeln, nur weil sie versuchen, in dieser verrückten Zeit zurechtzukommen. Natürlich müssen sie sich anpassen. Ja, jeder ist sich selbst der Nächste. Das ist das Wolfsgesetz unserer Zeit. Jeder muß zusehen, wie er mit dem Rücken an die Wand kommt. Erst aus einer gesicherten Position heraus läßt sich vielleicht etwas ändern ...» Camille bleibt stehen und schaut ihm ins Gesicht.

«Und dich so weiß zu pudern! ... Wolltest du die Leute erschrecken? Du warst eine einzige Blamage für mich!»

«Jetzt hör auf – jetzt reicht es! Was für eine Moral verteidigst du? Vom Autor des ‹Goldhaupt› hätte ich wahrlich anderes erwartet! Geh!»

«Goldhaupt ist getötet worden!»

«Ja. Und du lebst. Und du bist normal! Bist so stinkig normal, daß du nicht merkst, daß du dich selbst verrätst!»

«Denkst du, so, wie du dich isolierst, erreichst du etwas?!»

«Ich bleibe wenigstens mir selbst treu!»

«Zum Preis, daß du als ‹Verrückte› abgestempelt wirst!»

Camille hat Lust, ihm eine Ohrfeige zu geben. Sie beherrscht sich. »Ich habe im Moment genug von dir! Du tust mir leid, Paul!»

«Es gibt Normen, an die man sich zu halten hat. Kannst

du dich nicht um etwas mehr Toleranz bemühen. Du solltest in jedem anderen, auch wenn sie Fehler und Schwächen haben, das Ebenbild Gottes sehen!»

«Jetzt reicht es. Jetzt ist der Widerspruch komplett. Ich bin auch das Ebenbild Gottes und verlange von dir Toleranz! Und von den anderen!»

Sie läßt ihn stehen und geht über die Brücke.

Ein würdiger Abschluß dieses Festes!

Den Rest der ihm verbleibenden Zeit verbringt Paul in Villeneuve. Camille belastet dieser Streit. Es ist nicht nur die Enttäuschung über Pauls Haltung. Erschreckt hat sie sein zum erstenmal gezeigter Haß. Einzelne Worte hallen in ihrem Kopf. Sie machen ihr angst ... verrückt ... nicht normal ... Warum sagt Paul so etwas? Im Zorn, weil er sie kränken wollte. Hat er recht? Hat er ausgesprochen, was die anderen denken?

Am Ostersonnabend kommt sie in den frühen Morgenstunden nach Villeneuve. Der Wind, der über die Ebene fegt, hat ihr Haar gelöst und der weite Weg ihre Wangen gerötet. Fünf Kilometer – Erinnerungen tauchen auf und Vorfreude entsteht.

Wunderschönes, kleines Villeneuve.

Sie sollte öfter herkommen. Himmelschlüsselchen blühen. Lerchen steigen von den Äckern auf. Ihr Jubelschrei sprengt innere Verklammerung. Die Mutter ist die erste, die sie erblickt, als sie den Osterstrauß schneidet.

«Louise ist schon da mit ihrer Familie!» Es klingt, als sei kein Platz für sie. Will sie lange bleiben? Mißtrauische Fragen, ob sie wegen Geld komme.

«Ich wollte mit Paul noch einmal reden. Ich bleibe nicht lange!»

«Unangemeldete Besuche liebe ich nicht! Du bleib in Paris! Villeneuve war dir doch zu klein!»

Der Sohn von Louise weigert sich, sie zu begrüßen. Wo er sich unbeobachtet fühlt, streckt der Neffe ihr die Zunge heraus. Camille beschließt, am nächsten Tag wieder zurückzufahren.

Louis-Prosper scheint in Villeneuve ebenfalls nur Gast zu sein. Die Frau läßt ihn spüren, es ist ihr Haus, ihr Erbteil. Hier gelten ihr Wille und ihr Wort. Der Vater fragt nach Camilles Arbeit, ihren Aufträgen, ihren Verkäufen. Sie sieht nicht gut aus, zu abgezehrt. Spannt sie überhaupt einmal aus? Was macht sie an den Wochenenden? Arbeiten. Was sonst? Immer noch der unwahrscheinliche Glanz in ihren Augen, wenn sie von ihren Plänen spricht. Der Vater steckt ihr zweihundert Francs zu. Mehr getraut er sich nicht zu geben. Der Mutter würde es auffallen. Er plant, Camille eine monatliche Pension auszusetzen, von der sie leben könnte. Sie muß versprechen, es wirklich zum Lebensunterhalt zu verwenden. Paul ist wie ausgewechselt. Er scheint sich in Villeneuve wiedergefunden zu haben. Sie machen beide einen langen gemeinsamen Spaziergang. Schafherden. Zusammenschluß, Auseinanderfall. Die Apfelbäume blühen. Tausendfaches Gesumm von Bienen und Hummeln. Holzstapel, die im Winter nicht aufgebraucht wurden. Erlen, die voller Misteln hängen. Bis zum Giebel von Chinchy gehen sie, zu den verwunschenen Dämonen. O ja, Camille spürt es, Paul bemüht sich um Toleranz. Er bekennt sich zu seinen Vorbehalten, gewissen etablierten Kreisen gegenüber. Der aufbegehrende kleine Bruder ist doch noch nicht verlorengegangen.

Voll Freude bereitet er sich auf seine Reise nach China vor.

Er zeigt Camille sein neuestes Drama – «Das Mädchen Violaine». Sein zu Papier gebrachtes Heimweh nach Villeneuve, als er in den USA weilte, seine Abrechnung mit dem Familienzwist, dem Schwesternstreit. Camille liest es am Abend. Sie gibt es ihm zurück. Wortlos. Sie mag sich nicht dazu äußern. Von Begeisterung kann keine Rede sein. Paul soll sie in Ruhe lassen. Wie verfremdet auch immer, ob ins Mittelalter verlegt oder in die Vereinigten Staaten, immer wieder sie. Will er sich als Richter aufspielen?

Paul erkundigt sich nach Rodin. Camille weiß nichts Neues zu berichten. In Meudon habe er sich die «Villa des Brillants» gekauft. Das interessiert Paul nicht. Wie steht sie zu ihm? Überhaupt nicht. Sein Name erstickt sie. Eines Tages wird Paul auch mit Rodin abrechnen. Schonungslos. Mit seiner Feder. Das traurige Lächeln Camilles schmerzt.

Der Abend ist wie das sanfte Streicheln eines liebenden Mannes. Camille geht durch den Garten. Sie öffnet das Lattentor zur Wiese. Apfel- und Pflaumenbäume. Die einen im Erblühen, die anderen im Blütenfall. Bis zu dem schmalen Waldgürtel zieht es Camille. Ein Baum wurde vom Sturm entwurzelt. Camille läßt sich auf ihm nieder. Sie liebt den Blick hinüber nach Fère. Villeneuve liegt hoch. Es öffnet sich nach allen vier Himmelsrichtungen. Von vier Seiten Einflüsterungen. Die Ebene, die sich bis zum Meer hin auszudehnen scheint. Es macht frei, so weit schauen zu können.

«Camille!» Ein zaghafter Anruf.

Es ist Ferdinand de Massary. Ist er ihr gefolgt? Hat er sie zufällig getroffen? Eine winzige Bewegung des Kopfes, mit der Camille ihn auffordert, sich neben sie zu setzen.

Schweigen.

«Ich habe gedacht, wir würden uns öfter sehen.»

Was soll sie darauf antworten. Massary sieht schlecht aus. Dunkle Ringe unter den Augen. Seine Haut wirkt grau.

Er holt hörbar Luft. «Ach, Camille!» Ist er nicht glücklich mit Louise? Gerät sie zu sehr der Mutter nach und vermag keine Wärme zu geben?

Camille fühlt seinen Arm um ihre Schulter. Er zieht sie für Sekunden an sich heran.

Für Sekunden die Illusion, mit ihm hier zu leben in dieser Weite, in dieser Stille, in der Geborgenheit seiner Arme, im Glück eines Kinderlächelns. Illusion. Sie hat sich anders entschieden. Für Sekunden ein schmerzhaftes Bedauern. Sie schaut ihn an. Er nimmt ihr Gesicht in seine Hände. Ein erstes und ein letztes Mal. Er preßt seine Stirn an die ihre.

Am nächsten Morgen ist es Ferdinand de Massary, der sie zum Bahnhof nach Fère bringt. Die Familie hätte sie den Weg zu Fuß gehen lassen.

48.

1895 stellt Camille im Salon auf dem Marsfeld ihr neuestes Werk aus – «Im Vertrauen».

«Vier Frauen in einer Mauerecke. Eine erzählt, die anderen hören zu ... Diese vier Alten! Das ist die Poesie des Alters und des Geheimnisses. Das ist die Vision intimer Wahrhaftigkeit ... die armen Körper zusammengerückt, die Köpfe einander genähert – ein Geheimnis, das verarbeitet wird. Ein Wunder an Verständnis und menschlichem Gefühl.» So Gustave Geffroy.

Mathias Morhardt veröffentlicht einen Artikel:

«Ein wunderbares Meisterwerk – diese Schwatzbasen. Ich glaube mich nicht zu irren, wenn ich sage, daß kein anderes modernes Werk existiert, das diese Weite, diese Geisteskraft besitzt ... Sie ‹sind› – weil eine Art geheimnisvoller Verbindung jeden Teil mit dem Ganzen vereint ... ob es die Augen sind, die Satz für Satz ablesen, die die Herrlichkeit der Worte in sich einverleiben ...»

Ihre kleinen Frauen, von denen Camille oft liebevoll gesprochen hat – sie legen Balsam auf ihre Wunden. Morhardt bezieht in seinem Artikel auch ihren «Maler» mit ein. Auf Guernsey hat sie ihn am Strand beobachtet. Diese Skizzen und die Studien von Lhermitte hat sie versucht, in Stein umzusetzen. Das letzte Geld, das vom Vater übrigblieb, ist für den Bronzeabguß des «Malers» draufgegangen.

«Diese kleine Bronze, die den Künstler stehend darstellt, den Pinsel in der rechten Hand, die Palette über den Daumen der linken Hand ragend, fest auf seinen Füßen stehend, die Farben mit Sorgfalt mischend, bevor er die Leinwand betupft ..., läßt keinen Zweifel darüber, daß Camille Claudel begonnen hat, eine neue Kunst zu schaffen. Das Erscheinen des ‹Malers› verdient als ein bedeutsames Datum ihrer Karriere betrachtet zu werden. Es ist das erste Werk, wo sie die Kraft zeigt, die in ihr steckt, das Leben direkt heraufzubeschwören. Mit diesem Werk hat sie Meisterschaft erreicht. Der Maler mit seinem etwas zur Seite geneigten Kopf ist in der Tat ein Werk der Offenheit und der Kraft. Ein Akzent despotischer Offenheit, der den aufmerksamen Respekt des Betrachters abverlangt ...»

Überschwengliche Würdigung.

Camille lächelt, zu Tränen gerührt, als sie die Zeitung liest. Das gute Gefühl, einer ist da, der sie verteidigt, der an sie glaubt. Ja, sie hat vor, etwas Neues zu schaffen. Gezwungen, aus der Not eine Tugend zu machen. Die «kleine Bronze». Sie will sich nicht an diesen riesigen Freiluftstatuen versuchen. Sie will auch keine Ausstellungsstücke für Museen. Sie möchte den Menschen in seinem Haus, in seiner Wohnung erreichen. Sie möchte ihm das schenken, was an Humor, an Optimismus, an Nachdenken, an Traurigkeit, aber auch an Schöpferkraft in ihr ist, was er annehmen und zu dem seinen machen soll.

Für die Riesenmarmorblöcke hat sie kein Geld.

Sie möchte in Jade und Onyx arbeiten. Sie will versuchen, neue Wege einzuschlagen, die kleine Form der Plastik. Aber auch das nicht im herkömmlichen Sinn. Sie will auf Atmosphäre, auf Umwelt nicht verzichten. Um die Szenen zu gestalten, die ihr vorschweben, braucht sie die Woge, die Mauerecke mit der Bank, den hohen Karren, den großen ovalen Tisch, den hingeneigten Baum, braucht sie die hockenden Kinder, die dem blinden Sänger zuhören, braucht sie Palette und Leinwand und den Kamin. Bezüge zum Alltag.

Dann endlich werden die anderen begreifen, daß ihr Werk nichts, absolut nichts mehr mit Rodin zu tun hat.

An den kleinen Frauen und ihrem Geheimnis, im Vertrauen preisgegeben, arbeitete Camille bis zur Erschöpfung. Die Eröffnung rückt näher. Aus Unvorsichtigkeit oder Absicht haben Gießer in ihrem Atelier die Gruppe zerstört. In letzter Minute beendet sie die Arbeit. Zwei Stunden vor der Eröffnung wurde sie im Salon ausgestellt.

Mathias Morhardt will Camille zur Eröffnung abholen.

Im Arbeitskittel noch immer, hängt sie in ihrem hohen Lehnsessel. «Ich kann nicht!» Morhardt sieht ihre Erschöpfung. Dennoch möchte er, daß sie sich bei der Eröffnung zeigt. Er ist von ihrem Erfolg überzeugt. Sie soll ihn erleben. Das wird ihr Kraft geben.

«Ich habe nichts anzuziehen.»

Gegen dieses Argument ist Morhardt machtlos. Das schwarze Kleid, das sie auf der letzten Vernissage trug, schlägt er vor.

«In der Pfandleihe ..., und die hat jetzt geschlossen.»

Tragikomik der Situation.

Doch Morhardt gibt nicht auf. Seine Frau – Größe und Figur stimmen annähernd. Er eilt nach Hause, um für Camille ein Kleid bei seiner Frau auszuleihen.

Sie erscheinen spät.

Urteile haben sich gebildet. Camilles Werk ist in aller Munde. Begeisterung. Bewunderung. Etwas Neues ist kreiert worden. Eine neue Form. Eine neue Möglichkeit.

Rodin ist da – damit hat Camille rechnen müssen. Warum ist er so lange geblieben? Sie stehen sich gegenüber. In diesem Moment wird auch den anwesenden Besuchern bewußt, daß man beide schon lange nicht zusammen sah. Neugier und Sensationslüsternheit knistern in der Luft. Rodin macht einen Schritt auf sie zu. Beide Hände streckt er ihr entgegen. Verhalten reicht auch sie ihm die Hand. Heftig verbeugt er sich zu ihr hinunter und verharrt im Handkuß. Zu lange. Verehrung. Bewunderung. Bitte um Verzeihen. Bitte um Annäherung. Diesen Moment festhalten. Ihre Hand festhalten. Die anderen sind unwichtig. In der Öffentlichkeit dokumentierte Verehrung. Der Panzer aus Bitterkeit und Enttäuschung, aus strengen Vorsätzen wird brüchig. Sie fühlt ihr Herz schlagen. Sie wird wieder lebendig. Sie wird erneut verletzbar. Rodin hat das Schwinden des Widerstandes gespürt, auch wenn sie danach am Arm von Morhardt weitergeht.

Rodin schöpft neue Hoffnung.

Er schreibt ihr. Schreibt von seiner qualvollen Arbeit, von seinem noch immer währenden Suchen nach einer Pose Balzacs, die seiner Bedeutung und Größe entsprach. Indirekte Bitten, sich mit ihm auszutauschen. Nochmals Glückwünsche für ihr Werk «Im Vertrauen».

Camille arbeitet jetzt an seiner Umsetzung in Marmor. Sie hat vor, es ebenfalls im Halbedelstein Jade zu probieren. Hatte man nicht schon in China im 15. bis 11. Jahrhundert v. u. Z. in Jade gearbeitet? Jadeschnitzereien waren hochgeschätzt.

In der Korrespondenz von Rodin findet sich ein Brief vom 25. Juni 1895, in dem Frits Thawlow einen Termin mit Rodin vereinbart und hinzufügt: «Ich möchte auch über Mademoiselle Claudel sprechen.»

Die Gruppe der kleinen Frauen hat auch ihn fasziniert. Er möchte es in Marmor bestellen.

Frits Thawlow, der norwegische Maler, weilte schon mehrmals in Paris. Er ist sieben Jahre jünger als Rodin. Die Impulse des Impressionismus nahm er in sich auf und setzte sie in gemäßigter Form um in seinen norwegischen Landschaftsbildern – Flüsse in ihrem unendlichen Lichterspiel.

Von Rodin läßt er sich Camilles Adresse geben. Thawlow ist aufgeregt, als er vor ihrer Tür steht. Er könnte nicht sagen, beeindruckt sie ihn als Frau oder als Künstlerin, fasziniert ihn die legendenumwobene Beziehung, die zwischen ihr und Rodin bestand, besteht ...?

Er ist verlegen. Sein Französisch ist holprig und direkt. Er möchte sich in Erinnerung bringen und erwähnt Guernsey. Camille schaut ihn verständnislos an. Sie ist aus ihrer Arbeit gerissen. Sie kennt diese Minuten. Minuten totaler Unfähigkeit, sich auf einen anderen einzustellen und etwas an Verbindlichkeit aufzubringen.

Thawlow ist beschämt. Er empfindet sich als aufdringlich. Es macht ihn traurig, daß es ihm wieder nicht gelingt, etwas von ihrem Vertrauen zu gewinnen. Das sagt er ihr, leise und hastig in seiner Muttersprache. In Camilles Augen flammt Ungeduld auf.

Thawlow beginnt neu. Langsam. Sachlich. Er möchte das letzte ihrer Werke in Marmor.

Ja, sie hat von seinem Auftrag gehört. Sie nimmt ihn an. Sechshundert Francs.

Frits Thawlow möchte noch nicht gehen. Er sagt einen Satz über das Wetter. Ein Blick ihrer dunkelblauen Augen, der Anflug von Charme: «Monsieur, Sie entschuldigen mich bitte – ich bin nicht zu Konversation aufgelegt ... Bitte, wenn Sie sich umschauen möchten. Ich muß arbeiten.»

Sie hat absolut keine Antennen für sein Interesse, für seinen Wunsch, ihr näherzukommen. Sie spürt nicht seine Bewunderung, seine Anteilnahme. In der Sensibilität seines Künstlertums empfindet der Maler fast schmerzlich die Einsamkeit dieser Frau, die das Bedürfnis in ihm geradezu provoziert, sie zu schützen, sie zu verteidigen, ihr beizustehen. Ein Bedürfnis, dem sie sich verschließt. Er schaut sich um in diesem Atelier, das jeglichen Komforts entbehrt, das vibriert in Stolz und Leid, in Aufbegehren und Verlassenheit ihrer Figuren.

Unzufrieden mit dem Ergebnis seines Besuches, verläßt Frits Thawlow das Atelier. Er wird wiederkommen.

49.

Meudon.

Steht man auf der Spitze des Hügels, kann man die Ebene überblicken, die die Seine in einem großen Bogen durchzieht. Die langen Reihen hoher Pappeln spiegeln sich im Wasser. Das silberne Band verliert sich bei der schwerfälligen Brücke von Sèvres. Der weiße Kirchturm von Saint-Cloud, an einen grünen Hügel geschmiegt ... Die bläulichen Höhen von Suresnes ... Und in der Ferne verschwimmt Mont Valérien in einem zarten Nebel.

Blickt man von dem Dörfchen Val Fleury zu der Anhöhe von Meudon hinüber, steht dort ein Gartenhaus aus rotem Backstein und Quadern im Stile Ludwigs XIII., mit hohem Giebeldach. Daneben erhebt sich ein geräumiger Rundbau, den man durch eine Säulenhalle betritt. Am Rande der Böschung, die den Hügel abgrenzt, ragt die Fassade eines Schlosses hervor, ein schönes Portal mit dreieckigem Giebel und einem schmiedeeisernen Gitter. Diese Fassade ist das einzige, was von dem Schloß blieb, das einst an ganz anderer Stelle errichtet wurde.

Die drei Gebäude liegen in einem idyllischen Garten, die Lage sicherlich eine der schönsten in der Umgebung von Paris.

Hier hat Rodin seinen neuen Wohnsitz.

Er wohnt im Gartenhaus. Der Rundbau, der später hinzukommt, dient ihm als Atelier.

Die Idylle der Natur, der Park mit dem Hügel und den alten Bäumen, die Reste eines Schlosses, all dies soll ihn besänftigen, entschädigen. Seine Stimmung ist schlecht. Er ist deprimiert. Er pflegt Weltschmerz. «Unsere Epoche gehört den Ingenieuren, den Großkaufleuten, den Fabrikbesitzern — aber nicht den Künstlern ... Die Kunst ist tot. Nach Geist, Gedanken und Träumen fragt man nicht mehr ... Das moderne Leben richtet sich ganz auf den Nutzen: Man müht sich, sein Dasein in materieller Hinsicht zu bessern. Die Wissenschaft hat täglich neue Erfindungen auf dem Gebiet der Ernährung, der Kleidung, der Verkehrsmittel zu verzeichnen. Sie wirft schlechte und billige Erzeugnisse auf den Markt, die der großen Menge nichts als verfälschte Genüsse bieten ...»

Die ständigen Querelen um den Balzac haben Rodin ausgehöhlt. Er ist müde. Mit Camille hat er seine Vitalität und seine Spannkraft verloren. Er schafft sich in Meudon ein Refugium nach seinen Vorstellungen. Der Torso einer Venus im Schatten der Bäume. In einer Laube aus Astwerk opfert ein junger Mithra ohne Kopf einen Stier. Auf einem Rasenrondell schläft Eros auf einem Löwenfell. Am Buchsbaumrand eine griechische Amphora aus rotem Ton. Verkrustet mit korallenartigen Gebilden, hat sie Jahrhunderte auf dem Meeresboden geruht.

«Heute glauben die Menschen die Kunst entbehren zu können. Sie wollen nicht mehr nachsinnen, betrachten oder ihre Phantasie anregen: Sie wollen nur noch materiellen Genuß. Die erhabenen und tiefen Wahrheiten sind ihnen gleichgültig; es genügt ihnen, ihre leiblichen Bedürfnisse zu befriedigen. Die Menschheit ist tierisch und roh geworden. Sie weiß mit den Künstlern nichts anzufangen ... Einst, im alten Frankreich, gab es überall Kunst. Die bescheidensten Leute, selbst die Bauern, gebrauchten nur Dinge, deren Anblick erfreute. Stühle, Tische, Kochtöpfe und Bratspieße waren ansprechend. Jetzt ist die Kunst aus dem täglichen Leben vertrieben. Was nützlich ist, sagt man, braucht nicht schön zu sein. Alles ist häßlich; man fertigt es in Eile an, plump, mit schnöden Maschinen. Künstler sind zu Feinden geworden.»

Wenn Rodin auf seinen Spaziergängen an dem sanft abfallenden Hügel des benachbarten Issy vorbeikam, bewunderte er das Schloß aus dem 18. Jahrhundert, das dort stand. Eines Tages war dieser Hügel von Terrainspekulanten aufgekauft, und man ging daran, das Schloß zu schleifen. Ein Verbrechen. Mörder. Tempelschänder. Rodin kam mit denen überein, daß sie ihm Teile und Steine verkauften. Er ließ sie auf sein Anwesen bringen und neu aufbauen. Es kam nur eine Front des Schlosses zusammen – eine Mauer mit dem Portal und dem Giebel. Ein Schloß – nur zum Anschauen. Illusion.

Von Meudon kann Rodin, wenn er nach rechts schaut, Paris erblicken. Der Horizont zerhackt von dem Dächergewirr. Ein kolossaler Tiegel, in dem Geschäftigkeit brodelt, Vergnügungen, Lüste.

Aber irgendwo auch eine junge einsame Frau, die in Schmerz und Besessenheit ihr eigenes Werk schafft.

Camille hat beschlossen, auf andere Art als über Beziehungen in die Öffentlichkeit zu kommen.

Als sie in der Touraine weilte, besuchte sie auch das Museum in Chateauroux und lernte einen aufgeschlossenen Museumsdirektor kennen.

In der Zeitung des Departements Indres erscheint am 10. Oktober 1895 folgende Notiz: «Ein Geschenk an das Museum. Mademoiselle Camille Claudel, Schülerin von Rodin, hat dem Museum eine schöne Gruppe in Gips angeboten, in natürlicher Größe. Das Werk ist inspiriert von der Hindu-Legende der Sakuntala.»

Im «Chronique de l'Indres» schreibt Armand Dayot: «Es würde mich sehr überraschen, wenn Mademoiselle Claudel nicht eines Tages unter den größten Bildhauern des Jahrhunderts ihren Platz finden würde. Camille Claudel, Schülerin Rodins, fast ebenso stark wie der Meister geworden ...»

17. November:

«Gestern hat Mademoiselle Camille Claudel, die in der Touraine weilte, für kurze Zeit in Chateauroux haltgemacht. Sie ist von mehreren Mitgliedern der Gemeinde empfangen worden. Monsieur Buteau hat Mademoiselle Claudel für die Gabe gedankt, die sie dem Museum von Chateauroux gemacht hat.»

Durch die lobenden Erwähnungen aufmerksam gemacht auf das Werk einer Frau, nimmt nun auch der Kleinbürger sein Recht auf Mitsprache wahr. Seiner mangelhaften Bildung entzieht sich der literarische Bezug. Er sieht einen nackten Mann und eine nackte Frau und ist empört. Gekränkt ist er in seiner Eitelkeit und Mannesehre, daß sein Ebenbild vor einer Frau kniet und um Verzeihung bittet. Eine solche Haltung ist ihm fremd.

Dezember:

«Die Stadt Chateauroux ist gegenwärtig von der Kunst Mademoiselle Claudels verwirrt ... Es gab Proteste – ihr Werk wird den Sitten und Gebräuchen seiner Bewohner nicht gerecht. Es verletzt ihr Moralgefühl ...»

«Bewohner, die noch nicht diesen Monolithen, diesen Gips-Obelisken gesehen haben, beeilen sich, es zu tun ..., er hat schon einen zerschlagenen Fuß ...»

«Ein Mitglied der Gemeinde hat vorgeschlagen, über die Anschaffung eines Vorhangs abzustimmen, um diese Gruppe den Blicken des Publikums zu entziehen ...»

«Drückt sich so eheliche Liebe nach dem Tod aus?»

Anerkennung und Verkennung halten sich die Waage. Das eine nimmt Camille mit Gelassenheit auf. Für Verkennung ist sie zu dünnhäutig. Vor den Freunden steckt sie es mit einem Lachen weg, das bitter klingt. Ihr Selbstbewußtsein ist verletzt.

Rodins «Kuß» erging es auf der Weltausstellung in Chicago nicht anders. 1893 – man wollte den vierhundertsten Jahrestag der Entdeckung Amerikas feiern und die Weltausstellung von 1889 von Paris in den Schatten stellen. Natürlich forderte man auch von Rodin Werke. Als seine Kisten geöffnet wurden, stellte sich heraus, daß der «Kuß» das Hauptausstellungsstück war. Rodin bezeichnete dieses Werk nach seiner Fertigstellung zwar als hübsch, aber banal. «Es ist ein in der Tradition der Schule gearbeitetes Thema: ein in sich geschlossenes, von der Welt künstlich abgesondertes Sujet.» Die Übertragung in Marmor verlieh dem Werk in den behutsam erfaßten Details eine nachhaltige Anziehung. Die französische Regierung erwarb den «Kuß» für zwanzigtausend Francs. Doch in Chicago weigerte man sich, ihn der Öffentlichkeit zu zeigen. Er erschien unmoralisch. Die Prüderie siegte. In einen abgelegenen Raum der Ausstellung verbannt, wurde die Besichtigung nur auf persönlichen Antrag hin genehmigt.

50.

Rodin überlegt, wie die winzige Brücke, auf der sie sich begegneten, ausbaufähig wäre, wenigstens zu solider Freundschaft. Er möchte Camille dem Präsidenten der Republik vorstellen. Er findet, sie hat es verdient vor allen anderen Künstlern, die auf eine persönliche Begegnung mit dem Staatsoberhaupt brennen.

«Monsieur Rodin,

ich bedanke mich für Ihre liebenswerte Einladung, mich dem Präsidenten der Republik vorzustellen. Seit zwei Monaten habe ich mein Atelier nicht verlassen, und ich besitze für solche Gelegenheiten nicht die entsprechende Garderobe. Ich werde nur mein Kleid für die Vernissage morgen haben. Zum anderen bin ich mit letzter Kraft dabei, meine kleinen Frauen in Marmor zu Ende zu bringen. Es hat Brüche gegeben. Die Reparatur hat mich einen ganzen Tag gekostet. Aber ich hoffe, daß sie morgen zur Vernissage fertig werden. (Wenn die Zeit noch reicht, sie hinzubringen!) Entschuldigen Sie mich also, und halten Sie es nicht für böse Absicht. Nochmals meinen Dank. Camille Claudel.»

Das mit dem Kleid war keine Ausrede. Sie hat zuviel Arbeit. Morhardt hat sich um Aufträge bemüht. Auch Mirbeau.

Zehn Bronzebüsten von Rodin hat man bestellt. Für eine Büste soll sie dreihundert Francs erhalten. Nie wollte sie ihre Kunst als Geschäft betreiben. Ein so großer Auftrag. Ehrung für Rodin. Arbeit für sie. Maximal drei Abgüsse vom Gipsmodell sind möglich. Im allgemeinen nur zwei. Immer wieder neu sein Gesicht formen. Immer dieses Gesicht. Tag und Nacht hat sie es um sich. Es ist grausam. Die äußere Form der Büste, die Brauen, die Nase, der Bart, all das beherrscht sie. Nur seine Augen geraten blicklos. Sie zeigt es in dieser Serienproduktion, er hat seine Seele verloren.

Rodin überweist ihr Geld. Zweihundert Francs. Er regt Monsieur Fenaille zu weiteren Käufen und Aufträgen an, hinter dem Rücken von Camille.

Die Begegnung im Salon hat Camille aus der Bahn geschleudert. Alles Verdrängte, Gedrosselte bricht wieder hervor, aber es hat nichts mit Glück zu tun. Es ist Schmerz. Es ist tiefe, verlangende Sehnsucht – nach ... Tod. Um davon loszukommen, um sich von diesem dunklen Gefühl zu befreien, muß sie es in Stein umsetzen, versteinern lassen.

Was Camille nach dieser Begegnung mit Rodin schafft – ist die Büste eines jungen Mädchens mit Seerosen im Haar. Ophelia. «Das Mädchen mit den Seerosen». Ja, sie muß ihre Angst bannen, ihre Todessehnsucht fortgeben. Als sie wegen ihrer Sakuntala in Chateauroux war, hatte sie einen Abstecher nach Azay gemacht, um Madame Courcelles zu begrüßen und die kleine Jeanne in die Arme zu schließen. Noch bevor sie die Insel betrat, hörte sie jemand rufen: «Schau, die Verrückte kommt!»

Eiskalt wurde ihr. Entsetzen packte sie und ließ sie für Tage nicht mehr los. Es waren also keine Fieberphantasien, die sie in der Erinnerung hat. Sie hatte den Verstand verloren. Rodins Unentschlossenheit trieb sie in den Wahnsinn. Steckte sich nicht auch Ophelia Seerosen ins Haar, als der Mensch, den sie über alles liebte, großes Leid über sie gebracht hatte? Hamlet hatte ihren Vater getötet. Rodin ihr Kind.

Eines Sonntags taucht der Galeriebesitzer Monsieur Bing in ihrem Atelier auf. Er sieht die halbfertige Arbeit. Das sichtbar gemachte Erzittern der Seele, es rührt ihn an. Die fassungslos geöffneten Lippen, auf denen der letzte Satz verstummt. Die geweiteten Augen, die schon den Unsichtbaren schauen. Die Andeutung der schweren Seerosenblüten, in das am Hinterkopf zusammengehaltene Haar gebunden. Die Haltung des Kopfes macht es bewußt — Sinnbild für Totenblumen.

Monsieur Bing ist fasziniert. Er möchte dieses Werk besitzen. «Bitte, Mademoiselle Claudel, nehmen Sie den Auftrag an. Ich werde den Marmor liefern lassen!»

So verkauft sie ihre Todessehnsucht.

«Ich bin die Süße dessen, was ist, mit dem Begehren nach dem, was nicht ist!» sagt Monsieur Bing versonnen. Bei diesen Worten fährt Camille elektrisiert auf. Die Zaubersprüche.

«Worte Ihres Bruders, Worte der Lala!« erklärt Monsieur Bing erschrocken.

Der Marmor wird geliefert. Bing zahlt gut. Dieser Verdienst bleibt ein Tropfen auf dem heißen Stein. Bing stellt diese Büste in seiner Galerie aus. Er gibt ihr den Namen «Hamadryade». Für ihn mag es eine Baumnymphe sein. Das entspricht der Vorliebe dieser Zeit für Nymphen und Faune. Für Camille war es die vom Wahnsinn bestimmte Sehnsucht nach dem Tod ihrer Schwester Ophelia. Es war sie selbst.

Wieder arbeitet Camille an ihren kleinen Gruppen. Zwischendurch die Büste von Rodin. Arbeiten, die dieser seine Gehilfen machen läßt. Sie kann sich nicht einen einzigen leisten. Im Gefühl größter Erschöpfung beschleicht sie der Gedanke, daß ihr nicht mehr viel Zeit bleibt. Mirbeau lacht sie aus. Eine junge Frau von Anfang Dreißig. In diesem Alter hatte Rodin noch nicht einmal seinen Weg angetreten. Es gibt Tage, an denen Camille kaum etwas ißt. Sie weiß nicht, woran sie noch sparen soll, auf was sie noch verzichten könnte, um sich Marmor zu kaufen.

Einmal hat sie sich einen Arbeiter geleistet. Als sie in Druck war. Wann war sie es nicht? An die Übertragung in Marmor läßt sie nun keinen Fremden mehr heran. Nur ihren eigenen Händen vertraut sie. Sie kann sich keinen Bruch leisten und keine liederliche Arbeit. Den Gehilfen ließ sie sich aus dem Marmorlager in der Universitätsstraße kommen. Obwohl er ihr Marmor zerbrach, mußte sie ihn nach Stunden bezahlen. Die Lächerlichkeit von achtzehn Sous fehlte am Lohn. Die hartnäckig jeden Tag neu gestellte Forderung nach den achtzehn Sous empfand Camille als provozierend. Aus Trotz zahlte sie nicht. Der «liebenswerte Adonis» hatte Spaß daran, Camille wegen dieses nicht vollständig gezahlten Lohns zu verklagen. «Wie zur Hinrichtung» hat Camille diesen Gang zum Gericht angetreten. Der Urteilsspruch lautete – Camille habe ihrem Opfer als Entschädigung zweihundert Francs zu zahlen für den «armen Unglücklichen», den sie «aus Haß so gefoltert habe».

Auf dem Hof singt jemand an diesem kalten Februartag vom Frühling. Immer wenn Camille diese volltönende Stimme hört, unterbricht sie ihre Arbeit und tritt an das Fenster. Zu Anfang hörte sie einfach nur zu. Jetzt ergreift sie ihren Skizzenblock. Der alte Mann ist blind. Immer ist er von einer Schar Kinder umgeben, die in strenger Solidarität zu ihm stehen, jeden Sou in seinen Hut sammeln, der aus dem Fenster fliegt. Sie sind seine intensivsten Zuhörer. Er singt von besseren Tagen. Sie kommen. In dem wankelmütigen Alltag der Kleinbürgerseelen – eine Fanfare. Das Gerechte siegt, und die Liebe triumphiert, über welch steinige Wege sie auch gehen muß.

Hingabe liegt auf seinem Gesicht. Der blinde Sänger verschenkt an diesem verhangenen, kaltfeuchten Tag die Illusion von Wärme und Glücklichsein. Er beschwört sie mit seiner Stimme herauf. Er ersingt sich seine Freiheit und preist seine Würde.

Camille schafft eine ihrer stärksten Büsten. Die Kraft des Menschen, der über seine eigene Not hinauswächst und sich den anderen mitteilt in Zuversicht und Vertrauen. Erst ein halbes Jahrhundert später wird diese Büste öffentlich ausgestellt.

Octave Mirbeau ist beunruhigt über den verzweifelten Ausbruch seiner jungen Freundin. Er fühlt, daß seine

Worte des Trostes Camille nicht erreichen. Was soll ihr die Versicherung, daß Rodin erst in einem viel späteren Alter als sie seinen Weg in die Öffentlichkeit begann.

Rodin ist ein Mann. Hier liegt der wesentliche Unterschied. Es ist nicht eine Frage des Alters. Die Reife ihrer Werke überzeugt schon jetzt. Mirbeau will, er muß die Öffentlichkeit aufrütteln.

Von allen Freunden Camilles ist Mirbeau der sozialkritischste, sowohl in seiner journalistischen Tätigkeit wie auch in seinen Romanen. Er begreift am klarsten die Vorurteile, die die Gesellschaft der Frau gegenüber hegt, die sich als Künstlerin behaupten will. Und er prangert die Gesellschaft deshalb an.

«Dieses junge Mädchen hat gearbeitet – mit einer Ausdauer, einem Willen, einer Leidenschaft, von der du dir keine Vorstellung machen kannst. Sie hat sich behauptet. Aber man muß leben: Und sie lebt nicht von ihrer Kunst, wenn du es denkst. Entmutigung hat sie ergriffen und niedergeworfen. Bei leidenschaftlichen Naturen, bei diesen leicht aufzuwühlenden Seelen ruft Verzweiflung tiefe Stürze hervor. Hoffnung könnte ihnen wieder Aufschwung zu den Höhen verleihen. Sie denkt daran, ihre Kunst aufzugeben.»

Mirbeau gibt den fiktiven Dialog zweier Freunde wieder. Der eine, Kariste, wehrt diesen Gedanken ab und wird von seinem Freund gefragt.

«Du bezahlst also das Brot, das sie braucht? Du bezahlst ihre Modelle, ihre Former, ihre Abgüsse, ihren Marmor?»

Kariste ist der Meinung, daß man beim Minister der Schönen Künste intervenieren müsse, da jener ein aufgeschlossener Mann sei und guten Willens und es in seiner Verantwortung liegen müßte, einer begabten Künstlerin die nötige Ruhe und Sicherheit zu verschaffen.

«Zweifellos. Aber der Minister ist nicht immer der Herr ... Und weißt du, was in seinem Büro passiert?»

«Ein Liebhaber also, oder es müßte sich ein Mäzen finden?»

«Mäzene wollen nur abgesegnete Werke von Künstlern, die in Ehren oben angekommen sind ...»

«Aber sie hat Genie! Wir sind Zeuge einer einzigartigen Sache, eine Revolte der Natur, diese Frau von Genie!»

«Genie – ja, mein lieber Kariste. Aber sag das nicht so laut. Es gibt Leute, die das ärgert und die es Mademoiselle C. nicht verzeihen würden, sie so klassifiziert zu sehen!

Es steht fest, daß sie Genie hat wie ein Mann, der reich damit gesegnet ist ... Und in diesem großen Garten, in dem die Menschen mit leeren Augen umhergehen, ohne auch nur einen Blick auf das Werk Mademoiselle Claudels zu werfen, klingt das Wort Genie wie ein Schmerzensschrei.»

Mirbeau ist auch Rodins Freund. Thema Nummer eins ihrer Gespräche ist stets Camille. Rodin will es nicht anders. Er ist der Meinung, daß sich noch andere Journalisten und Schriftsteller finden müßten, um die Vorurteile abzubauen, auf die Camille als Frau und Künstlerin stößt.

Als Mirbeau ihn nach einem erregten Gespräch verläßt, setzt Rodin sich hin und schreibt Gabriel Mourey einen Brief.

«Mein lieber Mourey,

wenn Sie auch mit Mirbeau über Burne Jones nicht einig gehen, sind Sie doch gleicher Meinung über Mademoiselle Claudel. Angesichts Ihrer mehr als zweijährigen Freundschaft mit mir – tun Sie doch etwas für diese geniale Frau (das Wort ist nicht zu stark), die ich so liebe. Tun Sie etwas für ihre Kunst, der Sie soviel Wohlwollen entgegengebracht haben.

Die wahren Künstler, lieber Freund, werden heute aus den Ausstellungen vertrieben und überall von den Dilettanten verjagt, die sich organisiert haben.

Auf daß die wahren Künstler einem der Ihren zu Hilfe kommen. Herzliche Grüße dem Denker ... und lieben Schriftsteller

Rodin.»

Im Jahre 1896 verläßt Camille ihre Wohnung auf dem Boulevard d'Italie und zieht in die Rue de Turenne um – No. 63.

Eine neue Wohnung. Eine neue Straße. Neue Nachbarn. Neubeginn. Alles wird anders. Alles wird besser.

Ende des Jahres die Nachricht, daß Ferdinand de Massary verstorben ist. Beerdigung in Étampes. Ahnt Camille, was dieser frühe Tod des Schwagers nach sich ziehen wird?

Louise und ihr Sohn Jacques werden bei den Eltern in Villeneuve wohnen.

Am 21. Januar 1897 schreibt Morhardt anläßlich des Todes von Alphonse Daudet folgende Zeilen an Rodin:

«Mein lieber Freund –

der Schriftstellerverein läßt ein Monument für Alphonse Daudet machen. Mir scheint, daß die Familie Daudet konsultiert werden müßte. Könnten Sie sich nicht mit einem Wort an Léon Daudet wenden, um ihn an Mademoiselle Claudel zu erinnern. Ich bin sicher, daß er Sie erhören würde. Vielleicht könnte ihm auch Octave Mirbeau ein Wort schreiben. Welch schönes Monument sie schaffen würde, nicht wahr? ...»

Léon Daudet ist ein Freund von Paul. Der Bruder Daudets, Ernest, war bei Camille zu Gast. Sie selbst war bei der Familie Daudet eingeladen. Man trat ihr mit Liebenswürdigkeit entgegen.

Unter diesen Umständen ist Camille sicher, den Auftrag zu erhalten. Sie schätzte Alphonse Daudet, seinen freundlichen Humor, seine Art, Helden zu beschreiben, die sie immer ein wenig an Don Quijote erinnerte.

Mit einem solchen Denkmalsauftrag würde sie aus ihrer Misere herauskommen. Nicht nur finanziell. Sie möchte öffentlich den Beweis erbringen, daß sie Gleiches zu leisten vermag wie ihre männlichen Berufskollegen. Aber werden sie es zulassen in ihrem ständigen Gerangel um Aufträge, daß man eine Frau mit dieser Aufgabe betraut?

Alles, was Daudet schrieb, las Camille mit großem Vergnügen. Das war nicht die Schärfe und die Kühnheit eines Zola. Nichts von ungeschminkter Wiedergabe des niederdrückenden Milieus der untersten Schichten. Daudet stammte aus dem Süden Frankreichs. Und er fürchtete, daß die ländliche Idylle der Provence eines Tages zerstört werden könnte durch das Umsichgreifen kapitalistischer Wirtschaftsmechanismen. Am besten gefällt Camille seine humoristisch-satirische Trilogie über den prahlerischen, provenzalischen Kleinbürger – Tartarin von Tarascon. Sie würde Daudet in Anlehnung an diese Figur schaffen, in einer etwas heldenhaft anmutenden Pose, Prahlerei eines «Löwenjägers, der in einem Artischockenfeld auf einen Esel schießt». Sie fertigt ein Tonmodell an. Hat es Morhardt gesehen? Bezieht sich seine Überzeugung, welch schönes Monument sie schaffen würde, auf diesen Entwurf?

Ein Monument in einfacher Form. Mit einer Linie zu umreißen. Der Schriftsteller verkörpert in seiner Hauptfigur. Humorige Auffassung, dem Wesen Daudets angepaßt. Zeit verstreicht.

Man kann sich nicht entschließen, einen Staatsauftrag an eine Frau zu vergeben. So aufgeschlossen ist die Dritte Republik nicht.

Wenigstens schreibt sie ihm wieder. Viel zu kurz allerdings, viel zu unverbindlich, viel zu distanziert. Aber Rodin übt sich in Geduld. Er hat die große Zuversicht nicht aufgegeben.

Er teilt ihr mit, daß er sich nicht wohl fühlt. Ein Dauerzustand seit Jahren. Er sei krank. Er schreibt ihr von den Besuchern, die nach Meudon kommen. Man möchte seine Sammlung sehen, die Zeugen der Antike ... Tagesausflüge, die immer Einladungen zum Mittagessen nach sich ziehen ... Immer wieder Klagen, daß er mit der Arbeit am Balzac nicht vorankomme.

Camille rügt:

«Ich bin sicher, daß Sie es bei Ihrer Ernährung haben zu Ausschreitungen kommen lassen – bei Ihren verfluchten Diners mit den verfluchten Leuten, die ich verachte, die Ihnen Ihre Zeit stehlen und Ihre Gesundheit – was Ihnen nichts einbringt.

Sie machen mir Vorwürfe, daß ich Ihnen keine längeren Briefe schreibe. Aber Sie selbst schreiben auch nur ein paar Zeilen, die mich nicht amüsieren …

Sie sind der Meinung, daß ich mich hier nicht wohl fühle – wie weit wir uns doch voneinander entfernt haben, und ich bin wohl eine ganz andere geworden.

Ich umarme Sie.

Camille.»

Jedesmal, wenn Rodin nach Paris kommt, tut er es in der Hoffnung, daß der Zufall ihm Camille über den Weg führe. Seine Versuche, diesem Zufall nachzuhelfen, schlagen fehl. Unangemeldet bei ihr aufzutauchen, wagt er nicht.

Er hat ihr einen neuen Auftrag vermitteln können. Ein antikes Thema allerdings. Die lebensgroße Darstellung des Perseus im Kampf mit der Medusa. Rodin weiß nicht, ob Camille den Auftrag angenommen hat. Bei ihrem Stolz. Bei ihrer Ablehnung der Mythologie. Sie wird noch an diesem Stolz zugrunde gehen. Als er so alt war, wie sie jetzt ist, wäre er froh und dankbar gewesen für einen solchen Auftrag. Er hat schlimmere Sachen hergestellt, um sein Leben zu fristen, und hat nicht Schaden genommen.

Als Rodin in die Straße einbiegt, in der Mirbeau wohnt, kommt ihm Camille entgegen. Kaum zehn Schritte trennen sie voneinander. Endlich. Einmal fällt der Sperling doch.

Er sieht, wie ihr Fuß stockt, wie ein gehetzter Blick in ihre Augen tritt, wie sie den Kopf wendet, um zurückzulaufen.

«Camille!»

Nein, er darf sie nicht beim Vornamen rufen. Er darf es nicht mit dieser leisen Stimme tun. Er darf nicht seine

Traurigkeit zeigen, nicht seine Zärtlichkeit. Das ist vorbei, diese furchtbare quälende Zärtlichkeit, der sie so unendlich bedarf.

«Darf ich Sie ein Stück begleiten?»

Sie gehen ziellos. Eigentlich wollte sie nach Hause gehen. Aber mit ihm! Sie laufen nebeneinanderher. Schweigend. Sie kann ihn nicht ertragen. Sie kann seine Gegenwart nicht ertragen. Nicht diese Zweisamkeit. Alles schreit in ihr – ja, ja, ja. Alles schreit in ihr – nein, nein, nein. Er soll sie in Ruhe lassen. Sie liebt ihn. Sie haßt ihn für alles, was er ihr angetan hat. Sie verzeiht ihm. Sie braucht ihn. Er ist der einzige auf der Welt, den sie wirklich braucht. Aber sie will ihn nicht. Es trennen sie Welten.

Im Jardin du Luxembourg finden sie sich wieder. Der Abend kommt in Nebeln. Auf seine Fragen erhält Rodin keine Antwort. Rodin erzählt ihr von seinen Ausstellungen in Rom, in London, in Berlin. Er erzählt von dem abgerissenen Schloß, das er wieder aufbauen läßt. Immer wieder die gleiche Bitte, in immer anderen Worten. Kann es nicht so wie früher werden? Ein gemeinsames Atelier?

Möchte sie im Marmorlager arbeiten? Halbtags? Ein Angebot, wie es ihm einst Carrier-Belleuse gemacht hatte. Keiner überträgt seine Arbeiten in Marmor so vollkommen wie sie. Er will jetzt die Figuren des Höllentors vereinzeln und an die Öffentlichkeit bringen. Nein, zu etwas Neuem ist er zur Zeit nicht in der Lage. Sie hat recht. Sie hat ja so recht in ihren Briefen – es ist ein hohles, leeres Leben, das er zur Zeit führt. Er braucht sie. Sein Leben hat alle Farben und allen Sinn verloren.

Es sind kaum noch Besucher im Park. Rodin versucht ihre Hand zu greifen. Camille muß an jenen Handkuß im Salon denken, der sie so sehr aus der Bahn geworfen hatte. Sie vergräbt ihre Hände tief in den Taschen ihres schwarzen Mäntelchens, das für diese Jahreszeit zu dünn ist.

Rodin begleitet sie nun doch in ihre Wohnung. Er kennt sie noch nicht. «Ich gehe sofort!» verspricht er.

Rue de Turenne. Eine schmale Straße. Lang. Geschäft an Geschäft, typischer Stil des kaiserlichen Architekten. Ein unscheinbares Haus, vor dem Camille stehenbleibt. Häßlicher kleiner Hinterhof. Sie steigen eine verwahrloste Treppe hinauf. Kein Teppich.

Camille bietet ihm keinen Tee an und keinen Kaffee. Nicht einmal einen Stuhl. Er besieht sich ihre Arbeiten, lüftet die Tücher über dem Ton, bewundert ihre Übertragungen in Marmor und Jade.

Sie kann arbeiten. Sie leidet nicht wie er. Sie scheint zu explodieren vor neuen Ideen.

Lange steht er vor ihrem Daudet.

«Es wird Zeit!» mahnt sie.

«Aber ich darf dich hin und wieder sehen?»

Camille schließt wortlos die Tür hinter ihm. Seine Frage bleibt unbeantwortet.

Der Hoffnungsschimmer, der sich in ihrer Beziehung zeigt, wirkt sich auf Rodins Arbeitslust aus. Er schließt sich ein. Keine Besuche mehr. Er modelliert an einem neuen Entwurf des Balzac. Er war inspiriert worden in der Rue de Turenne.

Camille arbeitet an einer Konzeption für den neuen Auftrag. In ihrem Kopf arbeitet es. Mit den Händen poliert sie den Marmor. Die kleinen Frauen mit ihrem Geheimnis für Frits Thawlow. Es läutet an der Tür. Ein Gehilfe von Rodin steht davor, mit einem kleinen Tonmodell in den Händen und einem Zettel. Rodin möchte unbedingt und sofort ihre Meinung hören zu seinem neuen Entwurf. Der Gehilfe soll in einer halben Stunde wiederkommen. Camille ist müde. Schultern und Hände schmerzen vom Polieren. Ihre Augen brennen vom Staub. Den kleinen Balzac stellt sie vor sich auf den Tisch. Sie hängt mehr, als daß sie sitzt, im Sessel und betrachtet die Figur. Sie ist ihr vertraut. Seit langem wieder das entbehrte Gefühl von Gemeinsamkeit. Was ist ihr so vertraut an dieser Figur? Da ist wieder jener Funken von ihm. Das geht über alles Herkömmliche hinaus.

«Sie lassen mich durch Le Bossé bitten, Ihnen meine Ansicht über Ihre Balzacstatue zu schreiben: Ich finde sie sehr schön und den besten von allen Entwürfen, die Sie bisher zu diesem Thema gemacht haben. Vor allem die sehr akzentuierte Wirkung des Kopfes, der mit der Einfachheit des Gewandes kontrastiert, ist absolut gefunden und ergreifend. Mir gefällt auch die Idee der fliegenden Ärmel, die sehr gut die Nachlässigkeit eines Mannes von Geist ausdrückt — Balzac. Kurz, ich glaube, daß Sie großen Erfolg erwarten können — vor allem von Ihren Anhängern.»

Rodin hat die Auflage erhalten, sein Balzac-Denkmal endgültig für den Salon 1898 fertigzustellen und es dort der Öffentlichkeit zur Begutachtung freizugeben. Dieser letzte Entwurf, der von Camille abgesegnet wird, soll es sein. Rodin geht an die vergrößernde Übertragung in Ton.

51.

Camille hat den Auftrag angenommen, einen Perseus zu schaffen. Das fremde Thema, sie hat es zu dem ihren machen können.

Perseus, der Sohn der Danae und des Zeus, war zusammen mit seiner Mutter in einer Tonne auf dem Meer ausgesetzt worden, auf Geheiß des Großvaters. Dem Tod entgangen, erhält Perseus, herangewachsen, von seinem Stiefvater den Auftrag, seinen Mut und seine Manneskraft zu beweisen. Er soll Medusa, die sterbliche der drei Gorgonen, töten. Die Gorgonen — Ungeheuer mit versteinernden, tötenden Blicken, fratzenhaft verzerrten Zügen und Schlangen im Haar. Perseus wird von der Göttin Athene geschützt. Er bedient sich eines Spiegels, um den versteinernden Blicken der Medusa zu entgehen. Seine Hand mit dem Schwert wird von Athene geführt. Noch einmal die knabenhafte Figur ihres David. Perseus' klares Gesicht, das an ein Kinderbildnis Camilles erinnert. Sein

Blick voll angespannter Faszination ist auf den Spiegel gerichtet, den er vor sich hält und in dem er das abgeschlagene Haupt der Medusa sehen kann, das er in der anderen Hand hoch hinter seinem Kopf hält. Medusa, schlangenumwoben. Wahnsinn in den Augen.

War Medusa nicht einst ein wunderschönes Mädchen mit herrlichen Locken, so daß Athene ob dieser Pracht eifersüchtig wurde? Athene – die Göttin der Künste. Als Neptun Medusa begehrte und mit ihr im Heiligtum der Athene schlief, verwandelte die Göttin Medusa in ein Ungeheuer, die Lockenpracht in ein wogendes Schlangennest, mit der Gabe, Menschen, die in ihr Blickfeld gerieten, zu versteinern. Und sie beschloß deren Tod durch Perseus. Medusa, die von Neptun Verführte, die vom Schicksal Bestrafte, in ein Monster verwandelt – Schwester Camilles. Medusa hatte den Preis zu zahlen, daß ein Gott sie begehrte. Camille hat den Preis zu zahlen, daß Rodin sie liebt.

Die Rache der Göttin der Künste. Die frevelnde Liebe mit Wahnsinn und Tod bezahlt. Doch Camille ist nicht Medusa. Auch Perseus trägt ihre Züge. Dieser ihr Leben zerstörenden Liebe hat sie das Haupt abgeschlagen. Sie ist bereit, nur noch der Göttin der Künste zu dienen. Mit diesem Werk hat Camille ihr Schicksal bezwungen. Gleich Perseus ist sie als Sieger hervorgegangen. Die von der Liebe zerstörte und in den Wahnsinn getriebene Seele ihrer selbst hält sie, gleich einer Trophäe, der Göttin der Künste entgegen. Nicht siegreich, eher erschüttert. Die eigene Ähnlichkeit mit der Medusa ist unverkennbar.

Zunächst ein Tonentwurf. Später wird Camille den Perseus in Marmor übertragen.

Rodin schuf in Spontanität und Lust am Modellieren seine besten Werke. Nachträglich suchte er einen Titel, der bedeutungsvolle Horizonte öffnete. Bei Camille ist jedes Werk Ergebnis sorgfältigen Durchdenkens.

Diese innere Auseinandersetzung mit dem Haupt der Medusa, mit dem Wahnsinn, der in aller Schärfe die eigene Beklemmung heraufbeschwört, die schwere körperliche Arbeit, die Unterernährung — all das bringt Camille in einen labilen Gesundheitszustand.

Ein Zwischenfall, der sie erschreckt. Die eigene Ohnmacht wird so recht ins Bewußtsein gerückt. Als sie im Marmorlager einen Block für den Perseus aussuchen soll, ist sie auf die Gefälligkeit zweier Arbeiter angewiesen, die ihr beim Transport in das Atelier helfen sollen. Es ist eine Gefälligkeit. Sie bittet darum. Offensichtlich ein Mißverständnis. Sie hilft so gut sie kann mit, den Block in das hintere Atelier zu transportieren. «Vorsicht, bitte vorsichtig — damit nichts zerbricht!»

Man erwartet Belohnung. Das Dankeschön kann nicht alles sein. Drohendes Nachfragen. Jetzt wird Camille bewußt, daß die beiden angetrunken sind. Sie hat nicht einen Sou bei sich. Umsonst ist der Tod. Die beiden Arbeiter schaukeln sich gegenseitig in Rage. Sie sind ihren Bitten nachgekommen, haben sich um Vorsicht bemüht ..., aber nun wächst ihre Lust, etwas zu zerbrechen. Wenn nicht am Marmor, so vielleicht an ihr selbst. Da helfen keine Vertröstungen auf später. Jetzt wollen sie bezahlt werden. Die beiden bedrängen sie. Der eine stellt ihr den Fuß, als sie zu entfliehen versucht. Sie schlägt am Marmorblock auf. Der andere zieht sie zwar hoch, doch verdreht er ihr den Arm und wirft sie erneut zu Boden. Höhnende Worte des zweiten: «Vorsicht, damit nichts zerbricht!» Sie verabschieden sich mit je einem Fußtritt. Schließen sie ein. Camille bleibt liegen. An der Stirn blutet sie. So ist sie noch nie gedemütigt worden. So haben ihr Beruf und ihre Kunst sie noch nie erniedrigt. Die Geldnot ist beschämend. Überall Schulden.

Oft spricht Camille tagelang mit niemandem ein Wort. Angst überfällt sie, den Gebrauch der Sprache zu verlieren. Sie hat die Concierge gebeten, ihr einmal in der Woche einzukaufen. Wenn diese die Lebensmittel bringt, kommt Camille die eigene Stimme fremd vor, als ob es nicht die ihre sei. In aller Nüchternheit der Gedanke, daß es so nicht weitergehen darf, die Angst, daß sie in einen Strudel gerät, wo die Einsamkeit absolut wird und tötet.

Paul? Er ist in China. Für Jahre noch. Villeneuve? Louise hält es besetzt. Der Vater, sie möchte in seine Obhut fliehen. Die Zuwendung eines Menschen braucht jeder. Eines einzigen. Und dieser steht eines Tages vor ihrer Tür. Rodin hat es vor Sehnsucht nicht ausgehalten. Ihre Briefe, so distanzierend und freundschaftlich sie geschrieben waren, sie haben ihm Mut gemacht. Er hatte von dem Zwischenfall im Marmorlager gehört. Er hatte die beiden Arbeiter zur Verantwortung gezogen. Sie haben gelacht! Sie wissen, diese Verrückte war seine Geliebte. Wie kann man als Frau Bildhauerin werden wollen! Wer aus der Reihe tanzt und als Frau sein eigener Ernährer sein will, verliert das Recht auf Achtung und Verteidigung.

Diese Meinung reicht von den einfachen Lagerarbeitern bis hinauf ins Ministerium, in die Salons. Rodin war der einzige, der sich als wirklicher Schutz vor sie zu stellen vermochte. Er weiß, dieser Beruf fordert seine Tribute. Erst recht von einer Frau. Doch ihr verfluchter Stolz!

Er möchte ihr eine vernünftige Alternative bieten. Camille war seine Muse, das hat er begriffen. Seit sie von ihm gegangen ist, hat er sich jahrelang mit den Versuchen des Balzac-Denkmals abgemüht. Bisher nur Niederlagen. Nichts Neues sonst hat er zustande gebracht. Variationen alter Themen. Selbstbetrug.

Verkäufe – ja. Ausstellungen – gewiß. Von dieser Seite war der Erfolg gekommen.

Noch immer ist sie seine Frau, die einzige, die je für ihn in Frage kam. In seinem Egoismus hat er Fehler gemacht. Er ist darauf nicht stolz. Aber das will er ihr sagen.

Ihr Urteil über seinen letzten Balzac-Entwurf hat ihm Mut gemacht. Er klopft an ihre Tür. Zaghaft.

Sie öffnet. Sie ist ein Schatten ihrer selbst. Sie macht sich kaputt. Jetzt ist der Augenblick gekommen, zu ihr zu stehen.

Bei jedem Klopfen an ihrer Tür – immer, immer die alte Hoffnung – er, Rodin steht davor. Wochen, Monate, Jahre wartet sie auf sein Klopfen, auf sein Kommen. Nichts hat er begriffen, nichts.

Jetzt braucht er sie nur in die Arme zu schließen und sie nie mehr loszulassen.

Er weiß mit ihrer Liebe nichts anzufangen, wiegt sie mit den Gewichten bürgerlicher Normen und Gesetze. Er bleibt ein Gefesselter.

Er erstickt Camille nun mit einem Redeschwall handfester Vorschläge. Einst akzeptierte er ihren Wunsch nach Trennung. Er litt darunter. Er gestand seiner Liebe kein Recht zu. Sie hatte sich Camilles Geschäftsinteressen unterzuordnen, wenn sie es so wollte. Sie wollte es nicht. Sie wollte ganz anderes. Ihr Flehen im Stein, sagt es ihm nichts? Und jetzt? ... Er nimmt sie nicht in seine Arme. Aufgeregt läuft er hin und her. Er ahnt nicht, wie ungeschickt sein Verhalten ist, wie tötend seine Worte.

Stets lobt er ihre Werke, spricht mit Bewunderung von ihnen. Verstehen kann er sie nicht. Die Reue des Mannes in ihrer «Hingabe». Er findet nichts in seinem Tun, das er bereuen müßte. Er hat sein festgefügtes Lebensbild. Zum Heiraten sei er zu alt, aber er liebt und er braucht sie. Er gibt sich väterlich. Doch er steht sich damit selbst im Wege.

Weiß er nicht um ihre Einsamkeit, die angefüllt ist mit Nachdenken und der bohrenden Frage: Warum ist aus dem Traum ihres Lebens dieser Alptraum geworden? Wer hat schuld?

Sie weiß nur einen zu benennen.

Hält er es für Aufmerksamkeit, wenn sie ihn jetzt reden läßt? Seine Stimme wird leiser, zärtlich. Er beschwört Bilder der Vergangenheit herauf, Glück der Gemeinsamkeit. Er projiziert sie in die Zukunft. Sie beide wieder ein Paar, vereint in Arbeit und Liebe, sich ergänzend. Alle Demütigungen waren vergessen, alle Schulden getilgt. Vergessen seine Unproduktivität. Die vergangenen Jahre haben den

Beweis erbracht, sie kann ohne ihn nicht leben, er vermag es nicht ohne sie.

Ihr Zuhören ist trügerisch. Trügerisch ist auch, daß sie ihr Gesicht hinter den Händen verborgen hält. Sie sitzt vornübergebeugt in ihrem Sessel. In sich zusammengesunken. Rodin glaubt an Erschöpfung. Es ist Abwehr. Selbstschutz. Sie ist dabei, das Haupt der Medusa zu modellieren, ihren eigenen Wahnsinn, von ihm, Rodin, dorthin getrieben. Das schöne junge Mädchen, von einem Gott verführt. Nicht den Gott trifft die Rache und die Eifersucht. Die Wahrheit ist, das Begehren des Gottes hat das Mädchen zu einem Ungeheuer werden lassen. Der Gott hat noch immer nicht genug. Er kommt wieder. Schutz anbietend. Eigennutz tarnend ..., nachdem er alles in der Gesellschaft getan hat, sie als sein Geschöpf hinzustellen. Alle Bitterkeit in Camille, alle Nichtachtung, Nichtwürdigung, die sie erfahren hat, weil sie eine Frau ist, weil sie die Schülerin des «Gottes» war – personifizieren sich in Rodin. Sie hat nicht den Denkmalsauftrag für Daudet erhalten. Maßlose Enttäuschung. Auch der Bürgermeister von Villeneuve hat nicht den versprochenen Auftrag verwirklicht. Eine Frau – man will sich nicht lächerlich machen. Niederlagen, die Camille verkraften muß, die sie nicht vorausgeahnt hat. Der Dämon Rodin, der sich ihrer Jugend, ihrer Ideen, ihres Talentes bedient hat ...

Im Moment ihrer völligen Erschöpfung, physisch und psychisch, erscheint Rodin und trägt ihr an, es wieder zu halten wie früher. Das Angebot, in seinen Werkstätten zu arbeiten, halbtags, bei gesichertem Existenzminimum. Verbleibende Zeit für ihr eigenes Werk. Mittel und Material, das er ihr zur Verfügung stellt. Das gleiche von vorn? Warum? Weil ihm die Ideen ausgehen? Weil er den Blick auf ihr Werk braucht, um sich inspirieren zu lassen? Um ihre Arbeiten als die seinen im Salon auszugeben? Wie neulich wieder ihre Studie, ihre eigene Variante des verlorenen Sohnes – ihr verlorener Bruder. Rodin gab sie als sein Werk aus. Er nahm die Arbeit auf ihren Protest hin aus der Ausstellung. Ein Tier ist er. Ein Raubtier. Mit der Kraft des Stärkeren reißt er an sich, was ihm nicht gehört. Mit den Gesetzen dieser Wolfsgesellschaft sichert er sich sein Recht. Unter scheinheiligem Vorwand war er in ihr Atelier gekommen, nur um ihren Denkmalsentwurf für Daudet zu sehen und seinen Balzac nach ihrer Idee zu gestalten. Und sie erbebte, als Le Bossé sein Tonmodell zur Begutachtung brachte, sie glaubte eine Verwandtschaft ihrer Seelen, und sie beglückwünschte ihn dazu! Erst in der Nacht kam die ketzerische Erkenntnis, daß sie ihm zu ihrer eigenen Idee gratuliert.

Als Rodin versucht, Camille behutsam die Hände vom Gesicht zu lösen, um ihre Augen zu sehen, es tut, mit dem Eingeständnis seiner tiefen Liebe zu ihr, glaubt sie erkannt zu haben, daß seine Liebe nur Berechnung ist. Endlich hat sie begriffen — alles ist Taktik. Denn alles ist käuflich in dieser Zeit. Er will sie kaufen. In rasendem Haß schleudert sie seine Hände fort. Wieder belebt eine Leidenschaft ihr schönes Gesicht, ihre Augen, ihren Mund — Haß. Sie schreit. Sie schreit unaufhörlich, daß er verschwinden möge für immer. Wann er endlich begreife, daß sie nichts, absolut nichts mehr mit ihm zu tun haben will. Daß er sich unterstehe, sie weiterhin in irgendeiner Form zu protegieren. Sein falscher Schutz, seine scheinheilige Freundschaft hätten nur ein Ziel, Irreführung der anderen. Er will weiterhin als ihr Meister gelten, ihr Inspirator. Aus den Augen ... fort ..., Bandit. Was hat er mit Paul gemacht? Widerrechtlich hat er sich ihren Bruder angeeignet. Wo hält er ihn versteckt? Wo gefangen? So lange hat Paul sie noch nie allein gelassen. Verkauft hat er ihn! Alles versteht er zu Geld zu machen. Verraten an die anderen hat er ihn, daß sie ihn töten — Goldhaupt töten ...

Rodin flieht.

Maßlos erschüttert irrt er durch die Straßen von Paris. Camille braucht Hilfe. Er weiß nicht, was er tun soll. Er ist ratlos. Verzweifelt. Im Park schlägt er seine Stirn an den Stamm einer Platane. Wieder und wieder. Schuld, die nicht zu sühnen ist. Er tut sich leid. Immer wieder zieht es ihn in ihre Straße. Er schaut zum Fenster empor. Er sieht den Schatten ihrer Gestalt. Dort oben brennt Licht, die ganze Nacht. Wie ein Dieb schleicht er die Treppen hinauf. Er setzt sich vor ihre Tür. Er weint.

Am frühen Morgen sucht er einen Freund auf. Morand. Dessen Sohn erinnert sich ein halbes Leben später an jenen Morgen des Jahres 1898. Ein völlig verstörter Rodin betrat das Haus, als die Familie sich zum Frühstück setzen wollte. Der Junge begriff nur, daß es sich um eine Frau handelte. Rodin sei die Nacht durch Paris geirrt und habe nicht gewagt, noch einmal bei ihr zu klopfen. Das Kind hat der Gedanke amüsiert, daß der breitschultrige bärtige Mann, der ihn stets ein Riese dünkte, Angst vor einer Frau hatte. Der Vater führt den Jungen beiseite und erklärt zurechtweisend, daß daran nichts Lustiges sei. Es gehe um die Bildhauerin Camille Claudel, ausgesprochen talentiert, die Rodin sehr liebe. Sie sei verrückt geworden.

Rodin hat Mühe, sein Balzac-Denkmal zu Ende zu bringen. Freunde und Bekannte erleben ihn in einer tiefen Erschütterung.

52.

Frits Thawlow steht vor der Tür. Rue de Turenne. Ahnungslos. Er möchte das bestellte Werk abholen. Lange muß er klopfen, ehe Camille öffnet. Der Norweger hat Mühe, sie wiederzuerkennen in ihrem phantastischen Kostüm. Bestickter Samt. An der etwas zerschlissenen Goldborte erkennt er es als Tischdecke. Das Haar hat sie zu einer Krone geflochten, mit roten Nelken und weißen Margeriten besteckt. Er will einen Scherz machen. Sie scheint einen anderen erwartet zu haben und schließt die Tür. Thawlow ist verunsichert. Er klopft erneut, er fragt nach Mademoiselle Claudel, der Bildhauerin. Die Frau legt erschrocken die Finger auf den Mund.

«Sie wissen es nicht? ... Man hat sie gekreuzigt.»

Frits Thawlow wird es eiskalt. Solch bitterer Ironie ist er hilflos ausgeliefert. Ist es Ironie? Er fragt nach dem Werk, das er abholen wollte.

«Alles wiederholt sich in der Geschichte. Auch der Judas hat sich gefunden. Möchten Sie einen Namen wissen?» Flüsternd nennt sie ihn – Rodin.

Thawlow fragt, ob er ihr helfen könne, irgendwie. O ja – sie habe seit Tagen nichts gegessen. Er könne einkaufen und ihr die Sachen vor die Tür stellen ... und kurz klopfen. Dann wisse sie Bescheid. Thawlow kauft ein. Er hört sie singen. Auf sein Klopfen öffnet sie nicht.

Thawlow ist beunruhigt. Wer kümmert sich um sie? Wer sorgt für sie? Am nächsten Tag sucht er Rodin auf. Dieser wirkt ebenfalls verstört. Unansprechbar. Eine Apathie, die erschreckt. Nein, er könne die Familie nicht benachrichtigen. Sein Name sei dort mit einem Bann belegt. Morhardt. Thawlow sucht Morhardt auf. Dieser schickt ein Telegramm nach Villeneuve.

Das Telegramm beschwört einen heftigen Skandal herauf. Der Vater will Camille nach Villeneuve holen. Die Mutter und Louise Massary wehren sich, drohen, behaupten sich. Dieses Haus bleibt ein für allemal tabu für Camille. Das Recht, hier zu wohnen, hier aufgenommen zu werden, hat sie verwirkt. Sie hat alles, was ihr zusteht an Erbe, bekommen. «Unchristlicher Haß» bricht bei Louise auf. Das Haus in Villeneuve hat sie für ihren Sohn vorgesehen. Camille hat hier nichts mehr zu suchen. Wenn sie krank ist, soll sie in ein Heim! Hat man der Mutter in guten Zeiten die Verantwortung für diese Tochter abgenommen, soll der Vater sie auch in diesen schlimmen Zeiten tragen, wenn er kann und dazu in der Lage ist!

Louis-Prosper reist nach Paris. Er versucht das Menschenmögliche. Konsultationen beim Arzt. Regelmäßiges Essen. Eine Nachbarin erklärt sich bereit, für Vater und

Tochter zu kochen. Die Gegenwart des Vaters wirkt Wunder. Die ruhige Bestimmtheit seines Wesens gleicht einem Pfad, der Camille zurückführt in die Wirklichkeit. Ihr überreizter Geist kommt zur Ruhe. Die Phasen, in denen sie wieder normal denken und reden kann, werden länger. Immer seltener rutscht ein phantastischer Satz heraus, der jeder Logik entbehrt. Louis-Prosper beginnt selbst zu kränkeln. Er hinterlegt Geld bei der Nachbarin. Sie soll weiterhin das Mittagessen bereiten. Mit sorgenvollem Herzen und fiebrigem Kopf fährt er nach Villeneuve zurück.

Frits Thawlow erscheint ein zweites Mal.

Eine blasse, geschwächte Camille. Tapfer lächelnd. Er bewundert ihr Werk in Marmor. Wie Perlmutt glänzt der Stein. Er wird ihr Werk nach Norwegen mitnehmen. Es ist an der Zeit für ihn zurückzukehren.

Einen kostbaren Strauß Orchideen hat er für Camille gebracht. Seine Verehrung. Camille nimmt sie an. Sie kann nicht widerstehen, sich eine Ranke der zartlila Blüten ins Haar zu stecken. Frits Thawlow betrachtet sie mit bewundernden Augen. Der Abend kommt. Das blaue Licht der Seine. Die blaue Stunde. Camille hat es unterlassen, die Lichter anzustecken. Eine seltsame Vertrautheit entsteht. Der Maler erzählt von seinem fernen Land. Von den schroffen Küsten, den armen Stränden aus Stein, den kalten Winden. Er lädt sie ein. Bedauern klingt durch all seine Worte, daß seine Zeit in Europa nun abgelaufen und die Sehnsucht ihn heimtreibe. Bedauern, weil er erst in diesen letzten Tagen die Möglichkeit fand, mit ihr bekannt zu werden.

Ist es die Dunkelheit, ist es die Behutsamkeit seines Wesens, der fremde Klang seiner Stimme ..., liegt es an ihrer gerade überwundenen Krankheit, daß die harte Kruste ihrer Einsamkeit aufgebrochen ist und das menschlichste aller Bedürfnisse, das von Camille versteckteste, nach Anteilnahme, an diesem Abend geweckt wird?

Der fremde Maler fährt fort, weit fort. In seinem Verständnis sind ihre Worte gut aufgehoben, können nicht gegen sie verwandt werden und ihre verletzte Seele nicht bloßstellen.

Zurückgekehrt nach Norwegen, erzählt Thawlow unter dem Eindruck der Unmittelbarkeit seinem Freund Henrik Ibsen die «Legende von Paris».

Obwohl Thawlow auch Rodin in seiner tiefen Melancholie erlebte, in seiner fast apathischen Unlust zur Arbeit, hervorgerufen durch die Trennung von Camille, können sich dem Augenzeugen nicht Hintergründe und die Tiefe dieser Beziehung völlig erschließen. Camilles Schicksal bewegt ihn außerordentlich. Er inspiriert Ibsen zu einem Theaterstück, einen dramatischen Epilog, den jener unmittelbar zu Papier bringt. Ibsens letztes Werk. 1899 geschrieben. 1900 veröffentlicht. «Wenn wir Toten erwachen.»

53.

Von dem Schock, den Rodin durch Camilles Abwendung erlitt, erholt er sich schwer. Doch ist dies nur der Auftakt zu dem Unheil, das folgt.

Auf dem Salon 1898 stellt er seinen «Balzac» aus.

Schreie der Empörung. Spottgelächter beim Anblick der Plastik. Mehr als zweitausend Besucher drängen sich in den ersten Stunden des Eröffnungstages um sie. Sie sprechen von einem geisterhaften Ungetüm, überlebensgroß. Die Statue wirkt wie ein von einer ungemein gewalttätigen Hand geschlagener und gekerbter Gipsguß, drohend aufragend. Ein Wesen, von einem Mantel umhüllt, schwer, aufgebläht, mit zurückgeworfenem, maskenhaftem Kopf, als würde er in einem Augenblick trotzigen Widerstandes von einer Offenbarung getroffen.

Einige der Besucher sind überzeugt, Rodin habe dem Publikum einen Streich spielen wollen.

Die Presse reagiert entsprechend.

Was er für ein Meisterwerk hält, wird als «Schneemann», «Obszönität», «eine Kröte im Sack», als «von einem Wahnsinnigen zusammengekleisterte Gipsklumpen» und als Beweis für den am Ende des 19. Jahrhunderts erreichten Grad «geistiger Verwirrung» geschmäht.

Ein Kunsthändler gibt einen Maskenball, auf dem er seine Gäste in einer die Plastik travestierenden Verkleidung empfängt. Die Schriftstellergesellschaft geht eilends in Deckung. Sie gibt bekannt, daß dieses Werk nicht als die bestellte Balzac-Statue anerkannt wird.

Doch Rodin findet Freunde und Fürsprecher. Sie sind über die Behandlung, die ihm widerfuhr, entrüstet. Frankreichs zukünftiger Ministerpräsident Georges Clemenceau brandmarkt die Schriftstellergesellschaft in seiner Zeitung «L'Aurore». Ein Manifest zur Verteidigung Rodins wird von einer stattlichen Reihe angesehener Persönlichkeiten aufgesetzt und unterzeichnet: Clemenceau, Zola, Anatole France, Claude Debussy, den Malern Monet, Signac und Toulouse-Lautrec, den aufstrebenden Bildhauern Aristide Maioll und Antoine Bourdelle — und vielen anderen. Eine öffentliche Subscription wird ausgelegt, um den Ankauf des «Balzac» für die Stadt Paris zu ermöglichen. Dreißigtausend Francs sollen zusammenkommen — die Summe, die die Gesellschaft hätte zahlen sollen.

Der Fall «Balzac» weitet sich zu einer «cause célèbre» aus, die nur von der Affäre Dreyfus übertroffen wird. Rodins Werk wird zu seinem Erschrecken ein Politikum.

Rodin, der zu diesem Zeitpunkt wenig Interesse für die Politik aufzubringen mag, wird durch den Aufruhr erschreckt. Feindselige Post ist nicht sein einziger Kummer. Vielmehr beunruhigt ihn die Tatsache, daß die meisten, die sich an der Subscription beteiligten, dem Dreyfus-Lager angehören. Er begeht den Fehler, dies gegenüber einem Mitarbeiter des «L'Aurore» zu erwähnen. Clemenceau, der Herausgeber der Zeitung, schickt daraufhin dem

Vorsitzenden des Fonds die kühle Mitteilung: «Bitte streichen Sie meinen Namen aus der in Ihrem Besitz befindlichen Liste. Monsieur Rodin hegt die Befürchtung, daß sich zu viele Freunde Zolas in dem Balzac-Fonds eintragen.»

Rodin hat keine Lust, die Kontroverse um den «Balzac» fortzusetzen. Er zieht die Statue aus dem Salon zurück.

«Meine lieben Freunde — ich habe den festen Wunsch, der einzige Besitzer meines Werkes zu bleiben. Meine ununterbrochene Arbeit, meine Überlegungen, mein Künstlergewissen — alles verlangt jetzt danach. Um vor allem meine Würde als Künstler zu wahren, bitte ich Sie, in meinem Namen zu erklären, daß ich mein Balzac-Denkmal aus dem Salon du Champs-de-Mars zurückziehe und es nirgendwo aufstellen zu lassen gedenke.»

Rodin zieht sich aus der öffentlichen politischen Szene zurück.

Rodin stellt seine Statue im Garten des Hauses auf, das er in Meudon gekauft hat, wo sie bis zu seinem Lebensende verbleibt. Obwohl in anderen Teilen Europas regelmäßig Gipsabdrücke der Plastik gezeigt werden, lehnt Rodin alle Kaufangebote ab.

Zwanzig Jahre nach seinem Tod wird ein Bronzeabguß des «Balzac» mit dem Segen der Stadt auf dem linken Seineufer an der Ecke der Boulevards Raspail und Montparnasse aufgestellt. Die positive Wertung hat sich durchgesetzt.

Der «Balzac» — in der Spannung zwischen heroischer Vision und momentaner Alltäglichkeit — zählt zu den ausdrucksstärksten und persönlichsten Werken Rodins.

54.

Vor drei Jahren stattete der Inspektor Armand Sylvestre vom Ministerium der Schönen Künste Camille einen Besuch ab. Er kam, um ihr den Auftrag für eine Büste zu übermitteln. In ihrem Atelier fiel ihm ein Werk auf, das ihn faszinierte. Es war das «Reife Alter». Er schrieb einen begeisterten Bericht über diese Komposition, in deren Mittelpunkt ein Mann steht, «der sich zum Alter hingezogen fühlt und doch von der Jugend zurückgehalten sieht».

Der Inspektor macht jetzt dem Ministerium den Vorschlag, der Künstlerin einen Staatsauftrag von fünftausend Francs zu geben und dieses Werk in Marmor arbeiten zu lassen.

Poincaré unterschreibt einen Auftrag über zweitausendfünfhundert Francs – dafür nur in Gips. Camille erhält eine Anzahlung.

Sie schafft ein neues Werk mit neuer Aussage. Das Drama ihres Lebens. Ende 1898 hat sie es fertiggestellt. Der Mann ist besiegt. Das Alter hat ihn gepackt. Er ist dessen Beute. Willig läßt er sich fortführen. Die nach dem jungen Mädchen ausgestreckte Hand ist nur noch Erinnerung an Jugend und Glück. Sein Kopf ist herabgesunken, der Blick ist an den Boden geheftet. Er erwartet nichts mehr. Drohend und beherrschend das Alter über ihm, eine Frau. Augenhöhlen, die an den Tod erinnern. Höher stehend als der Mann, hat sie ihn mit beiden Armen gepackt, so daß es für ihn kein Entrinnen gibt. Sie hat sich als Sieger erwiesen. Hinter ihr bläht ein Wind ihr Umschlagtuch und weist die Richtung, in die es die beiden Alten zieht – fort, fort von dem jungen, knienden Mädchen, das flehend die Arme nach dem Gott ausstreckt.

Rodin stand bei seinem letzten Besuch lange vor diesem neuen Werk. Die neue künstlerische Umsetzung ihrer Idee nötigt ihm Achtung ab. Unangenehm das Gefühl, als Besiegter dazustehen. In diesem Werk Camilles ist kein Glaube und keine Hoffnung mehr, daß das Flehen des Mädchens erhört werden könnte. Deprimiert von der absoluten Unumkehrbarkeit dieser Wahrheit, wandte sich Rodin ab.

Es bleibt Betroffenheit zurück. Und ein ungutes Gefühl, das ihn verfolgt. Eine solche Art der Kunst ist ihm fremd. Das ist in Stein geschriebene Lebensgeschichte. Kunst ist in seinen Augen Broterwerb, zumal wenn man wie Camille in äußerster Armut lebt. In seinen Werken stellt man sich nicht zur Schau, gibt man sich nicht selbst preis. Wer Camille kennt, wird auch ihn in diesem Werk erkennen. Seine ewige Entschuldigung, sich nicht an sie zu binden, der Altersunterschied. Beschämend, wie sie den Sieg des Alters über ihn darstellt. Die Berechtigung seines Abwendens ist aufgehoben durch das Flehen der jungen Frau. Diese bekennt sich zu einer Liebe, sich über alle Schranken hinwegsetzend. Ein doppeldeutiges Werk. Wie Rose triumphierend Rodin fortführt, hat sich auch die Mutter, wesentlich jünger als ihr Mann, gesünder, voller Energie und Härte, Louis-Prospers bemächtigt, der, zweiundsiebzigjährig, von angegriffener Gesundheit, in ihre Abhängigkeit geraten ist. Sie will es nicht, daß der Mann sich noch immer um die Tochter sorgt. Diese ist erwachsen, selbständig, allein verantwortlich für ihr Leben. Ja, die Tochter soll so leben — in Einsamkeit und Not, mit ihren verfluchten Skulpturen, die sie nicht zu ernähren vermögen. Alles hat seinen Preis. Jetzt soll die Tochter zahlen. Gewalttätig umklammert sie den Mann, hindert ihn, sich der Tochter zuzuwenden. Villeneuve ist Camille verboten. Hierher darf die Tochter nie wieder ihren Fuß setzen. Jetzt bestimmt Louise-Athenaise, die zwanzig Jahre ihres Lebens unter dem Willen des Mannes und der Tochter gelitten hat. Jetzt leiden die anderen. Die Gerechtigkeit ist hergestellt. Louise-Athenaise genießt sie. Das Flehen der knienden jungen Frau nach Liebe und Zuwendung — stößt auf Kälte.

Ein Werk — würdig des «Höllentors».

Das Jahr 1899 steht in Vorbereitung der Weltausstellung, die im folgenden Jahr ebenfalls wieder in Paris stattfinden soll. Rodin ist entschlossen, diese Tatsache zu nutzen und das große Geschäft zu machen. Hat der «Balzac» ihm den Ruhm versagt, will er jetzt das Geschäft. Dieses Mal wartet er nicht auf die Inspektoren des Ministeriums der Schönen Künste, die in seinem Atelier nach ihrem Ermessen einige Werke für die Ausstellung auswählen.

Vor dem Messegelände wird er seinen eigenen Pavillon errichten lassen. Alles wird er ausstellen und zum Verkauf anbieten, was i h m beliebt. Er wird sein ganzes Lebenswerk zur Schau stellen. Millionen Besucher werden an seinem Pavillon vorbeigehen müssen, wenn sie das Messegelände betreten wollen. Für s e i n e n Pavillon wird er ebenfalls einen Eintrittspreis verlangen, der ihm allein zugute schlägt.

Was Rodin mißfällt, ist der Gedanke, daß Camilles neuestes Werk, wenn vom Staat angekauft und in Bronze gegossen, mit Sicherheit auf der Weltausstellung gezeigt werden wird. Er hat sich innerlich von ihr getrennt. Ihm mißbehagt, sein eigenes Schicksal vor der Weltöffentlichkeit präsentiert zu sehen. Das Werk ist zu groß, zu anspruchsvoll. Er will keinen Vergleich zu seinem letzten eigenen Werk. Die Prophezeiungen Camilles von einst fallen ihm ein — sie wird ihn überflügeln. Sie wird es nicht. Wenn er ihr jegliche Protektion entzieht und jegliches Wohlwollen, wird sie nie aufkommen gegen ihn. Nie. Dazu bedarf es nur leiser Sätze im Vertrauen, an entsprechender Stelle.

Er läßt sein Unbehagen durchblicken. Sein Wunsch wird respektiert.

«Mehrmals hat sich Rodin gerühmt, den Staat zu gängeln, wie er wollte, und mächtiger zu sein als ein Minister ...», schreibt Camille in einem späteren Brief.

Der Auftrag für den Bronzeabguß des «Reifen Alters» wird erst einmal auf unbestimmte Zeit hinausgeschoben. Zahlreiche Freunde setzen sich mit Nachdruck für den Bronzeabguß ein. Realisiert wird er wesentlich später auf Kosten eines Mäzens.

Die Weltausstellung 1900 bringt Rodin einen ungeheuren Reichtum. Er bewährt sich als Geschäftsmann, obwohl er zunächst einhundertfünfzigtausend Francs Schulden hat, aufgenommenes Darlehen für den Bau seines Pavillons, bedenkt er sorgfältig, wie er sich den Erfolg sichern kann. Des Risikos, das er einging, ist er sich bewußt. Von Carrière läßt er sich Plakate entwerfen mit Standort seines Pavillons und Kostenpreis der Besichtigung. Er läßt einen illustrierten Katalog drucken, für den vier prominente Künstler das Vorwort schreiben. Unter ihnen Monet. Er kann den französischen Erziehungsminister dafür gewinnen, seine Ausstellung zu eröffnen. Rodin veranstaltet eine Reihe von Vorträgen in seinem Pavillon, wo über Wesen und Wert seines Werkes gesprochen wird.

Der Erfolg bleibt nicht aus.

Nach einigen Tagen bereits schreibt Rodin an einen Freund: «Ich habe für 200 000 Francs verkauft und hoffe auf noch mehr. Es sind weitere Bestellungen eingegangen. Fast alle Museen haben von mir gekauft: Philadelphia ‹Der Gedanke›, Kopenhagen 80 000 Francs für einen eigenen Rodin-Raum im Museum, Hamburg, Dresden, Budapest usw. ...»

Aufträge über Aufträge.

Im Anschluß an die Weltausstellung entsteht eine Rodin-Fabrik, die durchaus an die von Carrier-Belleuse erinnert. Zudem kommen aus aller Welt die juwelenbehangenen Comtessen und Gräfinnen angereist, um «sich von Rodin machen zu lassen». Porträtbüsten. Für eine Büste müssen sie vierzigtausend Francs zahlen. Für seine Bürger von Calais hatte er einst zehntausend Francs erhalten.

Bernhard Shaw kommt, um bei Rodin eine Büste zu bestellen. Der König von England. Der Kaiser von Deutschland wird abgewiesen. Sogar der Papst wird Modell sitzen.

Die französische Regierung befördert Rodin in den dritthöchsten Rang der Ehrenlegion, den des «Commandeurs».

Als ein Sammler aus den USA Zertifikate für die Marmorarbeiten verlangt, um sicherzugehen, daß sie von der Hand Rodins sind, antwortet Rodin: «Nichts werde ich Ihnen geben. Das sind Marmorarbeiten, die von meinen Gehilfen gemacht wurden. Ich habe sie nicht berührt!»

55.

Der Strudel zieht sie nach unten. Erbarmungslos. Je heftiger sie um sich schlägt, um so tiefer versinkt sie. Schulden. Schulden. Schulden. In letzter Sekunde eine hilfreiche Hand. Eugène Blot. Galeriebesitzer. Er ist auf sie aufmerksam geworden. Ihre Werke sind von ungeheurer Lebendigkeit. Eine Authentizität, wie man sie selten fand – nur bei den Großen. Eugène Blot begegnet Camille mit Achtung, mit Freundlichkeit, mit Verständnis. In den Jahren nach 1900, in den Jahren, in denen Paul in China weilt, wird Eugène Blot ihr einziger Freund. Ein Mensch, dem sie vertraut, denn sie ist mißtrauisch geworden. Man will ihr nicht wohl. Am scheußlichsten ist der Verdacht, hinter allem stehe Rodin. Er will beweisen, daß er nicht zu überflügeln ist. Die Rodin-Fabrik produziert. Sie wirft alles heraus, was sich in den Ateliers, in den Werkstätten, im Marmorlager befindet. Immer wieder sind offenbar Werke Camilles dabei. Alles erscheint unter Rodins Namen, wird zu horrenden Preisen an die Käufer gebracht. Rodin ist in Mode gekommen.

Camille prozessiert gegen Rodin. Einige Male hat sie Erfolg. Rodin legt sich eine Mappe an. «Der Fall Camille Claudel». Ein dicker Umschlag. Unterlagen der Prozeßakten? Nach seinem Tode ist dieser Umschlag leer. Keine Beweise. Keine Rückschlüsse. Kein Makel.

Finanzielle Not bedrängt Camille.

Auszüge aus Briefen, die sie in jenen Jahren an Eugène Blot schreibt.

Alle ohne Datum.

«Ich schicke Ihnen wieder einmal ein Stück Literatur gratis, zur Bedingung, daß Sie die 30 Centimes Porto dafür zahlen.

Schicken Sie mir 100 Francs im Hinblick auf unsere Zusammenarbeit, ohne die ich in den Fluten versinken werde.

Die Butterhändlerin heult, daß sie mir mehrere Eier gegeben hat, die ich nicht bezahlt habe.

Und schicken Sie mir einen umsichtigen und diskreten Boten, der ungesehen an der Loge der Concierge vorbeikommt, ohne angehalten zu werden, sie schnappt weg, was an ihrer Tür vorbeikommt!»

«Können Sie mir 50 Francs geben? Sonst werde ich übermorgen abgeführt.»

«Ich würde gern wissen, ob es absichtlich ist oder ungewollt, daß Sie versäumen, mir die letzten 50 Francs zu schicken, die noch von unserer armen kleinen Rechnung blieben. Oh, lala! Vergessen Sie nicht, daß mich am Neujahrstag der Briefträger, der Straßenkehrer und der Mann von der Müllabfuhr umarmen werden! Mich in solche Situation zu bringen wäre Ihre Schuld!»

«Ich stelle mit Entsetzen fest, daß Sie sich auf meine Forderung taub stellen. Vergessen Sie nicht – ich werde ohnmächtig bei den Gedanken, daß ich noch weiter herabgesetzt werden soll ...

Können Sie mir nicht irgend etwas abkaufen? Versuchen Sie, einen Klienten für mich zu finden. Ich brauche dringend Geld, um meine Oktobermiete zu bezahlen ...»

«Ich brauche bis Sonnabend vormittag 59,95 Francs, sonst sieht sich die Person (Gerichtsvollzieher) gezwungen, ihr verachtungswürdiges Verfahren einzuleiten. Respektieren Sie Ihre Untergebene und sorgen Sie dafür, daß sie würdig das Haus Blot vertritt.

Eine kleine Kaminfigur würde Sie zu nichts verpflichten. Meine kleine Frierende, die in der Nähe des Kamins eingeschlafen ist – Sie würden sie für die mäßige Summe von 100 Francs erhalten ... Vor allem, lassen Sie mich nicht bitten!»

«Ich habe eine andere Idee gefunden. Wenn Sie erreichen, daß der Staat meine große Statue des Perseus in Bronze gießen läßt, würde ich nur 1500 Francs für mich beanspruchen und für Sie den Auftrag der Bronze. Es war Geffroys erster Wunsch, diese Statue in Bronze zu sehen, aber dann ist er von RODIN bearbeitet worden, der einen hartnäckigen Kampf gegen diese Statue führt. Wenn Sie dieses für den Salon erreichen könnten, wäre es wunderbar.»

«Wenn es noch Zeit wäre, die Gilde zu wechseln, ich würde es tun. Dann würde ich mir schöne Kleider kaufen und Hüte und meine natürlichen Eigenschaften aufleben lassen, anstatt mich einer Leidenschaft für zweifelhafte Bauwerke auszuliefern und mehr oder weniger abstoßende Gruppen.

Diese unglückliche Kunst ist eher für die großen Bärte gedacht mit ihren häßlichen Birnen als für eine Frau, die von der Natur relativ gut bedacht war. Verzeihen Sie diese bitteren und späten Überlegungen — das wird nicht die Monster befriedigen, die mich auf diesen häßlichen Weg geschleudert haben.»

«Ich hätte vielleicht auch ohne den oben angeführten Grund nicht Ihrer Einladung zum Herbstsalon nachkommen können: Ich liebe es nicht, mich in diese Geschäfte zu mischen, von denen ich nichts verstehe. Und ich kann mich auch nicht dem Publikum präsentieren mit den Sachen, die ich gegenwärtig besitze. Ich bin wie Eselshaut und Aschenputtel dazu verurteilt, das Feuer im Herd zu hüten, und hoffe nicht auf das Erscheinen einer Fee oder eines charmanten Prinzen, der meine Kleider aus Fell und Asche in farbige Festkleider verwandelt.

Ich habe Monsieur Asselin gesehen, den Sie geschickt haben. Er sagte, daß er einen Artikel über mich schreiben will ...»

Noch einmal wechselt sie ihren Wohnsitz. Sie ist an

den Quai de Bourbon, auf die Insel Saint-Louis gezogen. Sie bewohnt eine erhöhte Erdgeschoßwohnung.

Als Henri Asselin, der junge Journalist, sie besucht, ist es Frühling. Durch die offenen Fenster dringen die ersten Düfte des Lenz. Der Wind rauscht in den ersten Blättern der hohen Pappeln. Amselschlag. Camille, das Haar unter einem seidenen Tuch versteckt, schüttelt ein Staubtuch aus. Drei Uhr am Nachmittag. Sie singt mit ihrer ein wenig rauhen Stimme ein zeitgemäßes Frou-Frou. Asselin läutet. Sie läßt ihn nur zögernd eintreten. Der Name von Eugène Blot ist das Sesam, das sie beruhigt und dem jungen Mann die Möglichkeit gibt, ihr Vertrauen zu gewinnen. Daß sich jemand für sie interessiert, erstaunt sie. Daß eine große Zeitung Fragen an sie und über ihr Werk stellen will, scheint sie zu überfordern. Sie wirkt nervös und unruhig. Unaufhörlich ist sie in Bewegung, mit einer sonderbaren Abwehr in den Gesten. Sie nimmt das Tuch ab und ordnet ihr noch immer sehr dunkles, dichtes Haar, das schlecht von Kämmen und Nadeln gehalten wird. Sie ist gerade vierzig, doch erscheint sie älter. Das Leben hat sie gezeichnet. Bildhauerei ist schwere körperliche Arbeit. In ihrer Kleidung wirkt sie nachlässig. Ein matter Teint. Vorzeitige Falten. Asselin scheint es, daß sie die Fähigkeit verloren hat zur Muße. Sie wirkt erschöpft. Alles ist in ihrem Gesicht ablesbar: Leid, Enttäuschung, Irrtümer. Doch sie wirkt nicht niedergeschlagen. Es fällt ihr schwer, sich auf den Besucher einzustellen. Sie hat die Gepflogenheiten des alltäglichen Umgangs verlernt. Immer wieder springt sie auf, ergreift den Meißel und setzt einen konzentrierten Schlag. Ihre Spontanität ist erstaunlich. Asselin fühlt sich von ihr angezogen. Er findet sie charmant. Mit Verwunderung stellt er fest, daß sie in keiner Weise seine Komplimente anzunehmen versteht. Nicht die geringste Spur von Koketterie ist in ihr.

«Ihre großen Augen, wie geschmolzener Stahl, beschattet von einer Aureole von Schwarz, hatten nichts von ihrer Schönheit verloren, noch ihr Blick, der von einem verwirrenden Glanz war, so daß er manchmal in Verlegenheit setzte. Denn er war der Ausdruck einer völligen und absoluten Offenheit, die sich niemals an Förmlichkeiten und Etiketten verriet …»

56.

Im August 1904 schreibt Louis-Prosper an seinen Sohn:

«Mein lieber Paul,

trübsinnig, herabgeglitten in totaler Entkräftung, in Traurigkeit, Entmutigung angesichts der Ereignisse und noch anderer Gründe, habe ich wie gewöhnlich in Momenten moralischen Tiefs Zuflucht gesucht in Deinem Buch … Im nächsten Monat sind wir von Marie nach Gérardmer eingeladen. Sie hat eine Kutsche gemietet, um uns abzuholen. Das ist sehr liebenswürdig – aber mir bricht das Herz, daß ich Camille in ihrer Abgeschiedenheit belassen soll. Diese Diskussionen in der Familie, diese Disharmonie, sind ein Unglück, der Grund eines unermeßlichen Kummers für mich. Wenn Du mir helfen könntest, Harmonie herzustellen – welchen Dienst würdest Du mir damit erweisen!»

Im April 1905 kehrt Paul aus China zurück. Hinter ihm liegen die «dunkelsten Jahre seines Lebens». Er war nach Fuzhou berufen worden, einer Hafenstadt der Provinz Fujian. Nach dem ersten Opiumkrieg war China 1842 gezwungen worden, einunddreißig Meeres- und Flußhäfen dem fremden Handel zu öffnen. Der Auftakt war gegeben, China in eine Halbkolonie umzuwandeln. Neben den Engländern und Deutschen versuchten auch die Franzosen und Japaner, Chinas Häfen zu besetzen. Frankreich dehnte seine Kolonialherrschaft nach dem Chinesisch-Französischen Krieg 1884/85 auf ganz Annam aus.

Obwohl Fuzhou eine lebhafte Industrie in Seide,

Baumwolle und Papier besaß, wo sich auch der Schiffsbau konzentrierte, machten die klaffenden sozialen Widersprüche, die rücksichtsloseste Ausbeutung und die Gewalttaten ausländischer Missionare Paul sehr betroffen. Ausländische Firmen hatten sich in Fuzhou niedergelassen. Der nationale Kapitalismus kann sich in China nur unter Widersprüchen entwickeln. Gegen die imperialistische Aggression kämpft die «Boxerbewegung» – «die Faust im Namen des Friedens und der Gerechtigkeit». Die ausländischen Truppen lieferten erbitterte und brutale Kämpfe gegen die chinesische Bevölkerung. Mit den drei Milliarden Mark Entschädigung, die China nach der Niederschlagung der Boxerbewegung zu zahlen hat, war ihm die letzte Möglichkeit einer unabhängigen wirtschaftlichen Entwicklung genommen.

Diesen Machtkämpfen des Kapitals versucht Paul seinen eigenen christlichen Humanismus entgegenzusetzen. Angesichts der maßlosen Expansion und der rücksichtslosen Ausbeutung versucht er seine Würde und Selbstachtung nicht zu verlieren. Wo er es vermag, will er Not lindern. Er tut es in seinem persönlichen Umfeld.

«Der unermüdlich Reisende» kommt über die Pyrenäen nach Paris.

Unerwartet steht er eines Tages vor Camilles Tür. Sie starrt den gebräunten Fremden an, der einen Oberlippenbart trägt. Sekunden verstreichen. Wortlos. Jahre sind aufzuholen. Bestürzung auf beiden Seiten, welche Veränderungen sich auf dem vertrauten Gesicht des anderen eingegraben haben.

Trotzdem das Gespür auf beiden Seiten, so nah wie in diesem Augenblick waren sie sich nie im Leben. Unerklärlich und unwiederholbar. So auf den Höhepunkt getrieben war die Sehnsucht nacheinander nie.

«Paul» – ein heiserer Aufschrei Camilles. Sie wirft ihre Arme um seinen Hals. Noch nie hat Paul die seinen so fest um sie geschlossen, noch nie waren seine Hände eines so zarten Streichelns fähig. Was ist passiert? Was ist ihm geschehen? Wunderbar diese Minuten, wie lang entbehrt, das beglückende Gefühl, den anderen zu spüren.

Camille zieht ihn in die Wohnung.

Wie armselig sie lebt, wie anspruchslos.

Was sie in den letzten Jahren geschaffen hat, berührt den Bruder. Neugier. Bewunderung, Ergriffenheit. Er verharrt lange vor dem «Reifen Alter». Und Camille steht neben ihm. Sie kann ihren Blick nicht von seinem Gesicht nehmen. Dieses fremd gewordene, männliche Gesicht. Er ist jetzt siebenunddreißig Jahre alt. In dem Fremdsein liegt jedoch etwas ungeheuer Vertrautes. Plötzlich durchzuckt sie ein Gedanke ... Paul ist einer Frau begegnet, die Liebe hat ihn aus der Bahn geschleudert. Paul sagt: «Ich habe in den letzten Jahren viel über dich nachgedacht ..., ich habe viel an dich gedacht.» Es klingt wie ein Geständnis. «An mich?» fragt Camille ungläubig. Paul nickt. Er liebkost das kniende Mädchen, das die Hände ausstreckt nach Zuwendung. In seiner Nacktheit so schutzbedürftig, so mutig in seiner bekenntnishaften Preisgabe. «Ja, auch an dich.»

«Du hast etwas Neues geschrieben?»

Camille ahnt es. Sie weiß es. Paul reagiert wie sie. Er muß seine seelische Erschütterung in Worte hüllen, pressen – wie sie in Stein.

«Du liebst ..., Paul, du bist so verwandelt ... Es hat dich getroffen.»

Paul schaut die Schwester erschrocken an. Niemandem wollte er es sagen. Ja, es hat ihn wie ein Blitz getroffen aus wolkenlosem Mittagshimmel.

Vor fünf Jahren, auf der Schiffsreise nach China. Die verheiratete Rosalie Vetch. Desillusioniert vom alten Europa, ohne Erwartungen an sein persönliches Leben, unfähig gemacht zur Liebe, geflüchtet in das strenge Gebotsreglement der Kirche, da trifft es ihn und stürzt ihn in abgrundtiefe Konfusion.

«Du mußt mir Modell sitzen!» Unbedingt will Camille in diesen Tagen das Gesicht des Bruders festhalten, erfassen, sich aneignen. In diesen Stunden gehört Paul unausweichlich ihr. In diesen Stunden kann sie in seinem Gesicht jeder Erfahrung nachgehen, jener verzehrenden Leidenschaft aus seiner heillosen Flucht. Daß es Paul traf ...

«Gib es mir zu lesen ..., ich habe vor dir nie ein Geheimnis!»

Widerstrebend holt Paul das Manuskript aus seinem Koffer. Seine klare, übersichtliche Handschrift. Er hat es gerade niedergeschrieben. «Mittagswende».

«Yse – das bist auch du.»

Paul stellt seinem Stück eine Zusammenfassung voran.

«Das Fleisch begehrt wider den Geist und der Geist begehrt wider das Fleisch.

Der Mann spürt den Ruf Gottes. Er entschließt sich, ihm Folge zu leisten. Von Gott selbst wird ihm die Antwort zuteil – eine unumwundene Abweisung, ein unumstößliches Nein.

Von neuem hebt für Mesa Verlassenheit an ...

Aus der Gnadenordnung und aus der Naturordnung geht hervor, daß zwischen den Geschöpfen Gottes ein Band der Liebe bestehen soll ..., eine besondere Beziehung, so daß der Schlüssel des einen sich erst im Herzen des anderen findet ...

Das letzte Ziel, das versteht sich von selbst, kann nichts anderes als Gott sein. Wie nun, wenn der Weg zu Gott versperrt ist durch ein unüberwindliches Hindernis in Gestalt des Sakraments, das die Ehe ist? Die Liebe – statt sie zur höchsten Vollendung zu bringen, verzehrt es sie. Statt des Heils bringen sie einander gegenseitig in die Verdammnis ...»

Schon wieder, das ist doch schon wieder sie. Einer der ersten Sätze jener Yse – «ich will, daß man mich nötig hat» –, es ist ihr Satz. Camille liest Pauls Drama mit zunehmender Beklemmung.

Eine Schiffsreise nach China. Pauls Bekanntschaft mit der verheirateten Frau. Pauls Denken und Fühlen ... «Ich habe nie etwas erwartet. Ich habe mich von den Menschen zurückgezogen ... Was gibt es schon bei einer Frau zu begreifen? Was gibt sie uns schließlich? Und was sie fordert, dazu müßte man sich ganz und gar geben ... Ihnen meine Seele zu schenken ist unmöglich, Yse!»

Sicher. Das ist Paul. Aber dann kippt es irgendwie um. Dann ist Yse nur noch Camille. Und sie ist die große Liebeserklärung Pauls, sein großes Verständnis für Camille. Eine völlig neue Sicht auf die Rolle der Frau, die sich rückhaltlos gibt, die aber nur mit derselben Hingabe gehalten werden kann ... «Und warum hat er mich fortgeschickt, sobald er erfuhr, daß ich empfangen hatte? Durfte er mich in einem einzigen Augenblick im Stich lassen? Ich weiß, daß ich ihm zur Last falle ... Ich wollte mich aus dieser Liebe frei machen, die der Tod ist ...»

Die Frau, sie drängt zur Vereinigung. Sie ist die Kraft, sie vermag dem Leben einen Sinn zu geben – ich will, daß man mich nötig hat!

Es ist Pauls Sicht auf ihre Liebe zu Rodin, und es ist Pauls Versuch, sie zu verstehen. Es ist Rodins Erschütterung: «Ich habe gesehen, daß ich dich nicht entbehren kann, und du bist mein Herz und meine Seele und du bist, was meiner Seele fehlt, du bist Fleisch von meinem Fleisch, ohne Yse kann ich nicht sein ... Und wenn ich dich fortgehen hieß, so weißt du, daß es sein mußte. Du selbst wolltest es so, weil doch Cid, dein Mann, nicht da war. Wir hätten noch alles in Ordnung gebracht. Um ein paar Monate ging es nur, dann wäre ich wieder zu dir gekommen. Yse, gib mir mein Kind, hast du es umgebracht?»

Warum muß Paul diese Liebenden sterben lassen. Er tut es mit der ihm eigenen Konsequenz seines Glaubens und seines Verständnisses von Gott. Dieses Drama spricht davon, daß Paul das Schicksal seiner Schwester tief beunruhigt und er immer wieder neue Wege sucht, um aus dem inneren Widerspruch von Verurteilung und Verstehenkönnen herauszufinden. Mit dem eigenen erschütternden Erlebnis von Liebe gestaltet er Camilles Leben nach seinem Verständnis in seinem Drama neu. –

Seine Erlebnisse in Fuzhou haben Pauls bisheriges Leben relativiert. Er ist souverän geworden. Er hat sein Leben fest in der Hand und ist von niemandem mehr abhängig. Er kann sich heute zu seiner Schwester bekennen, die begabt, mutig und unglücklich ist. Siebenunddreißig Jahre mußte er alt werden, um es schriftlich dokumentieren zu können.

Paul lernt Camilles neue Freunde kennen. Den Galeriebesitzer Eugène Blot. Die beiden Männer kommen überein, eine große Ausstellung zu organisieren, die Camilles wesentlichste Werke umfassen soll. Blot will seine Galerie zur Verfügung stellen. Eine Verkaufsausstellung. Blot erklärt sich bereit, jeweils fünfzig Bronzeabgüsse der einzelnen Werke in Auftrag zu geben. Fünfzigmal den Walzer, fünfzigmal Fortuna, fünfzigmal die Hingabe, fünfzigmal die Schwatzbasen.

Gewiß – Eugène Blot erhofft sich ein gutes Geschäft. Für Camille die Kritiken und die Ehre.

Henri Asselin wollte einen Artikel über Camille schreiben? Selbstverständlich steht dem Bruder dieses Recht zu. Ja, Paul drängt es, über Camille und ihr Werk zu schreiben. Seine Pflicht. Und er will über Rodin richten. Sein Bedürfnis. Paul erstickt nicht mehr an seinem Zorn und Groll.

Paul will alles in seinen Kräften stehende tun für Camille. Alles. Ihn beunruhigt, daß die Schwester ihre zufälligen Mißgeschicke, ihre persönlichen Niederlagen, bedingt durch eigenen Nonkonformismus und Zurückgezogenheit, Rodin anlastet. Rodin, das Monster, Rodin, das Ungeheuer. Rodin wird eine Manie. Ahnt der Bruder die Krankheit, die wie ein Feuer schwelt, das noch zu löschen ist, wenn man Camille nicht sich selbst überläßt? Paul will ihr helfen.

Er verlacht ihre Empörung, daß Rodin im Jahr zuvor ihr Gesicht mit phrygischer Mütze im Salon ausstellte, unter der Bezeichnung «Frankreich». Die kegelförmige Filzkappe mit nach unten geneigter Spitze, Symbol für die Jakobiner, darunter ihr Gesicht wie ein junger Krieger mit leicht aufgerecktem Kopf. Eine Würdigung eher als eine Verunglimpfung. Sie lacht. Natürlich, sie symbolisiert das neue Frankreich. Wenn Paul es so sieht! Seine Meinung legt sich wie Balsam auf ihre Seele. Wohltuend, ihr Lachen zu hören. Es gehört zu ihr. Man muß ihr Gelegenheit geben, es klingen zu lassen.

Paul plant eine Reise. Eine gemeinsame Reise mit Camille. In die Pyrenäen. Warum in die Pyrenäen? Es ist egal, wohin. Eine Reise mit Paul. Nur das zählt.

Im Juni-Salon 1905 werden ihre «Flötenspielerin» und ihre «Hingabe» ausgestellt. In Marmor. Die zweite Version der «Sakuntala.»

Begeisternde Kritiken von Charles Morice, Eugène Morand, Maurice Hamel. «Diese Arbeit in Marmor, bei der man nicht die Hand eines Gehilfen spürt, sondern die starke und kräftige Hand eines Künstlers, ist ein wahres Meisterwerk!»

«Die Flötenspielerin von Mademoiselle Claudel ist bewundernswert. Sie scheint sich außerhalb von Zeit und Raum zu befinden» — hingegeben dem Lied, das sie gegen die Unbilden der Wirklichkeit aus ihrem Innern schöpft.

Im August brechen die Geschwister auf — in den Süden Frankreichs. In das gewaltige Felsmassiv der Pyrenäen. Zu den berühmten Bergströmen, die sich von unsäglicher Höhe in die Talkessel stürzen. Ein gigantisches Schauspiel der Natur ist der Cirque von Gavarny. Der berühmteste der Bergströme, der Gave de Pau, entströmt einem Gletscher. Gewaltige Wasserfälle erwecken Schaudern und Bewunderung. Der Bergstrom berührt die Städte Lourdes und Pau. Lourdes? Jetzt begreift Camille den Sinn der Reise. Das eigentliche Ziel.

Schokoladenduft liegt über Lourdes. Interessant ist, daß hier Marmor gebrochen wird. Sie besichtigen das alte Schloß. Das ist es alles nicht.

Rührung überkommt Camille. Ihr wundergläubiger, ihr wundersüchtiger, ihr lieber kleiner Paul.

In die Grótte will er mit ihr.

In die berühmt gewordene Grotte, den Wallfahrtsort der Pilger. Fünfhunderttausend kommen jährlich hierher.

Camille erinnert sich der Diskussionen im Elternhaus, früher. Der Vater las es aus der Zeitung vor. Sie erinnert sich des beseelten Gesichts ihres Bruders ... Die vierzehnjährige Bernadette Soubirous, ein armes, einfaches Bauernmädchen, hat in der Grotte von Massabielle bei Lourdes die Erscheinung der «Belle Dame», der Jungfrau Maria, gehabt. Sie hatte diese Vision achtzehnmal. Bei dem neunten Erscheinen der «Belle Dame» hieß diese Bernadette, den Boden der Grotte aufzukratzen, und siehe da, eine Quelle entsprang. Eine wundertätige Quelle. Die Zeitung berichtete von Wundern, von den Pilgerwanderungen dorthin, von den Bergen von Krükken, die an diesem Ort zurückgelassen wurden, abgeworfen. Der Vater philosophierte mit Camille über das Thema Autosuggestion. Paul haßte sie für diese profanen Erklärungen. Er liebte das göttliche Wunder. Der Glaube daran ist in seiner Seele geblieben. Es hat sich nach seiner Bekehrung zum katholischen Glauben bestärkt. Nicht ein Anflug von Zweifel ist gekommen. Das göttliche Wunder, er hat es in seinem literarischen Werk verankert. Er ist zutiefst überzeugt, es stehe seiner Schwester Camille zu.

Paul weiß, wenn er mit Camille diese Grotte betreten will und Hilfe für sie erhofft, kann die Kraft nur aus seinem eigenen unbeirrbaren Glauben kommen. «Ich habe in diesem Jahr für eine Seele, die mir sehr nahe, sehr teuer ist, mit einer maßlosen Dringlichkeit gebetet — mit Tränen, mit blutendem Herzen.»

Das Wunder, es möge sich an seiner Schwester vollziehen, die erlösende Idee möge über sie kommen, die Erkenntnis, wenn man sich Gott in klösterlichem Leben schenke, daß die Katastrophe des Schicksals noch abzuwenden sei.

Seine Gebete sollen es erzwingen. Dann sieht Paul das

kleine Lächeln, das in Camilles Mundwinkeln sitzt. Sie streitet nicht mehr wie früher mit ihm. Sie läßt ihn gewähren. Sie ist viel zu glücklich, daß er da ist. Sie tut ihm den Gefallen, die Grotte zu betreten, die zu eng geworden war, die vielen Gläubigen aufzunehmen. Man hat ein umfangreiches Bauwerk geschaffen, in einem romanobyzantinischen Stil. Bernadette Soubirous hatte die Vollendung dieses Baus, dessen Krypta sie 1866 eingeweiht hatte, nicht mehr erlebt. Sie war 1879 gestorben.

Paul weiß nicht – ist das Wunder bei Camille eingetreten? Sie ist von einer wunderbaren Heiterkeit und Gelöstheit.

Er redet jetzt freier und ungehemmter von seiner christlich-katholischen Überzeugung.

Sie haben Lourdes hinter sich gelassen und sind auf eine Anhöhe gestiegen. Die Luft flirrt über der Stadt. Das Gras wogt. Sie lassen sich nieder. Über ihnen kreist ein Raubvogel.

«Das Böse – es liegt in unserem Egoismus, wo wir uns selbst bevorzugen vor Gott. Doch in Gottes Weltenplan ist das Böse mitverankert. Er hat den Menschen frei geschaffen, und so ist er der Sünde fähig.»

«Du sagst – uns, aber du meinst mich. Ich weiß nicht, was du von mir willst … Ein Schuldbekenntnis hören? Ich weiß nicht, wo ich mich schuldig gemacht haben soll, wo ich böse war!»

Paul richtet sich auf und schaut ihr ins Gesicht. Er ist dankbar, daß ein Gespräch über dieses Thema zustande kommt.

«Aber du bist unglücklich und zerrissen, und du könntest Kraft und Gnade finden in Gott.»

«Ich bin im Moment nicht unglücklich und nicht zerrissen. Seit Jahren ging es mir nicht so gut. Du bist wieder da. Wir sind verreist. Es ist wie ein Traum … Du bist der einzige Mensch auf der Welt, der zu mir steht, außer Papa. Er wird neunundsiebzig in diesem Jahr … Kraft würde ich finden, wenn die Verschwörung gegen mich aufgehoben werden würde, die immer wieder neu angezettelt wird von Rodin und seinen Mittelsmännern.»

«Das ist weltliche Eitelkeit. Da liegt das Böse in uns.»

«Ich weiß nicht, was an meiner Kunst böse ist … und ob es eitel ist, wenn ich den Platz verlange, der mir zusteht! Warum gehst du nicht ins Kloster?»

Paul senkt beschämt den Kopf. «Ich bin kein Heiliger … Ich kämpfe dagegen an …, ich bin von einer Weltsüchtigkeit … Camille, die Zeit mit mir ist kurz bemessen. Ich muß wieder zurück nach China. Eines kann ich dir versichern, ich lege mir Zwänge auf. Ich habe es bereits getan. Ich begehre nicht alles. Man kann nicht alles haben wollen, im Leben, in der Liebe, im Beruf. Da muß man sich selbst in Schranken setzen … Ich werde das andere Drama umschreiben. Ich werde dir vor Augen führen, was ich meine. Violaine muß unter allen Umständen eine Heilige werden. Du würdest es auch. Die von der Mutter und Schwester Verstoßene, Erblindete – sie wird das Kind ihrer Schwester vom Tode erwecken. In Gott würdest du die Gnade finden, Camille … Glaub mir, es ist das schrecklichste Unglück, das Schlimmste, was einer Familie widerfahren kann, wenn ein Kind eine künstlerische Berufung in sich spürt, ein Mädchen dazu …»

«Ich habe es als etwas Wunderbares empfunden.»

«Ja, du … Für die Familie war es die Hölle. Du bist in allem ohne Maß gewesen.»

«Ja.»

«Nur Gott kann dich retten – kein Mensch sonst …»

«Doch, du.»

«Ich fahre nach China zurück. Ich heirate.»

Paul hatte ihr von Reine Sainte-Marie Perrin erzählt, die er zu ehelichen gedachte.

«Liebst du sie?»

«Die Ehe hat nichts mit Liebe zu tun. Sie ist eine Pflicht.»

«Armer Paul.»

«Das ist meine Askese.»

Camille hat die Arme unter den Kopf verschränkt und schaut in den Himmel. Der Vogel kreist noch immer dort oben. Paul macht ihr angst. Der Vogel stößt einen hellen, fiependen Ruf aus.

«Paul, verlaß mich nicht!»

«Ich bete, daß du den Weg zu Gott findest. Er wird dich nicht verlassen.»

Worte aus Goldhaupt fallen ihr ein.

«Einen Turmfalken hat man mit gespreizten Flügeln an den Stamm dieser Tanne genagelt. Paul, das gedenkst du doch nicht zu tun? Du wirst mich doch nicht wie einen Vogel an den Flügeln festnageln, Paul!»

Paul schweigt, betet er?

Am Horizont verdunkelt sich der Himmel.

Sie kehren nach Lourdes zurück.

Warum will er wieder fort nach China? Er hat doch Erfolg mit seinem Schreiben. Warum will er nicht von seiner Feder leben? Dann würde er bleiben.

«Es gibt keine schlimmere Laufbahn als die eines Schriftstellers, der von seiner Feder leben will. Immer wird er gezwungen sein, bei seiner Arbeit die Augen auf seinen Herren, das Publikum, zu richten. Und er wird bestrebt sein, diesem Publikum zu gefallen. Er will von ihm angenommen werden. Hat es immer einen guten und gewählten Geschmack? Es ist keine Ehre, von seiner Seele zu leben und sie dem Volk verkaufen zu wollen! Literatur ist Luxus. Kein Borterwerb.»

Und ihre Bildhauerei? Parallelen sind offensichtlich. Hat die Not sie nicht gezwungen, ein Thema wie «Perseus» anzunehmen?

Gespräche, die ihr helfen, sich selbst besser zu verstehen. Ein Gedankenaustausch, der notwendig ist, um sich nicht zu verirren auf den Pfaden eigenen Grübelns.

Sie treffen Freunde von Paul. Die Franquis. Es ist wunderbar, Paul im Gespräch zu erleben. Sein großes Thema ist das ungeheure Elend in der Welt. Nach wie vor prangert er diese schreckliche bürgerliche Selbstzufriedenheit an. Ihre kleinen lächerlichen Idole, die die Hungernden nicht satt machen. Die eigenen Fehler und Schwächen — sie werden als unantastbare Götzen angesehen.

Unaufhörliches Fragen. Paul ist übervoll von Eindrükken dieser fremden, grausamen, geschäftstüchtigen Welt. Er erzählt von seinen Versuchen, die Armen zu unterstützen, die er aufsucht. Es sind für ihn leidende Brüder.

Paul hat die Qualen seiner jugendlichen Ausweglosigkeit und Verzweiflung hinter sich gelassen. Jetzt ist Camille stolz auf ihn. Jetzt hat sich das Blatt gewendet. Er vermag ihr Kraft zu geben, einfach durch sein Dasein. Seine Worte, von denen sie das Mystische abstreift, machen sie wunderbar stark, «Keine Träne mehr! Das Erreichte festhalten! Und am Morgen werden wir, bewaffnet mit einer glühenden Geduld, in die herrlichen Städte einziehen!»

Paul ist überzeugt, die Reise hat Camille gutgetan. Sie ist ruhig, ausgeglichen, fast heiter.

Die Geschwister kehren nach Paris zurück. Paul muß seine Zeit in der Heimat nutzen. Er muß sich auftanken für die kommenden Jahre in der Ferne. Sehnsucht nach Villeneuve. Der alte Vater. Er reist allein. Camille soll er in Paris zurücklassen. Die Mutter wünscht es so. Nach Gérardmer möchte er ebenfalls, zu den Verwandten väterlicherseits, in die Vogesen. Er reist guten Mutes. Eugène Blot bereitet die Ausstellung für Dezember vor. Pauls Artikel sind geschrieben. Der «Occident» druckt sie.

Mutig greift Paul den Vergleich Rodin — Camille auf. Nicht mehr bereit, Verständnis für Rodin aufzubringen. Er ist der Ansicht, dieser hat das Leben seiner Schwester zerstört. Er hat sich eine eigene Meinung über den Künstler und den Menschen Rodin gebildet und versagt sowohl dem einen wie dem anderen seine Achtung. Erst viele Jahre nach Rodins Tod ist Paul bereit, die Größe dieses Künstlers anzuerkennen.

«Camille Claudel, Bildhauerin» — so lautet die Überschrift des Artikels, den Paul über seine Schwester schreibt:

«Voreilige Kritiker haben die Kunst Camille Claudels oft mit der eines anderen verglichen, dessen Namen ich nicht nennen möchte. In Wirklichkeit ist ein Gegensatz, der offensichtlicher und ausschließlicher wäre, kaum denkbar. Die Kunst jenes Bildhauers ist die schwerfälligste und stofflichste, die es gibt. Gewisse seiner Figuren vermögen sich kaum aus dem Lehmklumpen herauszuarbeiten, in dem sie verfangen sind. Entweder kriechen sie, dem Schlamm in einer Art erotischer Raserei anhaftend, oder es hat den Anschein, als wollte jede von ihnen, den Körper einer anderen umfassend, den ursprünglichen Block wiederherstellen. In undurchdringlicher Dichte weist die Gruppe das Licht wie ein Grenzstein nach allen Seiten zurück. Im Grund ist sein Werk das eines primitiven Geistes, dem Durchtriebenheit zwar hilft, den eine von Natur aus trübe und ärmliche Einbildungskraft aber behindert.

Die Kunst Camille Claudels dagegen behauptet von den Anfängen an ihre Eigenständigkeit. Eine äußerst starke und unverfälschte Einbildungskraft, die ja nichts anderes ist, als die Gabe der Erfindung, bestätigt sich glanzvoll in freier Entfaltung. Ihr Genie ist der Genius der Dinge, die darzustellen sie den Auftrag hat. Für sie ist der zu bildende Gegenstand das, was faßbar geworden ist, aufgegriffen werden kann, im gegenwärtigen Augenblick den wissenden Händen gehört. Jedes der Dinge, deren Gesamtheit in unterbrochenen Fluten das Schauspiel ausmacht, das sich unseren Augen darbietet, ist von unverwechselbar eigener Bewegung belebt, und das Zusammenspiel all dieser Bewegungen erfindet in gewissen höchsten Momenten der Dauer in einer Art lyrischen Aufbruchs eine allgemeingültige Figur, ein zugleich schwankendes und vielgestaltetes Wesen. Dieses neue, vielschichtige Wesen, diesen Schlüssel eines Bewegungsgefüges nennen wir M o t i v. Wie ein Seufzer sich zu einem Schrei steigert und abbricht, so kommt die Juniwiesenfreude, man weiß nicht wie, glanzvoll in einer begeisterten Blüte zum Ausbruch ...

So sind die glückhaften Funde, die aus dem Herzen eines Dichters hervorbrechen wie aus dem Urgrund der Natur: Im Werk Camille Claudels erscheinen sie unverstellt und ungetrübt mit einer Art unbefangener Fröhlichkeit und bilden im vollsten Sinne der Wörter die zugleich ‹lebendigste› und ‹geistigste› Kunst der Welt.

Während eine Figur dessen, von dem ich gesprochen habe, unter dem Lichtstrahl, der ihr Farbe verleiht, in sich verschlossen und tot bleibt, besitzt eine Gruppe von Camille Claudel sozusagen einen Hohlraum, der voll ist des Atems, der sie ‹inspiriert› hat. Jene weist das Licht ab – diese, in der Mitte des hell-dunklen Raums, nimmt es entgegen wie einen schönen Blumenstrauß. Bei ihr wird das Licht bald mit spielerischer Phantasie durch die klaren Linien einer Figur wie in einem Glasgemälde verteilt und abgesetzt, wird es in Hohlformen durch das untergründige Widerspiel von Hell und Dunkel zu einer Art Hall und Gesang. Ich erinnere nur an ‹Fortuna›, die ‹Hingabe›, den ‹Walzer›, die ‹Clotho› ... endlich das ‹Reife Alter›, in dem die Bewegung in den Gewändern, am Boden selbst anhebt, die Figuren in einer Art verhängnisvoller Leitlinie an ihren Platz gezwungen werden, die unentrinnbare Schräge den Menschen aus den Händen der Jugend reißt und ihn, an den eingefallenen Bauch der höhnisch grinsenden, geilen Alten gepreßt, seinem Schicksal zuschleppt ...

So wie der Mensch in der Landschaft sein Auge an diesen Baum oder jenen Felsen heftet, um seinen Meditationen Halt und Richtung zu geben, ist ein Werk Camille Claudels in einer Wohnung, ähnlich den merkwürdigen Steinen, welche die Chinesen sammeln, allein durch seine Form eine Art Denkmal innerlichen Denkens, lebendiges Fragment eines Vorschlags zu allen Träumen. Ein Buch etwa müssen wir aus dem Bücherschrank holen, ein Musikstück müssen wir spielen, das aus Metall oder Stein geformte Bild verströmt Zauber aus eigener Kraft, und die Wohnstätte ist davon erfüllt.»

Und Paul schreibt einen zweiten Artikel – «Rodin oder das Genie».

«Maßlos möchte man meinen in seiner Verachtung und seinem Spott. Ungerecht.»

Zu diesem Zeitpunkt seines Lebens kann Paul Claudel dem Bildhauer Rodin kein Genie zugestehen.

Beide Artikel wurden ein Erfolg für Paul.

«Vor allem meine Zeilen über Rodin haben allgemeinen Beifall gefunden.«

Camille zerriß es das Herz beim Lesen.

Im Dezember 1905 wird die bisher größte Ausstellung ihrer Werke eröffnet. Das Vorwort zu dem detaillierten Katalog schreibt Louis Vauxelles:

«Diese Lothringerin, ländlich und intuitiv, der man kaum geholfen hat, den Platz einzunehmen, den sie verdient, die die schlimmsten Qualen erlitten hat, Elend, das deprimierte und herausforderte, die allein gekämpft hat, von seiten des Salons verachtet und geschmäht – ist eine der glaubwürdigsten Bildhauer unserer Zeit ... Einige ihrer Werke wirken ungeheuer kräftig, andere sind zart wie ein Hauch; aber alle leben. Camille Claudel ist widerspruchslos die einzige Frau unter den Bildhauern, auf deren Stirn das Zeichen des Genies leuchtet.»

Die übrige Presse würdigt ebenfalls das Werk Camilles.

Der letzte dringliche Appell an die Öffentlichkeit ist von Charles Morice:

«Das Talent von Camille Claudel gereicht unserem Land zum Ruhm – aber auch zur Schande, wie wir mit ihm umgehen!»

Und Camille? So wunderbar die Reise in die Pyrenäen war, so heilsam Pauls Gegenwart, als er sie verläßt und seinen anderen familiären Verpflichtungen nachgeht, fällt sie, sensibilisiert, um so tiefer in die Trostlosigkeit. Paul trägt sich mit Heiratsplänen. Für den März nächsten Jahres, kurz vor seiner erneuten Abreise nach China, ist der

Tag der Trauung festgelegt, mit der Tochter eines Architekten.

Paul ist entsetzt, als er Camille wiedersieht. Die heilsame Wirkung ihrer gemeinsamen Reise ist verflogen. Paul schreibt an seinen Freund J. Frizeau: «Ich war sicher, daß die Werke meiner Schwester Ihnen gefallen würden. Das arme Mädchen ist krank. Ich bezweifle, daß sie noch lange leben wird. Wenn sie christlich wäre, müßte man sich nicht so grämen. Mit all ihrem Genie war das Leben für sie voll großem Verdruß und vieler Widerwärtigkeiten, daß eine Verlängerung nicht zu wünschen ist.»

Die Fürsorge des Bruders ist aufgebraucht. Ein paar Wochen seines Lebens hat er ihr geopfert und die Intensität seiner Gebete. Das Leben kommt mit größeren Verpflichtungen, denen er sich zu stellen hat.

Paul hat erwogen, Camille zu seiner Hochzeit einzuladen. Sein neuer Hausstand soll der ausgleichende und versöhnende Sammelpunkt der Familie werden. Als die Mutter von seiner Absicht erfährt, kommt ihre erpresserische Reaktion, entweder Camille erscheint zur Hochzeit oder seine Mutter mit der anderen Schwester. Das habe Paul allein zu entscheiden. Soll Paul vor den Schwiegereltern und Kollegen die Streitsucht seiner Familie dokumentieren? Wie steht er da, wenn die eigene Mutter sich verweigert? Wie steht er da, es ist seine Mutter. Camilles Gesundheitszustand wird keine Reise erlauben. Er sucht Rechtfertigung bei dem Gedanken, ihr den Weg gezeigt zu haben. Wenn sie ihn nicht geht, wird sie ihr eigener Henker sein. Er wird dieses Opfer bringen und auf Camilles Anwesenheit bei seiner Hochzeit verzichten.

Opfer oder Verrat?

Camille verübelt es Paul nicht einmal. Was soll sie unter den fremden Leuten? Sie hätte sowieso nichts Passendes anzuziehen gehabt. Paul geht eine gute bürgerliche Verbindung ein. In seinen Worten hat der Vorwurf geklungen, daß sie diese Pflicht bei Massary gehabt hätte.

Quälend ist nur der Gedanke, daß Paul wieder für Jahre nach China geht. Er hätte nicht kommen dürfen, nicht diese Reise mit ihr machen. Er hätte ihr nicht sein Drama zu lesen geben dürfen. Alles ist aufgewühlt. Alles ist wund.

Sie flieht in Arbeit und Einsamkeit.

Sie preßt die schwarze Katze an ihr Herz. Das Schnurren lindert die unerträgliche Stille in den fast leeren Räumen.

Irgendwann findet Camille in den trockenen Leinentüchern vier possierliche Kätzchen. Zwei so schwarz wie Ebenholz und zwei grau gestromte. Die Possierlichkeit entlockt ihr ein Lachen. Sie setzt sich auf einen Stuhl und schaut den vier zu in ihrer Unbekümmertheit und Spielfreude. Sie ist der Grünäugigen dankbar für dieses unerwartete Geschenk. Die Katzenmutter stößt sie voll Dankbarkeit und Stolz an. Camille gab jedem der Kätzchen einen Namen. Nun hat sie für fünf zu sorgen. So verarmt der Mensch, denkt sie, wenn sie sich ertappt, wie sie mit den Katzen spricht.

Eines Tages – Camille hat im Wald von Vincennes gemalt – beschleicht sie wieder das unangenehme Gefühl, jemand folgt ihr. Wer hat Interesse daran? Es gibt nur einen, der eifersüchtig über ihr Werk wacht und nicht zulassen will, daß sie ihn überflügelt. Es gibt nur einen! Und er hat so viel Geld, daß er in dieser käuflichen Welt genügend arme Teufel dingen kann, die sie überwachen und bespitzeln. Argwöhnisch dreht Camille sich um. Es ist offensichtlich, daß der Mann ihr folgt. Er beschleunigt sogar seine Schritte, um sie einzuholen. Er will sie fragen. Ausfragen. Aushorchen über ihre Pläne. Sie versucht davonzurennen.

«Camille!»

Wie angewurzelt bleibt sie stehen. Wer wagt es, sie beim Vornamen zu rufen? «Camille, bist du es wirklich … ein solcher Zufall … Ich suche dich schon seit Jahren …, du wohnst nicht mehr in der Rue de Turenne!?»

Charles. Es ist ihr Cousin Charles Thierry. Ein bärtiges, faltiges Gesicht. «Oh, Charles», stammelt Camille, «... sind wir alt geworden!»

Charles wohnt in Paris. Er ist verheiratet, hat Kinder. Er lebt in ärmlichen Verhältnissen. Aber er ist aus Villeneuve. Er ist ein Teil ihrer Kindheit. Er ist aus der Familie, auch wenn die Mutter Charles' Briefe unbeantwortet ließ, weil sie keinen Kontakt mit der heruntergekommenen Verwandtschaft wünschte. Camilles Mutter gab ihm keine Auskunft über deren neue Adresse.

57.

Als Henri Asselin eines Abends den Quai de Bourbon entlangeilt, ist er überrascht, die sonst verdunkelte und verschlossene Parterrewohnung hell erleuchtet zu sehen. Lachen und Singen dringen nach draußen. Asselin versichert sich, daß es Camilles Wohnung ist. Er findet die Tür unverschlossen. Ein bestürzender Anblick. Inmitten von Marmor, Steinen, Terrakotten, Tonmodellen, über denen die feuchten Tücher liegen, eine fröhliche Gesellschaft zwielichtiger Gestalten in den beiden Räumen, die Camille als Atelier dienen. An den Tischenden, wie durch ein Wunder freigeräumt, Platz für Teller und Gläser. Keine Möbel, noch irgendein wohnliches Element. Camille steht im Türrahmen der beiden Atelierräume. Sie hat Toilette gemacht, trägt ein extravagantes Kleid, das einem Kostümverleih ausgeborgt scheint. Eine Frisur, von Bändern und Federn gehalten, in bunten, leuchtenden Farben. Und sie lacht, als sie Asselin erblickt. Sie lacht ihr tönendes, fast ungestümes Lachen. Sie stellt ihm ihren Cousin Charles vor. Charles aus Villeneuve. Kindheitserinnerungen. Charles, der einzige Verwandte, der zu ihr steht. Einst hatte er ihr aus Großvaters Tongruben die rote Erde in Säcken in die Scheune geschleppt. Charles ist mit seinen Freunden gekommen. Charles Freunde sind auch ihre Freunde. Seltsame Figuren. Verkrachte Existenzen? Hat er sie unter Brücken aufgelesen?

Ja, sie gibt heute ein Fest. Aus doppeltem Anlaß. Sie hat Charles gefunden, und sie hat ein Werk verkauft. Asselin überfliegt mit den Blicken das Atelier. Das einsame junge Mädchen ist fort, das auf dem dürftigen Holzstuhl kauert, den Kopf an den Kamin gelegt und sich in Träumen vergißt. Kitsch verkauft sich am leichtesten. Bittere Erfahrung Camilles, die leben muß. Glatt polierter Marmor, süßes, ausdrucksloses Gesicht. Nur in der Haltung – die typisch Claudelsche Wahrheit.

Camille gießt Asselin Champagner ein. Wieviel Flaschen hat sie gekauft? Er fließt in Strömen. Einer von Charles' Freunden zieht ein Leinentuch. Für den Moment tritt Unwille und Ärger in Camilles Gesicht. «Das Tuch bleibt über der Büste!» Camilles begonnene Arbeit von Asselin. Charles tippt auf Pauls Büste, die schon in Bronze gegossen ist. «Mein berühmter Cousin. Schriftsteller und Diplomat. Man bekommt Komplexe! Aber auf der Straße läuft er an einem vorbei. Der will keinen mehr kennen.»

Charles ist bereits angetrunken. Er hat eine verblüffende Ähnlichkeit mit Paul, zieht eine Grimasse.

Camille legt den Arm um ihn.

«Erinnerst du dich an das Spiel von Räuber und Prinzessin?» In Charles schwerem Blick taucht die Erinnerung auf. Verlegenes Lächeln. Wieder das ungestüme, erschütternde Lachen bei Camille. Unbeholfen bindet Charles ihr das Haar mit den bunten Bändern auf.

Asselin geht. Dieser Abend kann ihn nicht erfreuen und nicht erheitern.

Die begonnene Büste. Asselin hatte versprochen, weiterhin Modell zu sitzen, kostenlos. Er ist überzeugt, es wird ein gutes Werk. Was sich bereits erkennen läßt, spricht davon.

Tage sind vergangen. Er ist für seine Zeitung unterwegs

gewesen. Jetzt hat er frei. Asselin sucht Camille auf. Er klopft lange. Niemand öffnet. Die Fensterläden sind fest verschlossen. Doch im Inneren hört er Geräusche. Er ruft Camille beim Namen. Er fragt, ob etwas passiert, ob sie krank sei.

«... nach langen geheimen Versicherungen wurde mir die Tür geöffnet. Ich stand einer vor Angst zitternden, fast ohnmächtigen Camille gegenüber. Sie hatte sich mit einem Besenstiel bewaffnet. Sie sagte mir: ‹Diese Nacht haben zwei Individuen versucht, meine Fensterläden aufzubrechen. Ich habe sie wiedererkannt. Es waren zwei italienische Modelle von Rodin. Er hat ihnen den Auftrag gegeben, mich zu töten. Ich bin ihm im Wege. Er will mich verschwinden lassen.› »

Was kann Asselin für sie tun? Nichts. Er versucht Camille auszureden, daß Rodin sie töten wolle. Asselin hat einen Dienstauftrag erhalten. Er muß ebenfalls nach China. Er kann nur den Cousin Camilles benachrichtigen, ab und zu nach ihr zu sehen.

Camille ist aufs höchste beunruhigt. Die des Nachts versuchten, bei ihr einzubrechen, was wollten sie? Sie hält in dieser armseligen Wohnung keine Schätze versteckt. Schätze anderer Art – gewiß – für Leute, die keine Ideen und keine Inspirationen haben. Geistiger Raub also. Sie wollten fortschaffen, was sie an Entwürfen, an fertigen Arbeiten fanden. Was sonst? Eine Axt. Sie braucht eine Axt. Nichts wird in die Hände dieser Banditen fallen. Sie muß ihr Werk zerschlagen, zerstückeln, unkenntlich machen. Ihre Ideen verstecken, vernichten. Es tut gut, so weit auszuholen. Es tut gut, das Haupt der Medusa zu zerschlagen. Und noch einmal und noch einmal. Wunderbar, die Kraft ihrer Arme zu spüren. Pardon, Monsieur Asselin, Ihre Büste wäre zu schön geworden ... Die Frau am Kreuz, diese Idee von Paul darf nicht in die Klauen des anderen gelangen. Gekreuzigt und mit der Axt erschlagen. Der Schlag hat nicht gesessen, Monsieur Asselin. Ihre Büste muß sterben, wie die Rose, die gerade erblüht ist. So ist das Leben. Pardon, Comtesse Maigret. Zwei Atelierräume. Sie hat zu tun. Trümmer. Ruinen. Nichts ist mehr zu holen, Monsieur Rodin. Ihre kurzsichtigen Augen finden nichts mehr.

Charles läßt einen Kärrner kommen, der alles fortschaffen muß. Diese elenden Trümmer. Sie gehen an die Befestigungsanlagen.

Der Cousin getraut sich nicht, Camille sich selbst zu überlassen. Platz für eine Matratze findet sich in seiner engen Wohnung noch. Er nimmt Camille zu sich. Er muß sie ihrer Einsamkeit entreißen, in der ihre Phantasie Ungeheuer gebiert, wenn niemand bei ihr ist, mit ihr redet, sie ablenkt und auf alltägliche, normale Dinge orientiert. Die Kinder, sie sind die besten Heilmittel. Sie vermitteln Camille das Gefühl, geliebt und gebraucht zu werden. Sie sind viel krank. Der Größte ist ein richtiger Clochard geworden. Er kommt selten nach Hause, eigentlich nur, wenn er weiß, Camille ist dort.

Für Wochen bleibt Camilles Wohnung am Quai de Bourbon verschlossen. Niemand der Nachbarn weiß, wo sie sich aufhält. Dann ist sie eines Tages wieder da, zur Ruhe gekommen, mit neuen Ideen, mit Lust zur Arbeit. Der Kreislauf beginnt von neuem.

Ein neues Werk.

Es nennt sich «Niobe». Die Haltung der Sakuntala — Liebesleid, erstarrt in Teilnahmslosigkeit. Und doch ein neues, grausames Werk. Camille vermag den weiteren Schritt ihrer eigenen Zerstörung im Stein festzuhalten. Niobe versteinert im Leid um ihre getöteten Kinder zu einem weinenden Felsen. Der Akt der Versteinerung hat bereits begonnen. Entstellend verschwindet das Menschliche, die Wärme, die Seele.

Erschütterung und Grauen.

Wer ist der Schuldige?

Der Staat hat einen Auftrag für den Bronzeabguß gegeben. Er wird verzögert. Er zieht sich hin. Ungeduld bei Camille und Angst, die in Verdächtigungen gipfelt. So schreibt sie am 4. April 1904 an Eugène Morand: «... Mit allen möglichen Mitteln hat Rodin versucht, sich meiner verschiedensten Ideen zu bemächtigen, verschiedene Skizzen, die er gern haben wollte, und da er bei mir auf einen hartnäckigen Widerstand gestoßen ist, wollte er es mit Gewalt erzwingen. Er hat mich mit Elend überhäuft, weil ich ihm nicht gab, was er wollte. Das ist seine Gewohnheit. Das ist infame Ausbeutung, zu der sich das große Genie gezwungen sah, um zu Ideen zu kommen, die ihm versagt blieben.

Ich habe jedoch die Ehre, vor Ihren Augen gegen diese unwürdige Behandlung zu protestieren und von Ihnen die sofortige Auslieferung meiner Gipsstatue zu fordern, die sich, nach meinen Vermutungen, nicht im Marmorlager befindet, sondern im Atelier des großen Mannes, der dabei ist, sie nachzuformen – wie er es mit all meinen Werken gemacht hat, eines nach dem anderen ...»

Noch im gleichen Jahr wird die «Niobe» in Bronze gegossen.

Eines Abends, als Rodin spät am Abend von Paris nach Meudon zurückkehrt, empfängt ihn Rose aufgebracht und zeternd.

Jene habe es gewagt, bis auf das Grundstück zu kommen, sich in der Dämmerung dort zu verstecken und die Rückkehr Rodins abzuwarten, um einen Blick auf ihn zu werfen. Rose nennt keinen Namen. Rodin weiß, wen sie meint. Nur ein Mensch vermag Roses Gesicht so vor Wut und Eifersucht zu verzerren. Als er Zweifel ausdrückt, er kennt Camilles Stolz, bestätigt ihm sein Sekretär, daß er schon an anderen Abenden eine dunkle Frauengestalt hinter den Büschen habe kauern sehen.

Rodin geht noch einmal in den Garten. Er findet niemanden. Er bleibt lange draußen. Unwiederbringlich jene Zeit mit Camille. Jetzt hat er es begriffen. Auch die Artikel ihres Bruders. Er war Kummer gewöhnt. In seiner Fürsprache für Camille als ihr Meister war er zurückhaltender geworden. Im «Perseus» hat sie einen Klassizismus bewiesen, den er nie erreichen würde. Will er auch nicht. Aber er will auch nicht hören, daß sie besser ist als er. Sein Herz bleibt ruhig bei dem Gedanken an Camille. Einer gewissen Schwermut kann er sich nicht entziehen. Sie hat sich über sein Wesen gelegt. Ein wenig posiert er mit dieser Schwermut.

Jetzt ist er aufmerksamer, wenn er abends nach Meudon kommt. Einmal glaubt er Camille hinter den Thujabäumen zu entdecken. Ungläubig ruft er ihren Namen. Ein dunkler Schatten flieht die Straße nach Val Fleury hinunter.

58.

Jeden Frühsommer das gleiche. Camille ergreift die Axt und zerschlägt, was sich in ihrem Atelier an neuen Arbeiten findet. Niemand stellt sich schützend vor ihr Werk. Charles kann nicht kommen. Sein Kind ist schwer krank.

Unruhige Wochen und Monate.

Dafür kommt Paul. Es ist Sommer 1909. Paul – glücklicher Vater zweier Kinder. Folgende Eintragung findet sich in seinem Tagebuch:

«Paris. Camille ist verrückt, die Tapete in langen Fetzen von den Wänden gerissen. Ein einziger zerbrochener, zerschlissener Sessel. Schrecklicher Schmutz. Sie, dick und schmutzig, redet unaufhörlich mit einer monotonen, metallischen Stimme.»

Was tut der Bruder? Nicht viel. Er läßt Ordnung schaffen, die Katzen aus der Wohnung bringen. Er kauft ihr ein neues Kleid, ein Paar neue Schuhe. Er merkt, daß sie sich wieder fängt.

Paul will nicht, daß sie wieder zu Charles geht. Das sei kein Umgang. In Villeneuve wurde ruchbar, daß Charles sich um sie kümmerte und nicht die «ehrenwerte» Familie. Hat Camille vergessen, daß Charles' Mutter früher des öfteren gekommen ist wegen einer Tasse Zucker oder ein paar Eiern, weil der Onkel das Geld vertrank?

Warum will Camille nicht in ein Kloster gehen?

«Laß mich in Ruhe! Laß mich in Ruhe mit solchen Vorschlägen!»

Paul wollte Camille eigentlich seiner Frau vorstellen. Es ist unmöglich. Camille ist nicht zumutbar. Man muß sich ihrer schämen. Reine, seine Frau, hatte den Artikel gelesen, den Paul über seine Schwester schrieb. Eine große, eine wunderbare Künstlerin. Wie soll Paul jetzt erklären, wie es mit Camille steht?! Sie benimmt sich nicht so, sie lebt nicht so, daß man sich ihr zuwenden kann. Ihr Beruf bringt ihr nicht den Erfolg. Ihre Armut wirft ein schlechtes Licht auf den Namen Claudel. Und was sie redet – Rodin bestiehlt sie, Rodin, Rodin.

Wenn sie in ein Kloster gehen würde, wäre sie wenigstens aus der Öffentlichkeit!

Paul schreibt an seinen Vater, der sich ständig um Camille Sorgen macht. Schreibt er etwas Beunruhigendes? Denn dieser antwortet ihm:

«Zum erstenmal höre ich andere Dinge als Verfluchungen. Und das erfüllt mich mit tiefer Dankbarkeit. Ich werde Dir die Summe von 200 Francs schicken, um die Du mich für Camille gebeten hast. Vor Jahren schon wollte ich, daß Deine Mutter nach ihr schaut, ihre Aussteuer und ihr Mobiliar prüft – aber ich habe mich niemals über Camille verständlich machen können, ohne widerwärtige Szenen heraufzubeschwören. Schließlich – das Kaufhaus Galerie Lafayette hat ihr vor einiger Zeit, auf unsere Veranlassung hin, das notwendige Leinenzeug zukommen lassen, persönliche Wäsche ... Ich will nicht in Einzelheiten gehen. Wir bezahlen ihre Wohnung, ihre Ausgaben, bis hin zum Fleischer, abgesehen von den kleineren Summen, die wir ihr von Zeit zu Zeit schikken, ob sie sie durch nicht frankierte Briefe gefordert hat oder nicht. Sie bittet uns um 20 Francs – wir schicken ihr hundert. Oder sie bittet um nichts, und wir schicken ihr trotzdem hundert Francs — oft mehrmals im Vierteljahr.

Wenn Du Dich um Camille kümmern würdest, würdest Du mir einen großen Dienst erweisen, und ich bin Dir zutiefst dankbar. Du hast keine Vorstellungen von meinen Sorgen, meinen Mühen, meinen Qualen. Im Moment durchlebe ich die reinste Folter ... Ich hätte es so gern, wenn Camille uns von Zeit zu Zeit besuchen würde. Deine Mutter will davon nichts hören, aber ich frage mich, ob das nicht das Mittel wäre, diese rasende Verrückte zu beruhigen, wenn nicht gar zu heilen ... Ach, wenn ich Dein Talent hätte, welch schönen und interessanten Roman würde ich von meinem Qualenregister schreiben.»

Paul wird nach Prag berufen. Er kann der Bitte seines Vaters, sich um Camille zu kümmern, nicht nachkommen. Er hat keine Zeit und keine Muße dafür. Um sein Gewissen zu beruhigen, wird er Camille vorschlagen, einige ihrer Werke mit nach Prag zu nehmen, um sie dort auszustellen.

Darin wird sich seine Sorge erschöpfen.

Im selben Jahr, 1909, ein Brief von Camille an ihren Bruder:

«Ich zittere um das Schicksal des ‹Reifen Alters›. Was ihm passieren könnte, wäre schrecklich, wenn ich bedenke, was den ‹Schwatzbasen› geschehen ist, die ich 1890 ausgestellt habe. Von diesem Zeitpunkt an haben sich die verschiedensten Individuen ihrer bedient, um sich ihr Einkommen zu verschaffen. Unter ihnen eine Schwedin, Stahelberg de Frumeries, die eine Gruppe von ‹Schwatzbasen› ausstellte, mehr oder weniger abgeändert. Viele andere Maler und Bildhauer stellen zum gleichen Thema aus — ‹Geschwätz› oder ‹Unterhaltung› ... Und nach der ‹Kleinen am Kamin› sieht man in diesem Jahr in ganz Paris nichts anderes als Kamine, vor denen Frauen sitzen, stehen, schlafen usw. ... Dem ‹Reifen Alter› wird das gleiche passieren. Einer nach dem anderen werden sie sich seiner bedienen. Jedesmal, wenn ich ein neues Stück in Umlauf bringe, sind es Millionen, die zu den Formern, Gießern und Händlern fließen.

Im vorigen Jahr nahm ich mir einen Straßenjungen, der meine Sachen in den Wald trug. Er sah meine Skizze, die ich gerade machte: eine Frau mit einer Hirschkuh. Sonntags geht er nach Meudon, um Rodin Rechenschaft abzulegen, was er gesehen hat. Resultat: Dieses Jahr gab es drei Frauen mit Hirschkuh, genau nach meiner gearbeitet, natürliche Größe – 100 000 Francs.

Ein andermal tat mir eine Aufwärterin ein Narkotikum in den Kaffee, so daß ich zwölf Stunden, ohne aufzuwachen, schlief. In dieser Zeit betrat die Frau mein Badezimmer und entwendete mir ‹Die Frau am Kreuz›. Ergebnis – dreimal ‹Die Frau am Kreuz› – 100 000 Francs.

Danach wundern sie sich, daß ich die Tür zu meinem Atelier verschließe, daß ich mich weigere, ihnen diese Arbeiten zu geben, die aller Welt zugute kommen, nur mir nicht. Und das erstaunt sie!

Im vorigen Jahr drang mein Nachbar, der Herr Picard, Freund von Rodin, Bruder eines Sicherheitsinspektors, mit falschem Schlüssel bei mir ein. An der Wand hatte ich eine ‹Frau in Gelb›. Seitdem gibt es mehrere Frauen in Gelb, natürliche Größe, genau der meinen gleich, die er ausgestellt hat – 100 000 Francs. Und als ich meine ausstellen wollte, nahmen sie Revanche und verboten es mir.

Nimm nicht meine Skulpturen mit nach Prag; ich will auf gar keinen Fall in diesem Land ausstellen. Die Bewunderer, die dieses Kaliber dort hat, interessieren mich nicht ... Du hast recht: Gegen die Räuber seines Schlages vermag sich die Gerechtigkeit nicht durchzusetzen. Was man für diese Leute braucht, ist ein Revolver. Das einzige und wahre Argument. Denn wenn dieser ohne Bestrafung ausgeht, ermutigt er die anderen, die ungestraft meine Werke ausstellen und damit Geld machen, unter der Leitung des Herrn Rodin ...»

Dieser Brief gibt das Ausmaß der Bedrängnis und den Wahn preis, wie Camille es in diesen Jahren durchlebt.

Camille hat mit ihrer Kunst den Zeitgeschmack getroffen und viele Nachahmer gefunden, die mit der Gestaltung von Straßen- und Kaminszenen im Kleinformat viel Geld machten. Selbst im tiefsten Elend lebend, empfindet sie bei dem Anblick solcher Nachahmungen nicht Genugtuung, sondern das ohnmächtige Gefühl geistigen Raubes.

Ein Bekannter aus Villeneuve fährt nach Paris. Er soll bei Camille ein Paket abgeben. Wird in Villeneuve darüber geredet, wie die Tochter in Paris lebt? Die ganze Wohnung voller Katzen? Die Mutter will sich nicht Verantwortungslosigkeit nachsagen lassen. Sie will dafür sorgen, daß die Verfluchte in eine Anstalt kommt. Gerüchte solcher Art fliegen durch die Luft. Sie erreichen Camille, die sich entsetzt.

Doch Louis-Prosper erhebt schützend seine Hand. Soviel Kraft ist noch in ihm, soviel Respekt zollt man ihm, daß er so etwas verhindern kann. Dieses Kind ist bereits zu einer Verrückten erklärt worden, als es den Wunsch äußerte, Bildhauerin zu werden. Solange er lebt, läßt er nicht zu, daß man sie einsperrt. Man soll sie nach Villeneuve holen.

59.

Im Jahre 1909 taucht Rodin plötzlich in der Gesellschaft einer neuen Schülerin auf. So bezeichnet er sie. So stellt er sie vor. Schülerin? Er nennt die Vierzigjährige «seine Muse». Es ist die Gräfin Choiseul, Tochter eines New-Yorker Rechtsanwaltes französischer Herkunft, verheiratet mit dem Grafen Choiseul. Bluff und Dreistigkeit seien ihre hervorragendsten Eigenschaften gewesen. Zeitgenossen sehen sie so: «Pummelig, grell angemalt, laut, berstend vor Vitalität – war sie eine entschieden ordinäre Frau, eine Art internationales Flittchen, das dem Meister mit brillantenschweren Fingern durch das weiße Haar fuhr und das Personal mit parvenühaftem Hochmut behandelte. Freunde Rodins waren entsetzt. Man traf beide oft betrunken an ...»

Sie spielte sich auf in seinem neuen Haus in Paris.

Rainer Maria Rilke hat dieses Haus, als er noch Sekretär bei Rodin war, für ihn entdeckt. Das Hotel Biron.

Im 19. Jahrhundert hat es als Klosterschule gedient. Es war, als kirchlicher Besitz, enteignet worden. Räume wurden vom Staat vermietet, soweit sich jemand bereit fand, über die Mängel der Wärme- und Wasserversorgung hinwegzusehen. Der parkähnliche, ungepflegte Garten, abgelegen und in idyllischer Einsamkeit, ließ diesen Ort, dessen ganzes Erdgeschoß Rodin gemietet hat, für seine neue Affäre als günstiges Refugium erscheinen.

Seine neue Schülerin ... seine Muse – sentimentaler Versuch des Alters. Nostalgischer Ersatz für Unersetzbares. Rose sitzt wieder allein in Meudon.

Rilke, von Rodin eines Tages wie ein Dieb aus der Villa gejagt, schreibt über diese Zeit: «Jeden Tag ließ das Alter ihn eine lächerliche oder groteske Sache tun. Der Graf und Gräfin Choiseul umgaben ihn Tag und Nacht – wie eine Leibwache.

Rodin ist mehr und mehr am Boden, reizbar, wunderlich. Die wenigen nahen Freunde, die noch kommen, sind erschrocken über seine kindliche Geschwätzigkeit und vor allem über den Ausdruck einer Unruhe, die er zu verstecken versucht ...

Gerüchte kursieren. Man hätte zum wiederholtenmal die Gräfin von Choiseul das Biron verlassen sehen, abends, mit Aquarellen und eingerollten Zeichnungen unter dem Arm. Wenn sie zuviel getrunken hat, rühmt sie sich, Rodin ‹in der Hand zu haben›, den sie Verträge unterzeichnen läßt, in denen er ihr die Reproduktionsrechte von einem guten Teil seiner Arbeiten übertragen hat.»

Diese Affäre währt bis 1912. Dann jagt Rodin sie für immer davon und kehrt reumütig nach Meudon zurück.

«Meine gute Rose,
ich schicke Dir diesen Brief – als Ergebnis einer Überlegung, die ich über die Größe des Geschenkes angestellt habe, das mir Gott gemacht hat, indem er Dich mir an die Seite gab.

Setze dieses in Dein großzügiges Herz.

Dein Freund

Auguste Rodin.»

60.

Der Gedanke, daß in Villeneuve das Vorhaben geschürt wird, sie in eine Anstalt zu sperren, macht Camille angst. Sie versucht, so unauffällig zu leben wie nur möglich, sich kaum in Erinnerung zu bringen.

Am Sonntag, dem 2. März 1913, stirbt Louis-Prosper in Villeneuve. Paul, nun Familienoberhaupt, kommt zur Beerdigung, die am Dienstag darauf stattfindet. Camille wird nicht vom Tode ihres Vaters und nicht vom Datum seiner Beisetzung benachrichtigt. Charles teilt es ihr mit.

Camille ist betroffen. Ihr Vater ist tot? Vater ist bereits beerdigt? Und sie, die immer wähnte, seine Lieblingstochter zu sein, sie weiß davon nichts? Wollte der Vater nicht, daß sie noch einmal an sein Bett tritt?

Camille drängt es, von ihrer Bitterkeit zu schreiben. Sie schreibt umgehend an Charles – am Morgen des 10. März 1913, dem letzten Tag ihres Lebens, den sie in Freiheit verlebt:

«Der arme Papa hat mich niemals so gesehen, wie ich wirklich bin. Man hat ihn immer glauben gemacht, daß ich eine hassenswerte Kreatur sei, undankbar und böse; das war notwendig, damit sich die andere alles aneignen konnte.

Ich habe in aller Eile verschwinden müssen. Obwohl ich mich in meinem Winkel so klein wie möglich mache –

bin ich immer noch zuviel. Man hat versucht, mich in ein Irrenhaus einzusperren aus Furcht, daß ich dem kleinen Jacques schaden könnte, wenn ich meine Rechte einfordere. Wenn ich das tun würde, hätte ich das Unglück, dort zu landen. Louise hat ihre Hand auf das ganze Geld der Familie gelegt – mit Unterstützung ihres Freundes Rodin. Und wenn ich Geld brauche – und sei es noch so wenig, denn man braucht schließlich etwas –, verachte ich mich selbst, wenn ich darum bitte ... Nach Villeneuve zu gehen wage ich nicht ..., außerdem habe ich kein Geld, nicht einmal Schuhe ...»

Am Dienstag, dem 4. März 1913, wird Louis-Prosper Claudel beerdigt. Unmittelbar an der Kirche haben die Claudels ihre Grabstätte. Sie ist die größte und anspruchsvollste dieses kleinen Totenackers, so wie es ihrer gesellschaftlichen Stellung in Villeneuve entspricht. Zwei große Grabsteine für die Eltern, zwei gleich große für die Töchter. Vorsorge des Vaters. Ein Stein wird leer bleiben.

Hat das Triumvirat der Familie wenigstens gewartet, bis der Vater unter der Erde lag, ehe es sich zusammensetzte und den unheilvollen Beschluß faßt? Wer drängt? Wer spricht als erster? Ist es Louise, die endlich beruhigt sein will, daß das Erbe der Mutter nicht mit Camille zu teilen ist? Ist es die Mutter, die den großen Triumph über ihren Mann jetzt genießen will? Oder ist es Paul – als Familienoberhaupt bestrebt, daß über die ständige Skandalperson der Familie Schweigen gelegt wird?

Paul fährt am Mittwoch nach Paris. Er will Dr. Michaux aufsuchen, der ihm ein medizinisches Gutachten anfertigen soll, das dazu berechtigt, Camille in eine geschlossene Anstalt einzuweisen. Gemäß dem Gesetz von 1838 reicht ein solches Schreiben aus. Dr. Michaux wohnt ebenfalls am Quai de Bourbon, im Nachbarhaus von Camille. Wie fühlt sich Paul, als er an diesem Tag versucht, ungesehen und unbemerkt an Camilles Wohnung vorbeizukommen?

Am Freitag, dem 7. März, sucht Paul den Direktor der Anstalt von Ville-Evrard auf, der schon im Besitz dieses

Gutachtens ist, aber noch eine Korrektur fordert. Dadurch verzögert sich die Einlieferung und erfolgt nicht am Sonnabend, sondern erst am Montag, dem 10. März 1913.

Für *dreißig* Jahre.

Paul trägt in sein Tagebuch ein: «März 1913. Camille um 10 Uhr morgens in Ville-Evrard eingeliefert. Ich habe mich die ganze Woche lang elend gefühlt. Die armen Irren in Ville-Evrard. Die vertrottelte Alte. Die, die fortwährend leise auf englisch vor sich herschwatzte, wie eine kranke Meise. Das sinnlose Geschrei der anderen. Hokkend im Flur, den Kopf auf die Hände gestützt. Schreckliche Traurigkeit dieser Seelen ...»

Am 14. März 1913 schreibt Camille einen Brief an Charles.

«... Kaum hatte ich den letzten Brief zur Post gebracht, kam ein Auto bis zu mir nach Hause, um mich in eine Anstalt zu bringen. Ich bin – so glaube ich wenigstens – in dem Heim von Ville-Evrard. Wenn Du mich besuchen kommen kannst, so laß Dir Zeit – denn ich darf nicht ausgehen. Man hält mich hier fest, und man will die Bestimmungen nicht lockern ...»

Am 21. März klingt ihr Brief an Charles bestürzt.

«... Ich bin beunruhigt. Ich weiß nicht, was mit mir passieren wird. Ich fürchte, daß es ein schlechtes Ende mit mir nimmt. Alles erscheint so bedrohlich. Wenn Du an meiner Stelle wärst, würdest Du es ebenso empfinden. Das also ist der Lohn für die Mühen so vieler Arbeit und Begabung! Niemals einen Sou. Mein ganzes Leben in jeglicher Art gequält. Allem beraubt, was Lebensglück ausmacht – um nun so zu enden.

Erinnerst Du Dich an den armen Marquis von Souvencourt, vom Schloß de Muret – Deinen Exnachbarn? Er kam nur, um zu sterben – nachdem er dreißig Jahre eingesperrt gewesen war. Es ist schrecklich. Man kann es sich nicht vorstellen ...»

Am 17. März 1913 schreibt der Chefarzt des Irrenhauses von Ville-Evrard an Paul: «Sie können Mademoiselle

Claudel besuchen, wenn Sie wieder in Paris sind, falls sich in ihrem Geisteszustand keine Komplikationen ergeben haben, was kaum wahrscheinlich ist. Gesundheitlich geht es ihr recht gut.»

Charles, der von der Claudelschen Familie verleumdete und verachtete Verwandte, ist der einzige, der etwas tut. Er alarmiert die Presse. Er legt ihr Camilles Briefe vor, die nicht die einer Verrückten sind. Die demokratische, antiklerikale Bezirkszeitung «L'Avenir de l'Aisne» ist die erste, die den Fall Camille Claudel an die Öffentlichkeit bringt. Sich auf die Würdigung Pauls beziehend, daß Camille Claudel eine talentierte große Bildhauerin ist, fährt sie dann fort: «Dennoch ist eine monströse und fast unglaubliche Sache geschehen. Männer sind brutal bei ihr eingebrochen und haben sie, trotz Protestes, in einem Wagen verschleppt und diese große Künstlerin in ein Irrenhaus eingesperrt, herausgerissen aus ihrer Arbeit, im vollen Besitz ihres Talentes und ihrer geistigen Kräfte.»

Dann greift die Pariser Presse ein. Ihr geht es vor allem um jenes willkürliche Gesetz von 1838. «Es gab Naive, die sich einbildeten, die Bastille wurde am 14. Juli 1789 zerstört. Die Bastille von heute trägt den Namen des Gesetzes vom 30. Juni 1838 und ist unendlich mörderischer, krimineller und zweifelhafter als die alte. Jedes Jahr sperrt man hier in Frankreich — aus Rache oder um sich Geld und Gut anzueignen — 400 bis 500 Personen ein, die absolut gesund an Geist und Körper sind ... Es gibt zwei Möglichkeiten, eine unerwünschte Person aus der Gesellschaft zu liquidieren — durch Mord oder durch eine Einsperrung in eine Irrenanstalt ...» Zum Ende des Artikels wird der Fall Camille angeführt. Die Einweisung war in eine Einsperrung umgewandelt worden.

Im Dezember bekräftigt die Bezirkszeitung noch einmal ihre feste Absicht und Entschlossenheit, Camille aus der Anstalt zu befreien. Sie hat in Erfahrung gebracht, daß Camilles Einweisung auf Betreiben der Familie erfolgte.

Nun wird die Familie angegriffen.

Und Paul. Ihm wird die Einweisung zur Last gelegt. Der Grund, klerikale Rache. Es war bekannt, daß Camille ein ebensolcher Freidenker war wie ihr Vater.

Seit Oktober 1913 ist Paul Generalkonsul in Hamburg. Er reagiert nicht auf diese öffentlichen Vorwürfe. Keine Rechtfertigung. Keine Verteidigung. Absolutes Schweigen.

Er schreibt in sein Tagebuch: «Wilde Verleumdungen gegen uns wegen Camilles Einweisung in Ville-Evrard ... Sie denunzieren es als ‹klerikales Verbrechen›. Nun gut. Ich habe so viel ungerechtes Lob erhalten, daß diese Verleumdungen gut und erfrischend sind; das ist das normale Los eines Christen.»

Paul hat eine klägliche Moral bewiesen.

Es war eine feige und hinterhältige Einweisung, zu der er sich zeit seines Lebens weder vor Camille noch vor der Öffentlichkeit bekennt. Die Mutter tut alles, um eine Ausweitung dieses öffentlichen Skandals zu verhindern. Sie ordnet an, daß keiner der Briefe Camilles mehr die Anstalt verläßt und daß Camille keine Post und keinerlei Informationen mehr von draußen erhalten darf.

Ein teuflischer Plan. Da Camille nicht vermutet, daß ihre Einweisung von ihrem Bruder und der Familie kommt, sucht sie Erklärungen. Die totale Uninformiertheit, das quälende Bedürfnis, sich Klarheit zu verschaffen, und das befremdliche Verhalten der ihr Nächsten lassen Mutmaßungen zu, die den Falschen treffen und die der Mutter und den Ärzten bestätigen: Verfolgungswahn. Berechtigter Grund, sie hinter verschlossenen Pforten zu halten.

Die Mutter schreibt am 16. Januar 1915 an den Direktor der Anstalt.

«... Sie schreibt mir in einem ihrer Briefe, daß sie nach allen Seiten eine Vielzahl von Briefen verschickt.

Ich hoffe doch, daß diese bei Ihnen bleiben, denn ich habe schon mehrfach angeordnet, daß man niemals diese verfluchten Briefe, an wen auch immer sie gerichtet sind, abschickt, die uns im letzten Jahr soviel Ärger verursacht haben. Außer an mich und an ihren Bruder Paul untersage ich in aller Form, daß Post von ihr befördert wird noch daß sie irgendeine Information, einen Besuch oder einen Brief erhält.

P. S. Besondere Aufmerksamkeit empfehle ich auf die Briefe zu richten, die Frl. Claudel schreiben oder empfangen könnte von einem Charles Thierry, sogenannter Cousin, der der infamste Taugenichts ist.»

Und am 15. Februar 1915:

«Gleicherweise bitte ich Sie, keine ärztlichen Gutachten zu verschicken, bevor wir nicht über den Inhalt und den Adressaten unterrichtet wurden.»

Die Leitung der Anstalt ist der Meinung, daß Camille nicht in diese Einrichtung gehöre, und legt der Familie nahe, sie zu sich zu nehmen, da keine Bedenken bestünden. Diese Auffassung wiederholt sie mehrmals.

Rodin erfährt von Camilles Einweisung erst durch heftige Pressekampagnen. Ein letztes Mal versucht er, ihr zu helfen.

Er tut es über Mathias Morhardt.

«Ich wünsche, daß Sie sich für Mademoiselle Claudel einsetzen, daß sie Erleichterung jeglicher Art erfahre, bis sie diese Hölle hinter sich lassen kann. Ich werde Geld geben. Sie, der Sie wie ich ein Bewunderer ihrer Kunst sind, werden es für mich arrangieren?»

Morhardt versichert Rodin, daß auf ihn absoluter Verlaß sei. Doch hat er Schwierigkeiten, das von Rodin zur Verfügung gestellte Geld Camille zugute kommen zu lassen. Die Familie lehnt es ab, Geld von Monsieur Rodin oder seinen Mittelsmännern anzunehmen. Morhardt versucht es über die Verwaltung der Schönen Künste. Eine jährliche Zuwendung von fünfhundert Francs, von Rodin gezahlt.

Im Juni 1913 macht Morhardt den Vorschlag, als es ihn unwahrscheinlich dünkt, Camille jemals wieder jenseits jener «Hölle» zu sehen, daß Rodin ihrem Werk einen Saal in seinem «Hotel Biron» einräume, um sie zu ehren und ihr Werk nicht in Vergessenheit geraten zu lassen.

Rodin schreibt an Morhardt: «Ich bin glücklich, daß Sie sich – und vor allem so diskret – für Mademoiselle Kratzbürste verwenden. Was das Hotel Biron betrifft, ist noch nichts endgültig. Der Gedanke, einige Skulpturen von Mademoiselle Kratzbürste aufzunehmen – bereitet mir großes Vergnügen.

Dieses Hotel ist zu klein, und ich weiß noch nicht, wie es mit den Sälen zu arrangieren wäre.

Es bedarf noch einiger Rekonstruktionen – für sie und für mich.»

Noch immer das Jahr 1913. Es neigt sich seinem Ende zu. Rodin erleidet einen Schlaganfall. Er kann die rechte Hand nicht mehr bewegen. Das Sprechen macht ihm große Mühe. Der Arzt ist besorgt. Die junge Judith Cladel, die seine Biographie schreiben will, bietet sich als Krankenschwester an. Rodin glaubt, er muß sterben. Einen Wunsch hat er. «Meine Frau soll kommen!» Man führt Rose herein. Mit der linken Hand macht er eine schwache Bewegung der Abwehr.

«Nicht die – die aus Paris soll kommen! Hat sie genug Geld?»

Er kommt wieder zu Kräften.

September 1914 – Kriegswirren. Camille wird von Paris nach Montdevergues verlegt, eine Anstalt in der Gemeinde Montfavet, in der Nähe von Avignon.

Im Juli 1916 erleidet Rodin einen zweiten Schlaganfall. Er unterzeichnet ein Testament, das Rose Beuret als Erbin einsetzt mit der Abmachung, daß diese wiederum alles dem Staat hinterlassen wird. Im Februar 1917 ehelicht Rodin in seinem Wohnzimmer in Meudon Rose Beuret, die drei Wochen darauf stirbt. Zur Trauung hat sie sich von ihrem Krankenbett erhoben, ihr bestes Rüschenkleid angezogen und auf die Frage, ob sie Rodin ehelichen möchte, geantwortet: «Von ganzem Herzen.»

Rodin überlebt sie nicht lange. Sein Haus vereinsamt mehr und mehr.

Ein verwirrter alter Mann, dem man Papier und Schreibzeug außer Reichweite genommen hat, daß er nicht sein Testament ändere. Noch immer ist Krieg. Es gibt keine Kohle. Der Spätherbst ist ungewöhnlich kalt. Das alte Haus bleibt ungeheizt. Rodin erfriert in einer Novembernacht.

61.

Briefe aus der Anstalt:

1915

«Mein lieber Paul,
ich habe mehrere Male an Mama geschrieben, sowohl nach Paris wie auch nach Villeneuve — ohne eine einzige Antwort zu erhalten.

Du selbst hast mich Ende Mai besucht und mir versprochen, Dich um meine Angelegenheit zu kümmern und mich nicht solch einer gänzlichen Verlassenheit zu überliefern.

Wie kommt es, daß Du mir seitdem nicht ein einziges Mal geschrieben hast oder mich besuchen gekommen bist? Glaubst Du, es sei amüsant für mich, wenn die Monate verstreichen und die Jahre, ohne irgendeine Neuigkeit, ohne irgendeine Hoffnung.

Woher kommt eine solche Roheit? Wie beeinflußt man Dich, daß Du Dich solcherart abwendest? Ich möchte es gerne wissen.

Ich habe Mama geschrieben und sie gebeten, mich nach Sainte-Anne bei Paris überführen zu lassen. Das würde mir erlauben, näher bei Euch zu sein und mir Klarheit zu verschaffen — durch Euch — über die verschiedensten Punkte, die ich nicht begreife …

Wenn man mich nach Sibirien verbannen würde — würde es mich auch nicht wundern!

Du kannst Mama sagen, daß, wenn sie Angst haben sollte, daß ich Ansprüche auf das Vermögen von Villeneuve erheben sollte, ich nicht die Absicht habe; ich würde es vorziehen, Jacques eine Schenkung zu machen von allem, was mir zusteht – wenn ich den Rest meines Lebens in Ruhe verbringen könnte ...»

Camille sorgt sich in der Anstalt um ihre Mutter. Sie schreibt 1915 an eine ehemalige Patientin von Montdevergues zum Ableben von deren Mutter:

«... dieser Tod berührt mich besonders, denn ich habe immer Angst, daß Mama das gleiche passieren könnte, während ich hier eingeschlossen bin. Welch ein Unglück, wenn Mama stürbe und ich hier nicht fort kann. Welche Sorge für mich! Mama gesteht es nicht – aber sie ist nicht glücklich! Wenn ich daran denke, daß mein armer Vater starb, ohne daß ich es wußte, daß er nach seiner Tochter rief, seiner Tochter! – und daß seine Tochter nicht kommen konnte ...»

Camille schreibt an Paul:

«Zu dieser Festzeit denke ich ständig an unsere liebe Mama. Seit dem Tag Eures unheilvollen Entschlusses, mich in die Irrenanstalt zu stecken, habe ich sie nie mehr gesehen! Ich denke an das Porträt, das ich im Schatten unseres schönen Gartens von ihr gemacht habe. Die großen Augen, in denen sich ein geheimer Schmerz ausdrückte, das vor Entsagung geprägte Gesicht, die in völligem Verzicht auf dem Schoß gefalteten Hände ..., alles deutet auf Bescheidenheit hin, auf ein bis zum Äußersten getriebenes Pflichtgefühl, und so war unsere Mutter wirklich. Das Porträt habe ich nie wieder gesehen. Solltest du je etwas darüber erfahren, so sage es mir.»

Die Briefe der Mutter sprechen eine andere Sprache. Diese schreibt an den Direktor der Anstalt am 11. September 1915:

«... Meine Tochter bittet mich dringlichst, sie zu mir zu nehmen, um bei mir zu leben.

Das ist nicht möglich. Ich bin schon alt und will um gar

keinen Preis dieser Bitte nachkommen. Ich würde keine Autorität über sie haben und müßte unter all dem leiden, was ihr gefällt. Niemals werde ich einem solchen Vorschlag zustimmen. Sie hat uns lange genug nach ihrer Pfeife tanzen lassen ...

Sie beklagt sich über die Ernährung und auch, daß ihre Briefe nicht an ihre Freunde abgeschickt würden, die sie dort herausholten, wenn sie von ihrem Elend wüßten. Man hat ihr gesagt – und man hat damit großes Unrecht begangen –, daß dieses auf meine Anordnung hin geschieht – auch daß sie von niemandem Post erhält. Das war unnütz, ihr zu sagen, und könnte sie nur irritieren ...»

20. Oktober 1915.

«... meine Tochter wünscht, nach Sainte-Anne bei Paris verlegt zu werden. Ich frage mich höchst beunruhigt, wie sie mir fremde Briefe zukommen lassen kann, wenn nicht der Arzt oder Sie selbst sie ihr aushändigen. Ich will sie um gar keinen Preis von Ihnen forthaben ... Wenn man den Pensionspreis erhöhen sollte, damit sie es komfortabler habe – gut –, aber behalten Sie sie dort – ich bitte Sie inständigst ...

Sie hat alle Laster. Ich will sie nicht wiedersehen. Sie hat uns zuviel Schlechtes angetan. Ich flehe Sie nochmals an, sich zu informieren, durch wen sie Briefe befördern läßt, und ihr zu verbieten zu schreiben.»

6. September 1919:

«... Ihr Geisteszustand ist noch immer derselbe, immer noch glaubt sie sich als Opfer von allen, was absolut nicht wahr ist. Sie ist selbst ihr eigener Henker gewesen.»

Camille an die Mutter. 1917:

«Ich möchte so schnell wie möglich von hier weg. Ich weiß nicht, ob Du die Absicht hast, mich für immer hier zu lassen – das wäre mehr als grausam für mich ...

Laß mich hier nicht so ganz allein ...

... mir ein Asyl in Villeneuve zu verweigern! Ich würde keinen Skandal machen, wie Du glaubst. Ich würde zu glücklich sein, wieder ein ordentliches Leben aufnehmen zu können, um so etwas zu tun. Ich würde nicht wagen, mich zu rühren, soviel habe ich gelitten. Du sagst, daß man jemand bräuchte, der mich versorgt? Wie das? Ich habe niemals im Leben ein Dienstmädchen gehabt!

Ich bin dermaßen verzweifelt, so weiter zu leben wie bisher, daß ich keinem menschlichen Geschöpf mehr gleiche. Ich kann die Schreie all dieser Verrückten nicht mehr ertragen. Das zerreißt mir das Herz. Gott! Wenn ich doch in Villeneuve sein könnte! Ich habe das alles nicht gemacht, um mein Leben in einer Anstalt zu beenden!

Ich habe anderes verdient als das!»

Camille schreibt auch an Dr. Michaux. Am 25. Juni 1918, nicht wissend, daß dieser das Gutachten für ihre Einweisung schrieb.

«Monsieur le Docteur!

Vielleicht erinnern Sie sich nicht mehr an Ihre ehemalige Patientin und Nachbarin, Mademoiselle Claudel, die am 10. März 1913 aus ihrer Wohnung geholt und in eine Irrenanstalt gebracht wurde, die sie vielleicht niemals mehr verlassen wird. Das war vor fünf Jahren – und ich habe ein schreckliches Martyrium erlitten … Unnötig, Ihnen meine Leiden auszumalen. Ich habe letztens an Monsieur Adam geschrieben, Rechtsanwalt, dem Sie mich vielleicht empfehlen können. Er hat schon einige Male für mich prozessiert – mit großem Erfolg. Ich lasse ihn bitten, sich für mich einzusetzen. Von seiten meiner Familie habe ich nicht das geringste zu erwarten; unter dem Einfluß von schlechten Personen hören meine Mutter, mein Bruder und meine Schwester nur auf die Gemeinheiten, mit denen man mich überhäuft.

Man wirft mir vor (welch entsetzliches Verbrechen!), allein gelebt zu haben, mein Leben mit Katzen verbracht zu haben und unter Verfolgungswahn zu leiden. Auf Grund dieser Anschuldigungen bin ich seit fünfeinhalb Jahren wie eine Kriminelle eingesperrt, der Freiheit beraubt, der elementarsten Annehmlichkeit, was Heizung und Ernährung betrifft ... Vielleicht können Sie als Arzt Ihren Einfluß für mich geltend machen. Mama und meine Schwester haben die Anweisung gegeben, mich in dieser totalen Weise auszusperren. Keiner meiner Briefe darf nach draußen, und ich darf keinen Besuch empfangen.

Zu alledem hat sich meine Schwester meines Erbes bemächtigt und wird alles tun, daß ich niemals dieses Gefängnis verlasse.

Auch bitte ich Sie, mir nicht hierher zu schreiben und niemandem zu sagen, daß ich Ihnen geschrieben habe, denn ich schreibe Ihnen heimlich und gegen die Regeln dieses Etablissements. Wenn man es erfährt, würde es mir sehr großen Ärger bereiten ...

Was die ganze Lage erschwert, ist der geheime Einfluß von fremden Personen, die sich meines Ateliers bemächtigt haben und die Mama in ihren Fängen halten, um sie zu hindern, mich zu besuchen ...»

Camille an die Mutter. 2. Februar 1927:

«Ich habe lange gezögert, Dir zu schreiben, denn es war dermaßen kalt, daß ich kaum aufgestanden bin. Um zu schreiben, kann ich mich nur in den Salon begeben, wo sich alle Welt aufhält, und wo auch ein kleines, miserables Feuer brennt. Hier herrscht der Höllenlärm all der Teufel. Ich bin gezwungen, mich in meinem Zimmer zweiter Klasse aufzuhalten, wo eine eiszeitliche Kälte herrscht, so daß ich erstarrt bin. Meine Finger zittern und können kaum die Feder halten. Ich habe mich den ganzen Winter über nicht erwärmt. Ich bin bis ins Rückgrat erfroren. Durch die Kälte wie in zwei Teile geteilt. Ich bin sehr erkältet gewesen. Eine meiner Freundinnen, eine arme Lehrerin vom Lyzeum Fénélon, die sich hier niederlassen wollte, hat den Kältetod in ihrem Bett gefunden. Es ist schrecklich. Nichts kann eine Vorstellung von der Kälte in Montdevergues vermitteln! Und das dauert sieben Monate ...»

Camille an Paul. 3. März 1927:

«Es gibt keine Hoffnung, daß sich in diesem Irrenhaus

etwas ändert. Das Reglement ist notwendig für alle diese entnervten, gewalttätigen, schreienden, bedrohlichen Kreaturen, die von ihren Verwandten nicht ertragen werden können, so unangenehm und schädlich sind sie. Und wie kommt es, daß ich gezwungen bin, sie zu ertragen? Es ist schrecklich, hier mittendrin zu leben ...

Mein Traum wäre, sofort nach Villeneuve zu dürfen und nie mehr fort zu müssen. Die Scheune in Villeneuve wäre mir lieber als hier ein Platz erster Klasse. Es tut mir weh, mit anzusehen, wie Du Geld für eine Anstalt ausgibst. Geld, das mir nützlicher wäre, um schöne Werke zu schaffen und angenehmer zu leben. Welch ein Unglück. Mir ist zum Weinen. Und welch ein Glück, wenn ich mich in Villeneuve wiederfinden könnte. Dieses schöne Villeneuve, das nichts Vergleichbares hat auf dieser Welt.»

Camille an Paul. Nach 1929:

«Mein lieber Paul,

ich muß mich verstecken, um Dir zu schreiben, und ich weiß nicht, wie der Brief zur Post kommt, denn die Frau, die mir gewöhnlich diesen Dienst erweist (gegen ein Schmiergeld), ist krank. Die anderen denunzieren mich beim Direktor wie eine Kriminelle. Nun sag selbst, Paul, daß Deine Schwester im Gefängnis ist. Im Gefängnis zusammen mit Verrückten, die den ganzen Tag heulen, Grimassen schneiden und unfähig sind, drei vernünftige Worte zu formulieren. Diese Behandlung seit mehr als zwanzig Jahren — man bestraft eine Unschuldige. Solange Mama noch gelebt hat, habe ich nicht aufgehört, sie zu bitten, mich von hier fortzuholen, mich sonstwo hinzubringen — in ein Krankenhaus, in ein Kloster —, aber nicht zu diesen Verrückten. Jedesmal bin ich gegen eine Mauer gelaufen. In Villeneuve scheint es — sei es unmöglich. Warum? Man bräuchte einen Pfleger, der mich bedient!! Als wenn ich eine Kranke wäre. Ich bekomme davon einen Kälteschauer in den Rücken. Ich zähle auf Dich, aber ich stelle mit Traurigkeit fest, daß Du Dich immer noch durch Berthelot und seine Clique manövrieren läßt. Die hatten nur eine Sorge, daß ich Paris verlasse, um sich auf mein Werk zu stürzen, um sich mit wenig Kosten ein Einkommen zu verschaffen. Und Rodin hinter ihnen – mit seiner Klüftigkeit. Ich kann sagen, daß alles gut angezettelt wurde. Und Dich armen Naiven haben sie in ihr Spiel mit eingebaut, ohne daß Du es bemerkt hast. Dich, Louise und Mama und Papa. Alle. Mich haben sie wie eine Pestkranke behandelt. Sie spionierten mir nach, sie schickten Leute, die meine Werke stehlen sollten – zu wiederholten Malen –, ich hatte Dir ein andermal davon geschrieben. Sie haben versucht, mich zu vergiften. Du sagst mir, Gott hat Mitleid mit den Betrübten, Gott ist gut usw. usw. Reden wir von Deinem Gott, der eine Unschuldige im Innern dieser Anstalt verfaulen läßt ...»

Camille an Paul. 3. März 1930:

«Es ist wirklich zu stark! ... Mich zu ewigem Gefängnis zu verurteilen, daß ich nicht reklamiere ... All das entspringt im Grunde dem teuflischen Geist Rodins. Er hatte nur eine Angst – daß ich nach seinem Tode als Künstlerin mehr anerkannt werde als er, daß ich einen Aufschwung nehmen könne – so mußte er mich auch nach seinem Tode noch in den Klauen halten wie schon zu seinen Lebzeiten. Dazu mußte ich unglücklich sein, ob er nun tot oder lebendig war. Er hat vollen Erfolg gehabt, mich unglücklich zu machen – ich bin es. Das kann Dich wenig stören – aber ich bin es ...

Die Phantasie, das Gefühl, das Neue, das Unvorhergesehene – all das, was ein entwickelter Geist hervorbringt, ist diesen bornierten Köpfen mit ihren verstopften Gehirnen verborgen, diesen Leuten, die ewig vom Licht ausgeschlossen sind, die jemanden brauchen, der es ihnen spendet. Also sagen sie: Bedienen wir uns einer Halluzinierten, um unsere Themen zu finden! Wenn sie wenigstens die Dankbarkeit des vollen Magens hätten und die arme Frau, die sie ihres Genies beraubt haben, zu entschädigen wüßten. Aber nein! Das Irrenhaus! Nicht einmal das Recht auf ein eigenes Heim! Weil ich ihnen zur freien Verfügung stehen soll! Das ist die Ausbeutung der Frau, die Vernichtung der Künstlerin, die man bis aufs Blut peinigen will ...»

1931.

Das letzte Foto von Camille.

Ihre Freundin Jessie Lipscomb hat erreicht, daß sie mit Pauls Erlaubnis Camille in der Anstalt besuchen darf. Sie stellt ihren Stuhl neben den von Camille und bittet eine Schwester, sie gemeinsam mit ihrer Freundin zu fotografieren. Camille eine alte Frau. Sie trägt einen einfachen Hut mit einer angedeuteten Krempe, einen armseligen Mantel. Ihr Blick, unerträglich in seiner resignierten Zurückweisung. Während Jessie ihre Verbundenheit mit der Freundin ausdrücken möchte und ihre Hand auf Camilles Schoß legt, zeigt Camille in Geste und Blick, daß sie unerreichbar ist für alltägliche Verbindlichkeiten. Fest die Arme um sich selbst geschlagen, den dünnen Körper, fast abweisend in ihrer Haltung zu Jessie, gleicht sie einer Festung, uneinnehmbar. In sich selbst Halt suchend. Nichts erhoffend mehr von Freunden und Verwandten.

Im nächsten Jahr kommen Nichte und Neffe nach Montdevergues zu Besuch. Erwachsene junge Leute.

«... sie kamen mich besuchen, und ich empfing sie humpelnd, in einem zerschlissenen Mantel und mit einem alten Hut aus der Samaritaine, der mir bis auf die Nase rutschte. Aber wenigstens haben sie mich gesehen. So werden sie sich an ihre alte, entfremdete Tante erinnern – so werde ich ihnen in Erinnerung bleiben – im nächsten Jahrhundert ... Wie gern möchte ich in Villeneuve am Kamin sitzen, aber so, wie die Dinge stehen, werde ich mich nie in einen Zug setzen können ...»

1935 stirbt Camilles Schwester, Louise Massary. Ihr Sohn Jacques überlebt sie nur um drei Jahre.

Paul hat ein Anwesen in Brangues erworben, in der Nähe von Paris. Dort lebt er mit seiner Familie. Dort wird 1938 sein kleiner Enkel Charles-Henri an der Schloßmauer beerdigt.

Der zweite Weltkrieg.

In Montdevergues ist die Lage katastrophal. Der Süden Frankreichs ist überlaufen. Eine ausreichende Versorgung mit Lebensmitteln ist nicht mehr möglich. Die Sterblichkeit unter den Kranken der Anstalt ist ungewöhnlich hoch. Ihre Sicherheit ist nicht mehr gewährleistet, denn nach der Besetzung der freien Zone durch die Deutschen lassen sich auf dem Krankenhausgelände Geschützbatterien der Luftabwehr nieder und das Rote Kreuz.

Seit dem Sommer 1942 verschlechtert sich der Gesundheitszustand Camilles. Paul wird auf dem laufenden gehalten. Am 8. Dezember schreibt er in sein Tagebuch: «Ein Brief aus Montdevergues benachrichtigt mich, daß es meiner armen Schwester Camille immer schlechter geht und daß mit ihrem Tod zu rechnen ist, der eine Befreiung wäre. Dreißig Jahre Gefängnis unter den Verrückten, von achtundvierzig bis achtundsiebzig. Ich erinnere mich dieses jungen strahlenden Mädchens voller Genie, aber von heftigem, unbezwingbarem Charakter!»

Im August 1943 erhält Paul einen Brief von der Schwiegermutter seiner ältesten Tochter.

«Mein lieber Paul ... Ich habe Ihre Schwester besucht, wie ich es Ihnen versprochen hatte. Sie ist in der Tat in einer sehr bedauernswerten physischen Verfassung, und ihr Leben wird sich nicht mehr um Monate oder ein Jahr verlängern. Nichtsdestoweniger bleibt sie liebenswert und freundlich. Die Ärztin und die Krankenschwestern sind ihr sehr zugetan. Sie hat keine mentalen Ängste oder Verfolgungsmanien mehr. Sie scheint ruhig. Als ich ihr sagte, daß Sie die Absicht haben, sie zu besuchen, ergriff sie meine beiden Hände und dankte mir mit solch bewegender Wärme ... Sie sind der einzige lebende Mensch, der ihr noch von ihrer Vergangenheit geblieben ist. Wenn Sie diese Reise auf sich nehmen würden! (Ich weiß, es ist hart: Ich habe auch 24 Stunden gebraucht und dann noch drei Stunden auf dem Bahnhof verbracht, bis die Tore geöffnet wurden! Aber für Sie wäre es weniger lang!)

... wenn Sie nach der großen Hitze Ihrer Schwester die Freude Ihrer Anwesenheit gönnen würden – welch Friede für ihre letzten Stunden ...»

Am 20. September 1943 bricht Paul von Brangues auf. Seine Tagebucheintragung: «Reise mit dem Auto nach Avignon. Ankunft 7 Uhr. Übernachtet in der Priorei von Villeneuve-des-Avignon. Sonnenaufgang an diesem schönen Himmel des Südens ... Gegen zehn Uhr in Montdevergues. Der Direktor sagte mir, daß seine Kranken vor Hunger buchstäblich stürben. Die Ärztin – klug und zerbrechlich. Camille in ihrem Bett! Eine Frau von 80 Jahren – doch scheint sie älter. Äußerste Altersschwäche – ich, der sie als Kind und junges Mädchen gekannt habe im vollen Glanz ihrer Schönheit und ihres Genies! Sie erkennt mich. Tief bewegt, mich zu sehen, wiederholt sie unablässig: Mein kleiner Paul, mein kleiner Paul. Die Krankenschwester sagt mir, daß sie in der Kindheit ist ... Die Stirn ist edel geblieben, genial. Man sieht einen Ausdruck von Unschuld und Glück. Sie ist sehr zärtlich. Man sagt mir, daß jeder sie hier liebt. Bitterer, bitterer Selbstvorwurf, sie so lange allein gelassen zu haben! Rückkehr am Nachmittag – ohne Mittagessen. Ankunft in Brangues um 4 Uhr.»

Jetzt ist sie frei. Jetzt endlich. Sie kann gehen, die Tore öffnen sich ihr. Niemand hält sie. Sie kann in den Zug steigen. Paris. Villeneuve. Sie ist frei. Sie wußte, man darf die Hoffnung nicht aufgeben. Nach mehr als dreißig Jahren kann sie den Kerker verlassen. Von Fère läuft sie. Wieder steigen Lerchen auf. Himmelschlüsselchen blühen. Villeneuve öffnet sich nach allen vier Himmelsrichtungen. Als erstes zeigt sich die Kirche. Plötzlich ihr dünnes Gebimmel zur vollen Stunde. Der viereckige Brunnen mit der senkrechten Wand aus Kalkstein. Schwermütig plätschert der kleine Strahl. An der Mauer aufgehängt – Weihgeschenke, Kreuze aus Stroh und vertrocknete Blumensträuße. Sie trinkt Wasser. Es ist bitter wie die Tränen. Sie läßt das Wasser über ihr Gesicht laufen. Lange.

So viele Jahre sind fortzuspülen. Die Tongrube. Sie muß an die Tongrube. Dort, wo es sie zum erstenmal gerufen hat. Die Tongrube, von deren Rand man über die Ebene schauen kann, die vom Licht überströmt ist. Paul soll ihr tragen helfen. Paul hat keine Lust. Sie muß versprechen, ihm vorzulesen – die schönen Geschichten aus dem schwarzen Buch. Später, Paul. Ich verspreche es. Jetzt brauche ich Ton ... Ich werde Bildhauer. Es ruft mich. Ich halte mein Versprechen. Ja, ich ... ich werde Bildhauer, ich, deine Schwester ..., ich, Camille Claudel ... Camille Claudel ...

Am 19. Oktober 1943 erhält Paul das Telegramm «Ihre Schwester verschieden. Beerdigung am Donnerstag, den 21. Oktober.»

In Montfavet wird ein Grab ausgehoben, auf jenem Teil des Friedhofs, der der Anstalt zugesprochen ist. Einige Nonnen folgen dem Sarg. Eine provisorische Beerdigung. Ein Holzkreuz, das die Nummer trägt 1943-392. Namenlos das Grab.

Schonungslos und hart stellt sich Paul die Frage – immer wieder, hat er alles für Camille getan, das er hätte tun können? Zweifel, Reue und Gewissensbisse. Camilles letzte Worte, «mein kleiner Paul», sie klingen nach in ihm. 1951 entschließt sich der Dreiundachtzigjährige zu einer Ausstellung der Werke seiner Schwester im Rodin-Museum. Er schreibt für den Katalog ein achtseitiges Vorwort – «Meine Schwester Camille».

Er beginnt mit den Worten «Mein kleiner Paul». Festgehalten für die Nachwelt – sie starb ohne Groll auf ihn.

Paul wünscht Vergebung.

Im Nachlaß von Camille findet sich ein Brief von Eugène Blot, den dieser am 3. September 1932 an sie geschrieben hat:

«Liebe Camille,

als ich meine Post vom letzten Monat ordnete, fielen

mir mehrere Briefe in die Hände, die Sie mir geschrieben haben. Ich habe alle noch einmal gelesen. Sie datieren von 1905, dem Jahr, wo ich für Sie in meiner Galerie die Ausstellung organisierte, die die Kritik begeistert hatte, ohne leider die Dilettanten aufzutauen.

Was ist seitdem geschehen! Ihre Abreise, der Krieg, der Tod von Rodin, die Krankheit, die mich bis 1926 von Paris fernhielt …

Ich hatte Ihre Spur verloren.

In der Welt der Skulptur haben Rodin und Sie, und vielleicht noch drei oder vier andere, die Authentizität eingeführt – das ist nicht vergessen … ‹Die Flehende› – von mir in Bronze gegossen für den Salon 1904 – das Manifest der modernen Skulptur. Dort sind Sie endlich ‹Sie selbst›, total befreit vom Einfluß Rodins, ebenso groß durch die Inspiration wie durch die Ausführung. Dieses Stück vom ersten Guß, wertvoll durch Ihre Unterschrift, ist eines der Hauptstücke meiner Galerie. Ich betrachte es niemals ohne eine unaussprechliche Emotion. Es dünkt mich, Sie selbst wiederzusehen. Diese leicht geöffneten Lippen, diese bebenden Nasenflügel, diese Erleuchtung im Blick – all das schreit Leben heraus, wo es am unergründlichsten ist. Mit Ihnen verläßt man die Welt des falschen Scheins, um bis an den Gedanken vorzudringen. Welches Genie! Dieses Wort ist nicht zu stark. Wie haben Sie uns so vieler Schönheit berauben können?

Eines Tages, als Rodin mir einen Besuch abstattete, habe ich ihn plötzlich vor diesem Porträt verharren sehen, es betrachtend, leicht liebkosend – dieses Metall – weinend. Ja, weinend. Wie ein Kind. Jetzt ist er schon 15 Jahre tot. In Wirklichkeit wird er immer nur Sie geliebt haben. Camille – ich kann es heute so sagen. Der Rest, diese mitleiderregenden Abenteuer, dieses lächerliche mondäne Leben – er, der im Grunde ein Mann des Volkes war – waren Exzesse seiner übermäßigen Natur.

Oh, ich weiß wohl, Camille, daß er Sie verlassen hat. Ich versuche nicht, ihn zu rechtfertigen. Sie haben genug durch ihn gelitten. Und ich ziehe nichts von dem zurück, was ich Ihnen schreiben wollte.

Die Zeit wird alles an seinen Platz stellen.

Was könnte ich jetzt für Sie tun, liebe Camille Claudel? Schreiben Sie mir. Nehmen Sie die Hand, die ich Ihnen reiche.

Ich habe niemals aufgehört, Ihr Freund zu sein.

In Zuneigung und Achtung
Ihr Eugène Blot»

Starke Frauen lesen

Barbara Krause
Der blaue Vogel in meiner Hand
Marianne Werefkin und Alexej Jawlensky – Romanbiografie
Band 4922

Eine bewegende Lebensgeschichte von Aufopferung und Eigenständigkeit, von Leidenschaft und Kunst.

Barbara Krause
Der verbrannte Schmetterling
Das abenteuerliche Leben der Fotografin Tina Modotti
Roman
Band 4382

Schon zu Lebzeiten eine Legende: Tina Modotti, die schöne, starke, freiheitsliebende Italienerin. Stationen eines buntschillernden Lebens.

Hör mal, ob dein Herz noch schlägt
Leidenschaft statt Langeweile – prickelnde und sanfte Texte für Frauen
Hrsg. von Gabriele Hartlieb
Band 5002

Geschichten und Gedichte über Liebeslust, Arbeitswut, Stillwerden und Hingabe, von Gioconda Belli bis Ina Deter.

Ruth Pfau
Wer keine Tränen hat ...
Was mein Leben trägt
Hrsg. von Michael Albus
Band 4924

Ruth Pfau ist seit fast 40 Jahren als Ärztin in Pakistan und Afghanistan im Kampf gegen Lepra und Gewalt. Nun wird sie 70 und zieht Bilanz. Mit eindrucksvollen s/w-Fotos

Ruth Pfau
Verrückter kann man gar nicht leben
Ärztin, Nonne, Powerfrau
Band 4913
Illegal im Afghanistan-Krieg. Allein auf Himalaya-Pfaden. Zupackend im Elend der Städte. Eine atemberaubend starke Frau, die vor den Mauern der Not nicht haltmacht.

Barbara Schwepcke
Aung San Suu Kyi – Heldin von Burma
Das mutige Leben der Friedensnobelpreisträgerin
Band 4697
Die fesselnde Biographie der Tochter von Burmas Nationalhelden Aung San, einer modernen Heldin, auf die sich die Hoffnung nicht nur ihres Volkes richtet.

Frederik Hetmann
Eine Kerze, die an beiden Enden brennt
Das Leben der Rosa Luxemburg
Band 4641
„Ein Buch, das Herzklopfen macht. Die Handlung ist Dynamit..."(Verena Schuster, Der Tagesspiegel).

Roswitha Mair
Von ihren Träumen sprach sie nie
Das Leben der Künstlerin Sophie Taeuber-Arp
Band 4626
Die erste Biographie der bedeutenden Künstlerin unserres Jahrhunderts. Ein typisches Frauenschicksal – einfülsam und gut recherchiert.

Régine Pernoud
Hildegard von Bingen
Ihre Welt – Ihr Wirken – Ihre Vision
Band 4592
Hildegard von Bingen wurde in den letzten Jahren als Mystikerin und Heilkundige, als Komponistin und Schriftstellerin wiederentdeckt. Ein lebendiges Portrait.